MOON NOTES

Mimi Heeger

PIXTON LOVE II

ALWAYS BY YOUR SIDE

Moon Notes

Liebe Leserin, lieber Leser,

wenn du traumatisierende Erfahrungen gemacht hast, können einige Passagen in diesem Buch triggernd wirken. Sollte es dir damit nicht gut gehen, sprich mit einer Person deines Vertrauens. Auch hier kannst du Hilfe finden: www.nummergegenkummer.de

Schau gern auf S. 368, dort findest du eine Auflistung der potenziell triggernden Themen in diesem Buch. Um Spoiler zu vermeiden, steht der Hinweis hinten im Buch.

MIX
Papier aus verantwortungsvollen Quellen
FSC® C014138

Originalausgabe
1. Auflage

Satz: Sabine Conrad, Bad Nauheim
Druck und Bindung: FINIDR, s.r.o.,
Lípová 1965, 737 01 Český Těšín, Tschechische Republik
Printed 2023
ISBN: 978-3-96976-050-5

www.moon-notes.de

Für alle, die noch nicht wissen,
wer oder was sie sein wollen.
Seid einfach ihr selbst, dann seid ihr perfekt.

Prolog

Meine Hände klammern sich um das Lenkrad meines Wagens. Ein alter Honda Civic in einem grässlichen Grün.

Mein Dad hat ihn mir zum sechzehnten Geburtstag geschenkt. Ich sehe noch das Strahlen in seinen Augen, als er mir den Schlüssel vor die Nase gehalten hat. ›Grün ist die Farbe der Hoffnung, Scarlett‹, hat er gesagt, und ich habe seine Worte nicht angezweifelt. Ich habe niemals an meinen Eltern gezweifelt. Dafür gab es keinen Grund.

Hoffnung, Leichtigkeit und Glück waren feste Bestandteile meines Lebens.

Beim Gedanken an meine Naivität kämpft sich ein lautes Schnauben an meinen Schluchzern vorbei.

Verzweifelt kralle ich meine Finger noch enger in das abgenutzte Leder des Lenkrads. Meine Augen brennen vor lauter Tränen, mein Kopf schmerzt von all dem Kummer, der die Leichtigkeit in meinem Leben vertrieben hat.

Ich möchte schreien. Und schließlich tue ich es.

Ich klammere mich an meinem Lenkrad fest und schreie, so laut ich kann.

Doch niemand hört mich.

Denn niemand ist hier.

Ich bin allein.

Drei alte Koffer, zwei Rucksäcke und ein Auto grün wie die Hoffnung.

Das ist alles, was mir geblieben ist.

Kapitel 1

Scarlett

Eine Woche später

Mit Alkohol Gefühle gänzlich auszuschalten, hat noch nie funktioniert. Allerdings klappt es super, mit seiner Hilfe Sorgen und Kummer für einen kurzen Zeitraum aus dem Verstand zu verbannen. Man muss nur genug davon trinken und fest genug daran glauben. Bei beidem gebe ich mir heute Abend wirklich große Mühe. Nur deswegen habe ich zugestimmt, auf die Studentenparty an der Pixton University zu gehen. Deswegen, und um meiner besten Freundin einen Gefallen zu tun. Denn im Gegensatz zu mir ist Abby ein großer Pixton-Fan. Die ganze Fahrt hierher hat sie mir von der Livingston Hall erzählt. Einem geschichtsträchtigen Gebäude, das das Herz der Uni darstellt. Genau dort hat sie vor ein paar Wochen den Typen kennengelernt, wegen dem wir heute hier sind. Der Medizinstudent, dem sie mit Haut und Haaren verfallen ist, wohnt zusammen mit seinen drei Freunden im Beta-Gebäude auf dem

Campus. Die vier Jungs sind offenbar bekannt für ihre legendären Wohnheimpartys, und bisher kann ich den Hype absolut nachvollziehen. Was die vier hier auf die Beine gestellt haben, geht weit über eine normale Studentenparty hinaus.

Die Flure leuchten in Schwarzlicht, und alle Zimmer auf dieser Etage erfüllen mit einem unterschiedlichen Motto einen eigenen Zweck.

Als wir angekommen sind, haben wir jeden Winkel unter die Lupe genommen, doch jede gute Party endet irgendwann auf der Tanzfläche. Hier ist die muffige Luft zwar fast nicht zu ertragen, aber niemand macht Anstalten, ein Fenster zu öffnen oder es ruhiger angehen zu lassen. Ich zuallerletzt.

Außer Abby, ihrem Freund Quincy und seinem besten Freund Theo kenne ich niemanden auf der Pixton. Die beiden anderen Jungs, die mit ihnen zusammenwohnen, habe ich nur ein einziges Mal gesehen. Ich habe die letzten Jahre an der Yale University studiert, die nicht gerade bekannt ist für ihre exzessive Partyszene. Aber diese Zeiten sind ohnehin vorbei.

Nun bin ich heimatlos und lasse mich durch ein Meer aus fremden Menschen treiben, von denen kein einziger weiß, was gerade bei mir los ist.

Alle tanzen, lachen und trinken miteinander, ohne hinter die Maskerade aus schimmerndem Make-up und hübschen Klamotten zu sehen. Keinen interessiert, was morgen ist. Früher fand ich das immer fragwürdig, heute Abend bin ich dankbar dafür.

»Diese Feier ist einfach der Hammer«, schreie ich Abby laut ins Ohr, damit sie mich trotz der dröhnenden Musik verstehen kann. Sie reißt die Arme in die Luft, weil *Running Up That Hill* aus den Boxen donnert und den Boden zum Vibrieren bringt. Jap, auch wir sind dem *Stranger Things*-Wahnsinn verfallen und fühlen uns den Achtzigern näher denn je.

Meine beste Freundin kreischt zustimmend und hüpft mit mir im Takt auf und ab. Ihr fransiger Pony klebt ihr auf der Stirn, und ihr bauchfreies Oberteil reicht dabei gerade so über ihren BH.

Wir tanzen, als gäbe es kein Morgen. Und dieser Gedanke gefällt mir immer besser. Meinetwegen kann diese Nacht endlos andauern. Ich brauche keinen neuen Tag. Denn dort wartet nichts auf mich als die niederschmetternde Wahrheit, die ich niemandem anvertrauen kann.

Schweiß rinnt über meinen Rücken und durchtränkt mein Shirt, aber ich werde nicht langsamer.

Ich will einfach nur Spaß haben und nicht mehr nachdenken. Dabei hilft die nicht zu unterschätzende Menge an Whisky-Cola wie ein echter Freund.

Außerdem ist es wie Medizin für meine wunde Seele, Abby glücklich zu sehen. Und das ist sie. Zum ersten Mal seit Wochen lächelt meine beste Freundin und strahlt dabei wie die Sonne selbst. Wie sollte sie auch nicht. Endlich haben sie und Quincy zueinandergefunden, und ich gönne ihr das Glück von ganzem Herzen.

Sie hat es schwer gehabt in den letzten fünf Jahren. Alleinerziehend mit Ophelia und immer auf der Hut vor den Behörden. Abigail hat für die Kleine ihr ganzes Leben aufgegeben, und auch wenn ich unsere süße Lee über alles liebe, weiß ich nicht, ob ich das geschafft hätte. Abby hat sich so lange gegen die Nähe eines Mannes gewehrt, aber Quincy hat ihre Mauern einfach eingerissen. Die beiden haben sicher noch einen langen Weg vor sich, nicht zuletzt, weil er noch keine Ahnung davon hat, dass Abby ein kleines Mädchen zu Hause hat. Aber das müssen die zwei unter sich ausmachen, ich werde einen Teufel tun und mich da einmischen. Mir reicht für den Anfang, dass meine beste Freundin einen Menschen gefunden hat, der sie liebt und gut behandelt und an dessen Seite sie sich eine Zukunft vorstellen kann. Der Rest wird sich schon irgendwie regeln.

Quincy, der zugegebenermaßen geradewegs aus einer Universitätsbroschüre entschlüpft sein könnte, schlingt in diesem Augenblick die Arme von hinten um Abby und bewegt sich rhythmisch mit ihr. Seine Lippen liegen auf ihrem Hals, und seine Hände wandern langsam, aber zielsicher über ihre Taille. Die beiden sehen perfekt zusammen aus. Er mit den wilden Locken und dem makellosen Gesicht und sie mit ihrer natürlichen Schönheit, die auch ganz ohne jedes Make-up erstrahlt.

Um die beiden nicht anzuglotzen wie die Affen im Zoo, drehe ich mich um und tanze mit einem von Quincys Mitbewohnern. Keine Ahnung, wie der Typ heißt. Spielt auch keine Rolle. Hauptsache, er hält eine Flasche Wodka in der Hand, die ich ihm in diesem Augenblick mit einem Zwinkern abnehme. Der breit gebaute Student mit den tätowierten Armen und dem stechenden Blick tanzt eigentlich gar nicht. Er steht nur leicht wippend da und beobachtet die Mädchen um ihn herum. Er fällt ganz sicher unter die Kategorie Mann, mit dem man die Party völlig überdreht verlässt, nur um es am nächsten Morgen ordentlich zu bereuen.

Vielleicht sollte ich nicht so viel trinken. Sehr wahrscheinlich sogar sollte ich das nicht. Aber ich kämpfe mit allen Mitteln gegen die Negativität an, die mich seit einer Woche umhüllt wie eine zweite Haut und die ich einfach nicht loswerde.

Eine Woche.

So lange ist es auf den Tag genau her, dass mein Leben auseinandergebrochen ist.

Seit einer Woche ist mir nichts mehr geblieben. Und seit einer Woche habe ich niemandem davon erzählt. Denn wenn ich es erst ausspreche, wird meine Situation wirklich real, und ich fürchte, unter der Realität zusammenzubrechen.

Die Party dient als Ablenkung. Eine Möglichkeit, für ein paar Stunden den Kopf freizubekommen. Und auch wenn ich mir einrede, dass das hervorragend klappt, funktioniert es nicht halb so gut wie geplant.

Jedes Mal, wenn ich Abby in die Augen blicke, erschlägt mich beinahe das schlechte Gewissen, weil ich sie – ebenfalls seit einer Woche – anlüge. Das ist nicht okay. Genauso wenig ist es in Ordnung, dass ich Quincys Freund verurteile und den billigen Schnaps sofort auskotzen möchte, als der versucht, mit mir zu tanzen. Was er jetzt gerade tut. Anmachsprüche und grabschende Männer sind zwar das Letzte, was ich gebrauchen kann. Aber ich möchte meiner Freundin nicht den Abend vermiesen. Sie kommt viel zu selten aus ihrem Schneckenhaus heraus.

Ohne Quincys Mitbewohner – ich glaube, der Typ heißt Wyatt – die Flasche wiederzugeben, drehe ich mich im Kreis und hüpfe zur Musik.

Ich schließe die Augen. Versuche, die Menschen auszublenden, die um mich herumtanzen. Lasse den Bass, der in meinem Bauch wummert, die Traurigkeit vertreiben und gebe mich der Musik hin. Je lauter mein Innerstes nach Hilfe schreit, umso wilder hüpfe und tanze ich. Ich beiße die Zähne zusammen und zwinge mich, nicht stehen zu bleiben. Nicht aufzuhören.

Doch es nützt nichts. Die zweite Haut scheint mich zerquetschen zu wollen. Sie lässt mich niemals los. Ganz gleich, wie viel ich trinke und wie sehr ich versuche, die Geschehnisse zu verdrängen.

Abrupt öffne ich die Augen, weil mich jemand am Ärmel zupft.

»Wir gehen rüber, einen Film ansehen.« Abby drückt ihre Wange an meine, weil ich sie sonst unmöglich verstehen kann. Die Party von Quincy und seinem Freund Theo breitet sich über das komplette Wohnheim aus. Es gibt nicht nur eine Bar, einige Tanzbereiche und Chillout-Ecken, sondern auch Räume, in denen alte Horrorfilme auf Leinwänden gezeigt werden. »Kommst du mit?«

Schnell schüttle ich den Kopf und nehme noch einen Schluck Wodka, sobald Abby sich von mir gelöst hat. Es ist zwar echt cool, dass es auf dieser Feier sogar Kinoräume gibt, aber ganz sicher werde ich mich nicht mit Abby und Quincy in ein ruhiges Zimmer verkriechen, in dem meine Probleme mich noch viel lauter anschreien können als hier.

»Ich tanze weiter.« Meine Freundin und ich kennen uns so lange, dass mir ihr skeptischer Blick selbst betrunken noch auffällt. »Ist okay. Wirklich.« Ich spreche die Worte direkt in ihr Ohr und gebe ihr anschließend einen Kuss auf die Wange. »Geh du. Wir sehen uns später.«

Ich muss weiter tanzen. Tanzen und trinken, bis ich mir diese Haut vom Körper reißen kann, ohne mich dabei ernsthaft zu verletzen.

»Sicher?« Abby lässt nicht locker.

Mein falsches Lachen kann es nicht mit der lauten Musik aufnehmen, daher winke ich mit der freien Hand ab und setze schnell die Flasche an, bevor sie hinter mein Pokerface sehen kann. Ich kann es nicht ertragen, wenn sie sich meinetwegen Sorgen macht.

Weil ich eben kein selbstsüchtiges Miststück bin.

Um ihr nicht wehleidig hinterherzusehen, schließe ich die Augen und drehe mich ein paarmal um meine eigene Achse.

Nur nicht stehen bleiben.

Immer weiter tanzen.

Wer weiß, vielleicht schaffe ich es? Vielleicht bricht der Morgen erst an, wenn alle Gedanken in meinem Kopf endlich schweigen. Oder vielleicht habe ich ein einziges Mal Glück, und er kommt gar nicht.

Mein Leben lang gab es eine Reißleine, wenn ich irgendwo unglücklich gestrandet war und es in der Situation nicht mehr aushalten konnte: mein Zuhause.

Ob auf der Klassenfahrt in der Highschool, bei der George Baker mir Zahnpasta in die Socken geschmiert hat. Oder als ich das erste Mal betrunken war und mich am laufenden Band übergeben musste. Wann immer mir etwas zu viel wurde, gab es diesen einen Ort, an dem ich sicher war.

Das Haus meiner Eltern ist weder besonders prunkvoll noch groß, aber es ist mein Zuhause.

Oder vielmehr war es das. Der eine Platz auf dieser Welt, an dem mir niemals etwas passieren konnte. Dort wurde ich liebevoll großgezogen. Ich habe mein Lieblingsessen bekommen und Krankheiten auskuriert. Ich war geborgen.

Es *war* mein Zuhause.

Jetzt ist es nur noch das Haus meiner Eltern.

Ein Ort, den ich meide.

Ein Ort, an dem ich nicht gern gesehen bin.

Jetzt bin ich allein.

An diesen Ort kann ich nicht mehr gehen, wenn alles schiefläuft. Da ist niemand mehr, der mir seine Hand reicht, wenn ich das Gefühl habe, im Meer der Katastrophen zu ertrinken.

Durch die bodentiefen Fenster fällt lediglich das Mondlicht in das stille Zimmer, in dem nichts zu hören ist außer meinen Schluchzern.

Nicht mehr lange, und der Morgen wird hereinbrechen und einen weiteren sinnlosen Tag mit sich bringen. Mit der aufgehenden Sonne werde ich mich nicht länger versteckt halten können, hier im Schutz der Dunkelheit.

Die Ellbogen auf die Knie gestützt, sitze ich allein auf dem Fußboden des Studentenzimmers und lasse den Tränen seit einer gefühlten Ewigkeit freien Lauf.

Als ich vor Stunden beschloss, Abby endlich die Wahrheit zu sagen, konnte ich sie nicht finden. Stattdessen bin ich mit der Flasche Wodka durch die Flure getorkelt und habe vergeblich nach einem bekannten Gesicht gesucht. Doch da war niemand. Ich war allein. Bin allein. Mal wieder. Immer.

Ich kenne mich in dem Beta-Gebäude der Pixton nicht aus. Deswegen habe ich das einzige Zimmer angesteuert, das ich abseits der Räumlichkeiten kannte, in denen immer noch die Party tobt.

Eigentlich wollte ich lediglich meine Jacke holen, die Quincys Freund Theo in seinem Zimmer abgelegt hat. Doch die Dunkelheit, der angenehme Geruch und die Stille des Raumes waren so einladend, dass ich mich an der Wand habe herabsinken lassen. Seitdem sitze ich hier und heiße zur Abwechslung den Schmerz willkommen.

Isoliert in der Finsternis.

Dort, wo die Verstoßenen wohl hingehören.

Als die Tür sich öffnet, zucke ich zusammen und hebe den Kopf.

»Hier sind wir allein«, murmelt eine Männerstimme. Schemenhaft erkenne ich im Licht, das durch den Türspalt fällt, wie der Kerl eine Frau an ihrer Taille an die gegenüberliegende Wand schiebt.

Sie fummelt an seinem Shirt herum und stöhnt genüsslich auf, als sie es ihm über den Kopf gezogen hat. Der Typ hat seinen Mund an ihre Halsbeuge gepresst, während sich seine Hände auf Wanderschaft über ihren Körper begeben. Sie scheinen es eilig zu haben, sich auch die restlichen Klamotten vom Leib zu reißen.

Ich gebe keinen Mucks von mir, als er sie bestimmt gegen die Wand presst und einen ihrer Oberschenkel anhebt. Dabei muss sie wohl mit dem Rücken gegen den Lichtschalter gekommen sein, denn plötzlich blinzele ich, weil alles von grellem Licht geflutet wird. Alles, inklusive mir.

Regungslos starre ich auf die Hände des Typen, die gerade auf Höhe des Hinterns hinter der, wie ich nun erkenne, blonden Frau verschwinden. Mein Mund klappt auf, als ich unwillkürlich meinen Blick über die starken Unterarme, den beeindruckenden Bizeps bis hin zu seinem Gesicht gleiten lasse, das ich nur im Halbprofil sehen kann. Aber dennoch erkenne.

Theo.

Der Kerl, der offensichtlich genau weiß, was er da tut, ist Theodor. Quincys bester Freund, den ich bisher aus einem völlig anderen Blickwinkel betrachtet habe.

Theo ist schräg. Er trägt seltsame Klamotten, provoziert die Menschen und diskutiert einen in Grund und Boden.

So kenne ich Theo.

Das Bild von dem großen, heißen Kerl, der seine Finger gerade in die Schenkel einer Frau krallt, will nicht im Geringsten zu jenem Bild passen, das ich bislang von ihm im Kopf hatte.

Wie sein Oberschenkel sich anspannt, als er ihn zwischen die Beine seiner Gespielin schiebt. So … selbstbewusst. Fast … dominant. Theo ist … heiß. Sicher liegt das an meinem Alkoholpegel. Andernfalls würde mich der Anblick von Quincys schrägem Freund mit dieser Studentin wohl nicht dermaßen faszinieren.

»O mein Gott!« Die Frau stößt gemeinsam mit ihren Worten ein entsetztes Geräusch aus. Mein Gehirn benötigt etwas länger, um zu kapieren, dass ich die Ursache ihres Schocks bin. Muss am Wodka liegen.

Erschrocken sieht sie mich an. Sie ist hübsch mit den langen blonden Haaren und dem viel zu kurzen Kleid. Bestimmt ist sie nicht halb so kaputt wie ich.

»Hi«, sage ich schniefend und winke ihnen flüchtig zu.

»Scarlett.« Theo löst sich abrupt von seiner Eroberung. »Heilige Scheiße.«

Wem sagt er das.

Ohne zu antworten, schlucke ich.

Theo macht einen Schritt zurück, schnappt sich sein Shirt und zieht es über, ehe ich mir seinen Oberkörper von vorn ansehen kann. Anschließend kommt er zu mir, bückt sich zu mir herunter und legt mir eine Hand aufs Knie.

»Alles okay bei dir?«, fragt er leise.

Ich könnte lügen. Ich könnte mich entschuldigen, aufspringen und schnellstens von hier verschwinden. Ich könnte …

»Nein.« Ein neuer Schluchzer bahnt sich den Weg über meine Lippen, und ich bin zu langsam, um ihn aufzuhalten. »Nichts ist okay«, ergänze ich wimmernd und vergrabe dabei das Gesicht hinter den Händen, damit er das Zittern meines Kinns nicht sieht.

Da sind so viele Gefühle, die auf mich einstürzen. Enttäuschung, Schmerz, Scham. Vor allem Scham. Es sind zu viele, um ihnen standzuhalten. Zumindest, wenn man den Wodka mit einrechnet.

Versteckt hinter meinen Handflächen weine ich und wünschte, ich könnte mich irgendwie unsichtbar machen.

Doch das will einfach nicht klappen.

Dann wird es wieder dunkel, und ich nehme irritiert die Hände von meinem Gesicht.

Verwirrt sehe ich auf und erkenne in dem schmalen Lichtstreifen, der wieder durch den Türspalt fällt, wie Theo die Frau wegschickt. Ich bin nicht schnell genug, um ihn daran zu hindern, und schon im nächsten Moment ist es stockfinster. Meine

Augen müssen sich erst an die Dunkelheit gewöhnen, bevor ich wieder irgendetwas erkennen kann.

Theo sagt kein Wort, aber ich weiß, dass er nicht gegangen ist. Seine Schritte sind deutlich zu hören. Er dreht den Schlüssel in der Tür herum, und im nächsten Moment spüre ich, wie er sich neben mir an der Wand auf den Boden sinken lässt.

Mein Atem ist lauter als seiner, doch seine Anwesenheit ist so präsent, dass ich zu schwitzen anfange.

Es dauert eine ganze Weile, bis ich meine Stimme wiederfinde, und als ich zu sprechen beginne, bringe ich bloß ein Flüstern zustande.

»Jetzt habe ich dir die Nummer verdorben, hm?«

Ich schäme mich. Noch mehr als ohnehin schon.

Theo und ich sind im Grunde Fremde füreinander. Wir haben uns bislang nur ein paarmal gesehen, als Quincy und Abby sich getroffen haben. Ich habe kein Recht, in seinem Zimmer zu hocken. Noch dazu heulend und jammernd. Und ich habe definitiv kein Recht, ihn oben ohne beim Rummachen zu beobachten.

»Halb so wild.« Er stößt leise lachend die Luft aus. »Ich glaube, wir waren sowieso nicht ganz auf einer Wellenlänge.« Schemenhaft erkenne ich, wie er mir etwas hinhält. Ich greife danach und stelle dankbar fest, dass es ein Taschentuch ist.

»Danke.«

Um meinen Worten Taten folgen zu lassen, reiche ich ihm im Gegenzug die Wodkaflasche, die neben mir steht.

Theo nimmt sie wortlos entgegen und setzt sie an.

Es fühlt sich komisch an, so dicht neben ihm in der Dunkelheit zu sitzen. Bisher waren wir nie allein, und um uns herum war es auch noch nie still. Wann immer ich ihn gesehen habe, ging es laut und lustig zur Sache.

Jetzt gerade ist es alles andere als das.

Vielleicht bin ich zu betrunken, um noch klar denken zu können, aber es ist schön hier. Mit ihm. Mit Theo, dem lustigen Psychologie-Yuppie, der in einem Minirock in Bars geht oder im Bademantel über den Campus läuft, nur um herauszufinden, wie die anderen Leute darauf reagieren.

Sein Atem geht ruhig und gleichmäßig, der Duft seines herben Parfums benebelt mir zusätzlich die Sinne.

»Ich hasse Sex«, platzt es mit einem Mal aus mir heraus.

Prustend verschluckt Theo sich an dem Wodka und klopft sich mit der Faust auf die Brust.

»O ja. Sex ist schrecklich.« Er keucht die Worte mehr, als dass er sie spricht. »Wirklich grauenvoll. Keine Ahnung, was alle daran finden.«

Ich kann mich nicht zwischen Lachen und Weinen entscheiden. Stattdessen stoße ich ihn neckend mit dem Ellbogen an.

»Sex macht alles kaputt, weißt du? Einfach alles. Wahrscheinlich habe ich dich gerade vor einer riesigen Katastrophe bewahrt. Du solltest mir danken. Wer weiß, was diese Nummer aus dir gemacht hätte?!«

Ich taste blind nach seinen Händen und nehme ihm die Flasche wieder ab. Das Taubheitsgefühl hat viel zu sehr nachgelassen. Also setze ich das Gift an und trinke gleich mehrere Schlucke auf einmal. Inzwischen brennt der Alkohol nur noch halb so schlimm in meinem Hals. Man gewöhnt sich wohl an alles. Ob ich mich jemals daran gewöhnen werde, obdachlos zu sein? Ohne Perspektive und ganz allein?

Durch eines der Fenster kann ich sehen, dass sich der Mond hinter den Wolken hervorgekämpft hat. In seinem zarten Schein erkenne ich, dass Theo mir seinen Kopf zugewandt hat. Sein Gesicht liegt zwar im Dunkeln, aber ich bilde mir ein, dass er lächelt.

»Natürlich danke ich dir. Immerhin hassen wir Sex, nicht

wahr? Bestimmt hätte sie mir eine üble Geschlechtskrankheit beschert.«

»Ganz genau«, erwidere ich schnaubend, kann mir aber ein Lachen nicht verkneifen. Mit Theos Taschentuch wische ich mir die Augen trocken und putze mir die Nase. Ich sollte nicht nur damit aufhören, zu trinken, sondern auch damit, vor einem Fremden zu heulen wie ein liebeskranker Teenager.

Nachdem sich die Stille wieder zwischen uns gelegt hat, stupst dieses Mal er mich leicht an.

»Willst du drüber reden?« Jegliche Belustigung ist aus seiner Stimme gewichen.

»Darüber, warum ich Sex hasse, oder warum ich heulend mit einer Flasche Wodka in deinem Zimmer sitze?«

»Hm«, brummelt Theo. Die Wärme seines Körpers neben mir beruhigt mich irgendwie. Es ist viel zu lange her, dass ich mich in irgendeiner Form geborgen gefühlt habe. »Meine nicht zu unterschätzende Intuition verrät mir, dass das eine möglicherweise mit dem anderen zusammenhängen könnte. Oder aber, dass das eine das andere ausgelöst hat.«

Ein weiteres freudloses Lachen löst sich aus meiner Kehle, das sich falsch anfühlt. Weil Menschen wie ich, die nichts mehr haben, eigentlich nichts zu lachen haben.

»Ich hatte völlig vergessen, dass ich es mit einem angehenden Psychologen zu tun habe.«

Theo studiert Psychologie an der Pixton und ist außerdem der seltsamste Mann, den ich je getroffen habe. Trotz der völligen Finsternis sehe ich sein Outfit des heutigen Abends vor mir. Vergessen lässt sich das nämlich nicht: schwarz-weiß karierte Hose, ein völlig zerschlissenes Bandshirt und on top schwarzer Nagellack und schwarzer Eyeliner. Völlig schräg. Aber auf seine eigene Art und Weise sexy. Vor allem jetzt, da ich weiß, wie es aussieht, wenn er sich über eine Frau hermacht.

Ich erinnere mich gut daran, für wie durchgeknallt ich ihn bei unserer ersten Begegnung hielt.

Wie er mir erklärte, sind unangepasste Outfits für ihn eine Art Challenge an sein Umfeld. Er versucht, die Leute anhand ihrer Reaktionen zu analysieren. Ich habe an dem Abend vor einigen Wochen schnell gemerkt, dass Theo ein besonderer Mensch ist. Hinter der Maske von ungewöhnlichen Klamotten steckt ein wirklich kluger Kopf voller bemerkenswerter Denkweisen. Sicher wird er eines Tages brillant sein in seinem Beruf.

»Glaub mir, mit mir wäre selbst der beste Psychologe überfordert. Spar dir besser die Mühe. Sonst verpasst du meinetwegen nicht nur den abendlichen Sex, sondern stellst am Ende auch noch dein Studium infrage. Keine gute Idee.«

»Keine Sorge«, entgegnet er leise lachend. »Meine Dienste sind oberhalb einer gewissen Promillegrenze sowieso nicht verfügbar. Ich frage aus reiner Neugierde. Gut möglich, dass ich es morgen schon wieder vergessen habe.«

Er kann nicht sehen, dass ich ihm die Flasche Wodka hinhalte, deswegen taste ich in der Dunkelheit nach seiner Hand und schließe seine Finger um den Flaschenhals. Es wäre vielleicht gar nicht schlecht, wenn er morgen keine Erinnerungen an diesen Moment haben würde. Erschöpft lasse ich den Hinterkopf gegen die Wand sinken.

»Ich habe versucht, meinen Kummer wegzutanzen. Das hat nicht funktioniert. Dann wollte ich ihn ertränken.«

»Lass mich raten. Hat auch nicht geklappt?«

»Nope. Na ja, und dann wollte ich gehen. Aber die Dunkelheit in deinem Zimmer hat mich dazu eingeladen, mich nur für ein paar Minuten meinem Selbstmitleid hinzugeben.«

Eine Zeit lang schweigen wir. Nichts außer dem schwachen Mondlicht und den Stimmen aus dem Flur dringen in dieses Zimmer.

Hier gibt es nur die Finsternis, die unsere Körper fast vollständig verschluckt. Das ist schön und hat etwas Friedliches. Meinetwegen könnte dieser Moment ewig andauern.

Die Realität schafft es nicht durch die geschlossene Tür. Nicht, wenn ich es ihr weiterhin verbiete. Theo stößt mich erneut mit der Schulter an. Dieses Mal allerdings sanfter.

»Sag mir, was ich tun kann.«

»Du musst gar nichts tun.« Ich hasse es, dass meine Stimme so dünn und kratzig klingt. »Ich werde jetzt mal lieber verschwinden. Vielleicht wartet deine …«

»Scarlett.« Er unterbricht mich, indem er seine Hand auf mein Knie legt. Sie brennt sich wie Feuer durch meine engen Jeans. »Ich habe nicht gefragt, was ich tun muss, sondern was ich tun kann. Das ist ein erheblicher Unterschied.« Ich sehe ihn an, aber außer den Umrissen seines Profils kann ich nichts erkennen. Frische Tränen treten mir in die Augen und lassen seinen Umriss verschwimmen. »Ich würde das nicht fragen, wenn ich es nicht wollte. Also sag mir einfach, was ich für dich tun kann. Gibt es irgendetwas, was du jetzt gerade brauchst?«

Ich nehme mir ein paar Sekunden, um darüber nachzudenken. Es gibt nicht viel, was man in meiner Lage noch machen könnte, aber beim Blick durch den Raum tritt ein Wunsch ganz deutlich an die Oberfläche.

»Ich würde mich verdammt gern in dieses Bett legen und einfach nur ein paar Stunden tief und fest schlafen, ohne dass die Realität es in dieses Zimmer schafft.«

Die Vorstellung von einer weichen Matratze mit einer richtigen Decke und einem Kopfkissen ist mehr als verlockend.

»Du willst schlafen?«

»Du hast ja keine Ahnung, wie verdammt müde ich bin.«

»Okay.« Schmunzelnd stupst er mich noch einmal an. »Da kann ich definitiv etwas tun.«

Bevor ich Theo aufhalten kann, springt er auf, und im nächsten Moment wird der Raum durch eine sanfte Lampe erhellt, die auf dem mit Büchern überladenen Nachttisch steht.

Zum ersten Mal habe ich die Gelegenheit, mir ein Bild davon zu machen, wo ich mich eigentlich befinde. Als wir vor vielen Stunden nüchtern unsere Jacken hier abgelegt haben, war ich viel zu hibbelig und zudem nicht wirklich interessiert an Theos Zimmer. Und als ich es vorhin zum zweiten Mal betreten habe, war ich froh über die Dunkelheit, die mich verschluckt hat. Ich weiß nicht genau, was sich seitdem geändert hat, aber irgendwas fühlt sich definitiv anders an.

Theos Zimmer ist ordentlich und sauber. Es sieht fast aus wie ein Hotelzimmer. Nur die Bücher, die überall verteilt liegen, und der riesige Berg Jacken auf dem Bett beweisen das Gegenteil.

Er wirft mir nur einen flüchtigen Blick zu, während ich dazu übergehe, ihn genauso eingehend zu mustern wie sein Zimmer. Theo ist anders als die meisten Menschen. Es gehört sicher eine Menge Selbstbewusstsein dazu, in seinen ungewöhnlichen Outfits durch die Gegend zu laufen. Ihn scheint das allerdings nicht im Geringsten zu stören. Doch da ist noch mehr, was ihn von der breiten Masse abhebt: seine Sicht auf die Dinge. Wir hatten noch nicht oft die Gelegenheit, uns zu unterhalten, aber wenn wir es taten, war ich jedes Mal fasziniert von seiner Einstellung zu der Welt.

Ich erinnere mich gut an einen Satz, den er bei unserem ersten Treffen gesagt hat: ›Wir machen das aus, was wir tragen.‹ Damals ging es um eine Diskussion über Kleidung und deren Wirkung auf andere. An diesem Abend fand ich seine Einstellung interessant, heute verstehe ich aber erst, wie sehr er diese Aussage verkörpert. Mit seinem schwarzen Nagellack und dem zerrissenen Bandshirt sieht er aus wie ein verfluchter Rockstar. Als wären diese Details ein Teil von ihm. Beneidenswert.

Mit einem breiten Grinsen im Gesicht schnappt er sich sämtliche Jacken vom Bett und türmt sie auf seinem Arm auf.

Umständlich hantiert er mit dem riesigen Kleiderberg vor dem Körper am Schlüssel der Tür herum, und ich muss lachen, weil er beinahe umstürzt, als er mit dem Ellbogen die Türklinke herunterdrückt.

Für einen Moment ist er verschwunden, aber als er wieder hereinkommt, hat er die Arme frei und grinst mich noch eine Spur breiter an.

»Was hast du gemacht?«, frage ich und lehne mich vor, um zur Tür hinauszuschielen, doch er kickt sie mit dem Fuß zu.

»Die Garderobe wurde gerade eine Tür weiter nach vorn befördert.« Mit dem gleichen breiten Lächeln im Gesicht umrundet er sein Bett und schlägt die Tagesdecke zurück. »Es ist zwar nicht frisch bezogen, aber ich schwöre, es sind bisher keine unanständigen Dinge in dieser Wäsche geschehen. Wenn es wirklich dein Wunsch ist, hier ein paar Stunden zu pennen, kann ich ihn leicht erfüllen.«

Unsicher starre ich ihn an.

»Ich …«, setze ich an, weiß aber nicht, wie ich es am besten ausdrücken soll. »Also das …« Ungelenk zeige ich zwischen uns hin und her. Mit einem Mal fühle ich mich viel zu nüchtern.

»Großer Gott, nein!« Die Worte platzen so schnell und selbstsicher aus Theo heraus, dass ich zurückweiche.

»Dann würdest du nicht mit mir ins Bett gehen?«, frage ich verwirrt. Ich bin wohl doch betrunkener, als ich gerade noch dachte.

»Doch, auf jeden Fall.« Er verzieht das Gesicht, weil meine Augen sich weiten. »Aber natürlich nicht!« Beschwichtigend hebt er die Hände, während ich fragend den Kopf schief lege. »Heilige Scheiße, ich fürchte, egal, was ich als Nächstes sage – es wird falsch klingen.«

Wir blicken uns an, und plötzlich muss ich lachen. Ich weiß nicht, ob es an seiner Verzweiflung liegt oder an meiner grauenvollen Situation, aber das Prusten kommt von ganz allein aus mir heraus.

»Ich glaub auch«, stimme ich ihm zu und schüttle lachend den Kopf.

»Einigen wir uns doch einfach darauf, dass dieser Aspekt gerade nicht zur Debatte steht.«

Theo legt beide Hände auf seinen Kopf und fährt durch seine wilde Mähne. Die dunkelblonden Haare stehen in alle Richtungen ab, so wie man sich einen zerstreuten Professor vorstellt. Dabei bildet sich ein wirklich charmantes Lächeln auf seinen Lippen.

»Na, komm.« Er hält mir seine Hand hin, und ich zögere nicht, sie zu ergreifen. Als wir schließlich voreinanderstehen, wird er wieder ernst. Mit einem seltsamen Ausdruck wischt er mir sanft mit den Daumen unter den Augen entlang.

Sofort erstirbt auch mein Grinsen. Die schwarzen Spuren an seinen Fingerkuppen holen mich zurück in die bittere Realität. Ich bin und bleibe total und unwiderruflich am Arsch.

»Wenn du es dir anders überlegst und reden willst …« Er holt tief Luft, und als er ausatmet, spüre ich den Luftzug an meiner Stirn. »Egal, ob heute, morgen oder wann auch immer …«

Zaghaft nicke ich. Er muss den Satz nicht zu Ende sprechen.

»Danke.«

Einer seiner Mundwinkel hebt sich, was wirklich süß aussieht. Theos Wangen sind glatt rasiert. So glatt, dass man nicht einen einzigen Stoppel darauf erkennen kann. Das lässt ihn jünger erscheinen, als er mit seinen fünfundzwanzig Jahren ist. In meinen Fingerspitzen kribbelt es, weil ich unbedingt wissen möchte, wie sich seine Haut anfühlt.

»Ich bin da. Merk dir das einfach, ja?« Bisher klang alles, was er gesagt hat, immer so frei und fröhlich. Zum ersten Mal, seit ich ihn kenne, klingt seine Stimme tief und dunkel. Ernst und irgendwie … bedeutungsvoll.

»Okay. Mache ich.« Ich hingegen bringe nicht mehr als ein unsicheres Krächzen zustande.

»Mein Bett gehört ganz dir. Ich schlafe im Wohnzimmer auf dem Sofa oder bei Wyatt.«

Ich sehe zu dem breiten Holzbett, dann wieder in sein warmherziges Gesicht.

»Okay«, wiederhole ich ein weiteres Mal.

Theo legt mir eine Hand auf die Schulter und drückt sie sanft.

»Schlaf ein bisschen, Scarlett.«

»Mache ich.« Wie auf Kommando muss ich gähnen, was ihn schmunzeln lässt. Doch auch nachdem er die Tür hinter sich geschlossen hat und ich Hose und Schuhe ausgezogen habe, um unter die weiche Decke zu schlüpfen, ist an Schlaf nicht zu denken.

Ich kuschle mich zwischen die weichen Kissen, stecke meine Nase hinein und atme den Duft ein. Seinen Duft. Es ist schön, etwas anderes zu riechen als den Geruch meines alten Hondas.

Während ich mich einrolle wie eine Kugel und versuche, mich fallen zu lassen, denke ich an Abby und Quin. Ich denke an Jackson und die Uni. An meine Eltern und an die letzten Wochen.

Erschöpft reibe ich mir mit dem Daumen meiner rechten Hand über die übrigen Fingerspitzen. Neben so vielen anderen Dingen fehlt mir vor allem meine Arbeit. Mir fehlt es, zu schreiben. Es ist ein bisschen wie ein Drang. Eine Droge, die mir Schmerzen bereitet, sobald ich sie nicht bekomme. Wenn ich schreibe, dann ist es, als hätte ich endlich eine Stimme.

Aber es ist nicht nur das. Mein komplettes altes Leben fehlt mir. Und ganz gleich, wie unrealistisch dieses Denken ist, ich wünsche mir einfach, ich könnte es wieder zurückhaben.

Als die Sonne schließlich die Nacht vertreibt, wird mir bewusst, dass die unbarmherzige Realität die ganze Zeit da war. Wie ein Geier lauert sie über mir und lässt mich einfach nicht in Ruhe. Ganz gleich, wo ich mich verstecke. Ich werde keinen Frieden finden. Hier nicht und auch sonst nirgendwo.

Außerdem ist an Schlaf in Theos Bett nicht zu denken. Jedes Mal, wenn ich die Augen schließe, sehe ich ihn, wie er die Frau gegen die Wand presst. Ich denke an seine starken Finger, die Sehnen auf seinen Unterarmen und die tiefe Stimme, mit der er gesprochen hat.

Keine Ahnung, ob die letzte Stunde mich hat nüchtern werden lassen, aber ich kann keine Minute länger still liegen. Seufzend ziehe ich mich wieder an und schleiche leise aus dem bodentiefen Fenster davon.

Ich will nicht, dass Quincy mich hier sieht. Niemand soll mich hier sehen. Das würde nur unnötige Fragen aufwerfen, auf die es keine klugen Antworten gibt.

Ich muss den Honda vom Parkplatz schaffen, ehe er jemandem auffällt. Ein Blick auf die Rückbank reicht, um neugierige Fragen zu provozieren. Später werde ich mit Abby sprechen, sobald ich vollständig ausgenüchtert bin. Es wird Zeit, dass sie die Wahrheit erfährt. Sie ist meine beste Freundin, und ich weiß, dass sie mich nicht verurteilen wird. Zumindest hoffe ich das.

Der Morgen kommt.

Ob ich es will oder nicht. Die zweite Haut, die mich mit all den negativen Gefühlen überzieht, ist noch immer da. War nie wirklich weg. Aber möglicherweise hat sie einen winzigen Riss bekommen an der Stelle, an der Theo meine Tränen fortgewischt hat. Zumindest fühle ich mich nicht mehr ganz so einsam auf dieser Welt wie noch vor wenigen Stunden.

Kapitel 2

Theo

Das Drama anderer Leute zieht mich magisch an.

Aber das ist okay, weil ich den Menschen gern helfe, andernfalls wäre mein Studiengang wohl ein ziemlicher Griff ins Klo gewesen. Vor allem aber hat das Ganze den netten Nebeneffekt, dass ich mich nicht meinen eigenen Problemen widmen muss, solange meine Freundinnen und Freunde meinen Rat einfordern.

Im Prinzip ist es ganz einfach: Solange ich witzele, analysiere oder anderen mit Wort und Tat zur Seite stehe, ploppt niemals die Frage auf, wie es mir selbst geht. Das kommt mir recht gelegen. Denn die Antwort darauf höre ich nicht besonders gern.

Und die anderen haben auch etwas davon. Immerhin bin ich ein wirklich guter Zuhörer. Aufmerksam und nicht zu sehr involviert. Immer den professionellen Abstand bewahren, den ich später in meinem Job brauchen werde, um nicht selbst vollends den Verstand zu verlieren. Ich liebe es, menschliches Verhalten aus psychologischer Sicht zu betrachten und es zu zerlegen.

Wenn ich neue Menschen treffe, habe ich sofort den Impuls, ihrem Charakter auf den Grund zu gehen. Das ist mein Ding.

Deswegen finde ich es halb so schlimm, in einem Diner mitten in Pixton zu sitzen, anstatt mit Quin weiter Richtung Old Saybrook zu fahren. Unser Plan war eigentlich ganz simpel: Wir drücken uns vor der Aufräumaktion nach der Party, indem wir zum Angeln fahren und ein paar Tage chillen. Nicht geplant war, dass ich völlig verkatert aufgewacht bin und auf dem Weg dringend ein gutes Frühstück brauchte. Noch weniger geplant war, dass wir dabei in einem Diner Namens *Pixton's* landen und dort auf Quins neue Freundin Abigail treffen. Wie es aussieht, wusste er weder, dass sie hier als Kellnerin arbeitet, noch, dass sie in Pixton beziehungsweise über dem Diner wohnt. Von dem kleinen Mädchen, das plötzlich aufgetaucht ist, mal ganz abgesehen. Es konnte also keiner ahnen, dass wir heute mitten in einer neuen Folge *Quin und Abigail – Das Drama des Jahres* landen würden.

Ich bin allerdings noch viel zu betrunken von der gestrigen Party, um die volle Tragweite der Ereignisse zu kapieren.

Wie es aussieht, hat Abigail meinem Freund ein Kind verheimlicht, der Doc ist richtig angepisst, und das Happy End scheint sich zu vertagen. Im besten Fall.

Ich wünsche Quin wirklich nur das Beste, aber momentan steht seine Beziehung auf ziemlich wackligen Füßen, und so langsam gehen mir die klugen Ratschläge aus. Ich weiß nicht, was Abigail noch alles vor ihm verbirgt, was ihre Motive sind, und im Grunde geht mich all das auch nichts an. Aber ich bin mit niemandem so lange und so gut befreundet wie mit Quin, und ich will, dass er glücklich ist.

Neu an der *Quin und Abigail*-Serie, Staffel zwei, ist für mich, dass meine Finger zu schwitzen anfangen, sobald Abbys Freundin auf der Bildfläche erscheint. Mit ihr habe ich heute Morgen hier in Pixton, am gefühlten Ende der Welt, am allerwenigsten gerechnet. Vor nicht einmal zwei Stunden bin ich noch fest davon ausgegangen, dass sie in meinem Bett liegt. Vielleicht zucke ich deshalb derart zusammen, als sie durch den dicken Vorhang hinter dem Tresen des Diners schlüpft.

Scarlett Newton.

Die geheimnisvolle Freundin an Abigails Seite, die letzte Nacht weinend in meinem Zimmer saß und meine sonst so knallhart aufrechterhaltene Distanz wie selbstverständlich überwunden hat.

Bezaubernde Augen. Eine kleine, niedliche Stupsnase und Lippen, die zum Küssen gemacht sind. Sie ist atemberaubend schön.

Scarlett ist etwas Besonderes.

Ihre schwarzen langen Haare hat sie zu einem seitlichen Zopf geflochten, der ihr über die Schultern reicht und weit über ihren engen Strickpullover fällt. Die schwarzen Spuren, die ihre Tränen hinterlassen haben, sind verschwunden, ihre Augen und ihre Nase nicht mehr gerötet. Rein optisch hat sie wenig mit der Frau gemein, die noch vor wenigen Stunden völlig fertig auf dem Boden meines Zimmers gehockt hat. Aber ich meine, noch immer den Schmerz in ihrem Blick aufflackern zu sehen, den sie zu verbergen versucht. Das macht mich mit einem Schlag stocknüchtern und hellwach.

»Hi«, beeile ich mich, zu sagen, und richte mich auf meinem Barhocker kerzengerade auf, als sie vor mir steht.

Mitten in dieser seifenopertauglichen Szene zwischen Abby und Quin steht sie da. In einem Diner in Pixton, der aussieht, als käme er geradewegs aus den Sechzigern.

»Äh … Hi«, erwidert sie etwas schüchtern und streichelt dem kleinen Mädchen über den Kopf, das sich an ihr Bein geklammert hat, als Abigail und Quin den Diner überstürzt verlassen haben. Ich sag ja: Seifenoperpotenzial. »Was macht ihr denn hier?« Mein Blick wandert zwischen Scarlett und der Kleinen an ihrem Bein hin und her. Ein langes Bein, wie ich bei der Gelegenheit feststelle.

Zu viele Fragen schießen durch mein alkoholbenebeltes Hirn. Abigails Tochter? Wie alt ist sie? Warum weiß der Doc nichts von dem Mädchen, und vor allem: Was zur Hölle machen die alle hier in Pixton?

»Tja, das könnte ich dich auch fragen, oder nicht?«

Scarlett verzieht leicht das Gesicht, bleibt mir aber eine Antwort schuldig. »Hey, komm schon, Lee.« Sie löst die Kleine vorsichtig von sich und hebt sie auf den Barhocker neben mich. »Hör auf, zu weinen. Es ist alles okay.« Ihr Blick zuckt hinaus auf die Straße, wo Abigail und Quin wild diskutieren. Wenn ich ehrlich bin, kann ich seinen Schock nachvollziehen. Aber wie gesagt: Das ist nicht mein Krieg. Quin ist alt und klug genug, das allein auf die Reihe zu kriegen.

»Mom hat mich angemotzt«, protestiert die Kleine und verschränkt wütend die Arme vor dem Körper. Dabei wandert ihr Blick immer mal wieder in meine Richtung. Als Quin und ich hier eben ankamen, hatten wir keine Ahnung, dass es sich bei dem aufgeweckten Mädchen um Abigails Tochter handelt. Die Kleine sprang in dem Restaurant herum, als wir uns an den Tresen gesetzt haben, und hat uns prächtig unterhalten. So richtig kann ich das selbst noch nicht glauben. Wie sie aus tränenverhangenen Wimpern zu mir hinübersieht, bricht mir beinahe das Herz.

»Sie hat es sicher nicht so gemeint«, lenke ich deshalb ein und schiebe ihr zum Trost Quincys Frühstück hin. Ihm ist wohl vorerst ohnehin der Appetit vergangen. »Pancake?« Fragend zucke ich mit einer Schulter. »Nichts ist *so* schlimm, dass es ein guter Pancake nicht wieder in den Griff kriegen würde.«

Scarlett sieht mich an, doch als ich ihren Blick erwidere, wendet sie sich hastig ab. Seit der letzten Nacht hat sich die Stimmung zwischen uns völlig verändert. Allzu gern wüsste ich, wohin sie heute Morgen so überstürzt aus dem Fenster geflohen ist. Und vor allem, warum.

»Genau«, pflichtet Scarlett mir bei und streicht der Kleinen die Haare aus dem Gesicht. »Lass uns Quincys Frühstück aufessen, und dann gehen wir spielen.«

»Können wir in den Zoo fahren?« Das Mädchen, das sicher nicht mal sechs Jahre alt ist, pikst mir in den Arm. »Du kannst auch mitkommen. Letti und ich waren letzte Woche im Zoo. Da haben wir so viel Eis gegessen, bis uns schlecht geworden ist. Aber du darfst nur mitmachen, wenn du es Mom nicht verrätst. Tante Letti und ich machen ständig Sachen, die wir niemandem erzählen.«

Während Scarlett ertappt die Augen aufreißt, streiche ich mir mit der Serviette über den Mund, um meine Belustigung etwas zu kaschieren.

Dass mir statt eines Angelausflugs unter Männern plötzlich ein Zoobesuch mit zwei Frauen blüht, macht mir erstaunlich wenig aus. Ich war sowieso nicht besonders scharf darauf, die kommenden Tage in Old Saybrook zu verbringen. Zu viele Erinnerungen knüpfen sich um diese Jahreszeit an das alte Strandhaus meiner Eltern. Früher hat meine Familie viel Zeit dort verbracht, heute habe ich das Gefühl, dass zu viele Schatten auf dem Ort liegen und dass ihn keiner von uns wirklich genießt. Da vergnüge ich mich lieber mit den Geheimnissen, die Scarlett mit diesem kleinen Mädchen teilt.

»Okay.« Lachend lege ich meine Serviette weg und drehe mich auf meinem Hocker in ihre Richtung. Scarlett steht hinter der Kleinen, damit sie nicht von dem hohen Stuhl segeln kann. Liebevoll hat sie ihr die Hände auf die Schultern gelegt. »Ich würde wirklich gern mit dir und Tante Letti«, beim Erwähnen dieses Namens zwinkere ich Scarlett zu, »in den Zoo gehen und geheime Dinge tun, aber Quin und ich wollten für ein paar Tage angeln fahren.«

»Angeln finde ich doof. Das tut den Fischen weh.«

Mir bleibt keine Zeit für eine sinnvolle Erwiderung, weil Scarlett mit gequältem Gesicht über meine Schulter Richtung Ausgang schielt und ihren Kopf schüttelt.

»Ich wäre mir mit dem Angelausflug an deiner Stelle nicht so sicher.«

Das Glöckchen über der Tür erklingt, und ich drehe mich genau in dem Moment herum, in dem Abigail tränenüberströmt den Diner betritt und durch den Vorhang in den hinteren Bereich flüchtet. Von Quincys Wagen sind nur noch die Rücklichter in der Ferne zu erkennen.

Da sitzen wir. Völlig Fremde, die plötzlich aufeinander angewiesen sind, weil Abigail und Quin ihren Scheiß nicht geregelt kriegen. Noch dazu mit einem Kind.

Es ist nicht zu übersehen, dass die Kleine traurig auf den Vorhang schielt, durch den ihre Mom verschwunden ist.

Ich räuspere mich, um Scarletts Aufmerksamkeit auf mich zu lenken, und deute unauffällig mit dem Kinn zu dem Zwerg in unserer Mitte. Sie reagiert sofort.

»Wie wäre es, wenn wir nach Greenwich fahren? Wir könnten in den Park gehen, den du so gern magst, und die Enten füttern.« Scarlett legt ein künstliches Lachen auf und kitzelt das Mädchen. »Und wenn du brav bist, holen wir uns anschließend ein Eis, okay?« Sie versucht, die Kleine von dem Drama abzulenken, das sich gerade unmittelbar vor ihrer Nase abgespielt hat. Dabei ist Scarlett die seelische Erschöpfung nicht mehr anzumerken, die sie selbst noch vor wenigen Stunden empfunden hat.

Tatsächlich funktioniert ihr Plan. Freudig klatscht Ophelia in die Hände und dreht sich auf ihrem Hocker einmal im Kreis.

»Und er?«, fragt das Mädchen und zeigt mit seinem kleinen, lackierten Fingernagel auf mich. »Kommt er auch mit?«

Scarletts Blick richtet sich auf mich. Die Farbe ihrer Augen ist schwer zu bestimmen. Je nach Lichteinfall wirken sie blau oder fast schon grau. Sie verschleiern das, was in ihrem Inneren liegt, perfekt.

Fragend sieht sie mich an. »Wir können dich auf dem Weg zurück zum Campus bringen, wenn du willst.«

Ich schlucke, weil es mir schwerfällt, ihrem Blick standzuhalten. Er hat etwas Fesselndes an sich. Und ich möchte unbedingt herausfinden, was hinter dieser fröhlichen Fassade steckt, die sie hier aufsetzt.

»Das wäre wirklich nett von euch.« Ich spüre, wie sich meine Mundwinkel unwillkürlich nach oben ziehen. »Allerdings wollte ich schon immer mal die Enten in Greenwich füttern.«

Scarletts Lächeln kommt etwas zögerlich. Mit der Zunge spielt sie an dem kleinen silbernen Ring an ihrer Unterlippe, von dem ich seit dem ersten Tag, an dem ich sie gesehen habe, kaum die Augen wenden kann.

»Okay.« Sie streichelt dem Mädchen liebevoll über die Wangen. »Gehen wir mit Theo die Enten füttern. Ich bin sicher, das wird lustig.«

♥

»Was denkst du, wann kommt der Punkt in unserem Leben, an dem wir aufhören, die Welt durch diese Augen zu sehen?«, frage ich und sehe dabei etwas wehmütig Lee an, die mit einer Tüte voller Brotreste zwischen den Enten umherhüpft, denen sie Namen gibt. Ich habe nicht nachgehakt, was es mit der Kleinen auf sich hat. Das geht mich nichts an. Ob ich damit leben könnte, wenn meine neue Freundin mir ein Kind verschweigen würde, tut nichts zur Sache. Diese Entscheidung muss Quin allein treffen. Mir bleibt nichts übrig, als für ihn da zu sein, wenn er mich braucht.

Scarlett und ich schlendern am Ufer des Sees entlang. Sie hat die Hände tief in die Taschen ihres Mantels geschoben und lässt Abigails Tochter keine Sekunde unbeobachtet. Quietschend vor Freude hüpft diese durch das dichte Herbstlaub. Die beiden Freundinnen müssen sich sehr nahestehen, wenn sie das Kind mitnehmen kann, ohne Abigail darüber zu informieren.

»Hm. Ich weiß nicht. Mit der Pubertät? Dem ersten Liebeskummer? Den ersten richtigen Sorgen? Oder wenn man kapiert, dass die Welt einfach kacke ist?«

»Wow. *Weil die Welt einfach kacke ist.*« Aufmunternd klopfe ich ihr auf die Schulter. »Ich bin froh, dass du nicht pessimistisch veranlagt bist.«

»Ich hasse Pessimismus.« Sie versucht, sich ihr Lachen zu verkneifen, verliert den Kampf aber gnadenlos.

Der kalte Wind klärt langsam mein Hirn nach dieser durchzechten Nacht. Zumindest habe ich nicht mehr permanent den Drang, mich übergeben zu müssen, und auch der Kopfschmerz verzieht sich allmählich.

»Ich glaube nicht, dass es die Pubertät oder die erste Liebe ist. Es ist das System.«

Scarlett, die beinahe so groß ist wie ich, schüttelt nur lachend den Kopf und wendet sich wieder von mir ab.

»Du redest über das System. So?« Sie zeigt mit dem Finger auf meinen Kopf. »Sorry, das kann ich einfach nicht ernst nehmen«, erklärt sie kichernd.

Schockiert bleibe ich stehen und presse mir eine Hand auf die Brust.

»Was stimmt denn nicht mit mir?« Auch ich schaffe es nicht, mein Lachen zu unterdrücken. »Du wirst doch wohl nicht oberflächlich werden, hm?«

Grinsend wackle ich mit dem Kopf, sodass sich der rosa Bommel an der Mütze bewegt. Lee hat sie im Auto neben ihrem Kindersitz gefunden und meinte, die würde mir vortrefflich stehen. Die Geste kam von Herzen. Immerhin habe ich nicht mal eine Jacke dabei, und in diesem Oktober merkt man in Connecticut nicht gerade viel von der Erderwärmung. Soll heißen: Es ist arschkalt.

Ich trage daher voller Stolz eine rosa glitzernde Mütze mit Einhörnern darauf.

»Du siehst total bescheuert aus.« Scarlett stupst mich mit dem Ellbogen an, was ich lachend erwidere.

»Okay. Machen wir einen Deal«, schlage ich vor. »Ich verzichte auf diese wunderschöne und noch dazu wärmende Kindermütze, die mir erstaunlicherweise perfekt passt. Dafür verrätst du mir, warum du heute Morgen durchs Fenster getürmt bist.«

Bislang waren wir so damit beschäftigt, die Kleine zu unterhalten, dass wir keine Gelegenheit hatten, über gestern zu reden. Aber mir will das Bild einfach nicht aus dem Kopf, wie Scarlett mit verschmierter Wimperntusche vollkommen fertig auf meinem Fußboden hockt. Ich kenne sie noch nicht besonders lange und habe keine Ahnung, wie sie tickt. Doch bisher wirkte sie nicht wie ein besonders zerbrechlicher Charakter, der beim kleinsten Widerstand ins Wanken gerät. Mein Gefühl sagt mir, dass es einen triftigen Grund dafür geben muss, dass eine Frau wie sie buchstäblich am Boden ist.

Ihr Gesichtsausdruck unterstreicht diese These, lässt allerdings auch keinen Zweifel daran, dass ihr mein Themenwechsel nicht sonderlich gefällt.

»Ich wollte einfach nicht für Gerüchte sorgen.«

»*Gerüchte*«, wiederhole ich mit monotoner Stimme.

»Wenn Quincy gesehen hätte, dass ich aus deinem Zimmer komme … Er und Abigail haben auch so schon genug Theater.«

»Ganz offensichtlich«, seufze ich und beobachte, wie Lee versucht, die Brotkrümel gerecht unter den Enten aufzuteilen.

»Das ist alles.« Auch wenn Scarlett nichts an ihrer Haltung ändert, ist nicht zu übersehen, wie sie sich versteift. Ihre ganze Körpersprache schreit genau das Gegenteil. Das ist noch lange nicht alles. Sie will es mir nur nicht sagen.

Ich stecke die Hände in die Hosentaschen und kicke ein paar Eicheln zur Seite, die auf dem schmalen Weg liegen.

»Uuund …« Ich ziehe das Wort unnötig in die Länge und sehe auf das Wasser, dessen Oberfläche sich im Wind ganz sanft kräuselt. Aus dem Augenwinkel schiele ich jedoch so unauffällig wie möglich zu ihr hinüber. »… heute geht es dir besser als gestern?«

»Ja«, erwidert sie, ohne zu zögern mit einem breiten Grinsen. »Aber klar. Ich war einfach betrunken.« Sie zieht eine Hand aus der Tasche, um abzuwinken. »Du kennst das. Party, Alkohol, Drama. Aber alles gut. Ehrlich. Mir geht es bestens. Alles hervorragend. Super. Wirklich.«

Meine Augen weiten sich bei jeder ihrer Lügen ein bisschen mehr. Um ihre Worte als Bullshit zu erkennen, braucht man kein Psychologiestudium.

Langsam nicke ich.

»Das klingt, als ginge es dir wirklich ganz fantastisch. Beneidenswert.« Ich lasse sie anhand meines Tonfalls deutlich spüren, dass ich ihr kein Wort glaube.

Scarlett holt Luft, und ihr Mund öffnet sich. Ihr Blick flattert nervös umher und sucht einen Punkt, auf dem er verweilen kann. Es kommt kein Ton über ihre Lippen.

»Weil«, hole ich noch einmal aus, »gesetzt den Fall, es wäre nicht so, ist das auch okay. Diese Unbekümmertheit«, mit dem Kinn deute ich auf Lee, die von einem Schwarm Enten belagert wird, »verliert sich automatisch irgendwann. Jedem geht es mal scheiße. Das ist … keine Schande.«

Scarlett stößt ein trauriges Lachen aus.

»*Schande.*« Ihre Schultern sacken nach unten, als sie das Wort wiederholt. »Kennst du die genaue Definition von *Schande*?« Sie schüttelt den Kopf, während sie ihre Hände wieder zurück in die Tiefen ihres Mantels vergräbt.

»Ich müsste tatsächlich nachlesen für den genauen Wortlaut.«

Sie schenkt mir die Andeutung eines Lächelns und holt dabei tief Luft.

»Lass es besser. Auf Wikipedia gibt es dazu sicher ein Foto von mir.«

Scarlett ist wie eine Burg. Eine hübsche und wirklich heiße Burg, aber eben eine Burg. Egal, wie sehr ich es versuche, ich habe keine Chance, unerlaubt einen Blick über die Mauern in ihr Inneres zu werfen.

Meine Hände krallen sich durch die Taschen meiner Jeans in meine Oberschenkel.

»Scarlett.« Wir bleiben stehen und sehen uns an. Ihr Schal hebt und senkt sich unter ihren tiefen Atemzügen. Der kleine Ring in ihrer Lippe kippt etwas zur Seite, so fest presst sie den Mund zusammen.

»Tante Letti!« Lee kommt vergnügt angesprungen, eine ganze Entenfamilie dicht auf ihren Fersen. »Ich habe die Enten dressiert. Siehst du, sie folgen mir!«

Nur noch einen winzigen Augenblick länger sehen wir uns stumm an, dann holt Tante Letti Luft und legt den Gemütsschalter wieder zurück in seine ursprüngliche Position. Sofort verzieht sich ihr perfekt geformter Mund zu einem breiten Grinsen.

»Das ist ja super, mein Schatz.« All die Traurigkeit ist aus ihrer Stimme verschwunden. Sie nimmt die Kleine an die Hand und geht ein paar Schritte mit ihr, um zu sehen, ob die Enten ihr nachlaufen. Dabei lachen die beiden und drehen sich vergnügt im Kreis.

Ich lege den Kopf schief, ignoriere den rosa Bommel, der dabei in mein Sichtfeld rutscht, und beobachte, wie Scarlett spielend zurück in ihre Burg kriecht.

Bei dem Anblick der beiden mit den Enten im Schlepptau schleicht sich unwillkürlich ein Lächeln auf mein Gesicht. Ich weiß jetzt schon, was ich tun werde, sobald ich allein bin.

Ich werde das Wort *Schande* googeln.

Kapitel 3

Scarlett

Ich kenne eine Menge Menschen. Manche nur flüchtig, andere treffe ich häufiger. Doch noch nie in meinem Leben habe ich mich so oft verabredet wie in den vergangenen Wochen seit der Party in Pixton.

Hier shoppen mit Vanessa. Da einen Tag im Museum mit Avery. Bowling spielen mit Jessica oder Chinesisch essen mit Gabriela. Jeden Tag versuche ich, mich mit irgendjemandem für ein paar Stunden zu treffen, um nicht vollends den Verstand zu verlieren. Nie zuvor habe ich meine beste Freundin so sehr gebraucht, doch Abby hat ihr eigenes Päckchen zu tragen, und ich weiß, wie schwer das Leben gerade für sie ist. Deswegen will ich sie nicht zu sehr belasten und lenke mich stattdessen mit oberflächlichen Freundschaften ab. Die restliche Zeit bleibe ich allein.

Einsamkeit ist wie eine Insel. Sie ist friedlich und still, wunderschön gelegen im Ozean. Aber mit der Zeit kann sie zu einem Gefängnis werden. Denn die Ressourcen sind knapp, und ab einem bestimmten Punkt möchtest du nichts sehnlicher, als endlich wieder wegzukommen von dieser Insel.

Heute Abend war es Maxim, die mich kurzzeitig aufs Festland geholt hat. Eine ehemalige Mitschülerin, die ich seit Jahren nicht mehr gesehen habe. Ich fand sie schon damals seltsam, und auch heute atme ich erleichtert durch, als wir uns endlich auf dem Gehweg vor dem *Shake Shack* in New Haven verabschieden.

Jap. Ich bin zurück in Yale. Bereits seit über zwei Wochen. Allerdings nicht, um mein missglücktes Studium zu retten, sondern aus rein pragmatischen Gründen. In einem Örtchen wie Pixton, ja selbst im größeren Greenwich, würden die Leute früher oder später auf mich aufmerksam werden. Meine Insel bliebe dort nicht unentdeckt. Also bin ich direkt wieder in Richtung New Haven aufgebrochen, nachdem ich mit Theo und Lee am See war, und verstecke mich seitdem mal wieder vor der Realität.

Mit dem Beklemmungsgefühl in der Brust, das mir spätestens mit Einbruch der Nacht täglich die Luft abschnürt, steige ich in meinen Honda und steuere das Parkhaus hinter dem Eishockeystadion an. Es sind nur wenige Blocks, aber mit jeder Minute, die auf der kleinen Uhr im Armaturenbrett verstreicht, legt sich das Versagen schwer wie Blei auf meine Schultern und drückt mich immer tiefer in den Sitz hinein.

In Yale zu studieren, war immer mein großer Traum. Meine Mom kommt aus gutem Haus, was bedeutet, dass ihre Eltern stinkreich sind. Daher spielte die Finanzierung meines Studiums niemals eine Rolle. Ich habe für die passenden Noten gesorgt, und für kurze Zeit schien es, als würde sich mein Traum tatsächlich erfüllen. Doch nun ist er geplatzt wie eine zu große Kaugummiblase. Zurück bleibt nichts als der klebrige lästige Rest, der mir den Mund verklebt und mir meine Stimme raubt.

»Hi, Joe«, bringe ich nur noch leise hervor, als ich mit heruntergekurbeltem Fenster vor der verschlossenen Schranke stehen bleibe.

Selbst ohne ihn genauer zu betrachten, weiß ich, dass er seine Augenbrauen zusammengezogenen hat. Weil er mich jedes Mal, wenn ich herkomme, mit dem gleichen Blick ansieht.

Er hakt seine Daumen in die Gürtelschlaufen seiner Uniform und kommt auf mich zu, ebenso wie er es jeden Abend tut. Noch ehe er die Chance hat, zur heutigen Moralpredigt auszuholen, fange ich an, zu betteln.

»Es ist das letzte Mal, Joe. Versprochen. Morgen fahre ich zurück nach Pixton. Ich habe mir schon einige Wohnungen angesehen. Es ist das allerletzte Mal.«

Joe ist ein guter Kerl. Ich sollte ihn nicht anlügen. Aber die Schande, die mir samt geplatzter Kaugummiblase ins Gesicht geschrieben steht, lässt mich dumme Entscheidungen treffen.

»Ich würde gern etwas anderes sagen, Ms Scarlett. Aber das geht so nicht mehr weiter.« Der beruhigende Tonfall seiner Stimme hilft mir nicht, über die Tragweite seiner Worte hinwegzukommen.

»Ich weiß«, seufze ich. »Es ist wirklich die letzte Nacht. Ich verspreche es.«

Der Wachmann klopft mit seiner Hand sacht auf das Dach meines Kleinwagens und sieht dabei über mein Auto hinweg Richtung Innenstadt.

»Bitte, Joe«, flehe ich, während er seine Entscheidung abzuwägen scheint. »Es ist saukalt heute Nacht. Ich würde jämmerlich erfrieren.«

Sein gequälter Gesichtsausdruck ist ein gutes Zeichen. Die Mitleidsschiene funktioniert. Und für die muss ich mich nicht mal anstrengen. Denn ich bin tatsächlich absolut und unwiderruflich bemitleidenswert.

»Neil hat heute die Nachtschicht. Ich sage ihm, er soll die Tür im Dritten offen lassen.«

Eine riesige Last fällt von meinen Schultern. Zumindest für den Augenblick.

»O Gott. Ich danke dir, Joe.«

»Es ist das letzte Mal, Ms Scarlett. Das allerletzte Mal.«

»Jaja, ich weiß. Das letzte Mal. Versprochen. Nach heute siehst du mich nie wieder.«

Seufzend klopft er mir noch mal aufs Wagendach. Als er ein paar Schritte zurücktritt und per Knopfdruck die Schranke für mich öffnet, tummeln sich gemischte Gefühle in meinem Bauch, die beinahe dafür sorgen, dass mir das Essen von heute Abend wieder hochkommt. Die Sorge darüber, wo ich morgen schlafen werde, übertönt die kurzzeitige Erleichterung.

Ich war noch nie ein Freund von All-you-can-eat-Büfetts. Aber die Zeiten haben sich geändert. Inzwischen quillt meine Handtasche fast über vor lauter Brötchen und Dessertküchlein, die ich unauffällig eingesteckt habe, als Maxim nicht hingesehen hat.

Die Reifen meines Hondas quietschen auf dem glatten Boden des Parkhauses, während ich eine Kurve nach der anderen nehme, bis ich mein Ziel erreicht habe.

Der Behindertenparkplatz in der dritten Etage, der direkt neben dem Hintereingang des Stadions liegt.

Mein Zuhause für heute Nacht. Und das der letzten elf. Es ist schon viel zu lange her, dass ich in einem echten Bett gelegen habe. Das letzte Mal bei Theo. Doch ich versuche, so wenig wie möglich daran zu denken, auch wenn es mir schwerfällt, da meine Gedanken viel zu oft in seine Richtung wandern.

Sobald ich den Zündschlüssel herumgedreht habe und es still wird, schließe ich die Augen und reibe mir übers Gesicht.

Ein Teil von mir möchte erleichtert sein, weil ich hier bin.

Mit jeder Nacht wird es schwieriger, einen vernünftigen Stellplatz zu finden, an dem ich schlafen kann. Das Problem ist die Kälte. Die ersten Nächte nach der Party von Quincy und Theo habe ich auf einem kleinen Waldparkplatz außerhalb von Greenwich übernachtet und den halben Tank verbraucht, weil ich so gefroren habe. Und das ist auf Dauer zu teuer. Dann kann ich mir auch gleich ein Hotelzimmer nehmen. Über den CO_2-Ausstoß will ich gar nicht erst nachdenken. Auf dem Parkplatz von Walmart haben mich Mitarbeiter vertrieben, und an die Nächte, die ich auf dem Parkstreifen in einer Wohnsiedlung verbracht habe, will ich nicht mal mehr denken. Ich habe kein Auge zugetan aus Sorge, jemand könnte die Cops alarmieren.

Im Parkhaus ist es wenigstens einigermaßen warm und vor allem sicher. Joe passt auf mich auf. Ich kenne ihn aus den Zeiten, in denen ich einen Eishockeyspieler gedatet habe. Der war Joes Neffe, und wahrscheinlich drückt er deswegen jeden Abend ein Auge für mich zu. Außerdem habe ich immer mal wieder das Glück, das er bei einem Kollegen aus dem Stadion ein gutes Wort für mich einlegt, sodass ich die Mannschaftsduschen benutzen darf.

Aber es ist die letzte Nacht.

Es muss die letzte Nacht sein.

So kann es jedenfalls nicht weitergehen. Ich muss eine andere Lösung finden. Das Geld, das noch auf meinem Konto ruht, geht mir langsam aus, und ich kann nicht ewig in diesem Schwebezustand weitermachen. Es wird Zeit, der Realität ins Gesicht zu blicken. Es wird sich nichts ändern, wenn ich es nicht selbst in die Hand nehme. Ich brauche dringend einen Plan B. Und vor allem brauche ich eine Wohnung. Vielleicht ein WG-Zimmer. Außerdem eine Perspektive und … eine neue Familie wäre auch nicht übel.

Aber vor allem muss ich mit Abby sprechen. Sie ist schon

lange meine Wahlfamilie, und sie hat die Wahrheit verdient. Es ist nicht so, dass ich ihr nicht sagen will, was gerade bei mir los ist. Vielmehr sehe ich, wie chaotisch ihr Leben auch ganz ohne eine obdachlose Freundin ist.

Die richtige Gelegenheit hat sich nicht ergeben. Mir ist bewusst, dass ich mich mit dieser Ausrede nur selbst besänftige, aber wenn man erst mal in einer Spirale aus Lügen steckt, fällt es wirklich schwer, den Weg hinaus zu finden.

Morgen. Morgen Abend soll ich auf Lee aufpassen, während Abby und Quincy ihre hoffentlich endgültige Wiedervereinigung feiern. Anschließend werde ich ihr alles erzählen. Die ganze Geschichte. Die traurige Wahrheit über meine kleine Insel. Über das Leben der Scarlett Newton, das nicht länger existiert, und über den Scherbenhaufen, der zurückgeblieben ist.

Für einen Moment erlaube ich mir, mich an die Kopfstütze zu lehnen und die Augen zu schließen. Es wird noch eine ganze Weile dauern, bis Neil zur Nachtschicht erscheint und mir die Tür zu einer heißen Dusche öffnet. Ich hätte das Treffen mit Maxim noch stärker in die Länge ziehen sollen, um jetzt nicht so viel Zeit totschlagen zu müssen.

Das Piepsen meines Handys durchbricht die Einsamkeit. Blind greife ich in die Mittelkonsole und öffne erst die Augen, als sich das Smartphone unmittelbar vor meiner Nase befindet.

Der Name auf dem Display sorgt dafür, dass ich mich kerzengerade aufrichte.

Theodor Augustus Martin O'Connor hat mir eine Freundschaftsanfrage auf Instagram geschickt.

Mein Daumen fliegt in geübten Bewegungen über den Touchscreen. Ich nehme die Anfrage an und öffne als Erstes die Story, die er mir gesendet hat. Ich erschrecke mich über meine eigene Lache, die keine Sekunde später das Wageninnere flutet.

Ungeduldig wippe ich mit dem Fuß auf und ab, während

das kleine Wörtchen *Schreibt …* eine Nachricht von ihm ankündigt. Dabei starre ich noch immer lachend auf das Foto von der blonden Frau. Der Frau, die er vor zwei Wochen in meinem Beisein in sein Zimmer geschoben hat, um wer weiß was zu tun. Während ich heulend auf dem Fußboden hockte und damit die Nummer gecrasht habe. Die hübsche Studentin hält einen Schmollmund in die Kamera mit dem Untertitel: *Blöder Herpes – jemand einen guten Tipp?*

Als Theos Nachricht erscheint, muss ich kichern wie ein Teenager.

Du hast mich vor einem Herpes bewahrt.
Ich bin dir auf ewig zu Dank verpflichtet.

Sofort beginne ich wie von allein mit meinen Daumen damit, eine Antwort zu tippen.

Ich habe genau gesehen, wie du sie geküsst hast, O'Connor. Außerdem ist das fast zwei Wochen her. Damit ist die Inkubationszeit vorüber (glaube ich zumindest). Ich finde die Tatsache viel dramatischer, dass du beinahe mit einer Frau geschlafen hättest, die ihren Lippenherpes auf Social Media teilt.

Erst nachdem ich auf Senden gedrückt habe, mache ich mir Gedanken, ob ich mit meiner Antwort zu weit gegangen bin. Allerdings erlöst mich der lachende Smiley schnell, den Theo zusammen mit seiner Nachricht schickt.

😂

Absoluter Tiefpunkt meinerseits. Ich bin froh, dass es nicht dazu gekommen ist. Wie gesagt, ich bin dir auf ewig dankbar.

Ich like seine Nachricht und verlasse den Chat, um mir seinen Feed anzusehen. Die meisten Fotos zeigen ihn zusammen mit seinen Mitbewohnern. Auf Partys, in ihrem Wohnheim oder auf irgendwelchen Ausflügen. Die Bilder zaubern allesamt ein dümmliches Grinsen auf mein Gesicht. Nicht nur, weil Theo die schrägsten Outfits anhat, sondern auch, weil er auf jedem Bild strahlt wie ein Honigkuchenpferd. Ein Beitrag zeigt ihn mit Quincy bei einem Footballspiel. Theo trägt die lokale Cheerleaderuniform und posiert auf dem Rasen neben Quincy, der sich die Hände vors Gesicht schlägt. Das Ganze ist betitelt mit dem Hashtag *#carpediem*. Sie sehen so unbeschwert zusammen aus.

Eine neue Nachricht ploppt auf, und ich hätte vor Schreck beinahe mein Handy weggeworfen.

Ich habe übrigens Schande gegoogelt. Dabei ist mir etwas Interessantes aufgefallen, das ich gern mit dir diskutieren würde. Da du die Definition so gut kennst, weißt du bestimmt, welches Wort darin fett gedruckt ist, oder?

Welches?

Ich tippe das Wort in Rekordgeschwindigkeit und schicke die Nachricht weg. Theos Antwort kommt ebenfalls überraschend zügig.

Schande ist immer **subjektiv**. Darüber lohnt es sich, nachzudenken. Ich habe es lange getan. Möchtest du meine Gedanken dazu hören?

Ich ziehe mein Lippenpiercing zwischen die Zähne und grüble über eine Möglichkeit nach, dieser Unterhaltung aus dem Weg zu gehen. Allerdings möchte ich mich mit ihm weiter unterhalten. Unbedingt. Noch bevor ich eine Lösung für das Dilemma finde, trifft eine weitere Nachricht von ihm ein.

Was ich eigentlich damit sagen wollte, ist: Wie geht es dir?

Es geht ...

Ausnahmsweise antworte ich wahrheitsgemäß. Denn *es geht* tatsächlich. Die ersten Tage waren schlimmer. So langsam entwickle ich eine Routine in meinem neuen Leben, und in den letzten Minuten habe ich doch glatt vergessen, dass ich allein in einem Parkhaus stehe, in dem ich übernachten werde. Mal wieder. Zum letzten Mal.

Theo hat dafür gesorgt, dass meine Insel für einen kurzen Moment ein traumhafter Ort mit Palmen und Sandstrand war.

Kann ich etwas tun?

Meine Muskeln entspannen sich langsam, und ich sinke erschöpft in meinen Fahrersitz. Dabei schweift mein Blick durch das Innere meines Autos.

»Ein Kleiderschrank und eine Federkernmatratze wären für den Anfang nicht schlecht. Und wenn wir schon dabei sind, Kühlschrank und Bad wären auch nicht zu unterschätzen.« Meine Stimme klingt hohl in meinem kleinen Honda.

Statt ihm meine Gedanken ungefiltert mitzuteilen, überrasche ich uns wahrscheinlich beide mit meiner Antwort.

Muss morgen für Abby babysitten. Hast du Lust, mir Gesellschaft zu leisten?

Gerade als ich versuche, die Nachricht panisch zu löschen, wird auch schon seine Antwort eingeblendet.

Gern. Pizza und / oder Burger gehen auf mich.
Als Dank für die Herpessache.

Verlegen senke ich den Blick und bin froh, dass niemand meine geröteten Wangen sehen oder mein teeniehaftes Kichern hören kann.

Ich weiß nicht, warum es mich nervös macht, mit Theo zu schreiben. Er ist eigentlich nicht mal mein Typ, und wenn ich mir seine blonde Begleitung von der Party so ansehe, bin ich ganz offensichtlich auch nicht seiner. Abgesehen davon trägt der Kerl Frauenkleider, und überhaupt sind wir garantiert nicht auf einer Wellenlänge. Trotzdem kann ich nicht verleugnen, dass ich mich freue, ihn morgen wiederzusehen.

Dabei hat den Plan, Theo mitzunehmen, vermutlich mein Unterbewusstsein ausgeheckt, damit ich meiner besten Freundin mal wieder nicht die Wahrheit sagen muss.

Trotz dieser kurzen Einsicht tippe ich mit einem breiten Grinsen im Gesicht meine Antwort.

Dann sollte ich mich wohl bei Heather_queen_of_campus bedanken.

Ich schicke direkt eine weitere Nachricht hinterher.

Freue mich. Bis morgen.

Dann sperre ich das Display und werfe mein Smartphone auf den Beifahrersitz.

Theodor Augustus Martin O'Connor.

Das Grinsen ziert immer noch mein Gesicht, als Neil die schwere Metalltür des Parkdecks öffnet und mir mürrisch zuwinkt.

Während ich mein Waschzeug zusammenpacke, fühlt es sich ein bisschen so an, als hätten die Bauarbeiten zu einer gigantischen Brücke begonnen, die mich mit dem Festland verbindet.

Hoffnung. Das ist es, was sich in meinem Bauch so warm anfühlt.

Hoffnung …

Kapitel 4

Theo

»Okay, Doc.« Ich gebe mir allergrößte Mühe, Quins Blick standzuhalten. »Ich sage dir freiheraus, wie es ist, mein alter Freund.«

»Ich bin nicht sicher, ob ich dafür schon bereit bin. Alter, es ist nicht mal acht Uhr.«

»Zeit ist Geld. Außerdem habe ich ohnehin kaum geschlafen. Aber darum geht es nicht.«

»Alles klar. Worum geht es?« Mein bester Freund schlürft an seinem Kaffee und streicht sich die Haare aus dem Gesicht.

Um diese Uhrzeit ist das *Bee's* so gut wie leer. Die normale Campus-Café-Zeit beginnt nicht vor zehn oder elf Uhr. Außer meinem Kumpel und mir sitzen lediglich zwei Frauen an einem Tisch, die die Köpfe über einen Laptop gebeugt halten.

»Es geht um Tante Letti.«

Augenblicklich habe ich Quins uneingeschränkte Aufmerksamkeit.

»Scarlett? Was hast du mit Scarlett zu schaffen?«

»Sie hat mit mir geschlafen.« Er weitet erschrocken die Augen. »*Bei* mir«, korrigiere ich schnell. »Also in meinem Bett. Ohne mich. Nur sie. Aber womöglich nackt. Keine Ahnung.« Ich schüttle die Vorstellung ab. »Ich war nicht dabei, deswegen weiß ich nicht, was sie anhatte. Aber …«

»Theo«, unterbricht er mich.

»Ich war mir nicht sicher, ob ich es dir sagen soll. Aber wir werden heute Abend gemeinsam bei Abigail babysitten, und da dachte ich, es ist vielleicht besser …«

»Theodor!« Dieses Mal hält er zusätzlich eine Hand in die Höhe, um mich zu stoppen.

»Ich weiß, es ist verwirrend.«

»Noch mal von vorn. Scarlett hat in deinem Bett übernachtet.«

»Nach der Party. Ja.«

»Nach unserer Party? Das ist fast zwei Wochen her.«

»Jap.«

»Warum hast du nichts gesagt?«

Als Antwort ziehe ich lediglich die Augenbrauen hoch. Er weiß, warum. Immerhin ist am Morgen nach der Party in seiner Welt die Hölle losgebrochen. Dass Quin wieder auf der Höhe ist und jetzt einen auf happy Family macht, ist noch relativ frisch. Und ich bin ein geduldiger Mann. In letzter Zeit blieb kein Raum für mich und meine Bettgeschichten. Abgesehen davon ist nicht mal erwiesen, ob eine traurige Frau, die allein in dem Bett eines Mannes schläft, als Bettgeschichte zählt. Meine Intuition sagt Nein.

»Ja, okay«, lenkt Quin mürrisch ein. »Aber was ist das jetzt? Hast du was mit ihr?«

Ich spüre, wie sich meine Stirn in Falten legt. »Würde dich das stören?«

Weil Quin kein ignoranter Arsch ist, nimmt er sich einen

Moment, um darüber nachzudenken. Währenddessen trinke ich einen Schluck von meinem schwarzen Kaffee.

»Nein.« Mein Freund zuckt lässig mit einer Schulter. »Warum sollte mich das stören?«

»Das ist schön, zu hören, auch wenn ich nicht glaube, dass etwas mit ihr passieren wird. Es ist nur …«

»Ja?«

Seufzend ziehe ich meinen lila Schal noch etwas enger.

»Kann ich mit dir reden? Ich meine, ohne dass Abigail davon erfährt?«

»Die Antwort darauf sollte dir klar sein, Theo.«

»Ich mache mir Sorgen um sie.«

»Um Abby?«

»Um Scarlett, du Vollpfosten.«

Über den Rand seiner Kaffeetasse hinweg sieht Quin mich etwas verwirrt an.

»Alles klar. Du machst dir Sorgen um Scarlett. Ich ehrlich gesagt auch, wenn sie so verzweifelt ist, dass sie in deinem Bett schläft.«

»Haha. Sehr witzig und wirklich sehr erwachsen, Doc Charming.«

»'tschuldigung«, erwidert er lachend. Gleichzeitig sehen wir zur Tür, durch die jetzt zwei Studenten kommen, die mich mit dem klassischen Der-Typ-hat-sie-nicht-alle-Blick ansehen. Mein bester Freund rollt nur mit den Augen und wird wieder ernster. Er ist es inzwischen gewohnt, meinetwegen angeglotzt zu werden. Nur, weil ich heute keine Schuhe trage? Oder liegt es an dem gelb-lila gestreiften Schal? Egal. Die Menschen sind wirklich leicht zu beeindrucken. Ich bin vor allem davon beeindruckt, dass die Füße gar nicht so unangenehm kalt werden, wenn man barfuß läuft.

»Was weißt du über sie?«

»O Gott, Theo. Ist das dein Ernst? Du bestellst mich um diese Uhrzeit hierher, um von mir Informationen über die beste Freundin meiner Freundin zu erhalten? In welcher Serie bin ich hier gelandet? *90210*?«

»*90210* ist mehr als retro. Ich bin nicht sicher, ob man die noch als Beispiel nutzen darf, ohne dafür in die Fernsehhölle zu kommen.«

»*90210* ist Kult.«

»Mag sein, aber unsere Generation sollte sich an Serien wie *Sex Education* oder *Elite* orientieren. Nicht an *90210*. Damals galt Plastik noch als das Herstellungsmittel der Wahl, und kein Mensch hat sich Gedanken über das Klima gemacht.«

»Touché. Aber du willst jetzt nicht ernsthaft über den pädagogischen Effekt von Netflix sprechen, oder? Vielleicht ist es auch nicht ganz unproblematisch, dass Jungs auf der Toilette Sextherapie geben oder auf einer Highschool alle miteinander schlafen und so schön sind, dass es schon wieder cringe ist.«

»Du hast *Elite* gesehen?«, frage ich und lege den Kopf schief. »Kleiner verdorbener Doc.«

»Abigail schaut das.«

»Ja, klar«, schnaube ich lachend. Auf seiner Stirn erkenne ich dick und fett das Wort *Lüge*.

»Also willst du jetzt über spanische Teenager diskutieren oder was über Scarlett erfahren?«

»Eindeutig Letzteres. Wir schweifen ab. Gut, sag mir alles, was du weißt. Aber denk dran: Wenn man nichts Nettes zu sagen hat, soll man den Mund halten.«

Quin kneift die Augen zusammen und beobachtet mich mit Argusaugen.

»Filmzitat«, helfe ich ihm auf die Sprünge.

»Ist das aus *Stirb langsam*?«

»*Bambi*.«

»Du zitierst aus *Bambi*? Herrgott, Theo.« Lachend stützt er den Kopf in die Hände. »Dir ist echt nicht zu helfen.«

»Was? *Bambi* ist ein psychologisches Meisterwerk. Ich …« Kurz halte ich die Luft an und unterbreche mich dadurch selbst. »Quincy Bowen. Jetzt konzentrier dich. Scarlett Newton. Was weißt du über sie, Mann?«

»Okay.« Er holt tief Luft und streicht sich mit Daumen und Zeigefinger über seinen Bartschatten. »Lass mich überlegen. Scarlett … Sie ist dreiundzwanzig. Soweit ich weiß, kommt sie ebenfalls aus Pixton. Ihre Eltern leben dort, aber sie wohnt unter der Woche in Yale, wo sie Literatur studiert. Abby sagt, sie ist ihr gegenüber immer loyal gewesen und hat sich für sie eingesetzt. Sie ist weder schüchtern noch zurückhaltend. Eher … tornadomäßig.«

»Tornadomäßig«, murmle ich leise vor mich hin. »Hm.«

»Und sie hatte einen Freund.«

»Hatte?«

»Ich bin mir nicht sicher, aber Abby hat vor einiger Zeit mal was von einem Typen aus Pixton erzählt, mit dem sie regelmäßig ins Bett gegangen ist. Aber ich glaube, es war nichts Ernstes.«

Mein Finger tippt im gleichen Rhythmus gegen meine Nase, in dem sich der Sekundenzeiger der riesigen Zahnraduhr im Kreis bewegt, die über Quincy an der Wand hängt.

»War's das, Sherlock?«

»Ich weiß nicht. Mein Gefühl sagt mir, da stimmt was nicht.«

»Was sollte nicht stimmen? Hat sie irgendwas erwähnt? Und wie zum Teufel ist sie überhaupt in deinem Bett gelandet?«

»Das ist die Frage.« Ich spreche mehr mit mir selbst, als Quincy zu antworten.

»Denkst du nicht, Abby wüsste es, wenn irgendwas mit ihrer besten Freundin nicht stimmen würde?«

Quin hat ja keine Ahnung.

Es gibt nichts, was sich so einfach verschleiern lässt wie innerer Schmerz. Und ich bin fast sicher, dass Scarlett ihrer Freundin etwas vormacht. Das ist leichter als gedacht, wenn man einmal in einem Lügenkonstrukt steckt. Niemand weiß das so gut wie ich.

Ich brauche einen Augenblick, bis ich mein Pokerface wieder aufgesetzt habe.

»Wahrscheinlich hast du recht. Oder weißt du was«, korrigiere ich mich viel zu hastig, »ganz sicher hast du recht. Ich meine, du bist der Doc. Du hast immer recht. Komm, zahlen wir. Ich brauch dringend noch ein paar Stunden Schlaf.«

Quincy legt die Hände auf den Tisch und faltet sie.

»Du wirst mir nichts weiter verraten, habe ich recht?«

»Ich sag's doch: Du hast immer recht! Also, noch einen schönen guten Morgen! Oh, und falls wir uns nicht mehr sehen: Guten Tag, guten Abend und gute Nacht.«

Abwägend und aus leicht zusammengekniffenen Augen blickt Quin mich an, während ich bereits meinen Geldbeutel zücke.

»Das ist aus *Stirb langsam*, oder?«

»*Truman Show*«, erwidere ich lachend und stehe auf, um unseren Kaffee zu bezahlen.

Meine Gedanken kreisen dabei die ganze Zeit um Scarlett.

Heute Abend werde ich herausfinden, was mit ihr nicht stimmt. Das habe ich mir fest vorgenommen.

Denn auch wenn Quin oft recht hat: Mein Gefühl lässt mich nur selten im Stich. Irgendetwas geht da vor sich, und ich werde in Erfahrung bringen, was es ist. Das, und was es mit dem Freund beziehungsweise hoffentlich Ex-Freund auf sich hat. Eine neue Information, die mich mehr stört, als sie vermutlich sollte.

Ich bin nervös.

Obwohl ich verdammt ungern nervös bin. Wahrscheinlich, weil ich es so selten bin und dieses Gefühl ungewohnt für mich ist. In der Regel stehe ich so selbstbewusst hinter den Dingen, die ich tue oder sage, dass ich keinen Anlass dazu sehe.

Doch heute bin ich definitiv nervös.

Mit zittrigen Fingern baue ich das Gesellschaftsspiel ab, das Lee unbedingt mit mir und Tante Letti spielen wollte. Und genau da haben wir auch schon die Ursache des Problems.

Tante Letti.

Seit nunmehr zwei Stunden passen wir auf Lee auf. Erst haben wir Toast mit Käse gegessen, dann ein Dutzend Spiele durchgearbeitet und die Kleine anschließend auf eine Kostümparty gebracht. Zwei Stunden lang scherzten wir, arbeiteten uns Hand in Hand durch unseren Babysittingauftrag und liefen gemeinsam durch Pixton. Nebenbei bemerkt einer der schönsten Orte, an dem ich jemals war. Prinzipiell ist alles super. Das Ding ist nur: Sie sieht mich nicht an.

Weder wenn ich sie necke, noch wenn ich sie direkt anspreche. Sie richtet ihre Augen auf alles um uns herum, nur nicht auf mich.

Hätte ich weniger Selbstwertgefühl, würde ich vermutlich befürchten, es hat etwas mit mir zu tun oder dass sie mich nicht besonders mag. Aber ich bin rational genug, um die gegenteiligen Anzeichen zu sehen. Dennoch verstehe ich sie nicht.

Ist ihre Distanziertheit ein Schutzmechanismus? Ein Verdrängen von … Ja, von was denn? Irgendetwas ist anders an ihr. Ihr Verhalten hat nichts von der Natürlichkeit, die ich von unseren ersten Treffen gewohnt bin.

Seufzend stelle ich die Schachtel mit dem durchaus amüsanten Affenspiel auf den Schrank zurück. Schon auf unserem kurzen Spaziergang durch Pixton wollte ich sie endlich auf ihr Verhalten ansprechen, aber Scarlett hat mich nicht zu Wort kommen lassen.

›Sieh mal, da haben wir dies‹, ›Guck mal, hier kann man jenes‹. So ging es die ganze Zeit. Die Hände in die Taschen meines Mantels vergraben, habe ich geduldig gelauscht und auf meine Chance gewartet. Aber mit jeder ihrer Erzählungen ist die Befürchtung in mir gewachsen, dass irgendetwas mit Scarlett nicht stimmt. Es geht ihr nicht gut. Sie versucht, es mit Geplapper und Aktivitäten zu überspielen, aber sie ist nicht wirklich gut darin. Dafür genügt ein flüchtiger Blick hinter ihre Fassade.

Aus dem Augenwinkel schiele ich auf die Uhr am Backofen in Abigails Küche. Noch eine Stunde, bis wir Lee wieder von ihrem Freund abholen müssen. Sechzig Minuten, in denen ich mich vergewissern werde, dass ich mir keine ernsthaften Sorgen um Scarlett machen muss. Diesen Fehler habe ich ein Mal in meinem Leben gemacht, und ich werde ihn niemals wiederholen. Niemals.

»Sollen wir Abbys Küchenschränke nach Wein durchsuchen, oder wäre es dir lieber, ich hole zwei Viertausend-Kalorien-Milchshakes unten im Diner?« Wenn ich wie Quins Freundin und ihre Kleine über einem Restaurant leben würde, wäre ich wahrscheinlich übergewichtig und ganz sicher pleite.

Ich stelle unsere Teller in die Spüle und halte einen Moment inne, um bei dem Geklapper Scarletts Antwort nicht zu verpassen. »Scarlett?«, rufe ich mit Blick auf die geöffnete Kinderzimmertür. Während ich die Küche aufräume, die gleichzeitig Ess- und Wohnzimmer ist, wollte sie in Lees Zimmer für Ordnung sorgen.

Auch auf die zweite Nachfrage reagiert sie nicht, also werfe ich das Geschirrtuch auf die Arbeitsplatte und gehe mit einem mulmigen Gefühl ins Kinderzimmer.

»Möchtest du …« Als ich von der Tür aus einen Blick ins Zimmer werfe, bleibe ich stehen. Ich presse die Lippen aufeinander und lehne mich mit einer Schulter gegen den Türrahmen. Außer meiner Atmung ist nichts zu hören.

»Sieht so aus, als überspringen wir den Teil mit dem Rotwein und den ehrlichen Gesprächen«, flüstere ich und beobachte Scarlett.

Eingerollt wie eine Katze liegt sie zwischen einem Berg aus Kuscheltieren und schläft. Offensichtlich tief und fest, denn sie reagiert weder auf meine Worte, noch rührt sie sich, als ich auf sie zugehe und vor Lees Bett in die Knie gehe.

»Hey. Scarlett.« Ich lege meine Hand auf ihre Schulter. Durch den dünnen Stoff ihres Oberteils spüre ich die Wärme ihres Körpers, und mein Herz schlägt etwas schneller. Sanft streiche ich ihr eine Strähne ihrer schwarzen langen Mähne aus dem Gesicht. Ihre Haare fühlen sich genauso weich an, wie sie aussehen. Unter dem Schein der Lichterkette sieht ihre Haut aus wie die eines Porzellanengels.

Während ich tief einatme, greife ich nach der kunterbunten Wolldecke, die gefaltet am Fußende des Bettes liegt. Selbst als ich den weichen Stoff um ihren zarten Körper wickle, rührt sie sich nicht.

Die Alarmglocken in meinem Kopf übertönen alle Emotionen, die bei ihrem Anblick in mir aufsteigen.

Mein Gefühl täuscht sich nie.

Etwas fehlt ihr.

Das ist schon das zweite Mal, dass sie vor Müdigkeit zusammenbricht. Ich denke nicht gern in Schubladen wie *normal* und *unnormal*. Aber Scarletts ständige Erschöpfung ist definitiv Letzteres. Immerhin ist es nicht mal sieben Uhr abends.

Mit zusammengebissenen Zähnen beuge ich mich über sie und schalte die Kette mit den leuchtenden Sternen über dem Bett aus. Mein Gesicht kommt ihrem dabei so nah, dass ich ihren zarten Atem auf meiner Wange spüren kann.

»Theo?«

Schlaftrunken murmelt sie meinen Namen, ohne dabei die Augen zu öffnen.

»Ich bin da. Schlaf ruhig weiter. Ich übernehme den Rest.«

Als Antwort stößt sie lediglich ein paar unzusammenhängende Silben aus und kuschelt sich noch tiefer in die Decke ein. Dabei rutscht die Strähne von eben wieder in ihr Gesicht zurück. Ich zögere nicht und stecke sie stattdessen hinter ihr Ohr.

»Lee«, flüstert sie und greift nach meinem Handgelenk.

»Ich kümmere mich um sie. Schlaf dich erst mal aus.«

»Danke.« Das Wort kommt nur leise genuschelt über ihre Lippen. Ihr Arm wird schwer, und sie löst sich von meinem Handgelenk. Ich halte den Atem an, als Scarlett leicht mit den Lidern zuckt und ihre Augen sich einen Spaltbreit öffnen. Ich bin so dicht vor ihrem Gesicht, dass ich damit rechne, dass sie die Augen weit aufreißt und zurückweicht. Stattdessen legen sich ihre kühlen Fingerspitzen hauchzart auf meine Wange.

Ich muss schlucken, obwohl mein Mund bereits staubtrocken ist. Die Sekunden verstreichen, ihre Finger an meiner Wange, meine noch immer in ihrem weichen Haar.

Scarlett schließt die Augen, und kurz fürchte ich, dass dieser besondere Moment zwischen uns so schnell vorbei ist, wie er gekommen ist. Doch ich komme nicht dazu, mir weiter Gedanken darüber zu machen, weil sie sich leicht nach vorn beugt, wodurch sich unsere Lippen berühren.

Sie drückt ihren Mund auf meinen.

Es erscheint mir wie ein Traum, aber Fakt ist: Wir küssen uns. Ich spüre ihre Lippen ganz deutlich.

Hauchzart.

Weich.

Vorsichtig.

Und doch schlägt diese sanfte Berührung ein wie eine Bombe. Sie trifft auf mein Innerstes und lässt nichts zurück außer Chaos.

Ich küsse Tante Letti. Im Bett einer Sechsjährigen.

Es ist ein unschuldiger Kuss. Nicht mehr als das Aufeinanderlegen von Lippen. Doch das Gefühl, das diese Berührung auslöst, geht mir bis in die Zehenspitzen.

Als mir die Luft ausgeht, löse ich mich leicht von Scarlett. Sie hat die Augen geschlossen. Nimmt ihre Hand herunter und schiebt sie unter ihr Gesicht. Keine Ahnung, ob ich erleichtert darüber sein soll, dass sie offensichtlich noch immer nicht richtig wach ist, oder ob es mich kränkt.

Ich öffne den Mund, doch ganz gleich, was ich sagen will, die Worte können nicht heraus. Die Bombe, die mich gerade getroffen hat, hat ihnen den Weg versperrt.

Notgedrungen schlucke ich alles herunter, was sich in meinem Sprachzentrum tummelt, und ziehe mich langsam zurück.

Scarlett rührt sich nicht. Sie scheint nichts von der Explosion mitzubekommen, die soeben in mir detoniert ist. Und es wirkt so, als ob unser kleiner Kuss sie nicht im Geringsten aus der Bahn geworfen hätte.

Sie schläft tief und fest, und ich lege mir die Fingerspitzen an die Lippen, weil ich mich frage, ob ich mir unseren Kuss vielleicht nur eingebildet habe.

Ich habe Tante Letti geküsst.

Die Frage ist nur, was das zu bedeuten hat.

Kapitel 5

Scarlett

Das heiße Wasser löst die Spannungen in meinen Schultern. Gegen die innere Verkrampfung, die mich seit Wochen begleitet und die seit dem Aufwachen ein ganz neues Level erreicht hat, hilft es jedoch nicht. Seit dem Tag, an dem ich mein Elternhaus verlassen habe, dachte ich in vielen Situationen, es könne nicht mehr schlimmer werden.

Tja, und jetzt stehe ich unter der Dusche meiner besten Freundin und weiß genau, dass ich das Unaufhaltsame nicht länger aufschieben kann. Abby will die Wahrheit.

Sie musste es nicht mal sagen. Ich habe es in ihrem Blick gesehen, als ich heute Morgen aus Lees Zimmer gekrochen kam. Die Schuldgefühle hatte ich mir ohnehin schon wie einen Mantel um die Schultern gelegt, belgeitet von einem Gewissen schwer wie Blei.

Ich habe den kompletten Abend verschlafen. Theo muss Lee allein von ihrer Party abgeholt haben. Ich weiß nicht mal, wo Lee geschlafen hat. In ihrem Bett jedenfalls nicht.

Und da wäre noch diese andere Kleinigkeit. Ich kann die Augen so fest zukneifen, wie ich will. Ich sehe es trotzdem vor mir.

Ihn.

Ich sehe ihn vor mir.

Theo.

Ich spüre das Gefühl seiner Lippen auf meinen.

Es war kein Traum, auch wenn ich mir das seit dem Morgengrauen immer wieder einrede.

Ich habe Theo geküsst, ob ich nun damit umgehen kann oder nicht. Die Tatsache bleibt bestehen.

Ich könnte Stunden hier unter der warmen Dusche verbringen und mich vor der Welt verstecken. Aber dass ich auch hier weiter grüble, verdirbt mir das schöne Gefühl. Deswegen drehe ich schnaufend das Wasser ab und wickle mich in das Handtuch, das über dem Rand der kleinen Duschkabine hängt. Abbys Wohnung ist nicht groß. Alles wirkt wie aus einer Puppenstube, und trotzdem ist es ein Zuhause. Etwas, das ich mit jedem Tag schmerzlicher vermisse.

Während ich mich anziehe und mir die nassen Haare zu einem Knoten wickle, lege ich mir gedanklich zurecht, wie ich Abby die Ereignisse der letzten Wochen beichten kann. Das Problem sind nicht die Geschehnisse an sich. Abby ist meine beste Freundin. Ganz gleich, was ich mache, sie würde versuchen, mich zu verstehen. Viel schlimmer ist, dass ich sie so lange belogen habe. Und dafür will mir beim besten Willen keine logische Erklärung einfallen.

Als ich kurze Zeit später das Bad verlasse, ist die Stimmung in der Wohnung so kühl, dass ich mir unwillkürlich die Arme reibe. Quincy sitzt mit Lee auf dem Fußboden, wo er mit ihr ein riesiges Weltraumbild puzzelt.

Abby steht mit verschränkten Armen in ihrer kleinen Küche und sieht mich an.

Kein Zweifel – jetzt ist Klartext angesagt.

»Also«, holt sie aus und deutet auf einen der Hocker, die vor dem Tresen stehen, an dem maximal zwei Personen Platz haben. »Wollen wir reden?«

»Gibt's gar kein Frühstück?«, frage ich mit viel zu schriller Stimme und schlinge die Arme noch fester um den Oberkörper.

Sie weiß, dass etwas nicht stimmt. Ich sehe es ihr an. Leider geht mein kleines Ablenkungsmanöver nicht auf.

»Es gibt ein großartiges Frühstück. Aber vorher erzählst du mir, was momentan mit dir los ist.«

Mein Blick zuckt zu Quincy, der genau im gleichen Moment zu mir sieht.

»Komm, Lee. Lass uns nach nebenan gehen, ja?«

»Ich will auch ein großartiges Frühstück«, protestiert die Kleine. Als ich ihr in die Kulleraugen sehe, erschlägt mich mein Gewissen beinahe. Wenn Theo nicht gewesen wäre, hätte ich sie womöglich vergessen. Weil ich mein Leben so wenig im Griff habe, dass ich einfach einschlafe vor lauter Erschöpfung.

»Kriegst du.« Quincy lacht leise. Abby rührt sich noch immer nicht. »Aber erst müssen die beiden noch etwas ohne uns besprechen.« Er erhebt sich und zieht Lee ebenfalls auf die Füße.

Mein Herz trommelt wie wild. Wenn sie aus dem Raum gehen, gibt es kein Zurück mehr. Dann bin ich nicht länger Scarlett Newton, die erfolgreich in Yale studiert und in Pixton lebt.

Quincy wirft sich Lee kreischend über die Schulter und ist schon fast an mir vorbei, als ich spontan zu Plan B übergehe.

»Ich habe Theo geküsst«, platzt es aus mir heraus. Kurzzeitig scheine ich mit diesen Worten die Stopptaste gedrückt zu haben. Aber nur kurzzeitig, denn nachdem alle einen Moment still stehen und die Luft anhalten, passieren einige Dinge gleichzeitig.

Quincy dreht sich mit Lee auf dem Arm herum und sieht

zwischen mir und Abby hin und her. Abbys Kinnlade klappt herunter. Dann wandert ihr Blick zu ihrem Freund.

»Warum bist du nicht überrascht?«, fragt sie ihn, was ich ehrlich gesagt auch gern wissen würde. Er sieht nicht gerade aus, als ob diese Information für ihn aus dem Nichts käme.

Lee zappelt auf seinem Arm. »Kriegt ihr dann jetzt Babys? Mein Freund Daniel Rowe sagt, man kriegt Babys, wenn man zu viel knutscht.«

»Was?«, raunt Quincy, der diese Information offensichtlich spannender findet als meinen Halbschlafkuss mit Theo. »Wieso redet ihr über so etwas?«

»Das möchte ich auch gern wissen. Aber eins nach dem anderen.« Abby kommt um den Tresen herum und stemmt die Hände in die Hüften. »Da läuft was mit Theo?«, fragt sie mich, wendet sich aber dann direkt mit ausgestrecktem Finger an Quin. »Und du wusstest davon?«

»Es läuft nichts mit Theo«, gehe ich dazwischen, während Quincy nur eine Augenbraue anhebt.

»Nicht?« Er stellt die Frage, als ob er sicher ist, dass ich lüge. Was absurd ist. Oder?

»Moment mal. Weißt du vielleicht mehr als ich?« Meine Stimme klettert mit jedem Wort weiter nach oben.

»Ich …« Abwehrend hebt er die Hände.

»Hat Theo weiche Lippen?«, fragt Lee.

Das reicht.

»Wisst ihr was?« Ich sehe auf mein Handgelenk. »Es ist plötzlich so spät.« Ich trage nicht mal eine Uhr. Aber es wird Zeit, das hier zu beenden. »Ich habe völlig vergessen, dass ich losmuss. Mom wartet.« Lüge. »Wir wollen zusammen was einkaufen.« Lüge. »Heute Mittag kommt Verwandtschaft.« Lüge, Lüge, Lüge. »Wir müssen das hier leider vertagen.«

Ohne irgendwem die Gelegenheit zur Widerrede zu geben,

hechte ich zu Abby und gebe ihr einen Kuss auf die Wange. »Ich hab dich lieb, bis morgen. Oder übermorgen.«

»Scarlett!« Abby versucht, mich zu unterbrechen, aber ich ignoriere ihren schroffen Tonfall.

»Sorry. Keine Zeit. Echt nicht.« Im Vorbeigehen wuschle ich Lee durch die Haare. »Mach's gut, Engelchen.«

Quincys Blick trifft kurz auf meinen. Ohne ein weiteres Wort zu sagen, presse ich die Lippen zusammen, schnappe mir meine Jacke und mein Handy vom Tisch und verlasse überstürzt Abbys Wohnung. Ich bin keine Psychologieexpertin, aber Fluchtinstinkt bei Kontrollverlust ist mir mehr als bekannt. Ich habe dieses Vorgehen quasi erfunden.

Als ich den Diner verlassen habe, kann ich wieder freier atmen. Dennoch bleibe ich nicht stehen. So schnell es geht, flitze ich mit gesenktem Kopf um die Ecke der Main Street zu dem kleinen Parkplatz, auf dem ich meinen Wagen geparkt habe. Erst als ich seufzend hinter dem Steuer sitze, nehme ich mir einen Moment Zeit, um zur Ruhe zu kommen. Als ich meinen Kopf erschöpft nach vorn sinken lasse, bemerke ich, dass ich noch immer Abbys hässliche Einhornpantoffeln trage.

Lachend kullert mir eine einzelne Träne aus dem Augenwinkel, die ich schnell wegwische. So muss ich mir nicht eingestehen, dass sie überhaupt da war. Ich kralle meine Finger ums Lenkrad und starre aus der Windschutzscheibe gegen die Müllcontainer des *Pixton's*.

»Ich habe Theo geküsst.« Ich spreche die Worte noch einmal laut aus.

Es war kein Traum.

Ich habe Theo geküsst.

Eine weitere Sache in meinem Leben, die so ganz sicher nicht geplant war. Und ich habe keine verfluchte Ahnung, was ich jetzt mit dieser Situation anstellen soll.

Ohne weiter über die gescheiterten Pläne in meinem Leben nachzugrübeln, starte ich den Wagen und verlasse Pixton, ehe Abby auf die Idee kommt, mir zu folgen.

Es war nicht fair ihr gegenüber, dass ich mich ein weiteres Mal vor der Wahrheit gedrückt habe. Es war eine Kurzschlussreaktion. So könnte man mein Verhalten nennen, wenn man wohlwollend wäre.

Während ich durch die Main Street fahre, versuche ich, alles um mich herum auszublenden. *Joe's* Drogeriemarkt genauso wie die ersten Lichterketten, die bereits für die Vorweihnachtszeit im Stadtkern aufgehangen wurden, aber noch nicht leuchten. Ich richte den Blick ausschließlich auf die Straße, aus Angst, zufällig meine Mom dabei zu entdecken, wie sie ihren Samstagmorgeneinkauf erledigt.

Die Erinnerungen, die Pixton mit sich bringt, schnüren mir die Kehle zu. Der Kloß in meinem Hals wird noch dicker, als ich schließlich nach rechts in die Church Street biege. Im Augenwinkel sehe ich Jacksons Truck in seiner Einfahrt stehen, und ich muss schlucken. Seit dem Abend vor fünf Wochen, an dem ich ihn ein für alle Mal verlassen habe, herrscht absolute Funkstille zwischen uns.

Während die Scheiben meines Hondas wegen der Kälte draußen beschlagen, werden die Bilder vor meinem inneren Auge umso schärfer.

Ich sehe seine Hände vor mir, die sich über meine Hüfte schieben. Spüre seinen Atem auf meinem Hals und seinen Körper an meinem. Aber vor allem höre ich das ›Nein‹, das ich immer und immer wieder sage.

Ein eiskalter Schauer jagt über meinen Rücken. Ich drehe die Heizung im Auto höher und trete das Gaspedal weiter durch. Ich brauche Abstand. Abstand von Pixton, von meinen Eltern und von meinem Ex.

Es ist gut, dass die Sache zwischen uns vorbei ist. Das, was mit ihm lief, war niemals eine erfüllende Beziehung. Weder vermisse ich ihn noch unsere gemeinsame Zeit. Das Gefühl, das in meiner Brust für Enge sorgt, ist eher Scham oder Reue. Vielleicht auch Enttäuschung oder sogar tiefe Traurigkeit über die Art, wie es geendet hat. Vielleicht hätte ich früher erkennen müssen, wie er wirklich ist. Aber ich war blind. In vielerlei Hinsicht habe ich einfach nicht die Wahrheit sehen wollen.

Meine Schultern entspannen sich erst wieder, als ich das *Goodbye-Pixton*-Schild passiere. Das Gefühl, meine Heimat zu verlassen, fühlt sich richtig an. Eine Erkenntnis, die mich gleichzeitig traurig macht.

Mein ganzes Leben lang fühlte ich mich hier geborgen. Ich kenne jeden Winkel in dieser kleinen Stadt. Ich habe hier meinen ersten Kuss bekommen. Saß auf der Schaukel hinter Mr Wans Restaurant, als ich zum ersten Mal meine Periode bekam, und habe in Ms Michaels Vorgarten gekotzt, als ich das erste Mal betrunken war. Ich habe mich in Pixton immer zu Hause gefühlt. An den Tagen, die ich in Yale verbracht habe, habe ich meine Heimat vermisst. Vor allem, seitdem Abby in Pixton wohnt, wollte ich niemals woanders sein.

Doch heute engen mich die schmalen Straßen ein. Die bekannten Gesichter bereiten mir Unbehagen.

Als Theo und ich Lee gestern Abend zu den Rowes gebracht haben, war es, als würde ich etwas Verbotenes machen. Dabei bin ich nur durch meine Stadt gegangen. Jeder Schritt hat mich unendlich viel Kraft gekostet. Die Zeiten, in denen ich mich noch unbeschwert durch Pixton bewegen konnte, sind offenbar endgültig vorbei.

Ich bin so in Gedanken, dass ich regelrecht zusammenzucke, als ich das Ortsschild von Greenwich an mir vorbeiziehen sehe.

Greenwich ist die nächstgrößere Stadt und außerdem die

Heimat der Pixton University, die sich den Namen unseres kleinen Örtchens geschnappt hat.

Unmittelbar vor mir befindet sich auch schon die Abfahrt zur Universität. Ich zögere nicht und setze den Blinker. Keine Ahnung, warum ich ausgerechnet hierhergefahren bin. Vielleicht weiß ich es ziemlich genau, will es aber einfach nicht wahrhaben.

»Du bist ein sehr dummer Mensch, Scarlett Newton«, murmle ich, während ich mein altes Auto auf den Parkplatz vor dem Beta-Gebäude der Uni lenke. Soweit ich weiß, ist dieser Wohnkomplex nichts anderes als ein quadratisches Mehrfamilienhaus für die etwas elitäreren Studentinnen und Studenten der Pixton. Abby hat mir darüber mal einen elend langen Vortrag gehalten. Ich verstehe ihre Abneigung gegen dieses System, aber so läuft es nun mal. Überall. Die reichen Sprösslinge werden gehobener untergebracht als das Fußvolk. Sprösslinge wie Theo und Quincy.

Noch vor wenigen Wochen hätte ich mich über den Lebensstil der beiden nicht beschweren können. Meine Eltern waren zwar selbst nie reich, aber sie haben mir mit dem Geld meiner Großeltern ein gutes Zimmer sowie die enormen Studiengebühren in Yale finanziert. Doch jetzt, als Obdachlose und damit Angehörige der untersten Gesellschaftsschicht, darf ich mich mit bestem Gewissen über die Klassengesellschaft beschweren.

Ich lehne mich zurück und starre auf das Flachdachgebäude. Unwillkürlich fällt mein Blick auf die bodentiefen Fenster, durch die ich vor zwei Wochen geschlüpft bin.

Theo hat die orangefarbenen Vorhänge zugezogen. Alles an der Pixton ist orange oder blau oder beides. Die Fahnen, die im Novemberwind wehen, ebenso wie die Wegweiser und die Gardinen an den Fenstern.

Ich werde nicht aussteigen. Hatte ich nie vor. Aber irgendwie musste ich herfahren. Die Frage ist nur, weshalb? Um seine

Gardinen anzustarren? Es geht wirklich kontinuierlich bergab mit meiner geistigen Verfassung.

Ein Klopfen gegen meine Fensterscheibe reißt mich aus meinen Gedanken.

»O mein Gott!«, schreie ich. Mein Herz rast, und ich presse die Hand auf die Stelle, an der es unnormal schnell schlägt. »Willst du mich umbringen?«

Theo, der mir lächelnd durch die Scheibe meines Wagens zuwinkt, antwortet etwas, aber ich kann ihn nicht verstehen, weil in diesem Moment ein anderes Auto an uns vorbeifährt.

Hastig kurble ich die Scheibe herunter. Jap, ich muss noch kurbeln.

»Du hast mich fast zu Tode erschreckt.«

»Hatten wir das nicht schon mal?«, fragt er schmunzelnd, was die kleinen Fältchen neben seinem Mund zum Vorschein bringt.

Es dauert einen Moment, doch dann erinnere ich mich daran, dass wir die Diskussion mal geführt haben, ob es überhaupt möglich ist, sich zu Tode zu erschrecken. Damals haben wir uns zum ersten Mal gesehen. In einer Kneipe in Greenwich.

»Warum schleichst du dich so an? Stalkst du mich oder so?«

Mit einem schelmischen Ausdruck auf dem Gesicht zieht er sein Handy aus der Hosentasche und tippt darauf herum.

»Lass uns mal sehen.« Er lehnt sich mit der Hüfte gegen meinen Honda, als wäre es eine Selbstverständlichkeit, dass wir gemeinsam hier auf dem Parkplatz stehen. »Laut Definition ist ein Stalker jemand, der eine Person willentlich und wiederholt verfolgt oder belästigt. Dabei kann die physische oder psychische Unversehrtheit der verfolgten Person unmittelbar, mittelbar oder langfristig bedroht und geschädigt werden.« Er hebt seinen Blick und zieht die Augenbrauen zusammen. »Nope. Das passt nicht. Definitiv kein Stalker.« Sein Blick schweift über den fast vollen Parkplatz. »Mal ganz abgesehen davon, dass du vor meiner Tür stehst und nicht umgekehrt.«

Seufzend lasse ich meine Stirn gegen das Lenkrad sinken. Mit Theo ist alles so kompliziert. Oder vielleicht ist es auch zu einfach. Ich weiß es nicht.

»Keine Ahnung, warum ich hier bin. Ich weiß langsam gar nichts mehr.«

Ich halte die Luft an, als ich seine Hand auf meiner Schulter spüre.

»Komm. Du kannst auch drinnen nichts wissen. Da ist es wenigstens warm.«

Ich lege den Kopf zur Seite, um ihn anzusehen. Meine Schläfe drückt gegen das Lenkrad, und noch ehe ich antworten kann oder mein Gehirn schnell genug ist, um zu schalten, wandert sein Blick in das Innere meines Wagens.

Ich presse die Lippen zusammen. Wir sehen uns an, und ich bitte ihn stumm, nicht zu fragen.

Nicht nachzuhaken, warum mein Auto voller Klamotten ist, mein Schlafsack auf dem Beifahrersitz und mein Waschzeug auf dem Armaturenbrett liegt. Ich sage kein Wort, aber mit meinen Augen bettle ich ihn an. Nicht das auch noch. Wenn ich an diesem Morgen ein weiteres Mal fliehen muss, weiß ich langsam wirklich nicht mehr, wohin.

Theo scheint länger nachzudenken als gewöhnlich, doch schließlich nickt er in Richtung Wohnheim.

»Wenn mich nicht alles täuscht, müsste noch eine Brownie-Backmischung im Schrank stehen. Außerdem koche ich den weltbesten Kaffee. Du könntest es uns beiden also leicht machen und aussteigen. Oder du wartest hier, bis sich das Lenkrad in deinen Schädel bohrt. Sicher wird das seeehr lange dauern und äußerst schmerzhaft enden.«

Langsam hebe ich meinen Kopf.

»Kaffee klingt gut.« Mein Mund formt die Worte, und sie kommen auch bei Theo an, doch mit den Augen sage ich etwas ganz anderes. ›Danke‹ schreien sie ihm entgegen, und ich wünsche mir von ganzem Herzen, dass er meine Dankbarkeit erkennt.

»Ich sage euch, die hat schon mal einen Porno gedreht. Ich bin mir zu hundert Prozent sicher.« John Ledger, einer von Theos und Quincys Mitbewohnern, deutet mit dem Löffel in seiner Hand auf den Fernseher. Dort läuft irgendeine mittelmäßige Sitcom mit einer zugegeben ziemlich attraktiven Hauptdarstellerin. Die Jungs sind sich einig, sie schon einmal gesehen zu haben, aber Google spuckt keine Filmografie aus. In Anbetracht meiner aktuellen Lage bin ich erstaunlich amüsiert und lausche entspannt ihrer Diskussion.

»Ich kann mich nicht an sie erinnern.« Der vierte WG-Bewohner, Wyatt, aka der Typ mit der Wodkaflasche, legt den Kopf schief und starrt ebenfalls auf den Bildschirm.

»Das könnte daran liegen, dass du ihr dafür hättest ins Gesicht sehen müssen«, gibt Theo schmunzelnd zu bedenken. Wir sitzen zu zweit an dem runden Esstisch und trinken unseren Kaffee. Und ja, ich muss gestehen: Er ist nicht schlecht.

»Ach, tu nicht so scheinheilig, O'Connor.« John nuschelt die Worte, weil sein Mund beinahe überquillt vor Frühstücksflocken. »Ich lebe im Zimmer neben dir. Ich weiß genau, was für Filme du dir ansiehst.«

Unsere Blicke treffen sich kurz, und ich kichere in meine Kaffeetasse, weil Theos Wangen sich doch tatsächlich rötlich verfärben.

Mit einem unterdrückten Grinsen schüttelt er den Kopf.

»Ich werde nicht leugnen, mir Sex auf dem Bildschirm anzusehen. Da ist nichts dabei. Aber zumindest kann ich voller Stolz behaupten, nur Filme anzusehen, die über ein Mindestmaß an Handlung verfügen. Abgesehen davon kann ich mir die Gesichter der Schauspielerinnen einprägen, was bei deiner Art von Unterhaltungsfernsehen nicht möglich ist, weil man die«, er hebt die Hände zu Anführungszeichen, »*Akteurinnen* nur von hinten oder unten sieht.«

»Ach, komm«, winkt Wyatt lachend ab. »Als ob es so was gibt: Pornos mit Handlung.«

Gibt's, denke ich. Am liebsten würde ich mich an dieser Unterhaltung beteiligen. Ich teile Theos Ansicht, dass nichts dabei ist, sich Pornos anzusehen, und beneide ihn für seine offene Art. So oft habe ich im Internet Diskussionen über erotische Literatur geführt. Aber hier und jetzt zwischen den Jungs traue ich mich nicht, darüber zu sprechen. Weil dieser Teil meines Lebens schon einmal alles kaputtgemacht hat.

»Sie ist es. Den Hintern erkenne ich.« John und Wyatt verfolgen gebannt, wie die blonde Frau sich in diesem Moment bekleidet mit einem knappen Bikini zum Kühlschrank beugt.

»Tja, Scarlett«, schnaubt Theo. »Willkommen in der niveaulosesten WG aller Zeiten.« Lachend breitet er die Arme aus. Sein kurzärmliges Shirt gibt den Blick frei auf seine schlanken, aber deutlich trainierten Arme, was mich sofort an den Abend der Party erinnert. Ich sehe förmlich vor mir, wie er das Mädchen mit dem lächerlichen Namen bei Instagram gegen die Wand gepresst hat. Die Wahrheit ist, ich mache mich über ihren Social-Media-Account und ihren Herpes, für den sie gar nichts kann, lustig. Nicht aus Bösartigkeit. Nein, mein Motiv ist viel offensichtlicher: Neid.

»Ich kann mir Schlimmeres vorstellen«, krächze ich. Ich räuspere mich und schaue auf den Boden, muss aber sofort lachen, weil ich dabei auf Theos bunt geringelte Socken und meine Einhornpantoffeln sehe.

»Schätzchen, wenn du so ein großes Haus hast, sollte da doch noch ein Plätzchen für mich frei sein.«

Johns Anmache in Richtung Schauspielerin sorgt dafür, dass ich noch mehr lachen muss. Aus dem Augenwinkel sehe ich, wie Theo ebenfalls lachend den Kopf schüttelt.

Während die Jungs sich noch eine Weile weiter foppen, löse ich meinen Dutt und schüttle meine noch immer feuchten Haare aus. Sie fühlen sich kalt auf meinen Schultern an und lassen mich erschaudern.

»Brauchst du einen Föhn?«

Als ich wieder aufsehe, ist jegliche Amüsiertheit aus Theos Stimme gewichen, was dafür sorgt, dass auch mein Lächeln erstirbt.

»Das wäre super.« Ich möchte ihm erklären, dass ich Abbys Wohnung überstürzt verlassen musste. Und ich möchte ihm beichten, dass ich kein Zuhause mehr habe. Ich möchte ihm von Jackson erzählen, meinem Job und dem Studium. Die ganze Wahrheit. Theo ist der erste Mensch, bei dem ich wirklich das Bedürfnis verspüre, all meine Sorgen zu offenbaren.

»Komm. Ich habe einen in meinem Zimmer.«

Wie er stehe ich auf und folge ihm durch den Wohnraum.

»O ja«, ruft John hinter uns her, »Theo hat allerlei Dinge in seinem Zimmer, die er dir zeigen kann.«

»Halt die Klappe, Ledger«, entgegnet Theo lachend und gibt seinem Mitbewohner im Vorbeigehen einen Klaps auf den Hinterkopf, sodass dieser beinahe mit dem Gesicht in seinen Frühstücksflocken landet.

Ich höre nicht, was John erwidert, und auch den dummen Spruch von Wyatt blende ich aus, weil ich furchtbar nervös werde, sobald wir uns Theos Zimmer nähern.

Allein.

Genau wie an dem Abend der Party schließt er hinter uns die Tür. Nur dass ich dieses Mal nicht zugedröhnt auf dem Boden sitze. Unwillkürlich sehe ich zu der Stelle, an der ich an jenem Abend gehockt habe. Jener Abend, seit dem sich eine neue Spannung zwischen uns eingestellt hat.

Theo bleibt stehen, den Rücken zu mir gedreht. Noch immer hält er den Türgriff fest.

»Scarlett.«

Er spricht meinen Namen mit einem besonderen Tonfall in der Stimme aus. Beinahe wie ein Geschenk. Dabei sieht er geradewegs gegen das Türblatt.

»Mhm.« Mir ist bewusst, dass es geistreichere Reaktionen gibt, aber ich bin wirklich furchtbar nervös. Weil mir klar ist, dass gleich irgendetwas passiert.

»Wir haben uns geküsst. Und du kannst dich ganz genau daran erinnern, habe ich recht?«

»Mhm«, wiederhole ich. Dabei knibble ich an der Nagelhaut meines Daumens.

»Bist du deswegen hier? Denn wir wissen beide, dass du nicht gekommen bist, um mit meinen primitiven Mitbewohnern über Pornodarstellerinnen zu sprechen.«

Mein Herz schlägt mir bis zum Hals, als er sich langsam umdreht und sein Blick auf meinen trifft. Theos Augen strahlen immer eine unerklärbare Wärme aus. Das Braun erinnert an die unerschütterlichen Eichen aus den Wäldern von Pixton und löst in mir den Wunsch aus, von ihm in den Arm genommen zu werden. Damit diese Wärme in meinen gesamten Körper eindringt.

»Ehrlich gesagt, weiß ich nicht, warum ich hier bin.«

Ich schlucke.

Heute ist es taghell. Keine Dunkelheit, die mich vor seinem Blick verbirgt.

»Um deine Haare zu föhnen?«, fragt er und beißt sich von innen auf die Wange, um sein Grinsen zu unterdrücken.

Meine Mundwinkel wandern ganz von allein in die Höhe.

»Nein. Deswegen nicht.«

»Dann doch wegen des Kusses?«

»Es war gar kein richtiger Kuss.« Die Worte sprudeln ungewollt aus meinem Mund.

»War es nicht?«

Er macht einen Schritt auf mich zu.

»Es war nicht mal ein Küsschen«, erwidere ich schwach, während meine Handflächen zu schwitzen anfangen, weil er noch näherkommt. Ich weiß nicht, woher die sexuelle Spannung zwischen uns kommt. Aber sie ist die ganze Zeit über da. Vielleicht liegt es an dem Porno-Gequatsche der Jungs oder daran, wie er mich ansieht. Ich kann es nicht benennen, aber es knistert gehörig in diesem Raum. Das lässt sich nicht abstreiten.

»Na ja, ein Küsschen war es schon. Immerhin hat es gereicht, um mir etwas zu verdeutlichen.«

Ein weiterer Schritt.

Inzwischen steht er so dicht vor mir, dass ich jedes noch so kleine Detail in seinem Gesicht erkennen kann. Die Punkte an den Stellen, an denen eigentlich Barthaare wachsen würden, wenn er nicht so glatt rasiert wäre. Eine kleine Narbe an der rechten Schläfe und ein winziger Leberfleck auf seinem linken Ohr, der mich an den Umriss Australiens erinnert.

»Was denn?«

Trotz der kalten, nassen Haare, die auf meinen Schultern liegen, wird mir schrecklich heiß.

»Deine Lippen«, flüstert er und sieht dabei auf meinen Mund. »Sie fühlen sich unglaublich weich an.«

Automatisch ziehe ich meine Lippen samt Piercing zwischen die Zähne und fühle mit meiner Zunge, ob er recht hat.

Dabei spüre ich Theos Atem auf meiner Haut, der gerade tief Luft holt.

»Kann ich dich was fragen?« Er klingt so fremd, wenn seine Stimme dermaßen tief vibriert, dass sie ein Kribbeln bis in meinen Unterleib schickt.

Als Antwort nicke ich lediglich.

»Hasst du Sex immer noch?«

Beinahe hätte ich laut aufgeschrien, als ich seine Fingerspitzen an meinen spüre. Nicht, weil ich seine Nähe nicht will. Vielmehr, weil ich mich so sehr danach sehne, dass er mich berührt, dass ich es kaum mehr aushalten kann.

»Schon«, antworte ich leise. Mein Blick wandert ebenfalls zu seinen Lippen. Ich kann mich nicht mehr ganz deutlich daran erinnern, wie sie sich angefühlt haben. »Aber ich möchte, dass sich das schnell wieder ändert.«

»Kann ich etwas tun?«

Ich sehe, wie er schluckt.

»Kannst du?«

Für den Bruchteil einer Sekunde zuckt einer seiner Mundwinkel, doch schon im nächsten Moment verebbt sein Grinsen.

»Sag mir, warum du hier bist, Scarlett.«

»Weil ich dich noch einmal küssen will«, gestehe ich das Einzige, was ich gerade wirklich dringend machen möchte.

Und dann küsst Theo mich. Es ist kein Küsschen. Er küsst mich. So richtig.

Seine Hand findet den Weg an meinen Hals, und sein Daumen streichelt zärtlich über mein Ohrläppchen.

Als sein Mund sich öffnet und unsere Zungen sich zum ersten Mal berühren, habe ich das Gefühl, den Boden unter den Füßen zu verlieren.

Theodor O'Connor und ich küssen uns, und es fühlt sich aufregend und neu und unglaublich an.

Kapitel 6

Theo

Ich hatte niemals ein Problem mit unverbindlichem Sex. Streng genommen bin ich sogar ein Fan davon, weil unverbindlicher Sex bedeutet, körperliche Nähe und Berührung zuzulassen, ohne das Herz in Mitleidenschaft zu ziehen. Aus psychologischer Sicht ein Trugschluss, aber für mich hat es bisher bestens funktioniert. Bisher. Denn bei Scarlett gelten andere Regeln. Scarlett ist ein verfluchter Tornado, und sie setzt alle Naturgesetze außer Kraft.

Als unsere Zungen sich berühren und wir die Grenze zur Intimität zum ersten Mal gemeinsam überschreiten, scheint nichts mehr da zu sein, wo es hingehört. Ich kann nicht mehr klar denken. Kann mich nicht mehr auf die Dinge konzentrieren, die ich mit ihr besprechen wollte. Alles, was von Relevanz war in meinem Gehirn, spielt plötzlich keine Rolle mehr.

Es existiert nur noch der archaische Drang, sie glücklich zu machen. Ihr zu geben, wonach sie sich sehnt, fernab jeglicher Vernunft und Vorsicht.

Scarletts Finger graben sich zitternd in meine Haare und ich ziehe ihren schlanken Körper dicht an meinen. Ich will sie halten, sie beschützen und ihr die Sicherheit geben, die sie offensichtlich braucht. Denn dass es ihr um Sicherheit geht, ist mehr als klar.

Wir küssen uns leidenschaftlich, aber immer noch zurückhaltend. Keiner von uns weiß, was die andere Person mag oder worauf sie steht. Ich halte ihr zartes Gesicht in meinen Händen, löse meinen Mund nur widerwillig von ihrem und lege meine Stirn gegen ihre. Der Psychologe in mir drängt mich, sicherzugehen, dass sie das hier genauso sehr will wie ich.

»Sag mir, was du willst, Scarlett. Ich kann dir nicht helfen, wenn ich nicht weiß, was du brauchst.«

»Ich wünschte, ich könnte für eine kurze Zeit einfach alles vergessen.« Sie hebt ihre geheimnisvollen graublauen Augen und bohrt sich mit ihrem Blick geradewegs in mein Innerstes. »Mit dir«, schiebt sie hinterher, während ihre Fingerspitzen zärtlich an den Haaren in meinem Nacken zupfen.

»Ich würde jetzt wirklich gern so was Vernünftiges sagen wie ›Sex ist keine Lösung‹.«

Da ich mich nur ein kleines Stück von ihr gelöst habe, vermischt sich immer noch unser Atem. Ihre Haut und das gleichmäßige Pulsieren ihrer Halsschlagader unter meinen Daumenkuppen zu ertasten, ist ein Feuerwerk für die Sinne.

»Aber du tust es nicht?«

»Ich glaube nicht, dass ich in Anbetracht der Lage stark genug bin, um den Vernünftigen zu spielen.« Langsam, aber bestimmt schiebe ich sie rückwärts, bis die Wand in ihrem Rücken uns stoppt. Ich lege eine Hand an ihren Hinterkopf, um sie vor dem rauen Putz zu schützen. Dabei drücke ich meinen Körper an ihren und beweise ihr mit meinem harten Schritt, wie kurz ich davor bin, den Verstand zu verlieren.

Scarletts Atem geht stoßweise und schnell. Ihre Hände fahren über meine Schultern und legen sich flach auf meine Brust.

»Dann tu es nicht«, haucht sie.

Damit gibt sie ganz bewusst den Startschuss.

Den Startschuss zu etwas völlig Irrationalem. Aber es fühlt sich viel zu gut an, um jetzt haltzumachen.

Zaghaft nehme ich meine Hand von ihrem Hinterkopf, was Scarlett schelmisch grinsen lässt.

»Ich bin nicht zerbrechlich«, flüstert sie, während ihre Finger sich unter den Bund meiner Jeans schieben.

»Gut zu wissen.« Um meine Worte zu untermalen, presse ich sie etwas fester gegen die Wand, was ihr ein überraschtes Keuchen entlockt.

Und dann ist kein Platz mehr für Worte.

Kein Platz mehr für Logik oder Psychologie.

Es gibt nur noch Raum für Gefühl.

Für Erregung und Ekstase.

Ich küsse sie stürmisch und voller Hingabe. Genieße es, wie kühl sich der kleine silberne Ring an meinen Lippen anfühlt. Als ich ihn zwischen die Zähne nehme, schiebt Scarlett mir ihr Becken entgegen. Reibt gegen meine Erektion, von der sie nur die Stoffe ihrer Leggins und meiner Jeans trennen.

Ich vertiefe unseren Kuss. Erkunde ihren Mund, lerne die Art und Weise kennen, mit der sie meine Zunge liebkost. Es macht mich unglaublich an, wie ihre Finger über die Haut an meinem Bauch fahren.

Scarlett Newton ist eine außergewöhnliche Frau. Ich glaube, es steckt viel mehr in ihr, als sie der Welt zu zeigen bereit ist.

Stöhnend und ohne unseren Kuss zu unterbrechen, wandern meine Hände über ihre Schultern, gleiten ihre Arme hinunter und landen bei ihren Fingern. Unsere Handflächen legen sich gegeneinander, ertasten gemächlich einander und tanzen einen zärtlichen Tanz. Aber ich bin noch nicht am Ziel. Daher schiebe ich ihre Hände auf meine Schultern und lege meine Fingerspitzen an ihre Taille. Kurz bevor ich sie unter ihr Shirt schiebe, öffnen wir gleichzeitig die Augen und sehen uns an. Sie erteilt mir zwar keine mündliche Erlaubnis, weiterzugehen, aber als sie meine Unterlippe zwischen ihre Zähne nimmt und leicht daran zieht, nehme ich das als Aufforderung.

Ohne zu zögern, wandere ich mit meinen Fingerspitzen über die zarte Haut ihres Bauchs, was uns beide gleichermaßen seufzen lässt. Ich übernehme bei unserem Kuss wieder die Kontrolle, indem nun ich leicht in ihre Unterlippe beiße und meine Zunge bestimmend in ihrem Mund bewege.

Es ist berauschend. Scarletts Haut unter meinen Fingerkuppen, ihr Geschmack auf meiner Zunge. All das macht süchtig, und ich brauche unbedingt mehr davon. Deshalb löse ich meinen Mund und meinen Oberkörper gerade so weit, dass ich ihr in einem Rutsch das rosa Shirt über den Kopf ziehen kann. Schwer atmend nehme ich mir eine Sekunde, um sie anzusehen. Zarte Blumenranken zieren ihre helle Haut auf der rechten Schulter. Die kleinen Blüten und Blätter schlängeln sich über ihren Oberarm und ihr Schlüsselbein und geben ihr etwas … ich weiß nicht … Mystisches?!

»Dich so zu sehen, ist unglaublich hot«, gestehe ich, während meine Daumen über den unteren Rand ihres schwarzen BHs streichen.

Ihre Brust hebt und senkt sich viel zu schnell. Ich beuge mich vor und lege meine Lippen auf die Stelle, unter der ihr Herz rast. Dabei ihre Hände in meinen Haaren zu spüren, beschleunigt meinen eigenen Puls erheblich.

Als ich mich wieder aufrichte, greife ich mir in den Nacken, um mein eigenes Shirt loszuwerden.

Scarletts Blick gleitet neugierig über meinen Körper. Meine Mundwinkel zucken, als er an meiner linken Brust hängen bleibt.

Sie hebt den Kopf und sieht mich verblüfft an.

Jap. Nicht nur sie hat ein Piercing und ein Tattoo.

Meine Coolness bröckelt, als ihre Finger das kleine Tattoo oberhalb meiner Brustwarze berühren. Es ist mein einziges und wird für immer mein einziges bleiben.

Ich lege meine Hand auf ihre und schiebe mich so dicht an ihre beinahe nackte Brust, dass unsere Hände zwischen uns festgekeilt sind. Bevor sie fragen kann oder ich zu lange über die Hintergründe meiner Tätowierung nachdenke, beuge ich mich vor und führe unseren Kuss fort. Alles, was mit der Tinte unter meiner Haut zu tun hat, gehört hier gerade nicht hin. Jetzt gerade geht es nur um uns.

Oder vielleicht geht es auch nur um Scarlett, denn der Drang, ihr zu geben, was sie sich wünscht, steht eindeutig weit über meiner eigenen Befriedigung. Womöglich bin ich deswegen nervös. Weil ich will, dass sie es genießt.

Während wir uns weiter küssen, löse ich meine Hand von ihrer und lasse meine Finger an ihren Hintern wandern. Ein perfekter Hintern nebenbei bemerkt.

Scarlett stößt ein überraschtes Geräusch aus, als ich sie mit einem Ruck hochhebe. Aber sie zögert nicht und schlingt ihre langen Beine um mich.

Ich küsse sie weiterhin, während ich sie hinüber zu meinem Bett trage. Doch anstatt sie darauf abzulegen, stelle ich sie auf die eigenen Füße und löse mich von ihr.

Ohne sie auch nur eine einzige Sekunde aus den Augen zu lassen, gehe ich vor ihr auf die Knie. Mit einem zaghaften Grinsen fährt sie mir durch die Haare, während ich sanfte Küsse auf ihren Bauch regnen lasse. Der hebt und senkt sich immer schneller unter ihren Atemzügen. Meine Hände streicheln über ihren Hintern, massieren ihre Rundungen, und schließlich hake ich meine Daumen in ihre Leggings und ziehe sie gemeinsam mit ihrem Slip herunter.

Zu behaupten, Scarlett sei schön, wäre die Untertreibung des Jahrhunderts. Es gibt keine Worte, um zu beschreiben, was ich bei ihrem Anblick denke.

Stattdessen sehe ich schluckend auf ihre Mitte. Auf die zarte, dünne Spur an Haaren, die sich zwischen ihren Beinen verliert. Lange schaffe ich es nicht, sie bloß zu betrachten. Ich muss mich vorbeugen und ihre zarte Haut an meinen Lippen fühlen. Ja, *muss*. Denn es ist wie ein Zwang, den Duft ihrer Haut einzuatmen und meinen Mund über ihren Körper wandern zu lassen.

Ich gleite mit meiner Zunge über die Innenseiten ihrer Schenkel, was sie aufkeuchen lässt.

Kichernd kickt sie sich die bunten Hausschuhe von den Füßen, und ich helfe ihr aus Leggings und Slip.

Ich lehne mich ein Stück zurück. Sehe sie an.

Mein Blick zuckt zwischen ihrem Gesicht und ihren Brüsten hin und her. Scarlett ist clever und zudem sehr aufmerksam. Deswegen dauert es nicht lange, und sie greift in ihren Rücken, öffnet den Verschluss ihres BHs und wirft ihn neben mich.

Und dann steht sie da.

Nackt.

Und verdammt noch mal wunderschön.

Neben ihrem atemberaubenden Körper bin ich völlig fasziniert vom Glanz ihrer Augen, als sie zu mir heruntersieht.

Ich räuspere mich und halte in meiner Erkundungstour ihrer Kurven inne. »Ich habe das Bedürfnis, irgendetwas zu sagen. Aber ich fürchte, dass meine Worte entweder nicht ausreichend oder der Situation nicht angemessen sein werden.«

Während ich spreche, überkommt mich die Ungeduld, und ich fahre mit den Lippen immer wieder dicht über ihrer Haut entlang. Scarlett duftet nach … etwas … Weichem. Ich kann es nicht richtig benennen. Es ist nicht fruchtig, aber auch nicht so schwer wie Vanille.

»Jetzt machst du mich neugierig.« Sie fährt durch meine Haare, und ich recke meinen Kopf ihren Streicheleinheiten entgegen. »Sag doch einfach, was du denkst. Ohne Filter.«

Mir entweicht ein keuchendes Lachen, das sie zusammenzucken lässt, weil es genau zwischen ihren Beinen landet.

»Ohne Filter?«, frage ich und sehe wieder zu ihr hoch. Meine Finger haben sich inzwischen von hinten in ihre Oberschenkel gekrallt.

»Ja.« Sie haucht die Buchstaben mehr, als dass sie sie spricht.

Ich fixiere ihren Blick.

»Okay. Du hast es so gewollt.« Ich stoße ein Geräusch aus, das ich nie zuvor von mir gehört habe. »Ich kann mich nicht erinnern, dass mich eine Frau jemals so angeturnt hat. Auch wenn ich sensibel sein und dir viel Gefühl und Entspannung geben möchte, kann ich mich kaum zurückhalten, dich auf mein Bett zu werfen und es dir dermaßen hart zu besorgen, dass du den ganzen verfluchten Campus zusammenschreist. Ich will dich so was von unbedingt ficken, dass es wehtut.«

Am liebsten möchte ich die Augen zukneifen.

Filterlos ist nie eine gute Idee. Wirklich nie. Meine Ehrlichkeit hat mir schon das eine oder andere Mal das Genick gebrochen. Ich erwarte, dass Scarlett wütend ihre Klamotten an sich reißt und für immer verschwindet. Vielleicht wäre das sogar besser für uns. Schließlich sind unsere besten Freunde leiert, das kann schnell zu Problemen führen.

Mit aller Macht zwinge ich mich, ihrem Blick standzuhalten, und halte die Luft an. Ihre Finger in meinen Haaren haben inzwischen innegehalten. Ihre Augen verraten nicht im Geringsten, was in ihrem Inneren vor sich geht.

Ich atme erst weiter, als ihre Mundwinkel sich langsam zu einem zaghaften Grinsen verziehen.

»Und was, wenn das genau das ist, was ich will?«

Sie legt ihre Hände an mein Gesicht und fordert mich sanft auf, mich aufzurichten.

Mit schwerem Atem und pochendem Schritt stehe ich auf. Dadurch, dass Scarlett nicht viel kleiner ist als ich, sind unsere Blicke beinahe auf gleicher Höhe.

»Ich habe dir schon gesagt, dass ich nicht zerbrechlich bin.« Mit einem unsicheren Blick beugt sie sich nach hinten und schiebt sich rückwärts auf mein Bett.

Verflucht!

Es ist beinahe zu viel.

Ihr verführerischer Blick.

Ihre nackte Haut auf meinen Laken.

Als sie schließlich tief Luft holt und beim Ausatmen die Beine spreizt, glaube ich, endgültig im Himmel zu sein.

Ich sehe nichts anderes mehr als den bereits feuchten Punkt zwischen Scarletts Schenkeln.

Obwohl wir uns nicht berühren, ist das definitiv der intimste Moment, den ich jemals mit einer Frau erlebt habe.

Verdammt noch mal!

Das ist so was von heiß.

Und wie ich sie alles andere vergessen lassen werde …

Kapitel 7

Scarlett

Oh. Mein. Gott.

Ich meine: Oh! Mein! Gott!

Ich habe keine Ahnung, warum ich heute Morgen hergekommen bin. Was auch immer ich mir davon erhofft habe … Auf das, was sich gerade vor meinen Augen abspielt, war ich in keiner Weise vorbereitet.

Wenn die Welt denkt, Theo versteckt etwas hinter seinen bunten und eigenartigen Outfits, kann ich nun mit hundertdreißigprozentiger Gewissheit sagen, wie wahr das ist.

Theo ist heiß. Er ist so verflucht heiß, dass ich das Gefühl habe, jeden Moment in Flammen aufzugehen.

Mit offenem Mund beobachte ich, wie er sich seine Jeans samt Ringelsocken von den Beinen schiebt. Ich kenne seine Unterschenkel bereits, weil er sie vor vielen Wochen mal in einem Minirock zur Schau gestellt hat. Dass sie in muskulöse, dunkel behaarte Oberschenkel übergehen, habe ich damals nur erahnen können.

Mit dem Blick sucht er meine Augen, aber ich schaffe es nicht, ihm standzuhalten. Stattdessen sehe ich unverblümt dabei zu, wie er seine Daumen in den Bund der hellgrauen Boxershorts schiebt und sie langsam über seine Hüfte zieht. Dass sie zu Boden fallen, bemerke ich nur beiläufig. Ich bin viel zu sehr damit beschäftigt, auf seine Erektion zu starren.

Die ganze Zeit über lief dieser Typ, der im Bett offensichtlich genau weiß, was er tut, vor meiner Nase herum. Ich hätte mir niemals vorstellen können, wie sexy er ist.

Zum ersten Mal in meinem Leben habe ich nicht das Gefühl, anders zu sein, mich für meine Wünsche schämen zu müssen oder mir Gedanken machen zu müssen. Theo sieht mich an, als sei ich das Beste, was ihm je passiert ist.

Mein Atem stockt, als sich seine Finger um seinen Schwanz schließen und er es sich mit langsamen Bewegungen besorgt. Sein Anblick macht mich unglaublich an. Mit ihm in diesem Raum zu sein, nackt, ist unbeschreiblich.

Ich kralle die Finger in die weichen Laken. Jeder Muskel in meinem Körper ist angespannt, und ich versuche, die alten Dämonen nicht laut werden zu lassen. Die Stimmen, die mir verbieten wollen, das hier zu genießen. Weil ich leicht zu haben bin. Eine Schlampe. Ein schlechter Mensch. Stimmen, die mir zuflüstern, dass es falsch ist, meine Sexualität so auszuleben, wie ich es will.

Aber ich will Theo. Unbedingt. Ich will ihn grob, rau und ungefiltert.

Seine Bewegungen wirken routiniert und selbstsicher. Er ist schlank, aber trainiert. Seine Arme sind definiert, sein Oberkörper ein faszinierendes Zusammenspiel aus Sehnen und Muskeln, die sich unter seiner leicht gebräunten Haut abzeichnen.

Noch einmal fällt mein Blick auf das Piercing in seiner linken Brustwarze. Zwei kleine silberne Kugeln links und rechts davon. Darüber ein Tattoo, das Koordinaten zeigt. Es ist nicht groß und protzig, sondern dezent und geheimnisvoll. Genau wie der Mann, der es trägt. Ich möchte die Bedeutung des Tattoos wissen. Möchte Schicht für Schicht von Theos Maske abtragen. Aber vor allem will ich, dass er sein Versprechen wahr macht und mich vergessen lässt.

Erst bei diesem Gedanken schaffe ich es, ihm wieder ins Gesicht zu sehen. Seine Wangen sind nur leicht gerötet, wohingegen meine eigenen vermutlich in Flammen stehen.

Es lässt sich nicht verstecken – ich bin nervös.

Weil es sich anders anfühlt als bisher. Weil es mir nicht bedeutungslos erscheint, so wie mit vielen Männern vor ihm. Weil es nicht erzwungen und übergriffig ist wie mit Jackson. Vor allem aber, weil ich nicht das Gefühl habe, verurteilt zu werden. Weil er mich will. Nur mich. Filterlos.

Und weil er Theo ist. Der Mann mit den tausend Facetten, von denen ich nicht mal im Ansatz alle gesehen haben.

Er schluckt.

Ich schlucke.

Wir wollen es beide. Daran besteht keinerlei Zweifel.

Ich war schon immer eine Frau, die sich genommen hat, was sie wollte. Wenn auch nur im Möglichkeitsraum meiner Fantasie. Das hat mich einiges gekostet, und trotzdem werde ich niemals damit aufhören. Schon gar nicht jetzt mit Theo. Nicht, wenn er mich auf diese Weise ansieht, die mir vermittelt, dass er genau das Gleiche will wie ich. Er hat es sogar ausgesprochen.

Unruhig rutsche ich auf der Matratze hin und her. Ich kann kaum erwarten, was er als Nächstes tut. Ich will herausfinden, worauf er steht, und das will ich ihm geben.

Auf seine Reaktion gespannt, spreize ich meine Beine noch etwas weiter. Wenn ich sowieso in die Hölle komme, dann soll es sich wenigstens lohnen.

Theos Atem geht schneller, doch seine Hände bewegen sich ruhig, gleichmäßig und mit völliger Selbstsicherheit.

Ohne mich aus den Augen zu lassen, geht er zum Kopfende des Bettes und holt ein Kondompäckchen aus der Schublade.

Ich muss ein weiteres Mal schlucken, als er es mit den Zähnen aufreißt und das Plastik einfach zur Seite spuckt. Er wirkt so … wild. Und dennoch zu hundert Prozent kontrolliert. Seine Augen wandern gemächlich über meinen Körper. Er labt sich in aller Seelenruhe an meinem Anblick, was ich voll und ganz genieße.

Noch während er sich das Kondom überzieht, kniet er sich auf die Matratze.

Ich kann es nicht erwarten, ihn zu spüren. Als seine Finger auf die Innenseiten meiner Schenkel treffen, ist es, als habe ich mein ganzes Leben auf diese Berührung gewartet. Theo zieht seine Unterlippe zwischen die Zähne, und sein Daumen streicht über meine Klitoris. Schon jetzt werde ich von einer überwältigenden Welle der Lust überspült. Stöhnend lege ich den Kopf in den Nacken. Doch ich schließe nicht die Augen.

Ich will sehen, was er tut. Und ich will sehen, wie er mich betrachtet. Voller Sehnsucht beobachte ich, wie er meine Brustwarzen mit seiner Zunge und schließlich den Zähnen liebkost. Sein Blick stets auf der Suche nach meinem. Ich grabe meine Finger in seine Haare und greife fest zu, als er mit seinem Finger in mich eindringt. Seine Zunge wandert über meinen Hals, findet meinen gierigen Mund, und wir küssen uns wie von Sinnen, während er Dinge mit mir anstellt, von denen mir nicht klar war, dass sie nur durch Hände möglich sind.

Aber es reicht nicht. Ich brauche mehr.

Theo scheint mein ungeduldiges Zappeln zu bemerken, denn ich spüre an meinem Mund, wie er frech grinst. Ich weiß nicht genau, warum, aber irgendwie beruhigt mich diese kleine Geste.

Weil er immer noch er ist. Der unkonventionelle Typ, der zu allem eine Meinung hat und der keiner Fliege etwas zuleide tun kann.

Er stützt sich auf einen Ellbogen, und seine Finger verlassen meine Feuchtigkeit, was mich beinahe aufschluchzen lässt.

Seine Mimik wird sanft, als er sich mit seinem Körper zwischen meine Beine legt. Unsere Blicke verschmelzen exakt in dem Moment, in dem er mit seiner Erektion in mich eindringt und mir so nah ist wie nur menschenmöglich.

Ein Geräusch der totalen Erfüllung entflieht mir, das ich ungefiltert hinauslasse. Bei Theo geht das. Ungefiltert sein.

Zur Belohnung schenkt er mir ein anerkennendes Grinsen, das mir ein Kribbeln in den Unterleib schickt. Ein Kribbeln, das fast unerträglich wird, als er sich etwas zurückzieht, nur um anschließend kraftvoll und bestimmt erneut in mich hineinzustoßen.

»Ja«, hauche ich und bohre meine Finger in seine Schultern.

Mehr.

Ich brauche mehr.

Immer mehr.

Mehr. Mehr. Mehr.

Und Theo weiß das. Er hat eine Verbindung zu meinem Körper aufgebaut, die keinerlei Worte bedarf.

Er richtet sich mit seinem Oberkörper auf, winkelt mit einer Hand eins meiner Beine an und stößt mit gleichmäßigen, tiefen Bewegungen in mich. Das Gefühl ist unbeschreiblich und breitet sich in meinem gesamten Körper aus, sodass ich es nicht länger schaffe, die Augen offen zu halten. Nicht bei der Intensität, mit der Theo sich immer wieder unerbittlich in mich drängt.

Unser Atem geht schnell und unregelmäßig, doch seine Hüfte bleibt beständig in ihrem gleichmäßigen Rhythmus. Wie ein Fels inmitten eines Sturmes. Eines verdammt gigantischen Sturmes.

Mit meinen Fingern fahre ich hektisch über seinen Oberkörper. Ertaste alles an Haut, was ich erreichen kann.

Kurz vor meinem Höhepunkt, bevor ich Gefahr laufe, völlig die Beherrschung zu verlieren, stoppe ich ihn. Nicht, weil ich will, dass er aufhört. Sondern vielmehr, weil ich nicht will, dass es schon zu Ende ist. Theo zieht kaum merklich die Augenbrauen zusammen, lupft sie jedoch verblüfft, als ich das angewinkelte Bein über ihn schlinge und mich in einer geschmeidigen Bewegung auf den Bauch drehe.

»Oh, fuck.« Theo stößt die Worte keuchend aus. Da ist keine Unsicherheit in seiner Stimme. Keine Verwunderung oder gar Abscheu. Er zögert nicht eine Sekunde, nimmt meine Hüfte vollkommen routiniert in seine Hände und zieht meinen Hintern in die Höhe, bis er mich in einem guten Winkel positioniert hat, um erneut in mich einzudringen.

Erleichtert stöhnend lege ich den Kopf zur Seite, um ihn anzusehen. Ich muss wissen, ob ihm das genauso gefällt wie mir, doch meine Haare versperren mir die Sicht.

Als könne er meine Gedanken lesen, verringert er sofort sein Tempo und streicht mir sanft die Haare aus dem Gesicht.

Wir sehen uns an. Theo wickelt sich meinen langen Zopf um die Faust. Mit meinem Haar in seiner Hand umfasst er meine Schulter. So bin ich förmlich gezwungen, ihn weiter anzusehen, wogegen ich absolut nichts einzuwenden habe. Denn der Anblick gefällt mir. Sehr sogar. Ich beobachte, wie sich Schweißperlen auf seiner Stirn bilden und seine Lippen an Farbe verlieren, weil er sie so fest zusammenpresst.

Zu diesem Anblick kommen seine rhythmischen Bewegungen, die mich genau dort treffen, wo ich sie am dringendsten brauche. Dort, wo ich sie mir so lange gewünscht habe.

Es dauert nicht lange, dann wird er bedeutend schneller. Ich lasse dem Stöhnen freien Lauf, das sich in meiner Kehle bildet. Halte die Geräusche nicht zurück, die er in mir auslöst und die ankündigen, dass ich so verflucht kurz vor einem gigantischen Orgasmus bin. Ich kann die Gewalt spüren, mit der er andrängt.

Theo scheint es nicht anders zu gehen. Seine Schenkel sind angespannt, die Sehnen an seinem Hals treten deutlich hervor.

Als ich fürchte, es nicht mehr auszuhalten, zieht er mich plötzlich an der Schulter nach oben und drückt mich mit dem Rücken gegen seinen Oberkörper. Er gibt meine Haare frei und presst stattdessen eine Hand flach auf meinen Bauch. Sein Mund liegt an meinem Hals, sein flacher Atem kühlt meine erhitzte Haut. Es ist zu viel. Die Mischung aus wildem Sex, den ich so dringend gebraucht habe. Die Verbindung, die wir zueinander haben, und das Gefühl seines Körpers so dicht an meinem.

Als er mit seiner Hand tiefer wandert und meine Klitoris massiert, rollt der Orgasmus unaufhaltsam über mich hinweg. Der Höhepunkt ist so intensiv, dass meine Beinmuskulatur noch minutenlang unkontrolliert zuckt, während ich mich an Theos starken Armen festkralle. Nur so kann ich verhindern, an ihm abzugleiten und erschöpft zusammenzusinken.

Ich kriege nur durch den Nebel der völligen Befriedigung mit, wie Theo noch einige Male in mich stößt und schließlich ebenfalls zum Höhepunkt kommt. Dabei graben sich seine Zähne fest in meinen Hals.

Der süßeste Schmerz, den ich jemals gespürt habe.

Kapitel 8

Theo

Mein Herz pocht so schnell wie nie zuvor. Zum einen, weil ich gerade Sex der absoluten Superlative hatte. Zum anderen, weil ich nicht sicher bin, ob ich zu weit gegangen bin. Ob ich meine Ekstase hätte zügeln müssen, um Scarlett nicht zu verschrecken. In der Regel sollte man sich wohl ein kleines bisschen besser kennen oder zumindest darüber gesprochen haben, worauf das Gegenüber so steht. Ich habe versucht, ihre Signale zu deuten, aber diese Vorgehensweise ist in der Geschichte der Männer schon so manches Mal missglückt.

Ihr Atem geht hastig. Ich spüre ihn, da ihr Rücken noch immer gegen meine Brust gedrückt ist. Keiner von uns bewegt sich.

Sanft lege ich meine Lippen auf den leichten Abdruck, den meine Zähne in ihrer Haut hinterlassen haben. Dann entscheide ich mich dazu, das Schweigen zu brechen.

»Ich werde das dumme Gefühl nicht los, dass du jeden Moment in deine rosaroten Pantoffeln schlüpfst und dieses Zimmer fluchtartig verlässt.«

Ihr Bauch zuckt von einem freudlosen Lachen. Noch immer kniet sie reglos in meinen Armen.

»Wie hoch stehen die Chancen, dass du mich durchs Fenster entkommen lässt?« Ihre Stimme versetzt meinem Herzen einen Stich. Glücklich klingt definitiv anders.

»Wie wäre es, wenn wir uns stattdessen etwas anziehen und … reden?«

Auch wenn der Vorschlag gut eine Stunde zu spät kommt, ist es das, was ich will. Das wollte ich die ganze Zeit, aber meine Libido ist mit mir durchgegangen.

»Mach dir keine Sorgen.« Sie sagt die Worte in einem Tonfall, der förmlich das Gegenteil schreit. »Mir ist auch klar, dass wir das nicht hätten tun sollen.«

»Ähm … okay. Das war jetzt nicht unbedingt das, was ich meinte.«

Ich ziehe mich sanft aus Scarlett zurück, und sie zögert keine weitere Sekunde. Ohne mich auch nur eines Blickes zu würdigen, steigt sie aus meinem Bett und fängt an, sich anzuziehen. Der Moment der Besinnungslosigkeit ist definitiv zu Ende. Oder wer weiß, vielleicht fängt er auch gerade erst an.

»Schon gut, Theo. Wirklich.«

Auch ohne sie anzusehen, kann ich hören, wie ihr Kinn vor den sich anbahnenden Tränen zittert. Und das gefällt mir überhaupt nicht.

Ich bin ein Idiot.

Mir war doch klar, dass Scarlett irgendetwas belastet. Andernfalls wäre sie heute Morgen wohl kaum hier aufgetaucht. Und ich Vollpfosten habe nichts Besseres zu tun, als sie zu ficken. Dass wir nicht *miteinander geschlafen* haben, ist relativ offensichtlich. Dafür genügt ein Blick auf ihren roten Hals.

»Rede mit mir, Scarlett. Ich bin da.«

Ich setze mich auf die Bettkante und schlüpfe zumindest in

meine Shorts, weil alles andere ziemlich weird rüberkommen würde.

Seufzend zieht sie sich ihr Shirt über den Kopf und holt die langen Haare aus dem Kragen. Noch immer hat sie mich kein einziges Mal angesehen.

»Mann, ich bin so dumm. Als ob dieser ganze Scheiß zwischen uns nicht schon genug angerichtet hätte.«

»Scarlett«, wiederhole ich ihren Namen dringlicher, und endlich dreht sie sich zu mir um. Fast wünschte ich, sie hätte es nicht getan. Ihre faszinierenden Augen glänzen verdächtig, und sie kann das Beben ihres Kinns nicht unterdrücken.

»Warum bin ich so bescheuert, Theo, hm? Verflucht, ich bin doch nicht deswegen hergekommen. Ich hätte einen Freund gebraucht. Nicht noch mehr Sex, der alles zerstört.«

»Ich bin dein Freund.«

Mit erhobener Augenbraue sieht sie mich an, ehe sie seufzend in ihren Slip steigt.

»Ich hasse Sex. Jetzt noch mehr«, schnaubt sie und wischt sich hastig über die Wangen.

»Mach es nicht schlecht«, sage ich leise, aber ich spüre jede Silbe ihrer Worte wie eine Messerklinge in meinem Fleisch. Das, was wir hatten, war unglaublich. Ich werde nicht zulassen, dass sie es schlechtredet. Nicht aus purer Verzweiflung.

Resigniert schüttelt sie den Kopf. Es fällt ihr offensichtlich nach wie vor schwer, mir in die Augen zu blicken.

»Ich hätte das nicht tun sollen.«

»Komm schon, Letti«, bitte ich sie eine Spur sanfter. Ich möchte sie so gern verstehen. »Rede mit mir. Ich bin für dich da. Dass wir Sex hatten, ändert daran überhaupt nichts.«

»Nicht?«, schnieft sie. Mittlerweile lässt sich nicht mehr verleugnen, dass sie weint. »Dann ist es also irrelevant?« Abwartend sieht sie mich an.

»Nein. Natürlich ist es nicht irrelevant.«

»Na, siehst du«, prescht sie dazwischen, noch ehe ich meinen Standpunkt ausführen kann. »Vergessen wir es einfach. Ich sollte gehen, ehe es noch komischer wird.« Mit gequältem Gesichtsausdruck zieht sie ihre Leggings an.

»Sorry. Aber ich finde, du redest Scheiße.«

Entgeistert starrt sie mich an, ein Bein bereits in den Leggings.

»Bitte?«

»Du redest Blödsinn, Scarlett. Und im Grunde weißt du das auch.«

»Na, vielen Dank«, erwidert sie deutlich gereizt und wird etwas schneller in ihren Bewegungen.

»Ich bin dein Freund. Ob wir Sex hatten oder nicht. *Du* erschaffst hier gerade ein Problem, das keines ist. Ich weiß zwar noch nicht genau, warum. Aber ich werde es herausfinden.« Wütend, aber ruhig stehe ich auf. »Spätestens, wenn du endlich aufhörst mit dem Theater und mit mir redest.«

»Ich bin keine Patientin. Und du übrigens noch kein fertiger Psychologe. Lass es einfach stecken, Freud.«

Ich muss über ihren Vergleich schmunzeln, wodurch ihre Miene nur noch bitterer wird.

»Selbst Freud hätte sich höchstwahrscheinlich die Zähne an dir ausgebissen. Deine Mauern sind dicker als die von Alcatraz. Du willst nicht reden? Auch gut. Aber hör auf, dir selbst etwas vorzumachen. Es gibt gerade keinerlei Grund, vor mir davonzulaufen.« Mit langsamen Schritten gehe ich auf sie zu, bis meine Fingerspitzen ihre berühren. »Hey.« Ich schiebe ihr meinen Zeigefinger der anderen Hand unter das Kinn und hebe sanft ihr Gesicht an. »Es ist alles gut. Bleib.« Ich hole tief Luft. »Bitte.«

Sie presst bloß ihre Lippen aufeinander.

So viele Emotionen tummeln sich in dem leuchtenden Grau

ihrer Iriden. Aber sie hält sie dort verschlossen. Hinter dem silbernen Schloss, von dem ich keine Ahnung habe, wie ich es knacken soll.

»Wir sehen uns bald. Dann reden wir, ja?« Sie klingt so unfassbar traurig. Leer und erschöpft. Der Klang ihrer Stimme triggert mich extrem, aber ich lasse mir nichts anmerken. Stattdessen flehe ich sie mit meinem Blick an, nicht zu gehen.

Sagen tue ich nichts mehr. Meine Worte prallen gerade ungehört an ihr ab.

In ihr Gesicht zu sehen, reicht als Antwort. Sie wird nicht bleiben. Ihr Entschluss steht fest, ganz gleich, was ich tue. Und ich werde sie nicht anflehen. Wenn Scarlett nicht hier sein will, kann ich sie nicht zwingen.

Stattdessen entscheide ich mich dazu, es ihr leicht zu machen, und deute mit dem Kinn hinter mich zu den bodentiefen Fenstern.

Auch wenn sie mich gerade halb nackt stehen lässt und sich vor der Wahrheit versteckt: Das dumme Gerede von Wyatt und John hat niemand verdient. Sie schon gar nicht. Es steht außer Frage, dass die beiden uns gehört haben.

Scarlett zögert noch einen Moment, dann schnappt sie sich die Einhornpantoffeln, gibt mir einen hastigen Kuss auf die Wange und flüchtet im nächsten Moment auch schon durch mein Fenster.

Zum zweiten Mal.

Irgendetwas scheine ich falsch zu machen.

Ich weiß nicht, ob meine Laune noch schlechter werden kann.

»Kinder! Daddy ist zu Hause.« Quin wirft die Tür zu unserer Wohnung hinter sich ins Schloss, und ich höre bereits an seiner

Stimme, dass er übers ganze Gesicht grinst. »Allen, die schön brav waren, habe ich etwas mitgebracht.«

Eigentlich freue ich mich, wenn mein bester Freund mal wieder in der WG vorbeischaut. Weil ich ihn vermisse und jetzt schon den Tag verfluche, an dem er vollständig mit Abigail zusammenziehen wird. Was bestimmt bald passieren wird, jetzt, wo sie sich wieder versöhnt haben.

»Quinny-Baby. Schön, dich zu sehen. Ich war kurz davor, eine Muckibude aus deinem Zimmer zu machen. Dann muss ich nicht ständig bis zum Sportcampus latschen.«

Wyatt labert mal wieder kompletten Stuss.

Ich sage ihm das nicht, denn er würde es sowieso nicht checken.

»Das ergibt total viel Sinn, wenn man beim Sportmachen Energie und Meilen spart«, knurre ich vor mich hin, lasse meinen Kopf aber liegen, wo er ist.

Auf der Tischplatte.

Ich weiß nicht, wie lange ich die Maserung unseres Esstisches schon aus nächster Nähe anstarre, aber ich habe nicht vor, damit wieder aufzuhören.

»Alter, Bowen, ich dachte, du wohnst jetzt bei der Kleinen«, bereichert John diese geistreiche Unterhaltung, und ich verdrehe innerlich die Augen. Unsere Mitbewohner haben echt den Intellekt von Hornochsen. Wobei ich streng genommen nicht mal weiß, wie intelligent Ochsen sind.

»Wie ich sehe, ist hier alles beim Alten.« Quin lacht. Ich höre, wie er seine Schlüssel auf die Arbeitsplatte legt. Ein Geräusch, das ich unter Tausenden erkennen würde. Bei dem Gedanken, dass wir nicht mehr lange zusammenwohnen werden, wird mir noch schwerer ums Herz. Quincy startet bald mit seiner Assistenzzeit, was bedeutet, dass er den Campus verlassen wird. Und er wird *mich* verlassen.

»Was hast du mitgebracht?«, will Wyatt wissen und klingt dabei wie ein aufgeregtes Kind, das es nicht erwarten kann, belohnt zu werden.

»Bier.«

Ich sehe nicht auf und reagiere auch nicht auf das jubelnde Gegröle meiner Mitbewohner, deren mangelnde Intelligenz mir heute noch mehr zu schaffen macht als an den meisten anderen Tagen.

»Hey, O'Connor.« Allein Johns dümmliches Lachen kündigt an, dass etwas kommt, was mich nicht erfreuen wird. »Gute Nachrichten. Unser Kühlschrank ist gleich gut gefüllt. Dann kannst du dich dermaßen besaufen, dass du nicht länger an die Pleite des Tages denken musst.«

Natürlich lachen sie sich den ganzen Tag über mich kaputt. Weil sie davon ausgehen, dass ich ein Loser im Bett bin. Dass das der Grund dafür ist, dass Scarlett abgehauen ist und ich niedergeschlagen bin, weil ich es einer Frau nicht besorgen kann.

Ich lasse sie in dem Glauben.

Menschen von mir oder meinen Fähigkeiten überzeugen zu wollen, ist mir zu anstrengend und vollkommene Energieverschwendung. Noch dazu ist es mir scheißegal, was Wyatt und John über meine sexuelle Performance denken. Ich will ja nicht mit ihnen ins Bett.

Quin lacht ebenfalls, was ich ihm nicht übel nehme. Ich würde es umgekehrt genauso tun.

Allerdings spüre ich kurz darauf seine Hand auf meiner Schulter.

»Willst du drüber reden?«

Nur widerwillig hebe ich den Kopf und sehe zu ihm hoch.

»Nicht wirklich.«

»Weil Theodor dann zugeben müsste, dass die kleine Schwarzhaarige durchs Fenster getürmt ist. So schlecht war er.«

Ich könnte jetzt erwidern, dass sie ihre Schreie wohl kaum überhört haben. Ich könnte dagegenhalten, dass Scarlett erst nach dem Sex gegangen ist, oder, oder, oder. Stattdessen sehe ich zähneknirschend zu Quin.

Weil er wesentlich schlauer ist als unsere Mitbewohner, dauert es nicht allzu lange, bis die Erkenntnis bei ihm angekommen ist.

»*Die* Schwarzhaarige?«, fragt er und hebt dabei gekonnt eine Augenbraue.

»*Die* Schwarzhaarige«, erwidere ich und nicke kaum merklich.

»Okay. Mitkommen«, befiehlt er und zerrt mich am Saum meines Shirts in eine aufrechte Position.

Schwerfällig folge ich ihm, kann es aber nicht lassen, Wyatt und John meinen Mittelfinger zu zeigen, ehe Quin mich in sein Zimmer schiebt. Wenigstens in seins. Denn meins kann ich nicht mehr betreten, weil alles darin nach Scarlett riecht und ihr Geruch mich in den Wahnsinn treibt.

»Setz dich.« Mein bester Freund schiebt mir seinen Schreibtischstuhl hin. Er selbst schlüpft aus seiner Jacke, wirft sie auf einen gigantischen Berg aus Klamotten und rollt die Ärmel seines schwarzen Pullovers hoch, während er sich auf die Bettkante setzt. Die Matratze ist übersät mit Büchern und Handtüchern. Keine Ahnung, wann Quin das letzte Mal hier gepennt hat.

»Ja, Daddy«, brumme ich und lasse mich mit verschränkten Armen auf den Stuhl sinken. Dabei sehe ich mich kurz in seinem Zimmer um. Es sieht aus wie auf einer Müllhalde. So clever Quin auch ist, er ist der unordentlichste Mensch der Welt. »Nett hier.«

»Du hattest Sex mit Scarlett?«

»Regel Nummer eins, alter Freund«, gebe ich kindisch zurück. Wir haben seit vielen Jahren das Gesetz, nicht zu detailliert über unser Sexleben zu reden. Zum einen verabscheuen wir Männer, die vor versammelter Runde über ihre Frauen reden. Zum anderen überschreitet das eine Grenze, die wir beide nie übertreten wollten. Bei Details über Sex hört unsere Freundschaft auf.

»Was hat das zu bedeuten?«, fragt er, ohne auf meinen Einwand zu reagieren. »Du siehst nicht gerade so aus, als hättest du ein Happy End bekommen.«

»O doch, das habe ich zweifelsohne.« Schmunzelnd lehne ich mich auf dem Stuhl zurück, während Quin das Gesicht verzieht, als hätte er in eine Zitrone gebissen.

»Du weißt, was ich meine.«

»Ich bin ja nicht so unterbelichtet wie die beiden Armleuchter da draußen.« Mürrisch deute ich auf die Zimmertür, was Quincy zum Lachen bringt.

»Dann sag mir, was da zwischen euch läuft.«

»Ich weiß es nicht, okay?«, fahre ich ihn plötzlich an, was ihn stutzig zurückweichen lässt. Ich bin niemand, der schnell die Geduld verliert oder Leute anmeckert. Ihn schon mal überhaupt nicht.

Erschöpft reibe ich mir über das Gesicht.

Wie soll ich ihm erklären, dass es mit Scarlett anders war? Dass da eine unbändige Lust zwischen uns ist. O Mann, so verdammt viel Lust.

Wenn ich ihm das erzähle und damit unsere Regel überschreite, müsste ich ihm auch berichten, dass es anschließend seltsam war. Außerdem müsste ich dann wohl beichten, dass Scarlett abgehauen ist, was ja noch nicht ganz so dramatisch klingt. Allerdings kämen wir dann irgendwann unweigerlich an den Punkt, an dem ich erklären müsste, dass ich ihr heimlich gefolgt bin. Nur in Boxershorts. Gut, das ist in meinem

Fall nicht wirklich ungewöhnlich. Trotzdem bin ich mir nie so bescheuert vorgekommen wie in diesem Moment. Als ich wie ein Gestörter in Unterhose über den Campus gerannt bin und Scarletts Honda observiert habe.

Sie saß da, hinter ihrem Steuer. So zerbrechlich. Ich wollte zu ihr gehen. Wirklich. Aber mir war klar, sie würde sich mir nicht freiwillig öffnen. Nur deswegen bin ich erneut über den Parkplatz geflitzt, habe ein T-Shirt und meinen Autoschlüssel geholt und bin ihr gefolgt.

Jap. Ich habe in meinem Wagen gelauert, bis sie losgefahren ist. Dann bin ich ihr total spooky hinterhergefahren wie ein beschissener Stalker. Mir ist bewusst, wie absurd das klingt, aber irgendetwas hat mir gesagt, dass ich ihr folgen sollte. Und mein Gefühl hat mich nicht getäuscht.

Wenn Quincy das wüsste, könnte ich mir mit Sicherheit einen Vortrag über Distanz und Vertrauen anhören. Ich kann mir das deshalb so lebhaft vorstellen, weil ich ihm den gleichen gehalten hätte.

Also schweige ich.

Ich sehe auf den fleckigen Boden unter meinen Füßen und beiße mir lieber auf die Zunge, als ihm zu erzählen, dass ich Scarlett in ein schäbiges Stundenmotel in Norwalk gefolgt bin. Wie ein Creep habe ich in Boxershorts eine geschlagene Stunde auf dem Parkplatz gestanden, ehe ich völlig verwirrt zurück zum Campus gefahren bin. Ohne mit ihr zu reden.

Quincy atmet übertrieben laut ein.

»Dich hat's ganz schön erwischt, oder?«

Irritiert über die Wärme in seiner Stimme sehe ich auf.

Es kommt nicht oft vor, dass mir die Worte fehlen, doch jetzt gerade nicke ich lediglich.

Ich raufe mir die Haare, seufze laut in die Stille des Raumes hinein und räuspere mich schließlich.

»Und was soll ich jetzt tun?«

Eigentlich bin ich der, der psychologische Ratschläge erteilt.

Quincys Lippen verziehen sich zu einem breiten Grinsen.

»Erst mal trinkst du mit den Jungs und mir ein Bier. Hin und wieder braucht man ein bisschen Abstand, um die Sache aus einem anderen Blickwinkel zu betrachten.« Er sieht mich eine Zeit lang an, dann zwinkert er mir zu. »Jeder hat mal einen schlechten Tag.«

Sofort setze ich mich aufrecht hin.

»Herrgott, du glaubst den Mist doch nicht, den die Jungs da erzählt haben, oder?«

Er grinst noch breiter. »So schlimm wäre das nun wirklich nicht.« Am liebsten möchte ich ihm den amüsierten Ausdruck aus dem Gesicht schlagen. »Schon vergessen? Ich bin Arzt. Es gibt Mittel gegen solche Probleme.«

»O heilige Mutter Gottes, steh mir bei.« Ich springe so hastig auf, dass der Bürostuhl hinter mir wegrollt. »Ich brauche ein Bier.«

»Sag ich doch.« Quin klopft mir lachend auf die Schulter, während er mir ins Wohnzimmer folgt.

Bei all dem Mist des heutigen Tages könnte er allerdings in einem recht haben: Manchmal muss man die Dinge aus einem anderen Blickwinkel betrachten.

Vielleicht wird es Zeit für eine Planänderung.

Kapitel 9

Scarlett

Ich drehe den Ring in meiner Lippe zwischen Zeigefinger und Daumen hin und her. Eine dämliche Angewohnheit, wenn ich nervös bin. Zusätzlich wippt mein Fuß auf und ab. Ein Dutzend Mal habe ich mein Handy entsperrt, doch ich bin viel zu feige, um einen Schritt weiterzugehen.

Warum ich ausgerechnet heute von einer Welle der Traurigkeit überschwemmt werde und mein altes Leben so drastisch vermisse, weiß ich selbst nicht.

Vielleicht liegt es an der vergilbten Tapete des schäbigen Motelzimmers, in dem ich mich seit gestern verstecke. Die alten Möbel und der modrige Geruch sorgen dafür, dass ich mich noch einsamer fühle als in den vergangenen Wochen. Streng genommen weiß ich, dass weder das Mobiliar noch der Geruch schuld an meiner schlechten Laune sind.

Es liegt an gestern. An der Sache mit Theo. Meine Gefühle drehen vollkommen durch. Da ist so viel, das auf mich einströmt. Ich kann nicht mehr klar denken.

Hinzu kommt der Wochentag. Heute ist Sonntag. Der heilige Tag bei der Familie Newton. Der Tag, an dem es mir am schwersten fällt, allein zu sein.

Mein Fuß wippt etwas schneller, und mein Piercing droht jeden Moment, ein riesiges Loch in meine Lippe zu reißen, so fest zerre ich daran.

»Verdammt!«

Ich entsperre mein Smartphone erneut, dessen Bildschirm in der Zwischenzeit schon wieder schwarz geworden ist.

Dreizehn Uhr zweiundzwanzig.

Die Kirche ist seit über zwei Stunden vorbei, die Reste vom Mittagessen dürften bereits akribisch verpackt im Kühlschrank stehen. Wie auf Kommando knurrt mein Magen. Er vermisst die Hausmannsküche meiner Mom.

Mein Herz ist schwer wie Blei, während ich auf den farbenfrohen Hintergrund meines Smartphones starre. Ein weiteres Mal spüre ich die volle Tragweite meines Versagens, als der Touchscreen dunkler wird und schließlich meine Fingerabdrücke sichtbar werden.

»Feigling«, flüstere ich vor mich hin und lasse mich nach hinten auf die bunt geblümte Bettdecke fallen. Dabei steigt eine riesige Wolke Staub auf, und die einzelnen Partikel glänzen im Sonnenlicht, das durch die halb zugezogenen Gardinen scheint.

Gedankenverloren drehe ich den Kopf zur Seite. Mit den Fingern klopfe ich noch einmal zaghaft auf die Decke und lasse weitere glitzernde Staubpartikel in die Luft steigen. Wahrscheinlich haben Motels wie dieses grundsätzlich gemusterte Wäsche, damit die Flecken darauf nicht zu offensichtlich sind.

Ein bestimmtes Klopfen lässt mich auffahren.

Mein erster Gedanke bewegt sich in Richtung sämtlicher Horrorfilme, die in Schuppen wie diesen spielen. Der zweite erinnert mich daran, weiter zu atmen.

So leise wie möglich stehe ich auf und schleiche auf Zehenspitzen zur Tür. Natürlich gibt es keinen Hinterausgang, und das einzige Fenster liegt direkt neben der Eingangstür, die direkt auf den Parkplatz führt. Serienmörder oder nicht, ich sitze in der Falle.

»Wer ist da?«

Niemand weiß, dass ich hier bin.

Sofort bin ich wieder bei der Horrorfilmtheorie.

»Bevor du dich darüber aufregst, dass ich hier bin, lass es mich erst in Ruhe erklären, okay?«

»Theo?« Mit zitternden Händen löse ich die Sicherheitskette der Tür und reiße sie auf. »Theo!«, stoße ich erneut aus, als er tatsächlich vor mir steht. Ich bin kurz davor, ihm um den Hals zu fallen, bremse mich aber in letzter Sekunde.

»Hi!« Er hebt die Hand und winkt mir unsicher zu.

»Was zur Hölle tust du hier?« In meinem Elefantenpyjama lehne ich mich aus der Tür und sehe an ihm vorbei in alle Richtungen.

»Keine Sorge, Sherlock.« Er legt den Kopf auf die Seite, um meinen Blick einzufangen. »Ich bin allein. Niemand weiß, dass ich hier bin.«

Mir entweicht ein seltsames Geräusch. »Tja. Dasselbe dachte ich bis eben auch.«

Mürrisch verschränke ich die Arme vor der Brust. Er sollte nicht hier sein. Niemand sollte das. Nicht mal ich.

»Hast du eine Minute?«

Ich schließe kurz die Augen und wäge ab, was er alles zu Gesicht bekommt, sollte ich ihn hereinlassen.

Mein roter BH liegt auf dem Bett – egal.

Ein Haufen Taschentücher, alle vollgeheult, türmt sich auf dem klapprigen Nachttisch – schon schlimmer.

Mein Koffer mit Klamotten auf dem Fußboden – dafür

könnte ich eine Ausrede erfinden. Wasserschaden im Haus, stornierter Urlaubsflug und keine Lust auf eine Rückfahrt nach Pixton. Ja, ich weiß, alles nicht besonders kreativ und wahrscheinlich längst hinfällig, weil Theo bereits gestern einen Blick in meinen Wagen erhascht hat. Aber alles ist besser als die Wahrheit.

Außerdem liegt mitten in dem staubigen Bett mein demolierter Laptop – peinlich. Denn jeder Vollpfosten wird erkennen, dass er nicht schlichtweg heruntergefallen ist. Und Theo ist alles andere als ein Vollpfosten.

Ich hole tief Luft, trete aber trotzdem einen Schritt zur Seite. Weil ein nicht zu unterschätzender Teil von mir will, dass er hier ist.

»Ich weiß zwar nicht, was es zu reden gibt, aber meinetwegen.«

Theo presst die Lippen zusammen und geht an mir vorbei. Nicht, ohne mich seufzend von oben bis unten zu mustern.

»Okay.« Natürlich hat er binnen Sekunden alles gesehen, was er nicht sehen sollte. Doch statt mich auf meinen Zustand anzusprechen, klatscht er in die Hände und reibt sie aneinander.

Für einen Moment vergesse ich meine beschämende Situation und lasse die Erinnerung an das Gefühl zu, das seine Finger auf meinen Oberschenkeln hinterlassen haben. Es ist nur ein kurzer Moment, aber er reicht, um mir Hitze wie Gift durch den Körper schießen zu lassen.

»Okay?«, wiederhole ich seine Aussage und verschränke erneut die Arme. Dabei wird mir schmerzhaft bewusst, dass ich nicht mal einen BH trage. Theos Blick verrät allzu deutlich, dass ihm diese – zumindest für mich unschöne – Tatsache nicht entgangen ist. Ich gehöre nicht zu der Sorte Frau, die unbemerkt ohne herumlaufen kann, weil meine Brüste dafür schlichtweg zu groß sind.

»Hast du nur dieses Gepäck, oder müssen wir noch was aus dem Wagen holen?«

Er wirft einen Blick ins Bad und verzieht sein Gesicht zu einer eigenartigen Grimasse.

»Hä?« Ich stehe in meinem hässlichen Pyjama vor ihm und verstehe kein Wort von dem, was er sagt. Um ehrlich zu sein, dachte ich, er wäre gekommen, um über gestern zu sprechen. Um mir zu erklären, dass ich da womöglich etwas fehlinterpretiert habe und er kein Interesse an mir hat. Dann hätte ich wenigstens noch einen Grund mehr, mich heulend unter der Ekeldecke zu vergraben.

»Wir können dein Auto hier stehen lassen. Ich denke, das sollte kein Problem sein. Wenn wir Samstag zurückkommen, nimmst du es mit und parkst es am Campus.«

Seine Worte wollen einfach keinen Sinn ergeben.

»Wovon sprichst du, Theo? Ich habe das Gefühl, dass ich irgendwas verpasst habe.«

»Hast du.« Er grinst über das ganze Gesicht. »Und zwar meine Planänderung. Denn ich werde nicht dabei zusehen, wie du in einem Motel hockst und dir die Augen ausheulst. Und das an Thanksgiving.«

»Thanksgiving ist erst in …« Im Kopf versuche ich, nachzurechnen, welches Datum heute ist.

»Vier Tagen.« Er schlendert hinüber zu dem durchgelegenen Bett und fährt mit einem Finger über meinen zerbrochenen Laptopbildschirm. Ich sehe, wie er den Mund verzieht. Sein Blick verhärtet sich, doch noch ehe ich etwas sagen kann, hebt er den Kopf und setzt seine Maske der Unbekümmertheit wieder auf. »Allerdings mag meine Mom es nicht, wenn wir so kurzfristig anreisen. Deswegen treffen wir uns grundsätzlich den Sonntag vorher. Aber es wird sicher viel Verkehr auf den Straßen sein, deswegen«, er macht eine ausladende Geste mit seinen Armen durchs Zimmer, »sollten wir uns lieber ein bisschen beeilen.«

Sprachlos starre ich ihn an.

Erst jetzt fällt mir auf, dass seine Haare ordentlich auf eine Seite gegelt sind und er ein blau kariertes Hemd trägt, das er in schicke Jeans gesteckt hat.

»Theo«, stoße ich keuchend aus. »Was? Ich … du …«

Mir fehlen die Worte.

Schweigend sehen wir uns eine Weile an. Der Raum scheint mit jedem Ticken der uralten Wanduhr noch kleiner zu werden. Langsam mache ich einen Schritt zurück, was Theo lediglich mit einem schiefen Grinsen quittiert.

»Weißt du, Scarlett …« Seine Schultern heben sich unter einem tiefen Atemzug. Ohne mir länger in die Augen zu sehen, schleicht er durch den Raum und lässt sich schließlich auf der Bettkante nieder. »… ich habe nachgedacht.«

»Tja. In Anbetracht deines Auftritts bin ich mir nicht sicher, ob du lange genug nachgedacht hast.« Ich gebe mir wirklich Mühe, nicht allzu bemitleidenswert zu klingen. Verdrängung. Meine Königsdisziplin der vergangenen Wochen.

Theo lässt sich davon allerdings nicht beeindrucken. Seine Lippen zucken lediglich leicht, als würde er ein Lächeln andeuten.

»Ich verstehe, wenn du manche Dinge nicht mit mir besprechen möchtest. Und klar, es gibt sogar Umstände im Leben, die man nicht mal der besten Freundin anvertraut.« Sein Blick wandert zu mir, doch ich weiche ihm aus und sehe stattdessen auf den fleckigen Teppich. »Ich kann das akzeptieren. Wenn du nicht reden willst, musst du nur sagen: Ich will nicht drüber reden.«

»Ich will nicht drüber reden«, fahre ich ihm über den Mund, was ein breites Grinsen auf sein Gesicht zaubert. Viel zu schnell wird seine Miene wieder ernst.

Er steht auf und kommt auf mich zu. Meine Beine spannen sich an, weil ich einen unmittelbaren Fluchtinstinkt verspüre und am liebsten weiter zurückweichen würde. Nicht, weil Theo mir Angst macht oder weil ich ihn nicht in meiner Nähe haben will. Ganz im Gegenteil. Seit gestern kann ich an nichts anderes denken als an seine Berührungen. Es ist vielmehr die bedrohliche Tatsache, dass ich ihm nichts vormachen kann. Er durchbricht meinen Schutzschild mühelos, und das macht mir Angst. Was, wenn er hinter meiner Maske das sieht, was alle anderen in mir sehen? Dann wird auch er sich von mir abwenden. Genau wie meine Eltern.

»Wie gesagt, ich kann das hinnehmen. Was ich allerdings nicht akzeptieren kann, ist, dass du in diesem Loch wohnst.« Ich öffne den Mund, um etwas dagegenzuhalten, aber er ist schneller. »Und auch nicht in deinem Auto.«

»Ich wohne nicht ...« Als ich den wissenden Ausdruck in seinem Gesicht sehe, halte ich inne. Ihn anzulügen, fühlt sich falsch an. Stattdessen ziehe ich den Ring in meiner Lippe zwischen meine Zähne und schweige.

»Sieh mal, Scarlett. Wir haben folgende Möglichkeiten: Entweder du packst deinen Kram, und wir fahren in meine wunderschöne Heimat Westerly und verbringen ein paar idyllische Tage mit der Familie O'Connor. Oder ich fahre allein. Allerdings nicht, ohne Abigail diese Adresse hier durchzugeben.«

Schockiert schaue ich ihn an. Er meint das vollkommen ernst. Der unnachgiebige Ausdruck in seinen Augen ist Beweis genug.

Als könnte Theo spüren, dass ich kurz davor bin, die Flucht zu ergreifen, nimmt er meine Hand in seine.

Eine wohlige Wärme breitet sich auf meiner Haut aus und wandert über meinen Arm.

»Das ist Erpressung«, halte ich dennoch dagegen. Dass ich

auf seine Berührung reagiere, ist nichts anderes als eine logische Reaktion meiner Hormone. Ich bin auch nur ein Mensch. Theo und ich waren uns gestern sehr nah, mein Körper erinnert sich schlichtweg noch an ihn. Das ändert jedoch nichts daran, dass ich ihm gerade am liebsten sein Lächeln aus dem Gesicht wischen würde.

»Ich weiß. Aber das ist mir egal. Ich werde nicht untätig dabei zusehen, wie du ins Verderben rennst.«

»Wer sagt, dass ich ins Verderben renne? Du kennst mich doch nicht mal. Vielleicht möchte ich ja so leben.«

Ich entziehe ihm meine Hand, ehe mein Körper eigene Schlüsse ziehen kann, und mache sicherheitshalber einen Schritt zurück. Sein fröhlicher Gesichtsausdruck verschwindet.

»Auch das stimmt. Aber ich kenne dich genug, um zu sehen, dass es dir nicht gut geht. Wenn du meine Hilfe nicht willst, ist das okay. Wenn du so leben willst, nur zu. Ich bin der Letzte, der unkonventionelle Lebensarten infrage stellt. Aber irgendwen wirst du an dich heranlassen müssen. Wenn nicht ich derjenige bin, dann lass deine Freundin für dich da sein.«

Ich mache einen weiteren Schritt zurück. Es ist eine angenehme Abwechslung, blanken Zorn zu verspüren. Wut lässt sich viel leichter ertragen als die ständigen Selbstzweifel oder die Trauer.

Theo hat kein Recht, hier aufzutauchen und mir die Pistole auf die Brust zu setzen. Ich presse die Kiefer so fest aufeinander, dass ich jeden Moment ein ekliges Knacken erwarte. Dabei fechte ich ein stummes Blickduell mit ihm aus.

Er wird nicht nachgeben.

Ich weiß es.

Aber ich bin zu schwach, um zu diskutieren. Ich bin zu schwach, um mich mit Abby auseinanderzusetzen. Sie hat so verflucht viele Gründe dafür, mir böse zu sein. Ich bin zu schwach, um mich gegen meinen Körper zu wehren, der einfach nur einen Schritt nach vorn machen will.

Die Erinnerung an gestern ist viel zu präsent.

Die Art und Weise, wie er mich berührt hat.

Wie er mich gehalten und angesehen hat.

Ich dumme Kuh will das noch einmal erleben. Ich brauche noch einmal dieses Gefühl, gesehen zu werden. Akzeptiert zu werden. Diese Illusion war viel zu schnell vorüber.

Mit der Zeit verändert sich etwas in Theos Gesichtsausdruck. Beinahe könnte man meinen, er grinst. Und das, obwohl sich seine Mundwinkel keinen Millimeter bewegt haben.

»Was ist?«, frage ich und recke das Kinn in die Höhe.

»Ich habe gewonnen. Das sehe ich in deinen Augen.«

Trotzig schaue ich weg, was ihn nun doch zum Lachen bringt.

Mein Puls beschleunigt sich, als er den Abstand zwischen uns wieder schließt. Er beugt sich vor und schiebt mir eine Strähne meines zerzausten Haars hinters Ohr, wobei sich ein verdächtiges Kribbeln in meinem Körper ausbreitet. »Nun komm schon, Letti. Lass uns packen. Meine Mom wird begeistert sein.«

Kapitel 10

Theo

»Also«, hole ich aus. Die Sonne steht inzwischen tief am Himmel und lässt die Wälder Connecticuts in feuerroten Tönen leuchten. Der Herbst ist beinahe vorbei, und der Winter steht vor der Tür. Ich hasse den Winter. »Wollen wir darüber reden, oder schweigen wir auch die restlichen siebzig Meilen?«

Scarlett hat die Arme vor dem Körper verschränkt und sieht die ganze Fahrt über aus dem Fenster. Man könnte wohl annehmen, sie sei rasend vor Wut und wolle nichts mit mir zu tun haben. Aber mein Ego und ich brauchen uns keinerlei Gedanken zu machen: Wenn sie nicht hier bei mir sein wollte, dann wäre sie es nicht. Hinter ihrer Distanz steckt etwas anderes. Da bin ich mir sicher.

»Du hast gesagt, du akzeptierst, dass ich nicht darüber reden will.«

»Das tue ich. Zweifelsohne. Vertrau mir.«

Sie funkelt mich wütend von der Seite an.

»Du hast mich erpresst, damit ich mit dir die Feiertage verbringe. So verhält sich niemand, dem man vertrauen sollte. Ich sitze nicht freiwillig in diesem lächerlichen Kleid neben dir und fahre weiß Gott wohin.«

Schmunzelnd drehe ich das Radio etwas leiser.

»Nur fürs Protokoll: Ich halte dich nicht gegen deinen Willen fest. Außerdem ist das Kleid nicht lächerlich, sondern betont deine natürliche Schönheit auf entzückende Art und Weise.« Nun zieht sie auch noch eine Augenbraue in die Höhe, wodurch sie noch wütender aussieht und ich lachen muss. »Was? Das ist nichts als die Wahrheit.« Ich lege mir eine Hand auf die Brust. »Das schwöre ich.«

Ich muss gestehen, Scarlett ist unwiderstehlich, wenn sie sauer ist. Vor allem in diesem schwarzen Strickkleid mit den kleinen roten Kirschen darauf, das, nebenbei bemerkt, ihre Wahl war und nicht meine.

Vielleicht rührt meine gute Laune aber auch nur daher, dass sie mit mir gekommen ist.

Ich bin erleichtert. So wahnsinnig erleichtert. Weil ich mir ernsthaft Sorgen um sie gemacht habe. Ich weiß nicht, was ich gemacht hätte, wenn sie Nein gesagt hätte. Ob ich wirklich dazu imstande gewesen wäre, die Nummer mit Abigail durchzuziehen?

Aber ich bin auch froh, weil ich sie gern dabeihaben will. Thanksgiving ist für mich ein schwieriger Feiertag, und es kann sicher nicht schaden, wenn meine Familie sich auf Scarlett konzentriert. Abgesehen davon kann ich seit gestern ohnehin an nichts anderes mehr denken als an meine Hände auf ihrer Haut. Quin hat recht. Mich hat's schwer erwischt.

»Eigentlich wollte ich aber darüber reden, dass wir gestern Sex hatten.«

Ich kann leider nur kurz zu ihr hinübersehen, weil der Feierabendverkehr auf dem Highway meine Aufmerksamkeit verlangt. Dennoch bemerke ich, wie ihre Augen bei meinen Worten größer werden.

»Darüber will ich ebenfalls nicht reden.«

»Sicher?«

»Sicher.«

»Ganz sicher?«

»Theo!«

»Schon gut, schon gut« Meine Finger trommeln auf das Lenkrad. »Aber dann sollten wir uns wenigstens darauf einigen, was wir meiner Familie sagen.«

»Was sollten wir ihnen sagen?« Langsam entspannt sich ihre Haltung, wodurch auch ich mich tiefer in den Sitz rutschen lasse.

»Na, vielleicht nicht unbedingt die Theorie mit der Erpressung. Das Wort *Entführung* könnte auch eher unvorteilhaft wirken.«

»Aber das ist nun mal die Wahrheit. Das hättest du dir früher überlegen sollen.«

»Dann willst du, dass ich meiner Familie die Wahrheit sage?«

»Ja.« Eine Spur zu lässig zuckt sie mit den Schultern. »Warum nicht. Mir hast du auch keine Wahl gelassen.«

»Falsch. Du hattest eine Wahl. Ich oder Abby. Und es schmeichelt meinem Ego, dass du dich für mich entschieden hast. Ganz nebenbei bemerkt.« Ich räuspere mich und schalte das Radio komplett aus. »Aber du solltest wirklich noch mal darüber nachdenken, ob du möchtest, dass ich meiner Familie die ganze Wahrheit erzähle. Das würde dann nämlich ungefähr so klingen …« Ich deute mit einer Hand auf meine Beifahrerin und lege das falsche Strahlen auf, das für meine Mom reserviert ist. »Mom, darf ich dir Scarlett vorstellen? Sie ist eine Freundin von Quins Freundin. Im Grunde weiß ich rein gar nichts über sie. Sie ist eine Fremde für mich. Keine Ahnung, was sie tut oder mag oder was für ein Mensch sie eigentlich ist. Aber hey, wir hatten gestern krass guten Sex, und ich kann die ganze verfluchte Zeit nur daran denken, was ich gern alles mit ihrem Wahnsinnskörper anstellen möchte. Weißt du, Mom … Ihre Brüste. Verdammt! Sie passen perfekt in meine Hände. Und wenn ich meinen Finger in …«

»Okay, das reicht!« Scarlett unterbricht meine Gedanken, und ich bin fast ein bisschen dankbar, weil die Erinnerung an gestern meine Sonntagsjeans verdammt eng werden lässt. »Vielleicht sagen wir einfach, ich habe keine Familie in der Nähe und du und ich sind … Freunde?«

Sie sagt das Wort *Freunde* mit leicht verzogenem Mund und in einem seltsamen Tonfall.

»*Freunde*, hm?«, frage ich und ziehe dabei unwillkürlich eine ähnliche Grimasse. Dann habe ich eine Idee. »Hey, Siri«, spreche ich laut und deutlich, was mein Smartphone in der Mittelkonsole zum Leben erweckt. »Wie ist die Definition von *Freund*.«

Scarlett stöhnt übertrieben genervt und verschränkt die Arme wieder vor dem Körper.

»Ein Freund ist eine Person, die einer anderen in Freundschaft verbunden ist, ihr nahesteht«, tönt es mit roboterisierter Stimme aus meinem Smartphone, was mich grinsen lässt.

»Na, das lassen wir doch durchgehen, oder nicht? Nahegestanden haben wir uns gestern definitiv.«

»Theo«, mahnt Scarlett und boxt mir auf den Schenkel. »Können wir jetzt bitte endlich über etwas anderes reden?«

Sie tut das Thema ab, als würde sie nicht gern daran erinnert werden, doch ihre Körpersprache signalisiert etwas ganz anderes. Ihre Wangen sind gerötet, und sie presst die Schenkel zusammen, als könne sie es kaum erwarten, noch einmal von mir berührt zu werden.

»Okay. Du hast gewonnen. Worüber sollen wir reden?«

Ich setze den Blinker und verlasse den Highway in Richtung Norden. Sosehr ich mein Zuhause auch liebe, sobald ich mich Rhode Island nähere, bildet sich ein Kloß in meinem Hals.

Scarlett schweigt so lange, dass ich schon nicht mehr an ein Gespräch glaube, doch dann räuspert sie sich.

»Hast du schlechte Augen, oder ist das nur eine weitere Verkleidung?« Sie deutet auf die Brille, die auf meiner Nase sitzt. »Als wir uns das erste Mal gesehen haben, hast du sie auch getragen.«

»Irgendwie beides.« Ich schiebe das schwarze eckige Gestell mit einem Finger etwas nach oben, so wie ich es viel zu häufig tue, wenn ich sie trage. »Ich benutze sie zum Autofahren, weil meine Augen nicht besonders gut sind.« Kurz treffen sich unsere Blicke. »Oder wenn ich besonders klug aussehen will.«

»Und, hast du heute das Gefühl, besonders klug zu sein?«

Lachend blicke ich wieder auf die Straße.

»Na ja. Mein Plan ist aufgegangen. Von daher?«

»Herzlichen Glückwunsch«, brummelt Scarlett. Sie dreht den Kopf zur Seite und sieht aus dem Fenster. Das Laub tanzt im Fahrtwind der Autos auf dem Seitenstreifen.

»Trotz der Umstände bin ich auch einfach froh, dass du mitkommst.«

Eine ganze Weile sagt sie nichts mehr, doch als sie schließlich zu sprechen beginnt, klingt ihre Stimme zum ersten Mal heute aufrichtig und echt.

»Ich könnte wirklich einen gebrauchen.« Unruhig reibt sie sich mit ihren Handflächen über die Oberschenkel. »Einen Freund, meine ich.« Sie schaut nur kurz zu mir herüber, ehe sie wieder die vorbeiziehende Landschaft beobachtet. »Jemanden an meiner Seite zu haben, ist schön.«

»Ich bin an deiner Seite«, sage ich ohne Umschweife. Ohne

auch nur eine Sekunde zu zögern, lege ich meine Hand auf ihre. Ihr Körper spannt sich an, und sie blickt auf unsere Berührung. »Ich meine das alles ernst. Das weißt du, oder?« Genau wie sie verbanne ich sämtlichen Spott aus meiner Stimme. Scarlett soll wissen, dass ich zu meinem Wort stehe. »Ganz gleich, was da zwischen uns gelaufen ist: Ich bin für dich da. Als dein Freund.«

Mein Herz schlägt schneller, als sie meine Ehrlichkeit mit einem Lächeln belohnt. Doch es ist schnell wieder verschwunden.

»Auch wenn ich obdachlos bin und keine Perspektive habe?«

Meine Finger schließen sich fest um ihre.

»Ich weiß nicht, wie du an diesen Punkt gekommen bist, und das spielt auch überhaupt keine Rolle. Ich bin an deiner Seite. Jetzt. In Zukunft. Ganz gleich, was war.«

Aus dem Augenwinkel sehe ich, wie ihre Brust sich unter einem tiefen Atemzug hebt und wieder senkt.

»Woher wusstest du, dass ich mitkommen würde?«

Unwillkürlich muss ich grinsen.

»Ich bin ein guter Psychologe! Schon vergessen, Baby?«

»Baby?«, wiederholt sie kichernd. Dieses piepsige Geräusch verschafft mir zum ersten Mal seit gestern Morgen innerliche Ruhe. »Dein Ernst?«

»Mein voller Ernst.« Um ehrlich zu sein, hatte ich keine Ahnung, ob sie zu mir ins Auto steigen würde. Eher habe ich damit gerechnet, dass sie einen üblen Streit vom Zaun bricht und dann verschwindet. Aber das ist sie nicht. Stattdessen hat sie zugelassen, dass ich einen winzigen Einblick in ihr Leben erhalte, das ordentlich verpackt in Kisten im Kofferraum ihres Hondas ruht. Abigail muss wirklich sehr mit ihrem eigenen Mist beschäftigt sein, wenn sie nicht bemerkt, dass ihre Freundin im Auto lebt.

»Wenn du willst, dass jemals wieder was zwischen uns läuft, solltest du dir das besser ganz schnell abgewöhnen.«

»Was hast du gegen *Baby*?«

Ich bin sicher, wir wissen beide, dass ich nicht der Typ bin, der seine Freundin *Baby* nennen würde. Aber ich bin zu gespannt darauf, wie ihre Denkweise darüber ist. Im Grunde will ich Scarletts Meinung über alles wissen.

Wie steht sie zu Politik? Glaubt sie an Gott? Ist sie eher der Fastfood-Typ, oder zieht sie gesunde Küche vor?

Es war nicht gelogen: Sie ist eine Fremde für mich. Und das möchte ich schleunigst ändern.

»Ich habe nichts gegen *Baby*, wenn der Typ ein Klischee-Snob ist und sie das typische Frauchen, das sich unterwerfen möchte.«

»Wow …« Ich muss lachen. »Das heißt, ein Kerl wie ich darf eine überaus selbstsichere und keineswegs unterwürfige Frau wie dich nicht *Baby* nennen? Weil es nicht dem Klischee entspricht?«

»Ja, genau«, antwortet sie und streckt mir dabei die Zunge heraus.

»Du weißt, dass ich dich ab heute nur noch *Baby* nennen werde, oder … *Baby*?«

»Ich habe es geahnt. Abgesehen davon, dass ich nicht *dein Baby* bin, klingt das total abgedroschen und billig.«

»Klischee, abgedroschen, billig … Es wird ja immer schlimmer. Aber damit kann ich leben. Wenigstens redest du wieder mit mir.« Ich wende mich für einen Moment vom Straßenverkehr ab, um Scarlett anzusehen. »Und du lächelst. Das ist doch ein Fortschritt.«

Unruhig reibt sie ihre Beine aneinander.

»Wie sind sie so? Deine Eltern, meine ich. Sind sie … tolerant?«

»Du meinst, weil ihr Sohn unkonventionell ist und mit fragwürdigem Kleidungsstil durch die Gegend läuft?«

»Scheiße, ich bin total oberflächlich, oder?« Stöhnend vergräbt sie das Gesicht in ihren Händen. »Bitte entschuldige.«

»Hey.« Schmunzelnd greife ich nach ihren Händen und nehme sie herunter. »Hör auf, dich zu entschuldigen. Ich bin nicht dumm. Ich weiß auch, dass es ungewöhnlich ist, wie ich lebe. Und um deine Frage zu beantworten: Meine Eltern sind großartige Menschen.«

»Das klingt, als käme dahinter ein Aber.«

»Nicht wirklich. Aber irgendwie schon.« Fragend sieht Scarlett mich an, was mir ein Schnauben entlockt. »O Mann. Es ist schwer zu erklären.«

»Obwohl die letzten Wochen nicht gerade für mich sprechen, halte ich mich für relativ intelligent. Vielleicht lässt du es darauf ankommen.«

»Ich glaube generell, dass die Generation unserer Eltern nicht so tolerant ist, wie wir es sind. Meine Eltern sind im Schatten der Nachkriegsgeneration groß geworden. Sie sind mit der Devise erzogen worden, dass sie einen Weg finden müssen, mit dem klarzukommen, was sie haben. Sie haben sich nicht *immer mehr* gewünscht.«

»Wieso trägst du karierte Hemden und enge Jeans, wenn du zu deinen Eltern fährst? Ist das nicht irgendwie … falsch? Du verleugnest dich selbst. Ich hätte dich mehr für den Rebellen gehalten.«

Stöhnend streiche ich mir über das glatt rasierte Kinn, um anschließend beide Hände wieder ans Lenkrad zu legen.

»In gewisser Weise hast du recht, und ich würde jedem davon abraten, irgendwem was vorzumachen. Aber meine Eltern …« Ich zögere, weil ich mir nicht sicher bin, ob ich Scarlett die Wahrheit sagen will. »Sagen wir mal, sie hatten es nicht immer leicht. Und auch wenn ich glaube, dass sie mich akzeptieren würden, wenn ich in einem Minirock zu Thanksgiving erscheinen würde, entscheide ich mich bewusst dagegen. Ich möchte es ihnen leicht machen, damit sie beruhigt sind.«

»*Damit sie beruhigt sind?*« Scarlett stößt ein eigenartiges Geräusch aus. »Ich weiß nicht. Sollten unsere Eltern uns nicht so akzeptieren, wie wir sind? Warum sollte es sie beunruhigen, wenn du einen Rock trägst? Und wenn sie beunruhigt wären, wieso würdest du dann mit ihnen zu tun haben wollen?«

»Es ist schwer zu erklären.« Wir sehen uns flüchtig an. »Aber gute Eltern sorgen sich doch ihr ganzes Leben lang um ihre Kinder. Ich finde, es ist nichts Falsches daran, wenn ich diese Sorgen auf ein Minimum reduzieren möchte. Klar müsste es sie nicht kümmern, selbst wenn ich nur in Unterwäsche über den Campus laufe. Aber ich bin mir ziemlich sicher, sie wären besorgt darüber. Allein schon, weil sie sich vor den Reaktionen fürchten würden, mit denen ich rechnen muss. Meine Mom mag den ordentlichen Theo in Jeans und Hemd. Und ich gebe ihn ihr, um ihr eine Freude zu machen.«

»Hm …« Dem nachdenklichen Brummen auf meinen kläglichen Erklärungsversuch hin lässt Scarlett nichts folgen.

Ich kann es ihr nicht verübeln. Immerhin weiß ich selbst, dass die Besuche bei meinen Eltern eine riesige Inszenierung sind.

Aber ich habe meine Gründe. Wiedergutmachung. Das ist der wichtigste von ihnen. Was ich versuche, zu leisten, ist pure Wiedergutmachung für das, was sie erleben mussten. Doch das werde ich Scarlett nicht erzählen. Womöglich verstehe ich ihre Verschlossenheit besser, als ich es sollte. Ich kann ihr keine Vorwürfe machen, dass sie sich mir gegenüber nicht öffnet. Immerhin sind meine Geheimnisse ebenso gut verschlossen.

Niemand weiß davon, und so soll es auch bleiben.

Kapitel 11

Scarlett

»Ach du Scheiße«, bringe ich keuchend hervor, sobald Theo seinen schicken Kombi in der Einfahrt geparkt hat und wir gemeinsam durch die Windschutzscheibe gucken. Das Haus der O'Connors ist das größte Einfamilienhaus, das ich jemals gesehen habe. »Das ist ein Scherz, oder?«

»Keine Ahnung, mit wie vielen Kindern meine Eltern noch gerechnet haben, als sie das Haus gekauft haben. Inzwischen wohnen sie nur noch zu fünft hier. Totale Ressourcenverschwendung.«

Ungläubig sehe ich zu ihm hinüber.

»*Nur noch zu fünft?* Wie groß ist deine Familie?«

Bei mir gab es immer nur Mom, Dad und mich. Dunkel erinnere ich mich an Zeiten, als meine Grandma noch gelebt hat. Sie kam nur an den Feiertagen zum Essen und starb bereits, als ich zehn war.

»Mal sehen«, holt Theo aus, der noch immer über sein Lenkrad gegen die weiße Holzvertäfelung blickt, als sei er ebenfalls zum ersten Mal hier. »Zum engsten Kreis der Familie gehören mein Bruder Kennedy August, mein Bruder Victor Theodor und meine Schwester Virginia Margerie. Außerdem natürlich meine Eltern Camille und Walter. Du siehst, die Sache mit den wiederverwerteten Zweitnamen ist so ein Familiending. Dann wären da noch der Bruder meiner Mom, Onkel Martin. Und die Mutter meines Dads, Grandma Margerie. Ginny ist die Einzige von uns Kindern, die noch zu Hause lebt. Sie geht auf die Highschool und ist die geborene Streberin. Meine Grandma weiß an den meisten Tagen nicht, wer sie ist, und mein Onkel ist das schwarze Schaf der Familie. Irgendwie hat er nie etwas fertiggebracht und ist schließlich bei meinen Eltern gestrandet.«

»O Gott.« Ich sehe an der schneeweißen Holzfassade hinauf und betrachte die vielen kleinen Erker und Türmchen im Landhausstil. Hinter jedem Fenster hängen schicke Gardinen. Frische Blumen zieren die Fensterbänke. Irgendwie wird mir erst in diesem Moment klar, was ich im Begriff bin, zu tun. »Jetzt werde ich langsam nervös. Denkst du wirklich, das hier war eine gute Idee?«

Vielleicht hätte ich einen Gedanken darauf verschwenden sollen, was auf mich zukommen würde. Und das im besten Fall, bevor ich in Theos türkisblauen Wagen gestiegen bin.

»Entspann dich. An diesem Wochenende sind so viele Menschen hier, niemandem wird auffallen, dass du da bist.« Sein Grinsen ist so breit, dass ich es wirklich gern erwidern möchte. Gleichzeitig gerate ich in Versuchung, ihm in den Oberarm zu boxen, weil er mich in diese Situation gebracht hat, ohne mir eine Wahl zu lassen. Ohne eine echte Wahl jedenfalls.

»Wer wird denn noch alles hier sein?«

»Mein Bruder Ken mit seiner Freundin. Und nein«, er hebt lachend eine Hand, »sie heißt nicht Barbie, auch wenn Onkel Martin dumme Scherze darüber reißt. Du solltest ihm das nicht nachmachen, wenn du ihre Freundin werden willst. Dann hätten wir noch meinen Bruder Vic, der wahrscheinlich ebenfalls eine Freundin dabeihaben wird. Er wechselt sie häufiger als seine Unterhosen. Außerdem zwei Schwestern meines Dads mit ihren Familien. Im Detail bedeutet das: meine Tante Jessica mit Onkel Samuel und der andere Onkel Caileb, der mit Luise verheiratet ist. Dazu gehören meine verzogenen Neffen und Nichten. Timothy, Emilia, Rachel und Camille junior.«

»Scheiße.«

Theo lacht. »Andere nennen es Familie, aber ich lasse das einfach mal so stehen.«

»Sorry«, stöhne ich und streiche mir über meine Haare, die ich in einem Flechtzopf gebändigt habe. Eine Großfamilienfeier war definitiv das Letzte, was ich für heute geplant hatte. Vorhin, als ich noch heulend in meinem Pyjama durch das Motelzimmer getigert bin.

Nicht, dass ich mich dort wohlgefühlt habe. Das nicht. Und irgendwie finde ich es auch schön, dass Theo zumindest über meine Wohnsituation Bescheid weiß und mich aus meinem Elend gerettet hat.

Das Gefühl, nicht länger allein zu sein, hat mir eine riesige Last von den Schultern genommen. Dennoch fühlt es sich falsch an, mit seiner Familie Thanksgiving zu verbringen. Weil es nun mal nicht meine Familie ist, und er und ich ... Tja, keine Ahnung, was zwischen mir und Theo läuft. Oder ob überhaupt die Rede davon sein kann, dass etwas läuft. Es ist wie so oft ... kompliziert.

Noch einmal sehe ich durch die Windschutzscheibe und atme tief ein. »Ich werde mir all diese Namen unmöglich merken können.«

Theo schenkt mir dieses Lächeln, an das ich seit gestern so oft gedacht habe. Das Lächeln, das den Kloß in meinem Hals kleiner und die Hoffnung in meinem Inneren größer werden lässt. Es tut mir gut. Oder vielmehr: *Er* tut mir gut. Das zumindest kann ich mit Gewissheit behaupten. Und allein das ist der Grund dafür, dass ich heute in seinen Wagen gestiegen bin. Ich vertraue Theo. Keine Ahnung, warum und woher dieses Gefühl kommt, aber es ist da.

»Keine Sorge. Mein Dad kennt auch nur die Hälfte der Familie, und Grandma hat keine Ahnung, in welchem Bundesstaat sie sich befindet. Also entspann dich.« Lachend streicht er mir über den Oberschenkel, und ehe ich weiteren Zweifeln nachhängen kann, öffnet sich die blau lackierte Haustür, und eine Frau mittleren Alters kommt heraus. Freudig klatscht sie in die Hände.

»Ist das deine …«

»Meine Mom. Jap.« Er legt die Hand auf den Türgriff und zwinkert mir noch ein letztes Mal zu. »Showtime, Baby.«

Ich steige gleichzeitig mit Theo aus und verkneife mir eine Reaktion auf diesen bescheuerten Kosenamen. Meine Knie sind weich, und mein Herz schlägt ungesund schnell.

Ich weiß weder, ob er mich seiner Mom angekündigt hat, noch, wie sie auf unangemeldeten Besuch reagieren wird, falls er es nicht getan hat. Ich glaube, meine Mutter würde in Ohnmacht fallen, wenn ich zu Thanksgiving einfach jemanden für mehrere Tage mit nach Hause gebracht hätte.

»Theodor«, stößt Ms O'Connor aus und nimmt ihren Sohn liebevoll in die Arme, sobald er in ihrer Reichweite ist. Er ist einen guten Kopf größer als sie und muss leicht in die Knie gehen, um sie herzlich zu umarmen.

»Hey, Mom.«

Die Begrüßung der beiden rührt mich mehr, als ich erwartet hätte.

Eine Mutter, die sich freut, ihr Kind zu sehen. Es zu halten, zu umsorgen. Es zu lieben. All das fehlt mir so schrecklich. Niemanden kümmert es, wo ich den Feiertag verbringe.

Niemanden außer Theo.

In diesem Moment würde ich ihm am liebsten um den Hals fallen, weil er mich nicht allein in dem ranzigen Motel zurückgelassen hat.

Theos Mom löst sich bloß so weit von ihrem Sohn, dass sie ihm ins Gesicht sehen kann.

»Du siehst so gut aus, Liebling.« Die Art und Weise, wie sie ihm die Wange tätschelt, bringt mich zum Lächeln. Ms O'Connor ist eine niedliche Frau. Sie hat rosige, pralle Wangen und einen interessanten Haarknoten auf dem Hinterkopf. Irgendwie erinnert sie mich an diese sprechende Teekanne aus *Die Schöne und das Biest*. Man möchte sie einfach umarmen. »Aber du siehst immer gut aus. Deswegen«, ihr Blick wandert zu mir, und sie strahlt noch mehr, »sag mir lieber, wer diese Schönheit ist, die du da mitgebracht hast! Und von der ich keine Ahnung hatte.«

Verlegen trete ich einen Schritt näher. Unangemeldet eine Familienfeier zu crashen, gehört nicht zu meinen Lieblingsbeschäftigungen.

»Mom.« Theo legt seiner Mutter eine Hand auf den unteren Rücken und führt sie in meine Richtung. »Das ist Scarlett.« Er sieht breit grinsend zwischen uns hin und her. »Meine Freundin.«

Meine Augen weiten sich und fallen mir schließlich beinahe aus dem Kopf, als Theos Mom mich so fest an sich drückt, dass mir kurz die Luft wegbleibt.

»Wie schön. Ich wusste, dass er irgendwann eine Frau mit nach Hause bringen würde. Allerdings hätte ich niemals gedacht, dass sie so schön sein wird wie du. Willkommen in unserem Heim, Scarlett.«

»Na, vielen Dank auch«, brummt Theo und macht sich kopfschüttelnd daran, unser Gepäck auszuladen. »Und schön, dass du so gar nicht oberflächlich bist, Mom. Scarlett ist nämlich nicht nur eine faszinierende Schönheit, sondern auch ein echt kluger Kopf.«

»Umso besser«, erwidert Theos Mutter kichernd und nimmt mein Gesicht in ihre warmen Hände. Sie duftet nach Kuchen und Vanille und wirkt kein bisschen überrumpelt.

Ich allerdings stehe noch immer stocksteif da und lasse mich von Ms O'Connor begutachten.

»So oder so. Schön, dass du da bist. Ich freue mich darauf, die Freundin meines Sohnes kennenzulernen. Fühl dich wie zu Hause, Liebes.«

Würde mir das *meine Freundin* nicht noch in den Knochen stecken, wäre ich bei ihren Worten vermutlich in Tränen ausgebrochen.

Zum Glück scheint Theos Mom davon nicht wirklich etwas mitzubekommen.

»Walter!«, ruft sie in Richtung Haus und legt daraufhin eine geschickte Drehung hin, um in den hübsch gestalteten Flur zu treten. »Walter! Sieh dir das an. Theodor hat eine Freundin mitgebracht.«

Währenddessen drückt Theo mir lachend meinen Rucksack in die Hände.

»Klapp den Mund zu, Baby. Du hast selbst gesagt, wir wären Freunde. Und somit bist du meine Freundin.«

Statt meinen Mund wie befohlen zu schließen, klappt er nur noch weiter auf.

»Theo!« Ich will Einspruch erheben, aber er schlendert bereits mit unseren Koffern die breite Einfahrt entlang.

»Nun komm schon, Baby. Dad und Onkel Martin sind sicher ganz wild darauf, dich kennenzulernen.«

Mit noch immer offenem Mund stehe ich da und beobachte, wie er im Haus verschwindet. Von drinnen erklingen Männerstimmen. Es wird sich fleißig begrüßt und Small Talk ausgetauscht.

Ich sehe mich in der hübschen Straße mit den großen Einfamilienhäusern und dazugehörigen Gärten um. Ein paar Vögel geben ein Pfeifkonzert, und in der Ferne höre ich Kinder spielen. Aber es ist weit und breit kein Mensch zu sehen.

Irgendwann setze ich einen Schritt vor den anderen. Was habe ich schon für eine Wahl? Dann bin ich wohl für die kommenden Tage die Freundin von Theodor Augustus Martin O'Connor und wohne in diesem wunderschönen, riesigen Haus mit liebevollen Eltern. Ich würde mal behaupten: Es hätte schlimmer kommen können.

»Scarlett, kommst du auch aus Greenwich?«

»Nicht direkt«, antworte ich und spüre, wie schwer sich der Kartoffelbrei in meinem Bauch anfühlt. Bislang haben sich alle Gespräche am Tisch um Theo, sein Studium oder den neuesten Klatsch von der Pixton gedreht. Es war spannend, zu hören, wie fleißig er für seine Credits arbeitet und mit welchem Elan er an das Semester herangeht. Mir war nicht klar, in welcher Rekordgeschwindigkeit er das Psychologiestudium durchzieht. Theo ist definitiv der geborene Streber, was keineswegs negativ klingen soll. Ich finde das beneidenswert. Leider sind die Lobeshymnen über ihn viel zu schnell verklungen, und ich bin der abwartenden Gesellschaft eine Antwort schuldig. »Ich komme aus Pixton. Das ist ein kleiner Ort nördlich der Ninetyfive.«

»Oh, Pixton. Ja, das kenne ich. Jeder Student fährt während seines Studiums mindestens einmal hin, um sich vor dem Ortsschild fotografieren zu lassen. Nett dort.« Theos Dad nickt gedankenverloren vor sich hin.

Fragend lege ich die Stirn in Falten.

»Mein Dad kommt gebürtig aus Greenwich«, erklärt Theo. Er sitzt so dicht neben mir, dass unsere Knie sich berühren. Aber das macht mich weder nervös, noch stört es mich. Es fühlt sich normal an, in seiner Nähe zu sein. Jemanden an meiner Seite zu haben, habe ich wohl mehr vermisst, als mir klar war.

»Ich habe selbst auf der Pixton studiert. Genau wie mein Dad vor mir, eine meiner Schwestern und meine Söhne. Quasi Familientradition.«

Nickend lächle ich Mr O'Connor an, der wie eine ältere Version von Theo aussieht. Er besitzt ein kleines Steuerbüro in der Stadt und ist offensichtlich anders als sein Sohn ein reiner Zahlenmensch. Theo hat seine soziale Art definitiv von seiner Mom geerbt. Ms O'Connor ist nämlich der netteste Mensch, den man sich vorstellen kann.

Ich bin erleichtert, dass das heutige Abendessen nur im engsten Familienkreis stattfindet. Theos Geschwister reisen erst morgen an, und seine kleine Schwester Virginia übernachtet heute für ein Physikprojekt in der Schule. Mit Onkel Martin, der mich die ganze Zeit über nur mürrisch ansieht, und Grandma Margerie, die mich bereits mit drei verschiedenen Namen angesprochen hat, werde ich fertig. Immerhin habe ich dafür ein Dach über dem Kopf, das beste Essen seit Monaten in meinem Bauch, und vor allem bin ich nicht allein.

»Und du studierst auch auf der Pixton, Liebes?« Ms O'Connor kratzt den letzten Rest aus der Schüssel mit den Bohnen und lädt ihn ungefragt auf den Teller ihres Bruders. Dieser schaufelt einfach weiter, ohne auch nur den Kopf zu heben.

»Mom, bitte«, geht Theo dazwischen. »Scarlett wird heute nicht verhört.«

»Wer ist Scarlett?«, fragt Grandma Margerie dazwischen, was Theo zum Schmunzeln bringt. Er tätschelt ihr liebevoll den Unterarm.

»Scarlett ist meine Freundin, Gran. Siehst du«, er zeigt auf mich, »das ist Scarlett.«

»Mach dich nicht lächerlich, Theodor. Und hör auf, deine Schwester auf den Arm zu nehmen. Sie ist auch so schon mürrisch genug.«

Nie zuvor habe ich ein Grinsen so abrupt verschwinden sehen wie Theos in diesem Moment.

Auch seine Mom senkt den Blick.

»Iss deine Bohnen, Nana«, weist Mr O'Connor streng an und schenkt mir ein entschuldigendes Lächeln. Dabei krallen sich seine Finger so fest um die Gabel, dass seine Knöchel weiß hervortreten. Für einen kurzen Moment herrscht betretenes Schweigen.

Unsicher lasse ich meinen Blick über den Tisch wandern.

Als Grandma Margerie mich vor nur wenigen Minuten mit einer Nachbarin verwechselt hat, haben es alle einfach lächelnd hingenommen.

»Ähm …« Ich räuspere mich und lege meine Gabel auf den Teller. »Ich studiere Literatur. Allerdings in Yale.« Das ist nicht voll und ganz gelogen. Meine Studiengebühren sind noch genau für sechs Tage bezahlt. Erst danach werde ich rausgeworfen. Also gelte ich heute noch offiziell als Studentin der Yale University.

»Yale ist eine tolle Universität.« Mr O'Connor ist der Einzige, der den Kopf wieder angehoben hat. Onkel Martin kaut nach wie vor tonlos auf seinen Bohnen. Theo und seine Mom blicken beide stumm auf das Tischtuch. »Und deine Eltern? Was machen die?«

Sosehr ich vermeiden wollte, über mich zu reden, bleibt mir

in Anbetracht der angespannten Situation keine Wahl. Also straffe ich die Schultern, lächle höflich und antworte Theos Dad. »Mein Dad ist Pfarrer in einer kleinen Gemeinde.« Meine Stimme ist leise, und ich hoffe, dass mich niemand verstanden hat. Allerdings ruckt Theos Kopf sofort in meine Richtung, was dann wohl das Gegenteil beweist.

»Wirklich?«, fragt er verblüfft.

Zur Antwort zucke ich nur mit einer Schulter.

»Ein Pfarrer. Wie wunderbar.« Ms O'Connor scheint durch die Berufsnennung meines Dads ebenfalls aus ihrer Schockstarre gefunden zu haben. Allerdings ist ihre Stimme eine Spur zu schrill, und sie vermeidet es, irgendwem ins Gesicht zu sehen. »Dann habt ihr sicher auch eine große Familie, nicht wahr?«

»Nein«, antworte ich wie ferngesteuert. Es fällt mir nicht leicht, über meine Familie zu reden, allerdings überwiegt gerade die Erleichterung, dass der seltsame Moment vorüber ist. Die O'Connors still zu erleben, war gruselig. »Es gibt nur meine Eltern und mich.«

»Oh.« Mr O'Connor blickt mich nun direkt an. »Und dann macht es deiner Familie nichts aus, dass du Thanksgiving nicht bei ihnen verbringst?«

»Okay, wisst ihr was?« Theo greift nach meiner verschwitzten Hand und steht auf. »Ende der Fragerunde. Scarlett und ich sind müde. Es war ein langer Tag. Wir werden hochgehen und sehen uns dann morgen, wenn ihr hoffentlich etwas diskreter mit euren Fragen seid.«

»Wie schade.« Ms O'Connor zieht ihre Mundwinkel nach unten, während Theos Dad vor sich hin schmunzelt. Die eigenartige Stimmung von eben ist wie weggeblasen. »Ich dachte, wir können zusammen noch eine Runde Scrabble spielen?«

Ich spüre, wie sich Theos Finger in meinen etwas verkrampfen. Theos Dad legt seine Hand auf den Unterarm seiner Frau.

»Lass die jungen Leute in Frieden, Camille.«

»Ich kann Scrabble spielen!« Grandma Margerie, die noch immer auf irgendetwas herumkaut, obwohl sie längst fertig ist mit dem Essen, streicht über das fein gebügelte Tischtuch.

»Siehst du«, entfährt es Theo, noch bevor seine Mutter etwas sagen kann. »Gran spielt mit dir Scrabble, ich zeige Scarlett das Haus, und dann legen wir uns hin. Danke fürs Essen, Mom.«

»O ja, vielen Dank«, beeile ich mich, zu sagen, während Theo mich bereits hinter sich herschleift.

Ich blicke noch einmal zurück, ehe wir im Flur verschwinden. Als mich der Blick von Theos Mom trifft, werde ich das Gefühl nicht los, irgendetwas verpasst zu haben.

Kapitel 12

Theo

Ich hatte vollkommen vergessen, wie kräftezehrend meine Familie sein kann.

Ein nicht unerheblicher Teil von mir freut sich darauf, meine Geschwister wiederzusehen. Es ist der egoistische Teil, denn wenn Ken, Ginny und Vic mit am Tisch sitzen, habe ich nicht permanent das Gefühl, keine Luft mehr zu bekommen. Dass Scarlett hier ist, macht die Sache wesentlich angenehmer. Aber nicht zu wissen, was in ihr vorgeht, macht mich unruhig. Jede weitere Stunde fühlt sich an, als würde Sand durch eine Sanduhr rieseln, und ich kann es nicht aufhalten, ganz gleich, was ich tue. Er lässt sich nicht stoppen. Und ich werde die grausame Vorahnung nicht los, dass mir die Zeit davonläuft, um ihr zu helfen.

Dass sie mit mir hergekommen ist, war ein kleiner Sieg, aber das reicht mir nicht. Nicht, wenn sie so in sich gekehrt ist und dabei so traurig aussieht. Wenn ich sie nur dazu bringen könnte, sich mir zu öffnen. In den drei Minuten beim Abendessen, in denen es um sie ging, haben meine Eltern mehr erfahren als ich in den letzten Wochen. Und irgendwie nervt mich das.

Ihr Vater ist also Pfarrer. Allerdings ist auch diese Information nur ein weiteres Puzzleteil, das nicht zum Rest passen will. Welcher Dad, der noch dazu ein Gläubiger ist, lässt seine Tochter in einem Auto schlafen? Oder wissen sie gar nichts davon? Ist Scarlett vielleicht weggelaufen? Aber dann frage ich mich, wovor.

Das leise Klopfen an der Tür reißt mich aus meinen Gedanken.

»Das ist auch dein Zimmer, du musst nicht klopfen.« Scarlett kommt auf Zehenspitzen herein, ihre Sachen unter den Arm geklemmt. »Und du musst auch nicht durchs Haus schleichen. Alle wissen, dass du hier bist. Und meine Eltern sind clever genug, um zu kapieren, dass ich dich bereits nackt gesehen habe.«

»Weil ich deine Freundin bin«, ergänzt sie. Der leicht giftige Unterton in ihrer Stimme entgeht mir nicht. Auch wenn ich wenig über sie weiß, kann ich sie gut lesen. Es macht ihr weniger aus, als sie vorgibt, dass ich sie als meine Freundin vorgestellt habe. Irgendetwas sagt mir, dass Scarlett nicht der Typ ist, der Dinge tut oder hinnimmt, die ihr nicht gefallen.

Aus diesem Grund habe ich ihr Gepäck heute Mittag unverblümt in mein Zimmer getragen. Weil ich tief unter meinem selbstlosen Psychologendasein auch nur ein schwanzgesteuerter Mistkerl bin. Wenn sie nicht mit mir in einem Zimmer schlafen will, wird sie es mir sicherlich mitteilen. Außerdem sind ab morgen tatsächlich alle Zimmer belegt.

»Hast du alles gefunden, was du brauchst?«

Nachdem ich Scarlett eine Hausführung gegeben habe, brauchte sie eine heiße Dusche und ich ein paar Minuten, um mich von meinen Eltern zu erholen. Jetzt sind wir zum ersten Mal seit unserer Ankunft allein. Sie wirkt nervös, und ich kann nicht leugnen, dass eine gewisse Anspannung auch von mir Besitz ergriffen hat. Gleichzeitig mag ich die Stille, die entsteht, wenn Scarlett bei mir ist. Ich glaube, wir können gut zusammen schweigen. Das ist nicht zu unterschätzen. Miteinander reden können viele Menschen, aber wer entspannt zusammen schweigen kann, ist sich wirklich nah.

Ihre Haare sind noch nass und in einen Dutt gewickelt. Und ihre Mundwinkel wandern gerade nach oben.

»Deine Mom hat mir ein Dutzend Handtücher und eine genaue Einweisung in eure Dusche gegeben.«

»Ein Wunder, dass sie dir nicht noch angeboten hat, dir die Haare zu waschen.«

Ich richte mich etwas auf und lehne mich an das Kopfteil meines Bettes, um Scarlett dabei zu beobachten, wie sie sich durch mein altes Zimmer bewegt. Ich habe nie zuvor eine Frau mit hierhergebracht. Es ist … besonders.

Mein Blick wandert über ihre langen Beine, während sie leise vor sich hin kichert und ihre benutzten Sachen in ihrem Koffer verstaut. Sie trägt schwarze Leggings und einen dunkelblauen Yale-Hoodie.

»Wie fühlst du dich?« Ich überspiele mein Lachen mit einem Räuspern, ehe ich ein »Baby?« hinterherschiebe, welches mir direkt einen bösen Blick beschert.

»Du wirst das wirklich durchziehen, oder?«

»Oh, absolut!« Ich kann mein Grinsen nicht zurückhalten.

Obwohl ich sie nur von der Seite sehe, entgeht mir nicht, wie sie mit den Augen rollt und dabei ein künstlich genervtes Geräusch macht. Sie räumt in ihrem Koffer alles von einer Seite auf die andere. Faltet Klamotten neu, nur um sie wieder zu den anderen Sachen zu legen. Doch irgendwann merkt sie selbst, dass sie nichts mehr hat, womit sie sich ablenken kann. Seufzend richtet sie sich auf und sieht mich an.

Noch immer lächelnd rutsche ich ein Stück zur Seite und klopfe neben mich auf die Matratze.

»Nun komm schon her.«

»Das«, brummt sie und zeigt mit ihrem schmalen Zeigefinger zwischen uns hin und her, »war so nicht abgemacht.«

»Ich könnte dir jetzt wie in diesen bescheuerten Liebesfilmen anbieten, dass ich auf dem Boden schlafe. Aber wir wissen es doch besser, oder? Die Hauptdarstellerin will nie, dass der Typ auf dem Boden schläft. Sie ist nur zu stolz, um es zuzugeben.«

»Oh, glaub mir«, entgegnet Scarlett schnaubend und schlendert zu mir herüber, »mein Stolz ist mir vor Wochen abhandengekommen. Und mir ist es herzlich egal, wo du schläfst.«

Sie rutscht neben mich und zieht die Beine eng an ihren Körper.

»Du hast meine Frage nicht beantwortet.«

Sie dreht ihren Kopf in meine Richtung, und es juckt mir in den Fingern, ihre zarte Wange zu berühren. Und weil ich grundsätzlich das tue, was ich möchte, hindere ich mich nicht daran und lasse meine Fingerspitzen über ihre Haut gleiten.

»Welche Frage?«, bringt sie mit kratziger Stimme hervor.

»Wie es dir geht.«

»Wird das eine Therapiestunde?«

»Wenn du das möchtest?«

»Es geht mir gut«, antwortet sie, und beim Blick in ihre ausdrucksstarken Augen habe ich das Gefühl, die Wahrheit darin zu erkennen.

»Das ist schön. Meine Familie kann mitunter recht … anstrengend sein.«

Scarlett schlingt ihre Arme um die Beine und legt ihr Kinn auf ihr rechtes Knie.

»Ich finde, sie sind sehr nett. Wie freundlich sie mich einfach so aufgenommen haben. Das hätten sie nicht tun müssen.«

»Meine Mom würde jeden aufnehmen, ohne zu zögern.« Ich wäge einen Moment Scarletts Reaktion ab, dann wage ich mich auf dünnes Eis. »Deine nicht?«

Scarlett denkt sehr lange über diese simple Frage nach. Sie scheint mit ihren Gedanken weit weg zu sein. Als sie mich ansieht, schaudert sie.

»Ich glaube nicht. Meine Mom ist zwar auch sehr gastfreundlich und kümmert sich gern um Menschen, aber einen Fremden einfach so aufzunehmen? Ich fürchte, dafür sind meine Eltern nicht offen genug.«

»Bist du streng katholisch erzogen worden?«

Ich lasse sie bei meiner Frage nicht aus den Augen.

»Wirke ich nicht wie eine Katholikin?«

»Ich weiß nicht. Wie sollte eine Katholikin deiner Meinung nach wirken?«

»Ach, komm. Du weißt genau, was ich meine. Die Tochter des Pfarrers, die bereitwillig die Beine für einen fremden Jungen breit macht? Das denkst du doch, oder nicht?«

»Nein. Eigentlich war das nicht mein Gedanke.«

»Aber so ist es, nicht wahr? Ich passe nicht in das Bild einer Pfarrerstochter. Piercing, Tattoo, wilder Sex. Vielleicht solltest du stattdessen die Definition des Wortes *Hure* raussuchen.«

»Möchtest du meine Meinung dazu hören?«

Sie wendet den Kopf ab und starrt in die Mitte meines Zimmers. Es ist noch genauso, wie ich es nach der Highschool verlassen habe. Blaue Wände, ein dunkelblauer Teppich auf den alten Holzdielen und weiß lackierte Schrägen, die keine Ecke dieses Raumes rechtwinklig wirken lassen. Noch immer stehen das alte Sofa und der zugehörige Sessel meines Grandpas unter den Dachfenstern.

»Nein, weißt du was? Eigentlich nicht.« Seufzend schüttelt Scarlett den Kopf. »Es spielt ohnehin keine Rolle.«

Mir war klar, dass sie dichtmachen würde, sobald es um ihre Eltern geht. Deshalb lasse ich es vorerst auf sich beruhen. Stattdessen greife ich nach der Fernbedienung und schalte den Ton lauter. Schon die ganze Zeit über läuft im Hintergrund eine Dokumentation über eine Tierrettungsstation irgendwo in Thailand.

Der Tierpfleger bringt gerade Gemüse in einem gigantisch großen Eimer zu einem verletzten Panda.

»Wusstest du, dass Pandas zu den Tieren zählen, die von allen Lebewesen am wenigsten Sex haben? Sie tun es maximal einmal im Jahr. Kein Wunder, dass sie vom Aussterben bedroht sind.«

Scarlett lässt diese Information einen Moment sacken, dann entweicht ihr ein glucksendes Geräusch, und sie legt die Wange auf ihr Knie, um mich ansehen zu können.

»Hast du das aus der Top Ten mit unnützem Wissen von einer Cornflakespackung? Oder verarschst du mich einfach nur?«

»Weder noch.« Ich schalte den Fernseher wieder leiser und ziehe ebenfalls die Beine an meinen Körper. Die Ellbogen auf die Knie gestützt, muss ich bei der Erinnerung daran lachen, woher ich diese Information tatsächlich habe. »Ich habe mal eine Arbeit zum Sexualverhalten von Tieren geschrieben.« Quin und die Jungs haben sich damals monatelang über mich lustig gemacht, weil ich mich mit den Geschlechtsorganen von Säugetieren beschäftigt habe.

»Das ist ein Scherz, oder?«

»Nein, keineswegs.« Ich stütze das Kinn auf meine Schulter und sehe Scarlett an. Es ist nicht leicht, an sie heranzukommen. Doch wenn wir uns in die Augen sehen, spüre ich diese Verbindung, die mich von Anfang an fasziniert hat. Sie ist tiefer als alles, was ich bisher empfunden habe. Auch wenn das irrsinnig klingt und mich wie einen hormongesteuerten Teenager wirken lässt. »Aber sicher willst du den interessanten Teil dazu nicht hören. Immerhin hasst du Sex, und ganz offensichtlich konnte ich nichts daran ändern. Sosehr ich mich auch bemüht habe. Ansonsten wärst du anschließend wohl kaum aus dem Fenster geflohen. Ich werde dir demnach nicht länger mit meinen langweiligen Geschichten über Tiere auf die Nerven gehen, die sich selbst befriedigen. Keine Sorge.«

Scarlett stöhnt übertrieben und rempelt mich mit der Schulter an.

»Nun spiel nicht den Beleidigten, und rede schon, O'Connor. Wir wissen beide, dass du es so oder so erzählen wirst.«

Meine Gesichtsmuskeln schmerzen, so breit grinse ich sie an.

»Delfine.«

»Delfine?«, hakt Scarlett nach, und es macht mich glücklich, dass ich sie zum Lächeln bringe. Auch wenn es nur ein zartes, oberflächliches Lächeln ist. Es ist ein Lächeln.

»Delfine sind absolut sexbesessen.«

»Ach, komm.« Sie kichert, wodurch mein Ego zu einem muskulösen Riesen anwächst. Beinahe gleichzeitig rutschen wir etwas tiefer und wenden uns einander zu. Scarlett hat die Hände unter dem Gesicht gefaltet. »Das alles erfindest du doch gerade.«

»Nein«, beharre ich amüsiert. »Das ist mein voller Ernst. Glaub mir. Flipper ist ein echter Gigolo. Delfine haben nicht nur Sex zur Fortpflanzung. Man hat herausgefunden, dass sie Gefallen an Sex haben. Die Weibchen haben eine riesige Klitoris, die ihnen einen Wahnsinnsorgasmus bescheren muss.«

Scarlett drückt ihr Gesicht kichernd in mein Kopfkissen, ehe sie mich wieder ansieht.

»Deine Geschichten sind so obskur, dass sie nur wahr sein können. Kein Mensch kann sich so etwas ausdenken.«

»Ich denke mir das nicht aus. Das ist wirklich so. Die Männchengruppen treiben es untereinander, weil sie dauerhaft erregt sind, und auch die Weibchen befriedigen sich gegenseitig. Und sie masturbieren!«

Scarlett sieht mich ungläubig an, als warte sie nur darauf, dass ich zugebe, nur zu scherzen.

Aber das tue ich nicht.

»Die Weibchen reiben sich sogar an Meeresschildkröten und anderen Meeresbewohnern, um ihren Spaß zu haben.«

»Ich weiß nicht, was ich zu diesen Informationen sagen soll. Ich wollte immer mal mit Delfinen schwimmen, aber irgendwie klingt das gerade komisch.«

Lachend schiebe ich ihr eine noch immer feuchte Haarsträhne aus der Stirn.

»Die Männchen sind derart geil, dass sie ihre Penisse sogar in Abflussrohre, die Schnauzen ihrer Kumpel und Ähnliches schieben.«

»Okay.« Amüsiert hebt sie eine Hand, um mich zum Schweigen zu bringen. »Das reicht an Sexinformationen über Delfine.«

»Am Ende sind sie doch beneidenswert. Niemand im Meer verurteilt sie. Und sie haben ihren Spaß. Ich meine, niemand kommt dabei zu Schaden.« Ich zucke lässig mit der Schulter.

»Außer die Meeresschildkröten.«

»Ach komm, als ob die sich daran stören würden, was auf ihrem riesigen Panzer vonstattengeht.«

Meine Gedanken sind noch vertieft in das Wissen, das ich über Meeresschildkröten habe, deshalb bemerke ich erst spät, wie Scarlett mich anstarrt. Ihre Miene ist ernst geworden, und ihre Augen wandern gemächlich über mein Gesicht.

»Was ist?«

»Nichts … Nur …« Sie wendet den Blick kurz ab, ehe sie mit ihren grauen Augen wieder unsere Verbindung herstellt. »Du bist faszinierend.«

»Weil ich mich mit der Klitoris des weiblichen Delfins auskenne?«

»Nein.« Ihre Mundwinkel zucken. »Weil du es schaffst, mich abzulenken. Und weil du irgendwie immer die Kurve kriegst, raus aus der Dunkelheit.«

»Das musst du mir erklären.«

»Wenn deine Mundwinkel sich zu einem Grinsen verziehen, habe ich das Gefühl, auf einer bunten Blumenwiese mitten im Sonnenschein zu stehen. Da ist mit einem Mal kein Platz mehr für dunkle Wolken oder eine düstere Umgebung. Weißt du, was ich meine?«

»Ich denke schon.« Meine Stimme ist leiser geworden. Weil nun sie es ist, die auf dünnes Eis tritt. Eine so dünne gefrorene Schicht, dass sich nie zuvor jemand darauf gewagt hat. Denn tief in mir drin stehe ich in der Finsternis. Keine Blumen. Keine Sonne. Nur schwarze Tiefe, aus der ich nicht herauskommen kann, ganz gleich, was ich tue.

»Als ich dir gesagt habe, dass ich einen Freund brauche, habe ich es wirklich ernst gemeint. Ich will nicht länger allein sein.«

»Und ich habe es ernst gemeint, als ich sagte, dass ich für dich da bin.«

Ich weiß nicht, wer von uns näher an den anderen rückt, aber schließlich liegt Scarlett dicht vor mir. Ich kann die Wärme ihres Körpers an meinem spüren. Ihr Atem streift über meine Lippen.

Sie wandert mit ihren Augen über mein Gesicht. Sie schluckt, und schließlich spüre ich ihre Finger an meinen. Ich zögere nicht und verschränke meine mit ihren.

»Du hattest unrecht.«

»Womit?«, flüstere ich. Die Buchstaben wandern von meinem Mund direkt in ihren.

»Es hat geholfen.« Ihre Hand klammert sich fest um meine.

»Ich hasse Sex nicht mehr. Du hast mir geholfen. Das hätte ich dir direkt sagen sollen, anstatt einfach abzuhauen.«

Ihre Stimme wird mit jedem Wort leiser. Als sie den Blick von mir abwendet, lege ich meine freie Hand an ihre Wange.

»Warum bist du davongelaufen?«

Scarlett senkt den Kopf, und automatisch landen meine Lippen dabei auf ihrer Stirn. Meine Augen schließen sich wie ganz von allein.

»Was, wenn ich auch wie die Delfine wäre, du aber eher ein Pandabär bist? Dann würdest du mich verurteilen, und damit hätte ich nicht leben können.« Ihre Brust hebt sich unter einem tiefen Seufzer. »Nicht bei dir.«

Ich kann nicht anders. Ich löse meine Finger von ihren und nehme stattdessen ihr Gesicht in meine Hände.

Ohne auch nur eine Sekunde länger zu zögern, lege ich meine Lippen hauchzart auf ihre.

»Erstens.« Ich spreche leise und sehe ihr dabei tief in die Augen. »Würde ich dich nie, wirklich niemals verurteilen. Für nichts auf der Welt. Die Menschen urteilen viel zu schnell, und das, obwohl es in der Regel für alles eine Erklärung gibt.« Ich küsse ihre Nasenspitze und kann nicht verhindern, dass sich ein Lächeln auf meine Lippen legt. »Zweitens bin ich ganz sicher kein Pandabär.« Scarletts Finger krallen sich in den Stoff meines Shirts, als befürchte sie, ich könnte jeden Moment verschwinden. »Und drittens wäre es nichts Schlechtes, wenn du ein Delfin wärst. Im Gegenteil, das würde dich nur noch reizvoller machen.«

»Weißt du was, Theo?«

»Ich weiß eine Menge, Baby.«

Kichernd küsst sie mich auf den Mundwinkel.

»Ich bin froh, dass ich hier bin. Bei dir.«

»Ich bin auch froh, dass du hier bist.«

»Meinst du …« Etwas verlegen sieht sie mich an. »Wäre es komisch, dich zu bitten, mich heute Nacht einfach eine Weile im Arm zu halten?«

Wahrscheinlich liegt es daran, dass Scarlett sich mir – zumindest nüchtern – zum ersten Mal schutzlos zeigt und dass ich einfach emotional ausgelaugt bin. Denn ich muss schlucken, um nicht die Fassung zu verlieren.

»Das wäre keineswegs komisch«, erwidere ich leise keuchend und ziehe ihren schmalen Körper eng an meine Brust. »Denn ehrlich gesagt ist es exakt das, was ich tun will.«

Wir nehmen uns fest in den Arm, und unsere Beine verknoten sich regelrecht miteinander. Es ist ein schönes Gefühl, Scarlett so nah an mich zu drücken. Friedlich irgendwie.

Es dauert nicht lange, bis ihre Atemzüge tiefer werden und ich sicher bin, dass sie schläft. Ich liege noch lange wach und halte mein Versprechen, indem ich sie eng an mich drücke. Das Verrückte daran ist: Es fühlt sich nicht an, als mache ich es für sie, sondern vielmehr, als mache sie es für mich.

Kapitel 13

Scarlett

Das Leben bei den O'Connors ist bunt, laut und chaotisch. Und ich liebe es. Wie sich herausgestellt hat, lag Theo richtig mit der Vermutung, dass ich in der Masse der Menschen beinahe unsichtbar bleiben würde. Etwas, worüber ich mich absolut nicht beschwere. Das ist okay. Es ist schön, einfach eine von vielen zu sein. Eine passive Zuhörerin. Ich bin nie allein, es wird nie still, und doch bleibt es die ganze Zeit über entspannt.

Theos Geschwister sind alle höflich und respektvoll, die Neffen und Nichten genauso nervig wie angekündigt. Alle haben mich auf ihre Art freundlich aufgenommen. Ein bisschen fühle ich mich wie eine Hochstaplerin, weil ich im Kreis einer Familie Zeit verbringe, zu der ich nicht gehöre. Ja klar, Theo hat mich als seine Freundin vorgestellt, und ich denke, niemand hier hegt einen Zweifel daran, dass wir ein Paar sind. Aber so richtig darüber geredet, was wir nun tatsächlich sind, haben wir nicht. An seiner Seite zu stehen, fühlt sich großartig und richtig an. Aber der Gedanke, dass es sich dabei nur um eine weitere

Inszenierung in meinem Leben handelt, lastet schwer auf mir und blockiert jegliches Gefühl wie echtes Glück.

Wir sind inzwischen bereits drei Tage hier. Morgen ist Thanksgiving, und am Samstag geht es auch schon zurück in Richtung Greenwich. Ich darf gar nicht daran denken.

Irgendwie ist der Besuch bei Camille und Walter wie eine Auszeit vom echten Leben. So viele Dinge sind in weite Ferne gerückt. Unter anderem meine Eltern, Jackson und alles, was zu Hause auf mich wartet oder eben nicht mehr auf mich wartet. Während wir Spaziergänge machen, uns mit den Kindern bei Brettspielen duellieren oder ich Theos Mutter und den anderen in der Küche helfe, scheint der Rest der Welt eingefroren zu sein. Als wären wir nicht bloß hundert Meilen nach Osten gefahren, sondern in ein anderes Universum gereist – während unseres stillsteht.

Zwischen Theo und mir ist es ähnlich. Alles, was vorher war, spielt keine Rolle, und über das, was sein wird, reden wir nicht. Wir befinden uns in einer Art Schwebezustand.

Ich lerne ihn mit jeder weiteren Stunde besser kennen, versuche, ihn zu durchschauen und die verrückte Ader, die er in Pixton allen zeigt, mit dem in sich gekehrten Mann aus Westerly zu vereinen.

Nachts hält er mich stumm im Arm, und tagsüber lässt er mich keine Sekunde aus den Augen. Nicht auf eine nervige und besitzergreifende Weise. Eher, als würde er über mich wachen, und das wiederum verschafft mir eine nie da gewesene Sicherheit. Wie in einem Kokon. Ja, Theos Zimmer und seine Arme fühlen sich an wie ein Kokon, in dem ich in Ruhe wachsen darf. Bis ich so weit bin, wieder allein in die Welt hinauszufliegen.

Wir haben uns seit dem Abend, an dem wir ankamen, nicht mehr geküsst. Irgendwie ist das okay, weil ich weiß, dass unsere Zeit hier mehr ist als das reine Ausprobieren unserer körperlichen Kompatibilität. Andererseits fehlt mir die physische Nähe zu ihm ein bisschen.

Ich möchte Theo küssen. Und nicht nur das.

Ich möchte alles von ihm. Noch einmal. Denn die Erinnerung an unser erstes Mal verblasst mit jeder Stunde ein bisschen mehr, und das schmerzt. Langsam frage ich mich, ob ich mir diese extreme sexuelle Spannung zwischen uns nur eingebildet habe.

Und weil ich dringend Ablenkung brauche, rufe ich meine Freundin an. Wen auch sonst? Zwar hat Abby keine Ahnung, dass ich mit Theo unterwegs bin. Aber ich vermisse sie. Sehr sogar. Und ich habe ein schlechtes Gewissen, weil ich sie seit Tagen nur mit kryptischen Nachrichten abspeise.

»O mein Gott, sie lebt.«

Schuldbewusst hebe ich eine Hand und winke in die Kamera meines Smartphones.

»Hey, du.« Auf dem kleinen Bildschirm nicht nur das Gesicht meiner Freundin zu sehen, sondern auch meine schuldbewussten Augen, macht mein schlechtes Gewissen zentnerschwer.

»Wo zur Hölle hast du dich verkrochen? Ich warte seit Tagen darauf, dass du mich endlich anrufst. Ist alles okay?«

Verlegen sehe ich sie an. Wie immer trägt Abby ihren Pony fransig in die Stirn und sieht toll aus, ganz ohne es darauf abzuzielen. Ich hingegen wirke in der weißen Bluse und mit meinen schwarzen Haaren wie eine Leiche oder eine schlechte Kopie von Wednesday.

»Ja, klar. Alles gut. Ich … hatte recht viel zu tun.«

Ich sehe sofort, dass Abby mir diese Ausrede nicht abkauft. Es war ein Fehler, sie per Videocall anzurufen. Sie durchschaut mein klägliches Pokerface. Die Ausreden, die ich seit meinem überstürzten Abflug letzte Woche um mich werfe, prallen längst an ihr ab. So viel ist sicher. Allein ihre hochgezogene Augenbraue ist Beweis genug.

»Du hattest viel zu tun? Komm schon, Letti. Was ist los bei dir? Heute Morgen habe ich deine Mom getroffen. Sie war total komisch, und du bist seit Wochen distanziert. Wir haben noch immer nicht über diese Theo-Sache gesprochen. Ey, du bist einfach abgehauen. Außerdem fragt Lee jeden Tag nach dir. Langsam weiß ich nicht mehr, was ich noch sagen soll.«

»Es tut mir leid«, räume ich genau in dem Moment ein, in dem sich die Tür öffnet. Theo kommt herein, und bevor er etwas sagen kann, wedle ich mit der Hand, damit er sich nicht bemerkbar macht.

Er zeigt auf die Tür, um zu fragen, ob er wieder gehen soll, doch ich schüttle kaum merklich den Kopf. Es gibt nichts, was ich Abby sagen werde, das er nicht hören darf.

»Ich mache mir Sorgen um dich.«

»Ich weiß«, gestehe ich. Inzwischen verstehe ich ja selbst nicht mehr, warum ich ihr nicht von Anfang an die Wahrheit gesagt habe. Aber wenn eine Lüge erst mal für ein paar Wochen im Raum steht, wird es mit jedem Tag schwerer, sie aus der Welt zu schaffen. »Es tut mir wirklich leid. Es gibt einfach momentan ein paar Dinge, um die ich mich kümmern muss. Aber ich verspreche dir, dass wir reden, sobald ich wieder da bin.«

»*Wieder da bist?* Dann bist du Thanksgiving nicht zu Hause?«

Am liebsten möchte ich mir mit der Hand gegen die Stirn hauen. Theo tut in dem Moment genau das, und beinahe hätte ich laut gelacht. Aber nur beinahe. Der traurige Ausdruck in Abbys Gesicht macht es mir unmöglich.

In den letzten Jahren haben wir es uns zur Tradition gemacht, am Morgen nach Thanksgiving gemeinsam zu frühstücken. Meist im Pyjama auf dem Sofa bis spät in den Nachmittag hinein. Dieses Jahr wird daraus wohl nichts.

»Nein. Ich bin für ein paar Tage weggefahren. Eine Art Miniurlaub«, erkläre ich mit leiser Stimme.

Gerade als Abby nachhaken will, kommt Lee ins Bild gehüpft.

»Tante Letti!«, ruft sie freudig und winkt mit bunt bemalten Fingernägeln in die Kamera. Dabei hüpfen ihre wilden Locken um das zarte Gesicht.

»Hi, mein Schatz.« Es tut gut, sie zu sehen. Ich vermisse meine Freundin und ihre kleine Familie.

»Hi, Scarlett«, meldet sich nun auch Quincy zu Wort, und sein dunkelblonder Lockenkopf erscheint ebenfalls auf meinem Display.

Theo hält im Hintergrund die Luft an, und ich verstehe seine Reaktion in dem Moment, in dem Quincy den Kopf schief legt.

»Bist du in Westerly?«

Scheiße, Scheiße, Scheiße.

»Was ist in Westerly?«, fragt Abby und schiebt ihn zur Seite, um mich besser sehen zu können. Die drei quetschen sich inzwischen gemeinsam vor die Handykamera.

»Das ist doch Theos Zimmer.«

Hilfe suchend blicke ich über den Rand meines Smartphones. Anstatt meine Verzweiflung zu teilen, grinst Theo und kommt zu mir herüber.

»Hey, Leute.« Strahlend winkt er in die Kamera, während die Kinnladen von Abby und Quin gleichzeitig runterklappen.

»Onkel Theo«, quietscht Lee. »Guck mal, ich habe ein neues T-Shirt!«

Stolz hält Lee ihre Brust in die Kamera, auf der in glitzernder Schrift *Happy Nerd* steht.

»Boah!«, stößt Theo aus und drückt beinahe seine Nase gegen mein Display. »Das ist ja der Hit, Ms Ophelia. Das brauche ich auch.«

»Quin war schon froh, weil es das nicht in deiner Größe gibt.«

Ich klammere die Unterhaltung zwischen Theo und Lee aus und blicke in die Augen meiner Freundin.

Die Jungs reden miteinander, Lee plappert unentwegt dazwischen, aber ich habe keine Gelegenheit, mich Abby zu erklären.

Schließlich ruft Ms O'Connor zum Essen, und es wird Zeit, sich zu verabschieden.

»Wir reden später oder am Wochenende, okay?«, frage ich Abby, deren unglückliche Miene mir das Herz einschnürt.

»Ja, okay.« Sie presst die Lippen zusammen, weil sie so vieles zurückhalten muss, das sie mir sagen möchte.

»Happy Thanksgiving, und grüß deine Eltern«, bittet Quin seinen Freund, während Lee schon auf und davon gehüpft ist. Die Jungs verabschieden sich, und schließlich beenden wir den Videocall.

Missmutig sehe ich noch Minuten später auf das schwarze Display.

»Alles okay?« Theo hockt neben mir auf der Lehne seines Sessels und streichelt mir über die Haare.

»Mhm«, brumme ich zustimmend.

»Sicher?«

»Ja, schon.«

Er rutscht von dem dunkelblauen Stoff und kniet sich vor mich auf den Boden.

»Du wolltest nicht, dass sie wissen, dass du bei mir bist, oder?«

Unentschlossen zucke ich mit einer Schulter.

»Es geht nicht darum, dass ich *bei dir* bin, sondern vielmehr darum, dass ich nicht zu Hause bin.«

Seufzend holt Theo Luft und legt seine Hände auf meine Knie.

»Sag mir, was ich tun kann.«

Sanft streichle ich über seine Wange. Es ist so vertraut und normal geworden, Theo zu berühren. Auch wenn wir keinen Sex haben und uns nicht küssen, berühren wir uns eigentlich die ganze Zeit über. In den letzten Tagen hat sich eine angenehme Intimität zwischen uns entwickelt, die es mir leicht macht, mich zu entspannen. Er gibt mir so eine innere Ruhe.

»Du machst schon so viel. Lass uns essen gehen.«

Er atmet noch mal tief ein und aus.

Ich weiß, dass er sich nicht mehr lange mit Halbwahrheiten abspeisen lassen wird. Theo ist zu klug und empathisch. Er gibt mir Zeit, um über alles nachzudenken, und lässt mir Raum. Aber ich spüre, dass seine Geduld allmählich schwindet.

»Okay«, seufzt er und kommt auf die Beine.

»Geh schon vor. Ich komme sofort.«

Er lässt mich ohne Widerworte allein, obwohl es ihm nicht passt.

Nachdem er die Tür hinter sich zugezogen hat, denke ich noch einen Moment nach.

Ganz gleich, wie weit ich Pixton hinter mir lasse: Die Lage wird sich nicht über Nacht ändern. Die Welt ist nicht eingefroren. Da draußen geht alles seinen normalen Gang, ob ich davonlaufe oder nicht. Ich muss lernen, für das einzustehen, was ich möchte, und zu dem zu stehen, was ich empfinde.

Mit zittrigen Fingern entsperre ich den Bildschirm meines Smartphones und tippe eine Nachricht.

Es tut mir leid, dass ich dir nicht alles gesagt habe. Es ist gerade keine leichte Zeit für mich. Verzeihst du mir?

Immer.

Ihre Antwort kommt so schnell, dass ich sie mir bildlich vorstellen kann mit dem Smartphone in der Hand auf dem Sofa, genau wie ich.

Und Abby ...

Ja?

Mit angehaltenem Atem tippe ich zumindest einen Teil der Wahrheit auf den Touchscreen.

Ich glaube, ich bin verliebt in Theo.

Ich schicke die Nachricht ab, ehe ich mich selbst daran hindern kann. Es dauert nicht lange, dann erscheint ihre Antwort, die mir gleichzeitig ein Lächeln aufs Gesicht zaubert und Tränen in die Augen treibt.

Ooookkkaaayyy! Theo ist der letzte Mann auf der Welt, den ich für dich ausgesucht hätte. Aber kurioserweise ist er auch der einzige Mann auf der Welt, von dem ich glaube, dass er gut genug für dich ist! Bitte melde dich, wenn du zurück bist. Wir müssen wirklich reden. Dringend! Ich habe dich lieb ♡

Ich weiß genau, was du meinst. Mache ich ...
Ich habe euch auch lieb! 😘

Voll neu gewonnener Energie werfe ich mein Handy auf den kleinen Beistelltisch und stehe auf. Ich kann die letzten Wochen nicht einfach so ungeschehen machen. Aber es hilft mir auch nicht, wenn ich in der Vergangenheit lebe. Ich muss lernen, loszulassen und mein Schicksal in die Hand zu nehmen.

Und damit fange ich jetzt an.

Heute.

Heute ist der erste Tag meines neuen Lebens. Vielleicht muss ich Abby und Theo nicht in allen Einzelheiten erzählen, was geschehen ist. Ich könnte einfach neu anfangen und … keine Ahnung … auf Reset drücken?

Euphorisch springe ich auf und stürme die Treppe runter, halte aber unweigerlich inne, als ich Theo und seine Mom in der Küche tuscheln höre.

»Ich würde mir wirklich wünschen, du besuchst sie, bevor ihr wieder abreist.«

»Mom, bitte.« Theo stöhnt auf die Worte seiner Mutter hin. Er klingt müde. Viel zu müde.

»Du warst nicht mal am Geburtstag hier.«

Ohne einen Mucks zu machen, presse ich mich an die Wand des Treppenaufgangs. Das Haus der O'Connors hat sage und schreibe drei Treppenaufgänge. Dieser hier führt von der Küche direkt unters Dach in Theos Zimmer. Wahrscheinlich sollte ich mich bemerkbar machen, aber irgendetwas hält mich davon ab.

»Ich weiß, welcher Tag das war. Wie sollte ich das je vergessen?«

Ich habe Theo bisher nie so traurig gehört.

»Ach, entschuldige, mein Schatz. Aber du weißt, wie wichtig es für mich ist, dass du sie miteinbeziehst.«

»Ich vergesse sie schon nicht.«

Auch Ms O'Connor klingt nicht so fröhlich, wie ich es aus den vergangenen Tagen gewohnt bin.

»Ich würde mich einfach freuen, wenn du mal vorbeischaust.«

»Wo vorbeischauen?«, fragt eine andere Stimme, die ich nicht genau zuordnen kann. Ich glaube, es ist eine von Theos Tanten, die offensichtlich gerade dazugekommen ist.

»Nirgendwo«, antwortet Theo brummend. »Ich schaue, wo Scarlett bleibt.«

Der Klang meines Namens weckt mich aus meiner Starre, und ich betrete mit einem falschen Lächeln auf dem Gesicht die Küche.

»Da bin ich schon«, bringe ich etwas gezwungen über die Lippen. Dabei entgeht mir nicht, wie Theo und seine Mom sich einen eigenartigen Blick zuwerfen.

Ms O'Connor überspielt die Situation, indem sie sich an ihre Lasagne macht. Theo legt ein künstliches Lächeln auf und schiebt mich an beiden Schultern durch die Schwingtür ins Esszimmer.

Dieser seltsame Moment brennt sich in meinen Kopf, und er soll nicht der einzige an diesem Abend bleiben.

Noch vor der Suppe diskutieren Theos Schwägerinnen, die bislang recht still und ruhig waren, warum inzwischen in jeder Serie und in jedem Buch Sex thematisiert wird. Es ist eine hitzige Debatte. Jeder gibt seinen Senf dazu, und ich rutsche mit jeder Minute tiefer in meinen Stuhl. Sie haben ja keine Ahnung, dass sie mir mit diesem Thema einen Dolch tief ins Herz stoßen.

Ich saß zwar schon die letzten Tage als Hochstaplerin an diesem Tisch. Doch der heutige Abend übertrifft alles: Ich fühle mich wie ein Delfin, der mitten in einem verdammten Panda-Gehege gelandet ist. Und ich bin dieses Gefühl so leid.

Mein Projekt, die Vergangenheit hinter mir zu lassen, hat keine zehn Minuten gedauert. Ich werde diesen ganzen Mist einfach nicht los. Und selbst, wenn ich bis zum Mars fliege, um Thanksgiving zu feiern. Ich werde immer der Delfin zwischen den Pandas bleiben.

Für den krönenden Abschluss dieses Thanksgiving-Desasters sorgt allerdings Ms O'Connor, kurz bevor sie das Dessert serviert.

Strahlend steht sie auf und bringt mit ihrem Silberlöffel das Kristallglas sanft zum Klirren.

»Ich weiß, es ist noch nicht Thanksgiving, und keine Sorge«, wendet sie sich an ihre Familie, »wir werden uns morgen noch ausgiebig mit dem Thema Dankbarkeit beschäftigen.« Theo hat mir von der Tradition der O'Connors erzählt, nach der alle Kinder die Dinge aufschreiben, für die sie dankbar sind. Diese werden anschließend in kleinen Gläsern versiegelt, die das Gartenhaus der O'Connors ausfüllen. Alle freuen sich schon riesig darauf, morgen ihre Gläschen zu befüllen und die von vor zehn Jahren zu öffnen, so wie es Tradition ist. Alle inklusive mir. »Aber ich möchte trotzdem heute schon etwas sagen. Immerhin ist es der erste Abend, an dem wir alle zusammen sind.«

Theos Onkel Caileb konnte berufsbedingt erst heute anreisen. Ich blicke zu dem grauhaarigen freundlichen Geschäftsmann hinüber, der seiner Schwägerin daraufhin zuprostet.

»Ich bin dankbar, dass wir dieses Jahr alle wieder hier zusammengekommen sind«, führt sie weiter aus. »Besonders freue ich mich, dass Theo eine bezaubernde junge Frau mit in unser Haus gebracht hat.«

Meine Kehle schnürt sich schlagartig zu.

»Es ist so schön, dass er jemanden gefunden hat, der zu ihm und auch zu uns passt. Eine Dame, die sich ihrem Studium widmet, aus gutem Haus kommt und seiner würdig ist.«

Ungläubig starre ich Theos Mutter an. Tränen glänzen in ihren Augen. Ich bin kurz davor, mich auf die mit Weizengräsern und Trockenblumen verzierte Tafel zu übergeben.

»Schön, dass du ab jetzt zu uns gehörst, Scarlett.«

Ms O'Connor hebt ihr Glas, und die gesamte Familie tut es ihr gleich.

Alle starren mich an.

Warten auf eine Reaktion.

Auf ein Danke, auf … Ich weiß nicht, was von mir erwartet wird.

Ich weiß nur eins: Ich bin nicht die, für die sie mich halten.

Und ich kann dieses Schauspiel keine Sekunde länger aushalten.

Mein Stuhl schabt laut quietschend über den Holzboden, als ich aufstehe.

Ich muss hier raus.

Und zwar sofort.

»Bitte entschuldigt mich«, krächze ich mit letzter Kraft und eile mit hastigen Schritten durch den von Kerzenschein erleuchteten Essbereich und die Stufen hinauf in Theos Zimmer. Hastig fange ich an, meine Sachen zusammenzusuchen.

Die Tür fliegt genauso schnell wieder auf, wie ich sie hinter mir zugeworfen habe.

Ich muss nicht aufsehen, um zu wissen, dass Theo hinter mir steht. Wahrscheinlich hat er die Hände in die Hüften gestemmt und sieht mich fragend an. Doch ich drehe mich nicht um. Stattdessen konzentriere ich mich auf die Klamotten, die ich mit zitternden Händen in meinen Koffer stopfe.

Es macht mich wahnsinnig, dass er kein Wort sagt. Es wäre so viel einfacher, wenn er mich anschreien oder mich mit Vorwürfen bombardieren würde. Aber so ist Theo nicht.

»Ich muss gehen«, ergreife ich stattdessen das Wort.

»Könntest du mir bitte erklären, was gerade in dir vorgeht?«

Ich wende für einen Sekundenbruchteil den Kopf in seine Richtung, nur um von meinen Schuldgefühlen erschlagen zu werden, als ich die Erschöpfung in seinem Gesicht sehe.

»Das hier ist keine Therapiestunde, Theo. Und ich nicht deine Patientin. Du hast mich mit hierhergenommen, weil du mir helfen wolltest. Und das war echt nett von dir. Aber es war ein Fehler, herzukommen. Ich muss jetzt wirklich hier weg.«

»Sag mir, Scarlett: Was denkst du, wie lange du noch vor deinen Problemen davonlaufen kannst?«

Aus meiner Verzweiflung wird Wut.

»Ich laufe nicht davon.« Die Worte schmecken wie Säure auf meiner Zunge. Weil sie gelogen sind. Ich weiß das, und Theo weiß es auch. »Das hier war einfach eine blöde Idee. Ich bin nicht das, wofür du mich hältst, Theo. Ich bin ... deiner nicht würdig.«

»Dann sag mir einfach, wer du bist, verdammt!«

Nie zuvor habe ich Theo brüllen hören. Ich zucke unter seiner donnernden Stimme zusammen.

Meinen Hoodie noch in der Hand, drehe ich mich langsam zu ihm um. Als unsere Blicke sich treffen, muss ich schlucken. Tränen treten aus meinen Augenwinkeln. Ich wische sie nicht weg.

»Das kann ich nicht.«

»Warum nicht?« Die Sanftheit in Theos Stimme ist zurück, und er macht einen kleinen Schritt auf mich zu.

»Weil ich Angst habe.«

»Wovor? Vor mir?«

Die Tränen tropfen mir nun ungehindert von den Wangen, und ich senke den Blick.

»Ich habe Angst, dass du mich dann nicht mehr willst.«

Ich wage es nicht, den Kopf zu heben. Weder als ich Theos tiefes Seufzen höre, noch als seine Füße in meinem Blickfeld auftauchen.

»Scarlett.«

Kaum merklich schüttle ich den Kopf.

»Ich habe dir schon einmal versprochen, dass ich dich niemals verurteilen werde. Die Tatsache, dass du dich vor mir verschließt und wegläufst, wiegt viel schwerer als alles, was du über dich erzählen könntest.« Obwohl ich nach wie vor reglos dastehe, fechten die Gefühle in mir eine brutale Schlacht aus. »Hey.« Ich zucke zusammen, als ich Theos Hand an meiner spüre. Dann endlich wage ich es, den Blick zu heben. »Vertrau mir. Wenn du danach immer noch fahren willst, bringe ich dich an jeden Ort deiner Wahl.«

Ich höre mich freudlos lachen.

»Und damit geht es doch schon los. Ich habe keinen Ort, an den ich gehen kann.«

Ein Schauer durchfährt mich, als Theo mit seinen Daumen meine Tränen wegwischt.

»Erzähl es mir. Lass es einfach raus. Ich verspreche dir, danach fühlst du dich besser.«

Ich lasse mich von Theo zu seinem bequemen Zweisitzer führen. Mein Herz schlägt einen panischen Rhythmus an, als ich mich auf das weiche Polster neben ihn setze.

Jetzt oder nie.

Der Moment der Wahrheit ist gekommen. Mir bleibt nichts, als mich an Theos Versprechen zu klammern und zu hoffen, dass er tatsächlich anders ist.

Kapitel 14

Theo

Es ist totenstill. Jeder Nerv in meinem Körper ist bis zum Zerreißen gespannt. Scarlett hat mir ihre Hand entzogen und öffnet mit zitternden Fingern einen Onlineshop auf ihrem Handy.

Wortlos reicht sie es mir, und ich blicke auf ein Buchcover. Bis auf die pinke Schrift ist es in Schwarz-Weiß gehalten. Ein nacktes Paar, dessen Gesichter man nicht erkennen kann, ist ineinander verschlungen.

»Das …« Sie räuspert sich. Ihre Stimme klingt belegt. »Das bin ich.«

Ich sehe mir das Bild noch einmal genauer an. Unwillkürlich lege ich meinen Kopf schief, als könne ich die schemenhaft gezeigte Frau dadurch genauer erkennen. Auch wenn ich Scarlett erst ein Mal komplett nackt gesehen habe, bin ich mir sicher, dass die Frau auf dem Bild nicht sie ist. Nicht zuletzt, weil das Blumentattoo auf dem rechten Arm fehlt.

»Wie meinst du das? *Das?*«, frage ich und zeige auf den nackten Körper.

»*Das*«, sagt sie, während ein trauriges Lächeln an ihren Lippen zupft. Dabei deutet sie auf den Autorinnennamen, der auf den oberen Buchrand gedruckt ist.

S. N. Heart.

»Du hast ein Buch geschrieben?« Überrascht sehe ich sie an. Aber sie wirkt nicht gerade stolz.

»Na ja.« Mit einem Finger tippt sie aufs Display und beendet so den Vollbild-Modus. Eine ganze Reihe von Covern erscheint daraufhin. »Streng genommen habe ich sieben Bücher geschrieben.«

Ich fahre über den Touchscreen, um durch die Liste zu scrollen.

»Aber …« Verwirrt schüttle ich den Kopf. »Das ist doch großartig. Du hast Bücher veröffentlicht. Sieben.« Völlig verblüfft starre ich auf das Handy. »Verdammt, sieben Bücher? Wann hast du bitte sieben Bücher geschrieben?«

Noch immer sieht Scarlett aus, als hätte sie gerade ihr Todesurteil unterzeichnet. Ich verstehe es nicht.

»Lies einen Klappentext«, bittet sie mich. Sie hat die Hände in den Schoß gelegt und spielt nervös an den vielen Ringen, die sie heute Abend trägt.

Ohne Umschweife öffne ich die Produktinformation des ersten Buches in der Liste und fange an, zu lesen.

Der neue Erotikroman aus der Feder von S. N. Heart.

Drei Männer. Eine Jungfrau. Wer wird der Erste sein?

Als die Journalistin Piper Belle während einer Recherchereise die Flucht ergreifen muss, landet sie auf einem verlassenen Flughafengelände in Santiago de Norte. Dort erwartet sie allerdings nicht die erhoffte Rettung, sondern sie begegnet drei attraktiven Männern, die direkt auf sie aufmerksam werden.

Mac, Silver und Victor sind nicht gerade berühmt dafür, Frauen in Not zu helfen. Sie beherrschen den Drogenhandel in Südamerika. Niemand entkommt ihren Fängen. Schon gar nicht die wehrlose Piper, auf deren Laptop sich die belastenden Videos gegen die drei nur so türmen. Die Journalistin hat sich in den Kopf gesetzt, die Gang ans Messer zu liefern.

Durstig nach Rache, nehmen sie die New Yorkerin gefangen.

Sie wollen sie quälen.

Sie wollen sie brechen.

Sie wollen sie besitzen.

Allerdings ist dieser Gedanke für Piper nicht ganz so abstoßend, wie er vielleicht sein sollte …

Eine Zeit lang starre ich auf das Display, um mir die richtigen Worte zurechtzulegen. Allerdings kommt sie mir zuvor.

»Meine Eltern haben davon erfahren und mich vor die Wahl gestellt: Entweder ich ziehe alle Bücher aus dem Handel zurück und kündige sämtliche Verträge, oder ich muss gehen.«

Abrupt hebe ich den Kopf.

»Ist das dein Ernst?«

»Mein Dad ist Pfarrer, Theo. Was hast du denn gedacht? Ich bin zeit meines Lebens zweimal wöchentlich zur Kirche gegangen. Sex vor der Ehe ist für meine Eltern eine Todsünde. Und ich schreibe Bücher, in denen sich drei Männer eine Frau teilen. Und zwar auf jede erdenkliche Weise, die deine Fantasie zulässt. Das ist nichts, was in ihren Augen verhandelbar ist.«

»Also bist du gegangen«, stelle ich monoton fest. So richtig will sich das alles noch nicht in meinem Verstand festsetzen.

»Ja. Ich bin gegangen.«

»Moment mal.« Ich nehme Scarletts Hände in meine, damit sie aufhört, ihre Finger knacken zu lassen. Sie macht mich ganz nervös damit. »Wann war das?«

»Vor sechs Wochen.«

»Dann lebst du seit sechs Wochen in diesem Motel?«

»Nein.« Scarlett sieht erschöpft aus, als sie ihren Kopf schüttelt. Unter ihren Augen zeichnen sich dunkle Make-up-Spuren ab, die ihre Tränen hinterlassen haben. »Da war ich nur letzte Woche in dieser einen Nacht, nachdem …« Zaghaft blickt sie durch feuchte Wimpern zu mir hoch.

»Nachdem du vor mir davongelaufen bist«, beende ich den Satz.

»Ich bin nicht vor dir davongelaufen. Vielmehr vor mir selbst. Das versuche ich nun schon seit Wochen, aber es funktioniert einfach nicht.«

»Dann hast du die ganze Zeit in deinem Auto geschlafen? Sechs Wochen lang?«

Dieses Mal nickt sie lediglich.

Frustriert und irgendwie auch wütend raufe ich mir die Haare.

»Wie geht das? Ich meine, wo hast du dich gewaschen? Wo bist du aufs Klo gegangen? Oder was man eben so tut?«

»Na ja«, sie zuckt mit einer Schulter, »ich habe mich viel verabredet und die Umkleiden der Yale-Turnhalle benutzt. Außerdem habe ich in einem Parkhaus geschlafen. Der Nachtwächter hat mich die Dusche des Eishockeystadions benutzen lassen.«

Ungläubig starre ich sie an. Nach dem Geständnis zieht sie ihr Piercing zwischen die Zähne. Sie macht das oft, wenn sie verunsichert ist.

»Hast du kein Zimmer in Yale? Quin meinte, du wohnst unter der Woche in New Haven?«

»Ich hatte ein Zimmer. Aber ohne die Unterstützung meiner Eltern habe ich kein Geld mehr für die Studiengebühren. Ohne Studiengebühren kein Studium, und ohne Studium leider auch kein Zimmer. Ich bin demnach nicht nur obdachlos, sondern auch keine Studentin mehr. Herzlichen Glückwunsch, Theodor. Du hast eine verdorbene Loserin ins Haus deiner Eltern gebracht.«

Ohne auf diesen unnötigen Kommentar zu reagieren, versuche ich, das Puzzle weiter zusammenzusetzen.

»Und Abby? Warum bist du nicht zu ihr gegangen? Weiß sie davon?« Ich deute auf das Smartphone, das ich wieder auf den Couchtisch gelegt habe. Scarlett presst die Lippen aufeinander und verneint. »Warum nicht? Ich habe nicht gerade das Gefühl, dass sie prüde ist, oder?«

Unsere goldene Männerregel verbietet Quin zwar, mir Einzelheiten über sein Sexleben zu verraten, aber ich kann eins und eins zusammenzählen. Außerdem sind unsere Zimmer nur durch eine dünne Wand getrennt. Er und Abigail lassen definitiv nichts anbrennen.

»Ist sie nicht«, bestätigt Scarlett seufzend. Sie stützt die Ellbogen auf die Knie und reibt mit den Fingern unter ihren Augen entlang. »Ich weiß selbst nicht genau, warum ich ihr nichts von meinem Nebenjob erzählt habe. Irgendwie … war es anfangs nicht so wichtig.«

»*Nicht so wichtig?*«, wiederhole ich ungläubig ihre Worte. Ein Buch zu schreiben, ist doch ein Riesending. Ich bin bislang davon ausgegangen, dass man es von allen Dächern schreit und prahlend durch die Gegend läuft, wenn man etwas so Großes geschaffen hat.

»Als ich vor zwei Jahren damit angefangen habe, war es einfach eine fixe Idee. Es war meine Art der Rebellion, während andere Mädchen einen Typen nach dem anderen abgeschleppt haben. Aber Abby hatte damals keine gute Phase. Lee war gerade mal drei, und für die beiden war jeder Tag ein Kampf. Es kam mir komisch vor, mich hinzusetzen und ihr zu sagen: Hey, ich habe diese irrsinnige Fantasie von einem dunklen Keller, in dem eine Frau angekettet darauf wartet, dass ihr Entführer allerlei sexuelle Dinge mit ihr anstellt. Ich kam mir dumm vor. Oder nicht unbedingt dumm. Eher schmutzig und … fehlerhaft.«

Ohne zu zögern, ziehe ich sie näher zu mir.

»Du bist nicht fehlerhaft, Baby. Sag so etwas bitte nicht.«

Sie schenkt mir ein trauriges Lächeln.

»Jedenfalls konnte ich ihr jetzt nach all der Zeit wohl kaum sagen, dass mich dieser ganze Mist mein Leben gekostet hat und ich vor dem Aus stehe.« Scarlett lehnt sich zurück und lässt zu, dass ich meinen Arm um sie lege. »Außerdem bin ich an dem Tag zu Hause rausgeflogen, an dem Lee so krank war und Abby und Quincy mitten in ihrem eigenen Drama steckten.«

»Du hättest zu mir kommen können. Ich wünschte, ich hätte es gewusst.«

»Aber wir kannten uns doch kaum«, hält sie dagegen. »Außerdem …« Sie spricht nicht weiter.

»Außerdem?« Ich streichle ihr sanft die Haare aus dem Gesicht. »Sag es mir, Scarlett.«

»Als meine Eltern davon erfahren haben, hatte ich gerade einen Freund. Jackson.«

»Oh.« Jetzt ist es mein Blick, der sich unwillkürlich senkt. Über den Freund möchte ich am liebsten gar nichts erfahren.

»Keine Panik, eigentlich war er nicht wirklich mein Freund. Wir … Ich weiß nicht, wie ich es sagen soll. Er war da, ich war Single und … Na ja, irgendwie haben wir uns zusammengetan. Damals war es … nett?«

»War?«

»Definitiv war«, erlöst sie mich, woraufhin ich es schaffe, sie erneut anzusehen. »Es war sowieso nie eine richtige Beziehung, aber er hat nachgetreten, als ich bereits am Boden lag. Damit war es ein für alle Mal aus.«

Scarlett verkrampft sich, und meine Alarmglocken gehen an.

»Willst du darüber reden?«

»Tja«, schnaubt sie und ringt sich ein falsches Grinsen ab. Dabei zittert sie am ganzen Leib. »Wenn wir schon dabei sind, sollte ich dir wohl die Pointe der Geschichte nicht vorenthalten.«

Ich richte mich auf und bringe etwas Abstand zwischen uns. Es ist ein schmaler Grat, auf dem ich wandere. Zum einen will ich Scarlett halten, ihr zeigen, wie viel sie mir bedeutet und dass diese Geschichte daran nichts ändern wird. Zum anderen aber habe ich das Gefühl, sie zu bedrängen, und das ist das Letzte, was ich will.

»Du musst mir nichts erzählen, wenn du nicht willst«, sage ich, um meine Körpersprache verbal zu untermalen.

»Ich mache es kurz, okay? Als meine Eltern mich rausgeworfen haben, bin ich zu Abby. Aber Lee war krank, sie dachte, Quincy sei verlobt, und ich konnte unmöglich mit meinem Drama dazwischenfunken. Erinnerst du dich? An diesem Abend habe ich dich angerufen, um zu fragen, wo Quincy ist. Du warst auf irgendeiner Party oder so.«

»Ja. Ich erinnere mich.«

»Jedenfalls bin ich dann zu Jackson gefahren, habe mich in seine Arme geworfen und ihm alles erzählt. Ich dachte, es spielt für ihn keine Rolle. Er ist weder besonders christlich, noch bewegt er sich in elitären Kreisen oder so. Ich dachte wirklich, es sei ihm egal. Ich dachte, er würde mich aufnehmen, und alles würde irgendwie wieder in Ordnung kommen.«

Man muss kein Genie sein, um zu erahnen, in welche Richtung Scarletts Geschichte gehen wird. Meine Hand ballt sich auf der Rückenlehne zu einer Faust, während ich mit der anderen erneut ihre Hände ergreife.

»Ich bin nicht sicher, ob ich wissen will, wie er reagiert hat.«

»Willst du nicht?« Sie hebt auf typische Scarlett-Weise die Augenbraue.

»Natürlich will ich. Aber ich hasse ihn jetzt schon.«

»Für Jackson ist die Welt genau wie für meine Eltern schwarz und weiß. Auch wenn seine Reaktion komplett gegensätzlich zu der meines Dads war, hasse ich ihn dafür genauso. Ich habe ihm meine Bücher gezeigt, so wie dir gerade. Und ich werde niemals das ekelhafte Grinsen vergessen, das sich anschließend auf seinem Gesicht abgezeichnet hat.« Scarlett unterbricht unseren Blickkontakt und sieht beschämt zu Boden. »Er dachte, eine leibhaftige Pornodarstellerin stünde vor ihm, mit der er machen kann, was er will. Für ihn waren diese Bücher eine Art Freifahrtschein.«

Eine weitere Träne kullert über ihre Wange und bricht mir beinahe das Herz.

»Hat er …?« Ich kann es nicht aussprechen. Ekel und Hass versperren den Worten den Weg.

Viele Menschen haben die irrsinnige Idee, dass es Vergewaltigung in einer Beziehung nicht gibt. Das ist absoluter Bullshit. Ob man zusammen ist oder nicht: Wer die Grenzen anderer Menschen nicht wahrt, macht sich strafbar. Immer. Und ausnahmslos.

»Dazu ist es nicht gekommen.« Scarlett weint. »Aber er hat es versucht. Ich habe ihn geschlagen und bin auf und davon.«

Mein Herz. Es kann ihren Schmerz nicht ertragen. Mit jedem ihrer Worte werde ich schwächer.

Meine Hände krallen sich um ihre.

Als sie den Kopf hebt und wir uns ansehen, habe ich das Gefühl, ihren gesamten Kummer zu spüren. Er reißt mich innerlich in Fetzen.

»Ich habe vollkommen unterschätzt, was alles in meine Bücher hineininterpretiert wird. Welches Licht sie auf mich werfen.«

»Oh, Scarlett.« Ohne eine weitere Sekunde verstreichen zu

lassen, ziehe ich ihren schlanken Körper auf meinen Schoß und halte sie. Ich bette ihre Wange auf meine Brust und streichle über ihre Haare, während ich innerlich die Welt verfluche.

Was sind das für Menschen, die ihre Kinder verurteilen für Dinge, die in ihrem Kopf vorgehen? Was sind das für Männer, die ihren Frauen Gewalt antun?

Mir will das einfach nicht in den Kopf. Diese Ungerechtigkeit und Intoleranz machen mich so verflucht wütend. Vor allem, weil ich weiß, wie weitreichend ein solches Verhalten sein kann.

Ich lasse Scarlett weinen. Halte sie fest in meinen Armen, versuche, ihr all die Zuwendung und das Vertrauen zu schenken, auf das sie während der letzten Wochen verzichten musste.

Phrasen wie ›Ist schon gut‹ oder ›Wein doch nicht‹ erspare ich ihr. Sie hat allen Grund, zu weinen. Jede Träne, die auf meinem Shirt landet, hat ihre Daseinsberechtigung. Denn sie alle erzählen einen Teil der traurigen Geschichte von Ablehnung, Gewalt und Unverständnis. Von Einsamkeit und Verlust.

Irgendwann merke ich, dass ihr Körper schwerer wird und ihre Atmung sich langsam beruhigt.

Zögerlich hebt sie den Kopf und sieht mich aus roten Augen an.

»Wenn du jetzt möchtest, dass ich gehe, kann ich das gut verstehen.«

Traurig lächle ich sie an.

»Dass du gehst, ist das Allerletzte, was ich möchte.«

»Findest du das alles nicht furchtbar?«

Ihr Blick zuckt für einen Moment zu ihrem Handy.

»Du fragst mich gerade wirklich, ob ich es furchtbar finde, dass meine Freundin sieben Bücher geschrieben hat, noch ehe sie überhaupt das Studium abgeschlossen hat?«

Während sie die Nase hochzieht, nickt sie kaum merklich.

Ich ziehe ein Taschentuch aus meiner Hosentasche und reiche es ihr.

»Nein«, antworte ich lachend und streiche ihr mit beiden Händen die langen schwarzen Haare hinter die Schultern. »Ich finde das aufregend und faszinierend. Ich möchte alles darüber erfahren und jeden einzelnen Satz lesen, den du geschrieben hast. Das macht dich nur noch viel interessanter, als ich dich ohnehin schon finde. Ich ziehe den Hut davor, wie du das geschafft hast. Ganz allein.« Meine Daumen gleiten über ihre nassen Wangen. »Daher ein klares Nein. Ich finde das ganz sicher nicht furchtbar. Was ich furchtbar finde, ist, dass die Menschen in deiner Nähe dein Vertrauen derart missbraucht haben. Ich wünschte, du hättest es zuerst mir erzählt, um die Reaktion zu bekommen, die du verdient hast. Nämlich grenzenlose Anerkennung. Stolz. Liebe.«

Sie schluckt. Ihr Kinn zittert, und ihre Finger krallen sich in mein Shirt.

»Weißt du, Scarlett«, fahre ich fort, denn es macht mich rasend, dass sie die Fehler bei sich sucht, anstatt wütend auf die anderen zu sein. »Es mag sein, dass deine Eltern religiös sind und manches strenger sehen. Aber wenn sie nicht erkennen, was für eine wundervolle Tochter sie haben … Eine Tochter, die voller Kreativität steckt. Wenn sie nicht sehen können, was ich sehe … Dann sind sie wirklich zu bemitleiden. Du solltest keine Sekunde an dir zweifeln. Das ist es, was sie dir eigentlich hätten vermitteln müssen.«

»Ich glaube nicht, dass das irgendjemand so sieht außer dir.«

Ich ziehe die Augenbrauen hoch. »Du hast doch gehört, was deine Schwägerinnen heute Abend gesagt haben. Was denkst du, was deine Familie von mir hält, wenn sie von meinem Nebenjob erfahren würde?«

»Scarlett, nein«, presche ich dazwischen und fasse sie sanft an den Oberarmen. »Du darfst das nicht über einen Kamm scheren. Vor allem«, ich reibe über den dünnen Stoff ihrer Bluse, »nimm bitte meine Schwägerinnen niemals als Maßstab für irgendetwas. Immerhin sind sie mit meinen Brüdern zusammen. Das sagt alles. Mit Sex ist es doch wie mit dem Essen. Es ist Geschmackssache. Der eine liebt Essen, der andere hält permanent Diät. Es gibt Menschen, die alles wahllos in sich hineinstopfen, und es gibt Feinschmecker. Veganer, Fleischfresser. Was weiß ich, was es noch alles gibt. Aber im Grunde muss doch jeder Mensch für sich selbst wissen, was er mag. Beim Sex ist das genauso. Deine Eltern haben auch Sex. Oder zumindest hatten sie mal welchen, sonst wärst du nicht hier. Wie und in welchem Rahmen, das geht am Ende nur sie etwas an. Dafür darf sie niemand verurteilen. Genauso wenig wie dich jemand verurteilen darf für das, was du magst.«

»Das meiste ist doch auch nur Fantasie«, wirft sie ein, woraufhin ich bloß den Kopf schüttele.

»Hör auf, dich zu rechtfertigen. Das musst du nicht. Es ist dein Leben. Deine Fantasie. Und wenn es nicht nur Fantasie wäre, was soll's. Es ist die Art, wie du zu Sex stehst.«

»Ich fürchte, ich bin wirklich ein Delfin.«

Das erste Mal heute Abend muss ich lachen.

»Du bist wundervoll, ein großartiger Mensch und außerdem unfassbar gut im Bett. Aber sicher kein Delfin.« Ich nehme ihr Gesicht in meine Hände und beuge mich ganz langsam vor, um sie zu küssen. Doch kurz bevor sich unsere Lippen berühren, halte ich inne. »Ich weiß, wir haben bisher nicht darüber gesprochen, und möglicherweise ist jetzt auch nicht der perfekte Zeitpunkt. Aber ich weiß, dass du es auch gespürt hast. Die Verbindung zwischen uns, als wir miteinander geschlafen haben. Du bist kein Delfin. Du bist perfekt, so wie du bist. Perfekt für mich. Und das sage ich nicht nur, weil ich gerade dabei bin, mich ernsthaft in dich zu verlieben. Sondern weil es schlichtweg die Wahrheit ist.«

Scarlett erstarrt während meines Geständnisses und zieht sich ein wenig zurück.

»Nach allem, was ich dir gerade erzählt habe, denkst du, du bist in mich verliebt?«

»Ich denke es nicht. Ich weiß es. Und vielleicht sogar *wegen* all den Dingen, die du mir gerade erzählt hast. Also nicht, weil du erotische Bücher schreibst. Das ist nur ein nettes Gimmick. Vielmehr, weil du mutig bist. Und schlau und kreativ und wunderschön und noch tausend andere Sachen, die mir gerade nicht einfallen, weil ich zu nervös bin.«

»Bist du dir sicher? Über den Teil mit dem Verliebtsein?« Sie wandert mit ihrem Blick skeptisch über mein Gesicht und sucht nach etwas, das sie nicht finden wird. Denn ich war mir noch nie so sicher.

»Sicher.«

»Aber …«

»Kein Aber. Wenn du meine Gefühle nicht erwiderst, ist das okay. Allerdings wirst du mir meine nicht ausreden können. Es ist, wie es ist.«

»Aber ich bin …«

»Wundervoll?«, unterbreche ich sie. »Charmant? Intelligent? Liebenswert? Verdammt hot? O ja, all das bist du zweifelsohne.«

»Theo«, flüstert sie. Ich spüre ihre Finger auf meinen Schultern.

»Scarlett.« Fast gleichzeitig grinsen wir uns an.

»Ich fühle das auch. Das zwischen uns. Ich erwidere deine Gefühle.«

»Umso besser.«

Noch während ich lächeln muss, legt Scarlett ihre Lippen auf meine und besiegelt unser Geständnis.

In diesem Moment weiß ich, dass die Sache zwischen uns etwas Ernstes ist.

Ich werde nicht zulassen, dass sich ihr noch mal jemand in den Weg stellt, mit dem Finger auf sie zeigt oder sie dazu bringt, sich klein zu fühlen. Denn Scarlett ist nicht klein.

Kein Mensch ist das. Man muss nur die eigene innere Größe finden und sie der Welt präsentieren.

Scarlett hat keinen Grund, an sich zu zweifeln, und ich werde ihr das beweisen. Würde sie sich nur für einen Moment durch meine Augen sehen, würde sie erkennen, was in ihr steckt.

Kapitel 15

Scarlett

Theos Lippen legen sich auf meine, und es fühlt sich so an, als würden wir dabei miteinander verschmelzen.

Dieser Kuss ist anders als die Küsse, die ich bisher von ihm bekommen habe. Er ist nicht verspielt, nicht sexuell. Er ist ein Versprechen. Eine Art Wiedergutmachung für all die Dinge, für die er keinerlei Verantwortung trägt. Und dennoch heilt mich dieser Kuss. Mit ihm entschuldigt sich Theo bei mir für alles, was andere mir angetan haben.

Theo ist der empathischste Mensch, den ich kenne.

Und er ist noch da. An meiner Seite. Genau, wie er es versprochen hat.

Hundertprozentig traue ich dem Braten allerdings noch nicht. Wahrscheinlich beende ich daher als Erste unseren Kuss. Aus Angst. Wenn Theo sich von mir abwenden sollte, bin ich endgültig allein. Außer ihm kennt niemand mein Geheimnis.

Ich bin noch immer total verheult und wische mir unbeholfen mit dem Handrücken den Rotz von der Nase.

»Sicher denkt deine Familie jetzt, ich sei vollkommen bescheuert.«

Noch immer sitze ich ungelenk auf Theos Schoß, aber keiner von uns macht Anstalten, an dieser Position etwas zu verändern.

»Du machst dir viel zu viele Sorgen darüber, was andere denken. Wenn meine Familie denkt, du wärst bescheuert, dann sind sie selbst bescheuert.«

»Das sind sie nicht.«

»Und genau deswegen werden sie so etwas auch nicht denken«, wirft er ein. Ein sanftes Lächeln legt sich auf seine Lippen. Alles, was er sagt, macht auf eigenartige Weise Sinn. »Erzählst du mir von dir, S.N. Heart?«

Beschämt lasse ich meine Stirn auf seine Schulter sinken.

»Es ist komisch, wenn du mich so nennst.«

Schmunzelnd hebt er mein Gesicht an.

Dass er mich so erwartungsvoll ansieht und sich offensichtlich für meine Arbeit interessiert, fühlt sich fremd an. Aber auch aufregend und großartig. Bisher tausche ich mich nur mit einer Handvoll anderer Autorinnen und Autoren aus. Meine Erfolge habe ich allein im Stillen gefeiert. Dadurch hat sich jeder Sieg irgendwie auch nach einer Niederlage angefühlt. Dass sich das heute ändern soll, kann ich selbst noch nicht glauben.

»Erzähl mir davon. Wie ist es dazu gekommen? Wie läuft das alles ab?«

»Na ja. Eigentlich ist das Autorinnendasein viel unspektakulärer, als es sich die meisten Menschen vorstellen. Ich hatte eine Idee, habe sie aufgeschrieben und hatte das Glück, dass ein kleiner Verlag Lust hatte, sie zu veröffentlichen.«

»So, wie du davon erzählst, klingt es tatsächlich unspektakulär. Aber das ist es nicht. Es ist unfassbar cool. Ich meine, du hast Bücher geschrieben. Kann man die irgendwo in Papierform kaufen?«

Ich war nie besonders gut darin, Werbung zu machen, daher nicke ich nur zaghaft.

Theo hingegen schüttelt seufzend den Kopf und nimmt meine Hände in seine.

»Weiter«, fordert er. »Erzähl mir alles.«

Ich zucke mit der Schulter. »Na ja, ich habe mich schon immer für Bücher interessiert. Deswegen wollte ich ja auch Literatur studieren. Ich liebe die ganzen Klassiker: Austen, Hemingway, Brontë. Das sind echte Künstler! Ich habe all ihre Geschichten förmlich aufgesogen. Aber mit der Zeit wollte ich etwas Neues, Moderneres lesen. Irgendwann kam dann diese Welle an Dark Romance, und ich dachte mir: Komm schon, Newton, sei nicht engstirnig. Ich habe mir ein E-Book heruntergeladen ... Und, was soll ich sagen? Ich war wie besessen von dieser Geschichte.«

»Dark Romance? Vielleicht eine dumme Frage, aber ist das so wie *Fifty Shades*?«

»Ein bisschen in die Richtung, ja. In Dark Romances ist der Protagonist auch gleichzeitig der Antagonist. Sprich, die Frau verliebt sich in den Bösewicht, der mit ihr nicht gerade zimperlich umgeht.« Nachdenklich nickt Theo, sagt aber nichts weiter. »Fragst du dich jetzt, ob ich auch auf so etwas stehe und eine Masochistin bin?«

Sofort muss er loslachen.

»Es wäre ziemlich dumm von mir, so zu denken.« Abwartend sehe ich ihn an. »Ich behaupte jetzt mal, niemand steht wirklich darauf, schlecht behandelt zu werden. Sofern das nicht nur in einem Spiel geschieht. Mal ganz abgesehen von der Tatsache, dass ich glaube, zu wissen, worauf du stehst.«

»Bist du wirklich der erste Mensch, der all das kapiert?«

»Vielleicht hättest du es mal bei anderen probieren sollen. Abgesehen von einem Pfarrer und einem Riesenarschloch.«

Obwohl mich der Abend ziemlich mitgenommen hat, muss ich lachen. Erst zucke ich bei diesem Geräusch zusammen, doch dann halte ich es nicht mehr zurück. Ich lache aus vollem Hals, und mein Gott, es fühlt sich so verdammt gut an. Wie eine Befreiung. Es kommt mir vor, als habe Theo das Schloss des Käfigs geöffnet, in dem ich seit Monaten eingesperrt bin.

Ich nehme sein Gesicht in meine Hände und drücke ihm einen Kuss auf den Mund.

»Danke.«

»Wofür?«, fragt er. Seine Hände liegen auf meinen Hüften. Doch er zeichnet mit seinen Daumen bloß kleine Kreise auf meine Haut und geht nicht weiter.

»Dass du so bist, wie du bist.«

»Dafür musst du dich nicht bedanken. Und jetzt erzähl weiter. Du hast einfach so mir nichts, dir nichts ein Buch geschrieben und einen Verlag gefunden. Und dann?«

Mit einem wohligen Gefühl im Bauch beginne ich ganz am Anfang und erzähle Theo alles.

Ich erzähle ihm von meinen Erfolgen und den kleinen Meilensteinen. Ich zeige ihm mein geheimes Instagram-Profil, mit dem ich Werbung mache, und lasse ihn ein in die Welt der S.N. Heart.

Er ist der erste Mensch, dem ich gestehe, wie ich mich über meinen ersten Verdienst geschämt habe, weil ich plötzlich einen Haufen Geld vor mir hatte. Und wie ich vor lauter Panik und schlechtem Gewissen alles der Kirche gespendet habe. Ich erkläre Theo, dass ich nur einmal jährlich bezahlt werde und deswegen frühestens in drei Monaten wieder Geld bekomme. Geld, das ich jetzt so gut gebrauchen könnte, um nicht auf der Straße leben zu müssen.

Er macht sich weder über mich lustig, noch verurteilt er mich. Auch nicht dafür, dass ich in der Nacht, als Jackson meine Grenzen missachtet hat, meinen Laptop zertrümmert habe. Weil ich nie wieder etwas mit der ganzen Schreiberei zu tun haben wollte.

Ich erzähle ihm von meinem Traum, irgendwann bei einem großen Publikumsverlag zu veröffentlichen, und davon, dass ich mir mehr Offenheit und Toleranz in der Buchbranche wünsche. Zu guter Letzt beichte ich ihm, dass ich seit sieben Wochen keinen Satz mehr geschrieben habe, weil ich zum einen keinen Laptop mehr habe und zum anderen nicht weiß, ob ich es wieder schaffe, nach allem, was passiert ist.

Das Schreiben hat mir immer so viel gegeben. Aber dann hat es mir alles genommen. Ich weiß nicht, ob ich jemals wieder an diesen Punkt gelangen kann, an dem ich so in eine andere Welt versinke, dass ich alles drum herum vergesse. Denn das ist es, was ich beim Schreiben tue: Ich verlasse die Realität. Es ist nicht realistisch, dass eine Frau sich in einen Mann verliebt, der sie von Anfang an schlecht behandelt, sie gefangen nimmt und sie an ihre psychischen Grenzen bringt. Das ist mir auch klar. Aber es ist auch nicht realistisch, in eine Zauberschule zu gehen. Dennoch wird es niemals verurteilt, wenn jemand sich in solchen Geschichten verliert.

Theo sitzt die ganze Zeit über da, strahlt seine typische Ruhe aus und hält mich fest. Er gibt mir einen sicheren Ort. Bei ihm habe ich das Gefühl, mich nicht verstellen zu müssen. Ich reiche ihm so, wie ich bin. Allein dafür könnte ich ihn die ganze Zeit knutschen.

Wir reden die ganze Nacht, und er lässt sich geduldig den Inhalt all meiner Bücher erzählen. Es scheint ihn aufrichtig zu interessieren, was mich glücklicher macht, als ich es mir hätte wünschen können an diesem frühen Thanksgiving-Morgen.

Aber meine Wahrheiten zu teilen und endlich all meine Verzweiflung loszulassen, macht mich müde. Die Sonne schleicht sich bereits über den Horizont, als ich spüre, wie wir immer weniger reden, und ich schließlich auf Theos Schoß einschlafe.

In Sicherheit.

Mit der Gewissheit, jemanden an meiner Seite zu haben.

Jede Person kennt das Gefühl, am Vorabend zu viel geweint zu haben. Die Augen brennen, der Kopf dröhnt, und das Gesicht fühlt sich an, als sei es auf ein Dreifaches angeschwollen.

Ich habe dieses Gefühl in den vergangenen Wochen so oft durchlebt, doch niemals war ich dabei gleichzeitig glücklich und befreit.

Langsam öffne ich die Augen und lasse den Blick durch den Raum schweifen. Ich liege im Bett. Keine Ahnung, ob Theo mich hierhergetragen hat oder ob ich selbst gelaufen bin. Jedenfalls trage ich noch immer meine weiße Bluse von gestern Abend, aber meine Beine sind nackt unter der weichen Bettdecke, die so beruhigend nach einer Mischung aus Waschmittel und Theo duftet.

Die Sonne strahlt durch die Dachfenster und wirft Schatten an die Wände. Doch all das nehme ich nur am Rande wahr, denn meine Aufmerksamkeit richtet sich sofort auf den Mann, der, ans Kopfteil gelehnt, neben mir sitzt.

Theo trägt einen schwarzen Hoodie mit Kapuze, die seine Haare bedeckt. Mit überkreuzten Beinen liegt er neben mir unter der Decke, seine Augen wie festgetackert auf sein Smartphone. Er hat noch nicht bemerkt, dass ich aufgewacht bin.

Zaghaft strecke ich meine Hand aus und suche unter der Decke nach seinem Bein. Er zuckt unter der Berührung meiner Fingerspitzen zusammen.

»Guten Morgen«, bringe ich mit kratziger Stimme hervor.

»Eher guten Mittag.« Theos verschlafenes Grinsen sieht süß aus. Zum ersten Mal entdecke ich winzige Bartstoppeln auf seinem Kinn. Ich möchte wissen, wie sie sich anfühlen.

»Wie spät ist es?«

»Äh …« Fast gleichzeitig sehen wir zu der großen Wanduhr über der Tür. »Oh«, stößt Theo aus. »Scheint, als sei es gleich eins.« Er reibt sich mit einer Hand über das Gesicht. »Das ging jetzt irgendwie schnell.«

Mit zusammengekniffenen Augen beobachte ich ihn.

»Hast du gar nicht geschlafen?«

»Wie es aussieht, nicht.« Verlegen reibt er sich über die Kapuze auf seinem Kopf. Als unsere Blicke sich treffen, schimmert es schelmisch in seinen Augen.

»Was genau tust du da?«, frage ich und richte mich etwas auf.

»Das«, er zeigt mit dem Finger auf das Display seines Smartphones, »hat mich wirklich gefesselt.«

Ich lehne mich ein Stück in seine Richtung.

»O mein Gott!«, kreische ich und bin augenblicklich hellwach. Es genügt ein einziger Blick, und ich erkenne das Layout meines Debütromans. »Du hast die ganze Nacht mein Buch gelesen?«

»Ich bin tatsächlich schon fast durch.«

Ich kann nicht genau sagen, was diese Information mit mir macht. Nie zuvor hat jemand, den ich kenne, etwas von mir gelesen. Einen derartigen Einblick in meine Seele erhalten. Aber neben meiner Unsicherheit, die sich meinen Nacken hinaufschleicht, bin ich auch aufgeregt wie ein Kind an Weihnachten. Weil ich wissen will, was Theo denkt. Wie er die Geschichte findet.

»Ich habe die ganze Nacht dein Buch gelesen.«

Der Stolz in seiner Stimme und sein Grinsen bringen mich

dazu, mich aufzurichten. Erwartungsvoll lege ich die Hände auf die Knie.

Wir sehen uns an. Unser beider Atem geht schwer. Der Sekundenzeiger der Uhr über Theos Zimmertür bewegt sich plötzlich in Zeitlupe voran. Mein Herz dagegen pocht in Rekordgeschwindigkeit.

»Sag was«, bitte ich ihn leise.

Theo schüttelt leicht den Kopf. Immer wieder sieht er zwischen mir und dem Display hin und her, ehe er sein Handy schließlich weglegt.

»Ich weiß nicht genau, wie ich in Worte fassen soll, was ich empfinde.«

»O Gott, du findest es furchtbar, oder? Aber das war auch mein erstes Buch. Ich war noch nicht so erfahren und hatte keine …«

»Scarlett«, unterbricht er mich lachend.

»Ja?« Ungeduldig ziehe ich mein Piercing zwischen die Zähne.

Theo starrt auf meinen Mund und schluckt.

»Ich finde es nicht furchtbar«, bringt er leise hervor. »Es ist nur …« Seufzend lehnt er sich vor und streicht mit seinem Daumen über meine Unterlippe. »Könntest du das vielleicht lassen? Ich versuche wirklich, mich zu konzentrieren und dir eine sachliche Meinung zu geben, anstatt über dich herzufallen.«

Ein triumphierendes Grinsen schleicht sich auf meine Lippen.

»Dann findest du es … gut?«

»Zuallererst einmal …« Er holt tief Luft und schließt dabei die Augen. Als er mich wieder ansieht, sehe ich einen nie da gewesenen Glanz in ihnen. »Du bist verdammt gut. Die Art und Weise, wie du Dinge beschreibst, sie anschaulich machst und Figuren zum Leben erweckst. Das ist unglaublich. Es ist wie in einem Film. Ich habe alles so detailgetreu vor Augen. Das ist wirklich Kunst.«

Ich grinse noch breiter.

»Kommt gleich ein Aber?«

»Nein«, lacht Theo. »Kein Aber. Ich finde es grandios. In diesem Buch steckt so viel Psychologie. Die Art und Weise, wie die Traumata der Protagonisten sie zu dem gemacht haben, was sie heute sind. Dieses Spiel aus Kontrolle, Vertrauen und tief liegenden Gefühlen. Das ist der Wahnsinn.«

Ich kann nicht anders, als ihn anzustrahlen. Allerdings ist da immer noch dieser winzige Teil in mir, der auf Widerspruch wartet.

»Dann kommt da kein Aber?«, frage ich noch einmal zur Sicherheit.

»Ich habe ein ganz anderes Problem.«

Ich schlucke, und mein Grinsen fällt in sich zusammen wie ein Kartenhaus.

»Welches?«, zwinge ich mich, zu sagen.

Theo legt den Kopf schief und zuckt mit einer Schulter.

»Vermutlich sollte mich das Lesen deines Buches nicht dermaßen anmachen. Mir ist klar, dass es so viel mehr ist als nur Erotik, und ich erkenne das. Wirklich.«

Verdutzt sehe ich ihn an.

»Du findest das heiß?«, frage ich, bevor er sich weiter erklären kann. Mir fällt erst auf, dass ich mein Piercing schon wieder zwischen die Zähne gezogen habe, als sein Blick auf meine Lippen wandert.

»Scheiße, ja«, lacht Theo und lässt ergeben den Kopf nach vorn fallen, sodass ich nur noch auf die schwarze Kapuze sehe. »Und es tut mir leid. Ich will wirklich nicht unsensibel sein oder oberflächlich. Was du da geschaffen hast, ist großartig, und niemand sollte das auf Sex reduzieren. Niemand. Auch ich nicht.

Verdammt!«, schimpft er vor sich hin, was mich zum Kichern bringt. Theo verunsichert zu erleben, ist ein Privileg. Ich glaube nicht, dass das oft vorkommt.

»Du findest es heiß«, wiederhole ich mit einem siegessicheren Gefühl, das in meiner Stimme mitschwingt. Wenn erotische Literatur einen nicht anmacht, hätte sie doch ihre Wirkung verfehlt, oder nicht?

»Ja! Nein …«, lacht er. »Ich finde es heiß. Aber vielmehr finde ich dich heiß.«

»Du findest *mich* heiß?«

»Gott, Scarlett. Ja, natürlich finde ich dich heiß.« Er hebt seinen Kopf, und ich verliere mich in seinen warmen Augen, die in der Sonne wie Gold schimmern. »Ich kann seit Tagen kaum an etwas anderes denken als an unseren Sex. Und seit ich angefangen habe, dieses Buch zu lesen, geistern zudem Bilder vor meinem inneren Auge umher, wie du dasitzt und diese unfassbar spannenden und heißen Geschichten schreibst. In meinem Kopf trägst du dabei eine Brille, deine Haare sind auf deinem Kopf zu einem wirren Knoten gebunden, und du bist der heißeste Nerd, den die Welt je gesehen hat.«

»Ich besitze eine Blaulichtfilterbrille. Zählt die?«, frage ich kichernd.

Theo sieht mich an.

Es ist nur eine Sekunde, in der unsere Blicke sich treffen, dann beuge ich mich vor, und unsere Münder landen stürmisch aufeinander. Ohne zu zögern, schwinge ich ein Bein über ihn und setze mich rittlings auf seinen Schoß. Dabei drücke ich mein Becken gegen seins. Und ja, ganz offensichtlich mache ich ihn heiß.

Mir entweicht ein Stöhnen direkt in Theos Mund, als unsere Zungen sich berühren. Endlich. Erst jetzt wird mir klar, wie sehr ich das all die Tage gebraucht habe. Wie er gestern gesagt hat: Da ist neben unserer emotionalen auch diese physische Verbindung zwischen uns. Als seien wir füreinander gemacht. Als ergäbe alles erst in dem Augenblick Sinn, in dem unsere Körper sich vereinen.

Ich unterbreche unseren Kuss, aber nur, um ihm die Kapuze vom Kopf zu schieben und durch seine Haare zu streichen. Meine Fingerspitzen finden den Weg zu seinem Kinn, und ich spüre das Geräusch seiner Barthaare bis in meinen Unterleib. Alles kribbelt. Meine ganze Haut ist wie elektrisiert, wenn wir uns berühren.

»Ich habe es auch gespürt«, flüstere ich. »Bei unserem ersten Mal. Da war etwas … Ich weiß nicht … Es hat sich richtig angefühlt. Es war magisch.«

Mit seinen Händen fährt er über meine Taille, meinen Rücken und zieht mich schlussendlich an meinem Hintern noch fester auf seinen Schoß.

»Ich habe damit gerechnet, dass jeden Moment die Sicherungen im Wohnheim durchbrennen.«

Grinsend küsse ich ihn. Dabei greife ich nach dem Saum seines Hoodies und ziehe ihm diesen samt T-Shirt über den Kopf. Ich atme tief ein und betrachte in aller Ruhe seinen Oberkörper. Heute ist es keine Kurzschlussreaktion. Keine bloße Befriedigung der körperlichen Bedürfnisse. Heute lasse ich mir Zeit.

»Ich hatte kurz vergessen, wie hot ich dich finde.«

Seine Mundwinkel verziehen sich zu einem schelmischen Grinsen.

»Ist das so, ja?«

Meine Fingerspitzen wandern über sein Kinn, über die Schultern, bis sie schließlich das kalte Metall in seiner Brustwarze ertasten.

»Zweifelsohne«, hauche ich. Unwillkürlich fange ich an, meine Hüften auf seinen kreisen zu lassen.

»Letztes Mal gab es kaum eine Gelegenheit für solche Geständnisse.«

»Streng genommen haben wir nicht ein einziges Wort geredet«, antworte ich lachend.

Seine Erektion drückt durch seine dünnen Boxershorts und meinen Slip genau dorthin, wo ich sie haben will. Ich muss mich bemühen, die Augen offen zu halten.

»Stimmt. Weil ich viel zu überwältigt davon war, wie ich mich zu dir hingezogen gefühlt habe.«

»Und ich konnte es nicht fassen, wie anders du auf einmal warst.«

Theos Hände dirigieren mich rhythmisch auf seinem Schoß.

»Ich war nicht anders.«

»Die Dominanz, mit der du aufgetreten bist, kam einfach unerwartet.«

»Dann stehst du auf dominantes Verhalten im Bett?«

Ich lehne mich nach vorn und fahre mit der Zunge an seinem Ohr entlang.

»Finde es heraus«, flüstere ich auffordernd, was ihm ein Knurren entlockt.

Theos Hände lösen sich von meinem Hintern, wandern über meine Wirbelsäule und landen schließlich auf meinen Schulterblättern. Sein Atem vermischt sich mit meinem, unsere Blicke verhaken sich, und ich keuche, während er mich noch enger auf seinen harten Penis presst.

Dann nimmt er mein Gesicht in seine Hände und küsst mich. Fordernd und leidenschaftlich. Seine Zunge spielt mit meiner, und immer wieder beißt er mir in Unter- und Oberlippe. Theo küsst so verdammt gut und einnehmend, dass ich erst später merke, wie seine Hände über meinen Hals wandern und ganz langsam einen Knopf meiner Bluse nach dem anderen öffnen. Als er mir den Stoff von den Schultern schiebt und mit seinen Daumen meine bereits harten Brustwarzen durch den dünnen Spitzenstoff meines BHs liebkost, stöhnt er genüsslich.

Mein Körper kribbelt und pulsiert unter seinen Berührungen.

»Dein Geruch macht mich süchtig«, haucht er zwischen zwei Küssen, woraufhin er seinen Mund über den Ansatz meiner Brüste wandern lässt. Seine Finger sind flink. Sobald ich die Bluse losgeworden bin, öffnet er mit geschickten Bewegungen meinen BH, und im nächsten Augenblick sitze ich nur im Slip auf seinem Schoß.

Auf seinem Schoß samt verdammt harter Erektion.

»Da ist so viel an dir, was mich süchtig macht. Deine Haut, deine Wärme. Deine sanften Kurven. Ich finde nicht die passenden Worte, um dir zu sagen, was ich fühle, wenn ich dich berühre und ansehe.«

Ein Zittern bebt durch meinen ganzen Körper. Eine Mischung aus liebevoller Zuneigung und roher Erregung.

»Ich will dich in mir spüren.« Es fühlt sich aufregend und fremd an, meine Wünsche einfach so auszusprechen. Doch wenn es einen Menschen auf dieser Welt gibt, dem ich dafür genug vertraue, dann ist es Theo.

»Oh, das wirst du, Baby.« Sein dunkles Lachen schickt ein Kribbeln in meinen Bauch, und sein laszives Zwinkern bringt mich zum Kichern. Allerdings geht dieses Geräusch in einen überraschten Schrei über, als Theo mich fest an der Hüfte packt und mich in einer raschen Bewegung auf den Rücken wirft. »Aber noch nicht jetzt. Ich habe andere Pläne.«

Er küsst mich noch ein letztes Mal flüchtig auf den Mundwinkel, dann kniet er sich vor mich und betrachtet mich. Eingehend und so lange, bis ich das Gefühl habe, in Flammen zu stehen.

Sanft schiebt er mir eine Haarsträhne aus dem Gesicht, ehe er mit seinem Daumen über meine Lippen streift.

»Ich würde diese Lippen gern an ganz anderen Stellen meines Körpers spüren.«

Verdammt, ich liebe es, wenn er so mit mir spricht. Bestimmend, hart und doch, als sei ich das Wertvollste, das er je vor sich hatte. Um ihm zu zeigen, was ich von seiner Idee halte, öffne ich den Mund und lasse meine Zunge über seinen Daumen gleiten. Instinktiv öffnet Theo dabei ebenfalls den Mund und atmet schwer, als ich an seinem Finger sauge und ihn zwischen die Zähne nehme.

Sein Daumen ruht noch für einen Augenblick auf meiner Zunge, dann gleitet er aus meinem Mund und fährt langsam über mein Kinn, über meinen Hals, zwischen meinen Brüsten hindurch und über meinen Bauch, bis er schließlich auf meiner empfindlichsten Stelle landet.

Mit sanften Kreisen umrundet er durch den Stoff meines Slips meine Klitoris, und ich befürchte, dieses Spiel nicht lange auszuhalten, weil ich mich mit jeder Faser meines Körpers nach ihm sehne.

»Du bist so verdammt schön.« Er hakt seine Finger in meinen Slip und zieht ihn mir aus. »Alles an dir. Gleichzeitig steckt unter dieser nicht zu unterschätzenden Hülle etwas, das so weit über Sexappeal hinausgeht. Ich sehe dich, Scarlett.«

Ich bleibe ihm eine Antwort schuldig, weil Theo in dem Moment mit seinem Daumen in mich eindringt.

Keuchend strecke ich den Rücken durch. Ich kann nicht sprechen. Die Gefühle übermannen mich komplett.

»Ich wünschte, ich könnte dir versprechen, dass es dieses Mal länger dauert. Ich will dich stundenlang ficken. Aber du machst mich so verdammt horny, ich werde es sicher nicht lange aushalten.«

Mit seinem Daumen massiert er meinen G-Punkt, und jeder meiner Nerven ist bis zum Zerreißen gespannt.

Als Theo mir seinen Finger entzieht, schluchze ich beinahe auf. Allerdings bleibt mir auch dieses Geräusch auf halbem Weg im Halse stecken, weil ich fasziniert dabei zusehe, wie er sich seinen Daumen zwischen die Lippen schiebt und meinen Geschmack kostet.

Das ist mit Abstand das Erotischste, was ich jemals gesehen habe.

Und es ist echt.

Keine Fiktion.

Sondern die Realität.

Meine Realität.

Und verdammt, ich liebe sie.

Kapitel 16

Theo

Scarletts Geschmack auf meiner Zunge weckt etwas Archaisches in mir. Ich will sie glücklich machen. Und bei Gott, ich will sie besitzen. Mir ist klar, dass ein solcher Gedanke toxisch ist, aber mein Verstand funktioniert nicht, wenn ich ihren nackten Körper vor mir sehe. Immerhin weiß ich theoretisch, dass Besitzansprüche falsch sind. Man kann Menschen nicht besitzen.

Ihre Lippen sind leicht geöffnet, und sie beobachtet wachsam jede meiner Bewegungen. Bei ihren hastigen Atemzügen heben und senken sich ihre perfekt geformten Brüste, und Feuchtigkeit glänzt verführerisch zwischen ihren Schenkeln. Und ich bin verflucht durstig.

»Spreiz die Beine für mich, Scarlett.«

Ohne mich aus den Augen zu lassen, folgt sie meiner Anweisung. Aber Gott möge mir vergeben, ich kann ihrem Blick nicht standhalten. Ich muss einfach hinuntersehen. Voller Faszination betrachte ich ihre Vulva. Wie alles an Scarlett ist sie schön, verführerisch und einladend.

Ich zögere keine weitere Sekunde, fange bei ihrem rechten Knie an und wandere mit einer Spur von sanften Küssen ihren Oberschenkel hinauf. Bis ich am Ziel angekommen bin und endlich wieder den süchtig machenden Geschmack auf meiner Zunge habe. Ich lasse meine Zunge erst leicht über ihre Klitoris kreisen, ehe ich mit der Zungenspitze ihren Eingang erkunde. Sie ist so feucht und schmeckt besser als alles, was ich jemals zu mir genommen habe.

Ihre Finger graben sich in meine Haare, und ich merke, dass ich auf dem richtigen Weg bin, als ihr Stöhnen durch mein altes Jugendzimmer hallt.

Ich möchte ihr sagen, wie unfassbar erregend ich das finde. Aber ich kann nicht. Denn mein Mund ist nicht bereit, sich auch nur eine einzige Sekunde von ihr zu entfernen.

Was als sanftes Vorspiel begonnen hat, artet schnell aus. Scarlett stöhnt und keucht meinen Namen, während ich sie mit meiner Zunge befriedige. Immer wieder tauche ich tief in sie ein, nehme ihre Klit zwischen meine Zähne und spreize sie mit meinen Fingern, um möglichst tief in sie hineinzugelangen. Mit dem Daumen reize ich zusätzlich ihr anderes Loch. Ich kann mich nicht daran erinnern, je dermaßen hart gewesen zu sein.

»Theo, fuck!« Mein Name verlässt Scarletts süße Lippen. Sie presst meinen Kopf noch fester zwischen ihre Beine. Ich kann an meinem Daumen spüren, wie ihre Muskeln sich zusammenziehen, und schließlich kommt sie zuckend an meinem Mund. Sie will die Schenkel zusammenpressen, doch ich hindere sie daran. Stattdessen sehe ich aus nächster Nähe dabei zu, wie ihre Vulva pulsiert.

Ich finde keine Worte dafür, was in diesem Moment in mir vorgeht. Natürlich sind da eine Menge Lust und Verlangen. Aber da spielt noch etwas anderes mit, das wesentlich mächtiger ist: Vertrauen und Respekt. Vielleicht sogar Liebe? Es ist neben Schmerz definitiv das heftigste Gefühl, das ich je gespürt habe.

Schwer atmend schließe ich für einen Moment die Augen, um mich zu sortieren. Allerdings komme ich nicht weit, weil Scarlett unter mir wegrutscht. Schon in der nächsten Sekunde drückt sie mich auf den Rücken und schwingt sich über mich.

»Sag mir, was du willst, Theo«, bringt sie mit heiserer Stimme hervor. »Ich will es dir geben. Willst du in meinem Mund kommen? Ist es das? Oder willst du mich ficken?« Mit anmutigen Bewegungen reibt sie ihre feuchte Mitte über meine Shorts und bringt mich damit so laut zum Stöhnen, dass ich froh bin, das Zimmer unter dem Dach zu bewohnen. Was bedeutet, dass wir allein auf dieser Etage sind.

»Ich kann mich nicht entscheiden«, keuche ich und sehe dabei zu, wie sie sich an mir reibt. Und verdammt, ich will sie überall.

»Du musst dich nur für diesen einen Moment entscheiden. Alles andere kannst du jederzeit später haben.«

Ein freches Grinsen ziert ihr Gesicht. Ich kann nicht anders und ziehe sie an den Händen zu mir herunter, um sie zu küssen. Sie seufzt, als sie sich selbst an meinem Mund schmecken kann. Dabei presst sie ihre Mitte gegen meinen Schwanz, womit die Entscheidung eigentlich schon gefallen ist. Scarlett bemerkt, wie ich mein Becken vorschiebe. Sie hebt ihren Hintern kurz an, damit ich mir die Shorts von den Beinen ziehen kann, und kurz darauf gleite ich in ihre Nässe.

Überwältigt von dem Gefühl schließe ich die Augen und kralle meine Hände in ihre Oberschenkel.

»Fuck. Kondom«, wirft der letzte heil gebliebene Teil meines Verstandes ein, während der Rest meines Körpers dabei ist, Scarlett so fest es geht auf mich zu ziehen.

Als sie nicht antwortet, öffne ich die Augen und halte inne.

Sie sieht aus wie eine verdammte Königin. Ihre Handflächen liegen flach auf meiner Brust. Die schwarzen langen Haare fallen über ihre schmalen Schultern und verdecken ihre wunderschönen Brüste. Sie hat den Kopf in den Nacken gelegt und die Augen geschlossen.

»Pille.« Sie presst das Wort mühsam hervor, ehe sie die Lider öffnet und unsere Blicke sich treffen. Gleichzeitig fängt sie mit sanften Bewegungen an, mich zu reiten.

Es ist unglaublich. Ihr Körper auf meinem. Ich in ihrem. Dabei lassen wir uns keine Sekunde aus den Augen.

Was leidenschaftlich und sinnlich beginnt, wird schnell roh und rau. Wir lassen uns von der Ekstase treiben.

Ich setze mich auf, schlinge meine Arme um Scarlett und helfe ihr, den schnelleren Rhythmus beizubehalten. Der Schweiß auf unserer Haut vermischt sich, und die einzigen Geräusche im Raum sind unser Stöhnen und das Aufeinanderprallen unserer Körper.

Ohne weiteren Schutz in Scarlett zu sein, sie auszufüllen und ihre Enge zu spüren, ist das Beste, was ich je erlebt habe. Es treibt mich an den Rand des Wahnsinns. Ihren Oberkörper fest umklammert, stoße ich immer und immer wieder in sie hinein. Ich möchte, dass sie noch einmal kommt. Ich möchte, dass es ewig dauert. Aber ich kann den Höhepunkt nicht länger hinauszögern. Dafür hat sich die Spannung in mir viel zu lange aufgebaut.

»Ich kann nicht mehr, Baby«, knurre ich und beiße anschließend sanft in ihren Hals. Das ist das erste Mal, dass ich das *Baby* nicht scherzhaft meine.

»Ich will, dass du kommst.« Ihre Worte in Kombination mit den Fingernägeln, die sich in meine Schultern bohren, geben mir den Rest.

Ich zwänge ihren Hintern noch fester auf meinen Schritt,

und es sind nur noch wenige Bewegungen notwendig, bis ich heftiger komme als erwartet.

Scarlett drückt mich an sich, während ich mein Gesicht in ihrer Halsbeuge vergrabe und versuche, nicht allzu laut zu stöhnen. Es gelingt mir nicht wirklich.

Unser bebender Atem beruhigt sich nur langsam, und erst, als mein Puls sich wieder einigermaßen reguliert hat, öffne ich die Augen und löse mich so weit von ihr, dass wir uns ansehen können.

»Sorry. Ich konnte es nicht länger zurückhalten.«

»Hör auf, dich zu entschuldigen.« Sie gibt mir einen zärtlichen Kuss. »Dafür gibt es keinen Grund.«

»Das nächste Mal wird es länger dauern, versprochen.«

Ihre Fingernägel streichen über meinen Nacken, dann durch meine Haare und hinterlassen einen angenehmen Schauer.

»Das nächste Mal? Dann wird es das jetzt öfter geben?«

Meine Hände legen sich an ihren Hals, fahren über ihre Brüste und wieder zurück zu ihren Schultern.

»Na ja, in Anbetracht dessen, dass du sowieso schon meine Freundin bist …« Ich zucke lässig mit den Schultern, auch wenn ich innerlich nervös werde.

Scarlett ist die erste Frau, mit der ich mehr möchte. Nicht nur belanglosen Sex ohne Verpflichtungen. Ich will ihr Freund sein. Ihr Partner. Dieser Gedanke macht mir zwar eine Heidenangst, aber ich bin mutig genug, mich dieser Angst zu stellen. Weil ich weiß, dass ich es sonst ein Leben lang bereuen würde.

Scarletts Blick wandert über mein Gesicht, während sich ihre Mundwinkel beinahe bis zu den Ohren verziehen.

»Du wirst rot«, stellt sie grinsend fest. »Bist du nervös?«

»Nervös ist nicht ganz der richtige Ausdruck.« Es ist komisch, dieses Gespräch zu führen, während ich noch immer in ihr bin.

»Welcher ist der richtige Ausdruck?«

»Scarlett Newton«, schimpfe ich lachend und werfe sie wieder auf den Rücken, sodass ich auf ihr lande. Ich drücke sie mit meinem ganzen Gewicht auf die Matratze. »Hör auf, dich über meine Hilflosigkeit lustig zu machen, und sag mir, ob du offiziell mein Baby sein willst.«

Ihr Kichern erfüllt das Zimmer und erwärmt mich bis tief in mein Innerstes. Ich tue das Richtige. Das weiß ich.

»Nur, wenn du mich nicht mehr so nennst.«

»Kannst du vergessen«, ärgere ich sie und drücke mich noch fester auf sie, was sie zum Quietschen und Zappeln bringt.

»Okay, okay«, kreischt sie.

Unser Lachen verklingt nur langsam, aber irgendwann sieht sie mich ernst an und nimmt mein Gesicht in ihre Hände.

»Ich möchte wirklich gern deine Freundin sein, Theo. Ganz offiziell.«

Ich schlucke.

Bin ich in der Lage, mich einer Frau voll und ganz zu öffnen? Ihr zu vertrauen? Sie zu beschützen? Mich von ihr beschützen zu lassen? An ihrer Seite zu bleiben, egal was kommt?

Die Antwort ist: Ich weiß es nicht.

Die Antwort, die Scarlett bekommt, ist: »Und ich will dein Freund sein. Ganz offiziell.«

Sie legt ihre Arme um meinen Hals, und wir küssen uns. Langsam und bedacht. Ich schließe dabei die Augen und versuche, keine Panik zu bekommen. Denn Scarlett ist das, was ich will. Ganz offiziell. Ich vertraue ihr. Und sie vertraut mir. Andernfalls hätte sie mich niemals in ihre Welt gelassen. Sie hat sich mir geöffnet. Das ist ein gutes Zeichen. Und damit ist sie mir einen enormen Schritt voraus.

Als wir uns voneinander lösen, sieht sie mich mit einem verschmitzten Ausdruck an.

»Das war der Wahnsinn.«

»Absolut«, lache ich. »Du hast recht.«

»Obwohl wir nichts krass Ausgefallenes tun, habe ich das Gefühl, dass es mit dir anders ist.«

»Ich hoffe, *anders* ist in diesem Fall positiv gemeint.«

Sie streichelt über meine Wange und gibt mir einen unschuldigen Kuss auf den Mundwinkel.

»Ja, ist es.« Scarlett schmunzelt. »Der Sex mit dir ist etwas Besonderes.«

»Ist er das?« Mein männliches Ego vollführt einen dreifachen Flickflack.

»Hattest du schon viele Frauen?«

Dieses Mal lache ich laut über ihre Frage. »Willst du das wirklich wissen? Damit wärst du die erste Frau, die gern Details über die Vergangenheit ihres Freundes hört. Noch dazu, während wir nackt sind und es keine zwei Minuten her ist, dass wir miteinander geschlafen haben.«

»Ich brauche jetzt keine Details oder so. Aber es interessiert mich. Weil ich das Gefühl habe, du weißt genau, was du zu tun hast. Das fühlt sich anders an als bei anderen Männern.«

Ich bin in der Zwischenzeit seitlich von ihr heruntergerutscht und streichle ihren nackten Bauch.

»Ach, das ist leicht zu erklären.« Wir beide sehen der Bewegung meiner Hand auf ihrer weichen Haut zu. »Viele Männer streicheln nach einem Muster. Hoch, runter, links, rechts. In Kreisen.« Ich untermale meine Worte mit meinen Bewegungen. »Das menschliche Gehirn ist überaus lernfähig. Wenn ich immer die gleichen Bewegungen mache, kann dein Gehirn das antizipieren. Es ahnt also unterbewusst, was kommt, und empfindet es als langweilig. Wenn ich aber arhythmisch und asymmetrisch streichle – also nicht von oben nach unten, sondern von oben nach links, nach rechts, im Kreis oder wieder zurück, völliges Chaos in meine Streicheleinheiten bringe – dann kann dein Gehirn nicht voraussagen, wo ich dich als Nächstes berühren werde. Das macht die ganze Sache wesentlich spannender und aufregender für dich.«

Scarlett sieht gebannt auf ihren Bauch, während mein Blick immer wieder auf ihre noch feuchte Mitte wandert.

»Ist alles im Leben für dich mit Psychologie zu erklären?«

»Das meiste schon, ja.«

»Danke für die Lehrstunde, aber du hast meine Frage nicht beantwortet. Das Ablenkungsmanöver hat nicht funktioniert.«

Ich zwinkere ihr lachend zu. »Für einen Moment dachte ich, es hat geklappt.« Meine Fingerspitzen wandern im erklärten Chaosmodus über ihren Körper. Dabei entweicht mir ein tiefes Seufzen. »Um deine Frage ehrlich zu beantworten: Ja. Ja, ich hatte schon einige Frauen. Allerdings sollte ich wohl etwas dazu erwähnen.« Unsere Blicke begegnen sich, und ich zögere die Wahrheit nicht länger heraus. »Ich war noch nie mit einer von ihnen fest zusammen. Es waren allesamt Affären. Manche gingen länger, manche kürzer. Viele One-Night-Stands. Sehr viele, aber …«, ich schlucke, »noch nie Liebe.«

Einige Minuten sieht Scarlett mich an, und ich rechne jeden Augenblick mit einer Flucht von ihr. Daher schnaufe ich beinahe erleichtert, als sie sich vorbeugt und mich küsst. Lange und intensiv.

»Danke, dass du es mir gesagt hast«, flüstert sie schließlich, nur um mich anschließend noch einmal zu küssen.

Aus dem Garten dringt Kinderlachen herauf in mein Zimmer. Scarlett legt ihre Stirn an meine. Wir öffnen gleichzeitig die Augen, um uns anzusehen.

»Wir verpassen Thanksgiving.«

Mit den Fingerspitzen fahre ich über die samtige Haut an ihrem Arm.

»Mir egal. Meinetwegen können wir so lange hier liegen, bis wir auch Weihnachten, Ostern und alle anderen anstrengenden Familienfeiern verpassen. Aber ich befürchte, lange wird es nicht mehr dauern, bis meine Mom hier oben auftaucht.« Scarlett weicht mir mit ihrem Blick aus, was ich nicht zulasse. Ich halte ihr Gesicht fest. »Was ist?«

»Sicher ist deine Mom richtig wütend auf mich.«

»Tja«, seufze ich. »Es gibt nur einen Weg, das herauszufinden.«

Ich stütze mich auf die Ellbogen und male ihre Kinnpartie mit einem Finger nach.

»Und, was sollen wir ihr sagen?«

»Wie wäre es mit der Wahrheit?« Sie scheint einen Moment über meine Worte nachzudenken. Ich kann die Zweifel und die Angst in ihrem Gesicht erkennen. »Letti«, seufze ich, was ihr ein kleines Lächeln abringt. »Du wirst dich nicht ewig vor der Wahrheit verstecken können. Sieh meine Eltern doch einfach als Generalprobe für Abigail und Quin an. Du hast die einmalige Chance, dir eine Rede zurechtzulegen und sie hier zu proben, ehe du sie vor deinen Freunden hältst. Lass es einfach raus, und wenn meine Mom blöd reagiert, kannst du es abhaken. Wir fahren zurück nach Greenwich, und du musst sie nie wiedersehen.«

»Na toll. Gerade noch sagst du mir, ich bin deine Freundin, und dann willst du mir erzählen, dass es egal ist, wenn deine Familie mich hasst?«

»Wenn du ihnen irgendwelche Märchen auftischst, macht es die Sache auch nicht einfacher. Versuch es, Scarlett. Hab ein bisschen Vertrauen. In dich. In sie. In das Gute in den Menschen. Nicht alle sind so wie deine Eltern.«

Sanft schiebt sie mich von sich herunter und setzt sich auf.

»Kannst du mir was versprechen?«

»Das kommt ganz darauf an, was es ist.«

Sie zieht die Decke vor ihre Brüste und nestelt an der Naht herum.

»Wenn sie doof reagieren, bist du danach genauso zu mir wie jetzt?«

»Weißt du was? Ich verspreche dir etwas anderes.« Nackt wie ich bin, richte ich mich ebenfalls auf. »Du brauchst weder meinen Zuspruch noch den meiner oder deiner Eltern oder von sonst irgendwem. Denn ich verspreche dir, ganz gleich, was andere sagen: Du bist ein wundervoller, kreativer und mutiger Mensch. Scarlett, du brauchst uns alle nicht. Sei einfach du selbst. Dann bist du perfekt. Und wer das nicht sieht, soll sich zum Teufel scheren.«

Ich sehe, wie sie schluckt.

»Ich weiß nicht, was ich dazu sagen soll.«

»Sag: ›Okay, Theo.‹ Steh dann einfach auf, geh hinaus in die Welt, und lebe dein Leben, so wie du es für richtig hältst. Sei glücklich. Die Menschen, die dich lieben, werden immer an deiner Seite sein. Egal, welchen Weg du gehst.«

Scarlett strafft kaum merklich die Schultern.

»Okay, Theo«, antwortet sie lächelnd. »Aber zuerst muss ich duschen.«

»Mach das.« Ich strecke mich aus, um an mein Handy zu kommen.

»Was tust du?«

Lasziv zwinkere ich ihr zu. Ich bin noch nicht bereit, die Realität schon wieder willkommen zu heißen.

»Ich gehe nirgendwohin, ehe ich nicht weiß, was aus McCallister und Hope wird.«

Kapitel 17

Scarlett

Mein Herz schlägt mir bis zum Hals, als ich die letzten Treppenstufen in die Küche nehme, in der bereits ein reges Treiben herrscht. Die wunderbaren Stunden, die hinter mir liegen, können über das mulmige Gefühl in meinem Magen nicht hinwegtrösten. Ich habe eine Scheißangst.

Wie erwartet kommen alle Geräusche kurzzeitig zum Erliegen, sobald ich den Raum betrete.

»Hi«, flüstere ich mehr zu mir selbst als zu den anderen.

Theos Mom, seine Schwester Ginny, eine seiner Schwägerinnen und die Tanten sind dabei, das Abendessen vorzubereiten, um das sich der ganze Besuch dreht. Doch nun sehen alle mich an und lassen die Truthahnfüllung und die Preiselbeeren links liegen.

»Ihr habt die Dankesbriefe verpasst.« Ginny ist die Erste, die das Wort ergreift. Der leise Vorwurf in ihrer Stimme ist nicht zu überhören.

»Tut mir leid«, bringe ich hervor. Ich wäre wirklich gern dabei gewesen und hätte mitbekommen, für was der fünfzehnjährige Theo sich bedankt hat. Schuldbewusst sehe ich Theos Mom an. »Kann ich dich vielleicht kurz sprechen?«

»Aber natürlich, Liebes«, erwidert sie, ohne zu zögern und in gewohnt liebevoller Weise. »Also.« Sie wedelt mit den Fingerspitzen, als könne sie ihre Familie wegzaubern. »Husch, husch. Ihr macht mich alle total nervös. Und das in meiner eigenen Küche. Lasst mich mit Scarlett allein, und macht euch woanders nützlich.«

Etwas mürrisch verlassen die anderen Frauen den Raum, während ich mich auf einen der Hocker an dem breiten Küchentresen sinken lasse.

Nervös drehe ich die Ringe an meinen Fingern hin und her. Keine Ahnung, wie ich das hier wieder geradebiegen kann.

»Ich hätte euch noch zwei Stunden gegeben, dann wäre ich höchstpersönlich nach oben gekommen.« Ms O'Connor bedenkt mich mit einem warnenden Blick, doch das Zwinkern, mit dem sie mich anschließend angrinst, zeigt, dass sie es nur halb so ernst meint. Mit einem Nicken schiebt sie mir ein Holzbrett zu. »Du kannst die Karotten schneiden, während du mir sagst, was du auf dem Herzen hast.«

Ich nehme das nächstbeste Messer, das Theos Tante zuvor benutzt hat, und greife zögerlich nach einer Karotte.

Wahrscheinlich ist es am klügsten, mit einer Entschuldigung zu starten.

»Es tut mir leid, dass wir so viel versäumt haben. Das war so nicht geplant. Ich weiß, dass die Dankesbriefe eine wichtige Tradition für euch sind.«

Ihr Gesichtsausdruck wird etwas ernster. »Bestimmt ist Theo froh darüber. Wenn es nach ihm ginge, hätten wir schon vor Jahren damit aufgehört.«

»Warum?«, frage ich, ohne aufzusehen, damit ich mir nicht

in den Finger schneide. Meine Haushaltsfähigkeiten sind eher mäßig. Bei uns zu Hause macht meine Mom das alles.

»Das solltest du ihn lieber selbst fragen.« Trotz meiner Konzentration auf das Möhrengemetzel entgeht mir ihr seltsamer Tonfall nicht. Räuspernd dreht sie sich in Richtung Spüle. »Und dafür musst du dich nicht entschuldigen, Liebes. Das ist ja keine Pflichtveranstaltung. Wolltest du darüber mit mir sprechen?«

Ich schüttle kaum merklich den Kopf. Dafür lasse ich das Messer für kurze Zeit sinken.

»Nein. Ich wollte mich vor allem bei dir entschuldigen, weil ich gestern einfach so abgehauen bin. Und das, obwohl du so nett zu mir warst. Das war nicht in Ordnung.«

Ms O'Connors Schultern heben sich unter einem tiefen Seufzer.

»Ich wollte dir nicht zu nahe treten. Vielleicht sind meine Emotionen etwas mit mir durchgegangen. Ich war nur so froh, Theodor mit einer Frau an seiner Seite zu sehen. Das war Balsam für meine Mutterseele. Ich hätte nicht gedacht, dass ich ihn dieses Wochenende so entspannt erlebe.«

Ich bin froh, dass sie meinen stutzigen Gesichtsausdruck nicht sehen kann. Eigentlich war ich der Überzeugung, Theo sei permanent ein entspannter Mensch.

»Das freut mich. Du sollst wissen, dass ich ihn wirklich sehr mag. Er bedeutet mir viel.«

»Das sieht man.« Als sie sich wieder zu mir herumdreht, meine ich, Tränen in ihren Augen glänzen zu sehen. Aber sie bewegt sich so emsig durch die Küche, dass ich mir nicht sicher bin.

»Irgendwie haben mich deine Worte kalt erwischt, aber das hat nichts mit euch zu tun. Wirklich gar nichts. In den letzten Wochen war es nicht leicht für mich. Ich habe sehr viel verloren. Als du gesagt hast, ich sei deines Sohnes würdig, haben mich die Selbstzweifel eingeholt. Weil ich dachte, ich bin nicht gut genug für ihn. Und für euch.«

»Scarlett«, stößt sie aus und legt ihre Arbeit abrupt nieder. Während sie sich die Hände an der rosafarbenen Schürze abwischt, kommt sie zu mir herüber. »Wie kannst du so etwas denken? Jeder Mensch ist gut, so wie er ist.«

Ein schwaches Lächeln huscht über mein Gesicht.

»Das sagt Theo auch. Du hast ihn gut erzogen.«

»Ach, Liebes! Er sagt das nicht, weil er gut erzogen ist. Was er zweifelsohne ist. Er sagt es, weil es wahr ist. Und ich weiß, ganz gleich, was in deinem Leben los ist: Wenn mein Sohn dich mag, kannst du nur ein wundervoller Mensch sein. Natürlich bist du genug.«

»Danke.« Ich senke den Kopf, ehe ich den Mut finde, die Schultern straffe und Ms O'Connor erneut ansehe. »Darf ich dir vielleicht erzählen, was bei mir los ist? Irgendwie habe ich das Bedürfnis, es dir zu erklären.«

Kleine Grübchen entstehen auf ihren prallen Wangen.

»Aber natürlich, Liebes. Ich will alles wissen! Los, schneide die Karotten, und fang ganz von vorn an mit deiner Geschichte.«

Ermutigend nickt sie mir zu, und ich tue wie mir geheißen. Schnappe mir das Messer, meine zur Hälfte geschnittene Karotte und lege damit los, zu erzählen.

Und zwar ganz am Anfang.

♥

Es ist das beste Thanksgiving, das ich jemals erlebt habe. Vielleicht klingt das gemein meiner Familie gegenüber, aber es ist schlicht die Wahrheit.

Das liegt an mehreren Dingen.

Zum Beispiel an dem Essen. Es ist unfassbar gut. Der gedeckte Tisch der O'Connors erinnert mich an alte Hollywoodfilme, in denen Großfamilien an langen Tafeln sitzen und in denen der Truthahn größer ist als der Hund, der unter dem Tisch hockt.

Hinzu kommt der Wein, der dafür sorgt, dass ich all meine Sorgen zumindest zeitweise beiseiteschieben kann.

Wobei das eigentlich mehr an Theos Familie liegt. Natürlich hat es keine sechzig Minuten gedauert, bis sich herumgesprochen hat, was ich neben dem Studium treibe. Weil Theos Mom so tolerant mit meiner Geschichte umgegangen ist, war es für mich kein Problem, dass sie den anderen von meinem Nebenjob erzählt. Vierundzwanzig Stunden nachdem ich dachte, alles verloren zu haben, sitze ich mit Menschen an einem Tisch, die sich für meine Arbeit als Autorin interessieren. Die neugierig sind, alles wissen wollen und mich nicht vorverurteilen. Für andere mag das selbstverständlich klingen, aber für mich ist das ein unglaublicher Schritt. In meinem Kopf standen die Chancen relativ schlecht, dass Camille O'Connor tolerant ist. Dass sie mit offenen Armen dastehen und mich liebevoll an ihre Brust ziehen würde, habe ich nie und nimmer erwartet. Aber nicht nur sie hat vollkommen cool reagiert. Auch Theos Schwägerinnen waren durchaus beeindruckt. Sie haben mir zwar berichtet, dass dieses Genre nichts für sie sei, aber trotzdem waren sie offen und neugierig.

Theo hat mir nur wissend zugezwinkert, als wolle er sagen: ›Siehst du! Habe ich doch gesagt!‹

Mit ihm wären wir auch schon bei dem wichtigsten Punkt auf meiner Liste an Dingen, für die ich heute dankbar bin. Der Mann an meiner Seite steht ganz oben.

Seine Finger ruhen den ganzen Abend über auf meinem Oberschenkel. Hin und wieder wagen sie einen kleinen Ausflug unter mein kurzes Kleid und jagen mir die Röte ins Gesicht. Seine Blicke sind zweideutig, und die ganze Zeit über bedenkt er mich mit seiner liebevollen Aufmerksamkeit.

So fühlt es sich also an, die Freundin von Theodor O'Connor zu sein.

Ich weiß nicht genau, was mich mehr fasziniert: Die Tatsache, dass Theo einer der schlausten und wortgewandtesten Personen ist, die ich jemals getroffen habe. Oder seine Fähigkeit, zu einem so beeindruckenden Lover zu werden, sobald er seine Maske des nerdigen Studenten abgelegt hat. Möglicherweise liegt meine Faszination aber auch in seiner Warmherzigkeit begründet. Er geht mit den Menschen in seinem Umfeld so liebevoll und rücksichtsvoll um, dass sich meine Brust die ganze Zeit über vor Glück zusammenzieht.

Um es kurz zu machen: Ich bin bis über beide Ohren verliebt in Theo.

Dieses Gefühl beflügelt mich so, dass ich mich unbesiegbar fühle. Auf einmal macht es mir keine Angst mehr, Abby die Wahrheit zu sagen. Und auch wenn ich meine Eltern vermisse, bin ich nicht länger bereit, den Fehler bei mir zu suchen. Wenn sie mich nicht akzeptieren können, wie ich bin, kann das wiederum ich nicht akzeptieren. Ich werde mich nicht verbiegen. Nicht für sie und für niemanden sonst. Natürlich wünschte ich mir, meine Eltern wären so tolerant wie die O'Connors, aber bekanntlich kann man sich seine Familie nicht aussuchen. Mom und Dad sind, wie sie sind. Daran können nur sie selbst etwas ändern.

Theo hat mir mit seinem Verhalten vorgeführt, dass ich es wert bin, geliebt zu werden.

Theo hat mir geholfen, zu verstehen, dass es das Fundament von Glück ist, wenn man mit sich selbst liebevoll und achtsam umgeht.

Ob ich es schaffen werde, dieses Gefühl in mir zu verankern, weiß ich nicht. Werde ich diese Selbstsicherheit mit nach Greenwich und Pixton nehmen können?

Spätestens, wenn der Merlot in meinem Blut abgebaut ist und wenn ich wieder in meinem Honda leben muss, dürfte sich das als schwierig erweisen. Aber jetzt gerade gibt es seit langer Zeit das erste Mal einen Moment, in dem ich nicht zweifle. Ich bin im Reinen mit mir und mit dem, was ich tue. Heute kann ich mir sogar wieder vorstellen, zu schreiben. Um ehrlich zu sein, kann ich es kaum erwarten!

Während ich den lauten und chaotischen Gesprächen am Tisch mit halbem Ohr folge, lehne ich mich zur Seite und küsse Theo flüchtig auf die Wange.

»Ich bin sehr dankbar dafür, dass es dich gibt«, flüstere ich ihm ins Ohr.

Gerade als ich mein Gesicht wieder wegdrehen will, legt er seine Hand an meine Wange und küsst mich ungestüm auf den Mund.

Ich grinse an seinen Lippen, als Ginny neben ihm würgende Geräusche macht und Theos Mom freudig in die Hände klatscht.

Ja.

Es ist definitiv das beste Thanksgiving aller Zeiten.

Kapitel 18

Theo

Mit jeder Meile, die wir uns zwei Tage später von Westerly entfernen, habe ich das Gefühl, freier atmen zu können. Und das fühlt sich keineswegs nur gut an. Das schlechte Gewissen, das damit einhergeht, dämpft das Glück, das ich gleichzeitig empfinde.

Glück darüber, nach Greenwich zurückzukehren und mein Elternhaus zu verlassen.

Noch dazu mit Scarlett neben mir. Meiner Freundin, die seit gestern permanent von innen heraus strahlt. Sie leuchtet regelrecht, und das erdet mich innerhalb meines eigenen emotionalen Chaos erheblich.

Thanksgiving ist jedes Jahr aufs Neue eine Herausforderung für mich. Doch dieses Jahr war es zum ersten Mal seit Ewigkeiten erträglich. Nicht nur, dass ich eine atemberaubend schöne Frau dabeihatte, von der ich angenommen habe, sie spielt in einer ganz anderen Liga als ich. Sie ist zudem klug, wortgewandt und einfach ein liebenswerter Mensch. Wer Scarlett nicht vorbehaltlos liebt, hat wirklich ein Problem. Mir ist das klar, nur deswegen habe ich sie gefragt, ob sie meine Freundin sein will.

Ich wollte niemals eine Freundin. Nie. Aber der Drang, sie an meiner Seite zu haben, ist größer als der Wunsch nach Unabhängigkeit.

Ich will das mit ihr hinkriegen, und ich habe die Hoffnung, dass das in Greenwich wesentlich leichter sein wird als im Haus meiner Eltern. Dort bin ich nicht ich selbst, und das hindert mich daran, mich ihr bedingungslos hinzugeben.

Schon nach wenigen Fahrminuten haben wir Rhode Island verlassen und befinden uns wieder in Connecticut. Obwohl es immer noch über hundert Meilen bis Greenwich sind, ist das Passieren der Bundesstaatengrenze der endgültige Cut mit den Feiertagen. Obwohl ich es mir anders wünsche, ist Westerly nach all den Jahren noch immer wie ein rotes Tuch für mich.

Ohne Vorwarnung lenke ich meinen Wagen auf den Parkplatz von *Dunkin' Donuts*. Die letzte Haltemöglichkeit, ehe wir die Fünfundneunzig in Richtung Westen nehmen.

»Wir sind erst zehn Minuten unterwegs«, stellt Scarlett fest, während ich an den freien Parklücken vorbeifahre und seitlich zum Laden stehen bleibe. Ohne die Hände vom Lenkrad zu lösen, atme ich tief durch.

»Wow, Sherlock. Du hast eine hervorragende Auffassungsgabe.« Ich zwinkere ihr kurz zu.

»Haha«, meckert sie in spielerischem Tonfall. »Im Ernst, warum halten wir?« Neugierig richtet sie sich auf und sieht aus der Windschutzscheibe. Sie rümpft dabei ihre Stupsnase, und ich könnte sie schon wieder knutschen, so verdammt niedlich ist sie. Eigentlich will ich sie die ganze Zeit knutschen. Am liebsten nackt. Ich dabei tief in ihr.

»Steig aus. Ich muss dir was zeigen.«

Ich vergrabe mein schlechtes Gewissen ganz tief in mein Bewusstsein, öffne die Fahrertür und springe aus meinem Toyota. Jedes Mal, wenn ich aus Westerly zurück an die Uni fahre, halte ich hier, um alles, was ich mit meiner Heimat verbinde, abzuschütteln und hierzulassen. An der Pixton ist kein Platz für den Ballast, den ich mit mir rumschleppe.

Gemeinsam treten wir an das Heck des Autos. Scarlett sieht mich fragend an und verschränkt die Arme vor der Brust. In ihren engen dunklen Jeans und dem weißen Wollpullover sieht sie aus wie ein Engel. Ein dunkler Engel: mit schwarzem Haar und Ring in der Lippe. Aber wie ein Engel. Ihre Lippen sind rot und leicht geschwollen von den vielen Küssen, die ich ihr seit gestern verpasst habe.

Ohne ein Wort der Erklärung öffne ich breit grinsend den Kofferraum. Seitdem ich das Geschenk gestern besorgt habe, kann ich diesen Moment kaum erwarten. Doch erst wollte ich Rhode Island verlassen, damit es nur um mich und Scarlett geht und niemanden sonst.

In meinem Auto stapeln sich Scarletts Koffer und eine der Kisten, die ich aus ihrem Wagen geholt habe. Sie erinnern mich daran, dass ihre Situation nach wie vor nicht geklärt ist. Ein Blick zur Seite beweist, dass sie dasselbe denkt wie ich.

Der Grat, auf dem wir wandern, ist schmal. Einerseits sind wir zwischen hohen Gipfeln des Glücks und der puren Lust unterwegs, aber ein falscher Schritt und wir rutschen ab in die Täler, in denen die bittere Realität nach uns greift.

»Ich habe was für dich.« Mitten in der Bewegung halte ich inne. »Warte noch kurz. Erst …« Seufzend ziehe ich mir meinen schwarzen Feinstrickpullover über den Kopf. In Frauenkleidern mitten in der Mensa komme ich mir nicht so verkleidet vor wie in den letzten Tagen.

Das schlechte Gewissen klopft mal wieder an, doch ich ignoriere es. Vor allem, weil Scarlett lachend die Hände vor den Mund schlägt.

»Theo! Das ist nicht dein Ernst. Du kannst dich schneller verwandeln als Superman!«

Ich werfe einen Blick nach unten und strahle.

»Hat Wyatt mir letztes Jahr zu Weihnachten geschenkt.« Voller Stolz ziehe ich den Saum meines knallpinken Barbie-Shirts nach unten. »Ziemlich cool, oder?« Ich beuge mich vor und küsse Scarlett. Ich verfehle mein Ziel und lande mehr auf ihrer Wange, aber im Grunde ist es egal, wo meine Lippen landen. Jedes Fleckchen ihrer Haut ist es wert, geküsst zu werden. »Am Fliegen muss ich noch feilen.« Ich wuschle meine Haare durcheinander und schnappe mir die schwarze Baseballkappe, die zwischen unserem Gepäck liegt. Während ich den Schirm etwas zusammendrücke und sie schließlich falsch herum aufsetze, beobachtet Scarlett jede meiner Bewegungen.

Ihr Lachen erstirbt langsam. Mit schief gelegtem Kopf setzt sie sich auf den Rand meines Kofferraums.

»Ich verstehe dich wirklich nicht. Deine Eltern sind doch cool. Sie verurteilen einen gar nicht. Warum spielst du ihnen was vor?«

Mit einer Hand am oberen Rand der Kofferraumklappe denke ich über Scarletts Worte nach.

Die Frage ist doch vielmehr, wem ich hier etwas vorspiele. Meiner Familie, die glaubt, ich laufe mit karierten Hemden und geputzten Schuhen über den Campus? Oder mir selbst, sobald ich Westerly verlasse? Ich spüre da seit mehreren Jahren ein kräftiges Identitätsproblem. Aber das ist nichts, womit Scarlett sich auseinandersetzen sollte. Im Grunde ist das nichts, womit sich irgendjemand beschäftigen müsste. Und schon gar nicht jetzt und hier. Ich habe das im Griff.

»Ich weiß nicht«, flunkere ich daher und zucke so lässig wie möglich mit den Schultern. »Vielleicht Macht der Gewohnheit.« Ich weiche ihrem Blick aus und sehe stattdessen zu der kleinen Schachtel, die in meiner offenen Tasche liegt. »Egal.« Ich hoffe, dass Scarlett nicht bemerkt, wie ich meine düsteren Gedanken abschüttle. Dann greife ich nach meinem Geschenk. »Ich habe etwas für dich.«

Sie zieht irritiert die Augenbrauen zusammen.

»Du hast ein Geschenk für mich?«

»Ich habe da gestern im Ort etwas gesehen, von dem ich sofort wusste, dass ich es dir schenken muss. Und ich betone *MUSS*. Außerdem habe ich versäumt, dir zu sagen, wofür ich dankbar bin.«

»Soweit ich mich erinnern kann, hast du mehr als deutlich gemacht, wie dankbar du bist.« Sie krallt sich in den Saum meines Barbie-Shirts und zieht mich zu sich heran. Ehe ich mich versehe, liegen unsere Lippen aufeinander, und meine Zunge gerät in den gefährlichen Strudel aus Scarletts Kusskünsten. Daraus gibt es kein Entkommen.

Ich schließe die Augen und lasse mich von den Erinnerungen an die vergangene Nacht mitreißen. Ihre verschwitzte Haut an meiner. Unsere Körper, die sich so nah waren wie nur möglich. Lust. Leidenschaft. Liebe. Alles so miteinander verschmolzen, dass es keine Grenzen mehr gab.

Es war definitiv das beste Thanksgiving aller Zeiten. Immerhin habe ich die ganze verdammte Nacht zwischen den Beinen der wundervollsten Frau auf Erden verbracht.

Seufzend löse ich mich von ihr. Zumindest von ihren Lippen. Mein Oberkörper bleibt eng an ihren gelehnt, genau wie meine Stirn ihre nach wie vor berührt.

»Dich zu küssen, macht süchtig. Du bist wie … ich weiß nicht … eine Sirene? Nennt man das so?«

Scarlett legt den Kopf in den Nacken und lacht.

»Ich kann es nicht fassen. Haben wir tatsächlich etwas gefunden, womit Theodor O'Connor sich nicht auskennt?«

Empört lege auch ich meinen Kopf etwas zurück und sehe sie an.

»Sirenen galten doch als Verführerinnen, oder nicht?«

»Schon, aber erstens gilt das für Seefahrer, und du, mein Freund, siehst nicht gerade aus wie Jack Sparrow. Zweitens waren sie Mischwesen aus Tier und Mensch und meist bärtige Wesen. Zudem ist das Bild der Sirene ziemlich misogyn. Ich bin nicht sicher, ob das als Kompliment für seine feste Freundin herhält.«

Unwillkürlich schleicht sich ein Lächeln auf mein Gesicht, und ich küsse sie noch einmal auf ihre weichen Lippen.

»Mhm«, seufze ich. »Die feste Freundin. Das hört sich nice an.«

»Ja?« Scarlett sieht mit skeptischem Blick zu mir auf. »Bist du dir immer noch sicher? Es muss schließlich einen Grund geben, warum du noch nie eine feste Beziehung hattest.«

Ich grinse nur noch breiter.

»Habe ich mir doch gedacht, dass dieses Gespräch irgendwann noch mal aufgerollt wird. Es kam mir schon komisch vor, dass du diese Information so leicht hast auf sich beruhen lassen.«

»Das war Tarnung.« Sie versucht, ihr Grinsen zu unterdrücken. Ihre Fingerspitzen spielen mit meinen Haaren im Nacken unter der Cap. »Außerdem wollte ich dich nicht mit zu vielen Fragen vergraulen.«

»Du vergraulst mich nicht.« Mit der Schachtel in der einen Hand zücke ich mit der anderen mein Smartphone aus der Hosentasche. »Na, lass uns doch mal sehen.«

Ich tippe *Definition fester Freund* in die Suchmaschine ein.

Dann halte ich ihr grinsend mein Display vor die Nase.

»Ein fester Freund oder eine feste Freundin nennt man eine Person, mit der man eine feste Beziehung hat«, liest Scarlett laut vor und zieht gleich darauf ein Gesicht, als wolle sie sagen: ›Haha, wirklich witzig, Theo.‹

»Wir haben definitiv eine äußerst feste Beziehung. Und jetzt lass mich dir endlich mein bescheuertes Geschenk geben, ehe ich es mir anders überlege.«

Ihr Gesichtsausdruck erhellt sich wieder, sodass sie mit der Sonne um die Wette strahlt. Mit ihr keine zehn Meilen von meinem Elternhaus entfernt auf einem Parkplatz zu stehen und über unsere Beziehung zu philosophieren, macht wirklich wenig Sinn.

Aber vielleicht liebe ich diesen Moment gerade deswegen so. Weil er unlogisch ist. Dass ich in Scarlett einen Menschen gefunden habe, der solche Dinge mitmacht, ohne alles akribisch zu hinterfragen, gefällt mir. Es nimmt mir ein bisschen von der Angst, die mich einengen will, sobald ich darüber nachdenke, dass wir tatsächlich eine feste Beziehung führen. Ob ich es nun zugeben will oder nicht: Natürlich hat es einen Grund, warum ich bisher immer nur lockere Affären hatte.

»Okay. Nun gib schon her. Ich will sehen, was du mir kaufen *MUSSTEST*. Sonst sterbe ich vor Neugierde.«

»Du siehst nicht aus, als würdest du jeden Moment sterben«, scherze ich und reiche ihr gleichzeitig die Schachtel. Die Faust gegen meinen Mund gepresst, warte ich gespannt auf ihre Reaktion. Geschenke zu machen, gehört definitiv nicht zu meinen Superkräften. Mal ganz davon abgesehen, dass ich keine Ahnung habe, ob ich Scarletts Humor richtig einschätze.

Sorgsam hebt sie den kleinen Deckel ab und entfernt die Watteschicht, die das Schmuckstück schützt.

»O mein Gott, Theo.« Ihr Finger streicht über den kleinen Anhänger.

»Sag mir ehrlich, was du in diesem Moment denkst«, bitte ich sie schmunzelnd.

Scarlett hebt den Blick und sieht mich mit glänzenden Augen an.

»Sie ist furchtbar hässlich.« Gleichzeitig fangen wir an, zu lachen. Sie hat vollkommen recht, und es bedeutet mir viel, dass sie so ehrlich ist. Voller Wärme sieht sie mich an, während ihr Lachen langsam verklingt. »Und ich liebe sie. Ich werde sie nie wieder ablegen.«

»Ich hatte gehofft, dass du das sagst. Beides, meine ich.« Lachend nehme ich die silberne Kette mit dem kleinen Delfinanhänger aus der Schachtel. »Ich sah ihn, und mein erster Gedanke war: Scheiße, wer trägt so etwas Hässliches?« Ich streiche über die rosa Glitzersteine, mit denen der Anhänger übersät ist. Dann schaue ich Scarlett tief in die Augen.

»Was war dein zweiter Gedanke?« Ihre Finger haken sich in die Gürtelschlaufen meiner Hose.

»Dass du ihn tragen würdest. Weil du genug Liebe in dir hast, um an den schimmernden Steinchen und dem hässlich geformten Schnabel vorbeizusehen. Weil du seine Symbolik verstehen würdest und ihn dafür schätzen würdest, was er für uns bedeutet. Ich habe ihn dir gekauft, weil ich wusste, dass du die Frau bist, die nach dem zweiten Gedanken fragt. Weil …«

Ich stocke.

»Weil?« Scarlett flüstert das Wort nur, aber ich kann es deutlich von ihren Lippen ablesen.

Es ist zu früh.

Sag es nicht.

Sag es nicht.

Sag es nicht.

Ich presse meine Lippen aufeinander, um nichts Dummes zu tun.

Doch Scarlett nimmt mein Gesicht in ihre Hände, zieht mich zu sich und küsst mich sanft.

»Es ist verrückt, aber ich liebe dich auch, Theo«, haucht sie an meinem Mund.

Die Worte gelangen von dort auf direktem Weg in mein Herz, wo sie sich einnisten. Allerdings hat Scarlett keine Ahnung, dass sie dort gegen eine ganze Armee aus Schmerz kämpfen müssen. Es ist ein harter Kampf, der da in den dunkelsten Ecken meines Innersten ausgetragen wird.

Die hässliche Delfinkette fest in meiner Hand ziehe ich Scarlett zu mir und drücke sie so fest es geht an mich.

Ich liebe sie.

Aber ich habe auch eine Scheißangst, sie zu verlieren. Das hält mein Herz nicht aus.

Nicht noch mal …

»Okay. Dann seid ihr also jetzt so richtig ein Paar? Hochoffiziell?«

»Hochoffiziell?«, frage ich Quin und lege den Kopf schief. »Also ich habe nicht um ihre Hand angehalten, und sie muss auch nicht in die Gesellschaft eingeführt werden, wenn du das meinst.«

»Mann, du weißt, was ich meine.«

»Eigentlich nicht.«

Ich strecke meine Beine unter dem Tisch aus, ignoriere, dass sie dabei mit seinen kollidieren, und lehne mich zurück.

Auf der Rückfahrt von Westerly haben Scarlett und ich beschlossen, auf direktem Weg nach Pixton zu fahren. Wir waren noch keine zwei Minuten in dem Retro-Diner, da haben sich die Frauen nach oben in Abbys kleine Wohnung verkrochen. Ich und mein Freund haben erst einen riesigen Burger verdrückt, und nun gönnen wir uns einen absolut göttlichen Milchshake zum Dessert. Dass er hier ein und aus geht, ist beneidenswert.

»Herrgott, vögelst du sie?«

Beinahe hätte ich meinen Schokoladentrunk über den Tisch geprustet.

»Verdammt, Quin. Seit wann bist du so direkt?«

Seufzend lässt er seine Stirn auf die Tischplatte sinken. »Ich habe das Gefühl, du bist heute noch anstrengender als sonst. Jetzt rück endlich mit der verdammten Sprache raus, oder ich gehe hoch und frage einfach sie.«

Lachend tätschle ich ihm den Hinterkopf.

»Ja«, erlöse ich ihn. »Wir hatten Sex. Eine Menge davon.«

Sofort hebt er den Kopf. Ein teuflischer Ausdruck liegt in seinen Augen.

»Wusste ich es doch.«

Nach einem tiefen Atemzug werde ich wieder ernst.

»Aber es ist mehr als das.«

Quincy richtet sich abrupt auf. Diesen Satz hat er nie zuvor von mir gehört. Wahrscheinlich haben wir beide nicht damit gerechnet, dass ich ihn jemals sagen würde.

»Meinst du das ernst? Es ist nicht nur eine lockere Affäre? Kein Sex, um zu entspannen? Sie bleibt also bis zum Frühstück, und du lädst sie ins Kino ein und so was? Das volle Programm?«

»Ich denke schon.« Immerhin haben wir uns gesagt, dass wir uns lieben. Okay, sie hat es gesagt. Aber sie wusste, dass ich es sagen wollte. Hoffe ich zumindest.

»Wow.« Er kratzt sich an seinem Bart, den er seit Neuestem trägt und der ihn aussehen lässt wie den klassischen Vorstadt-Dad. Im positiven Sinne, versteht sich. »Das ist neu.«

»Das ist es«, bestätige ich seufzend.

Einen Moment schweigen wir. Es ist ein eher unangenehmes Schweigen, wie es selten zwischen uns herrscht.

»Das ist komisch.«

»Auch das ist es«, antworte ich und nippe an meinem Milchshake.

Nachdenklich sieht Quin an die Decke.

»Denkst du, sie reden über uns?«

Am Nachbartisch schauen ein paar Mädels zu uns herüber, weil ich so laut lachen muss.

»Natürlich reden sie über uns. Was glaubst du denn?« Ich deute mit dem Zeigefinger auf die oberste Etage. »Sie haben keine Regel, die besagt, dass sie nicht über Sex reden dürfen.«

»Dann meinst du, sie tauschen sich über unsere …« Stöhnend lässt er den Kopf wieder sinken. »O Gott, das ist widerlich.«

Ich kann über seine Worte nur lachen. Mir ist es herzlich egal, ob Scarlett mit Abigail über uns redet.

Allerdings weiß ich auch, dass Scarlett und Abigail ganz andere Dinge zu besprechen haben. Sie hat mir grünes Licht gegeben, meinem besten Freund eine Kurzfassung dessen zu geben, was in den vergangenen Wochen passiert ist.

»Hör mal, Quin. Es gibt da noch etwas.«

Sofort sieht er auf.

»Oh, oh! Du hast den *Jetzt wird's schräg*-Ton drauf.«

»Was ist der *Jetzt wird's schräg*-Ton?«

»Genau dieser.« Mit dem Finger zeigt er auf mich.

»Unsere Gespräche sind alle schräg, mein Freund.«

»Da könntest du recht haben. Also …« Quin streckt die Arme in die Luft, sodass sein trainierter Bauch unter dem Pullover hervorlugt. »Was gibt's? Wirst du sie heiraten? Hat sie ein uneheliches Kind? Okay«, lacht er über seinen eigenen Witz. »Das war nicht lustig.«

»War es nicht«, bestätige ich grinsend. War es schon, aber das zuzugeben, wäre pietätlos. »Pass auf, ich mach's kurz: Scarlett ist bei ihren Eltern rausgeflogen, weil sie Autorin für Erotikgeschichten ist. Sie haben ihr das Studiengeld gestrichen, was bedeutet, dass sie nicht länger in Yale studiert. Außerdem hat ihr Ex versucht, sie zu vergewaltigen, als er davon erfahren hat.«

Das Wort Vergewaltigung mag drastisch klingen, aber jede Form von sexuellem Übergriff ist für mich eine Vergewaltigung. Allein die Vorstellung, dass dieser Wichser Scarlett bedrängt hat, macht mich so wütend.

»Moment … Was?«

Quincy sieht mich mit seinen großen blauen Augen an.

»Wow«, schnaube ich, »das ist eindeutig der *Das war schräg*-Blick.«

»Ich … Warte«, stottert Quin und sieht an die Decke, beinahe als könne er dadurch einen Blick auf meine Freundin werfen.

»Soll ich es noch mal langsam für dich wiederholen, Doc?«

»Mann, bleib ernst, Theo. Sie studiert also nicht mehr in Yale?«

»Nope.«

»Und sie wohnt nicht mehr hier in Pixton?«

»Nope.« Ich nehme einen weiteren Schluck von meinem Milchshake.

»Wo zur Hölle wohnt sie dann?«

»Da kommst du ins Spiel, mein guter alter Freund.«

Quincy zuckt leicht zurück.

»Warum ich? Was habe ich damit zu tun?«

»Du bist doch sowieso die meiste Zeit hier. Ich dachte mir, vielleicht kann Scarlett dein Zimmer ein paar Wochen haben.«

»Sie soll in der WG wohnen?«

»Okay, der *Das war schräg*-Blick wird langsam gruselig.« Ich hole tief Luft und rücke die Cap auf meinem Kopf zurecht. »Sie braucht eine Bleibe, Quin. Sie hat jetzt sechs Wochen in ihrem Auto gewohnt. Ohne dass es irgendwer mitbekommen hat.«

»In dem Civic?«

»Nicht zu glauben, oder?«

Mein bester Freund schüttelt den Kopf. Es macht nicht den Anschein, als könne er dadurch seine Gedanken sortieren.

»Und dieser Jackson hat versucht, sie zu vergewaltigen?«

»Du kennst den Typ?« Jetzt werde ich hellhörig.

»Wir haben ihn mal im Laden getroffen. Abby meinte, er sei richtig ätzend.«

»Tja, da hat sie ganz offensichtlich recht gehabt. Also, was ist nun?«

»Mit Jackson?«

»Mit deinem Zimmer, Mann. Was stimmt bei dir nicht?«

»Sorry. Es sind möglicherweise dezent zu viele Informationen auf einmal.« Erschöpft streicht er sich durch die Locken, ehe sich unsere Blicke treffen.

»Dann konzentrier dich fürs Erste darauf, dass meine Freundin obdachlos ist und dein Zimmer die ganze Woche über leer steht.«

»Deine Freundin. Das hört sich seltsam an.«

»Scheiße, ja. Ich weiß.« Ein etwas zu schrilles Lachen entweicht mir. »Ich kann's selbst nicht glauben. Und jetzt sitze ich hier und bettle, dass sie bei mir einziehen kann. Das ist alles ziemlich viel.«

»Ist es«, seufzt Quin. »Was macht sie, wenn ich Nein sage?«

»Wirst du Nein sagen?«

»Ich weiß nicht. Kommt darauf an, was deine Antwort ist.«

»Wenn du Nein sagst, kommt sie eben mit in mein Zimmer. Es dürfte etwas eng werden, aber ich werde sie keine einzige Nacht mehr allein auf der Straße oder in einem billigen Motel übernachten lassen.«

»Sie hat in einem billigen Motel übernachtet?«

»Herrgott, Bowen. Könntest du mir vielleicht einfach sagen, ob ich ihr dein Zimmer anbieten kann?«

»Ach, sie weiß davon gar nichts?«

»Quin!«, mahne ich. Langsam fängt dieses Gespräch an, anstrengend zu werden.

»Schon gut, schon gut«, lacht er und hebt ergeben die Hände. »Klar kann sie mein Zimmer haben. Solange die Jungs nichts dagegen haben.«

»Haben sie nicht. Ich habe ihnen schon geschrieben.«

»Du wusstest doch gar nicht, ob ich Ja sage.«

»Doch. Wusste ich. Du bist ein guter Mensch. Du würdest niemanden auf der Straße schlafen lassen.«

Quin öffnet den Mund, um etwas zu sagen, entschließt sich aber im letzten Moment dagegen. Er nippt stattdessen an seinem Milchshake. Ich kann die Gedanken in seinem Kopf förmlich kreisen sehen.

Langsam stellt er das Glas wieder ab und kneift die Augen zusammen.

»Erotikgeschichten, hm?«

Meine Lippen verziehen sich zu einem breiten Grinsen. Mir war klar, dass der Doc diese Information nicht unkommentiert lassen würde.

»O ja, mein Freund. Erotikgeschichten.«

Ich lehne mich genüsslich zurück und schlürfe den Milchshake geräuschvoll durch meinen Strohhalm.

Kapitel 19

Scarlett

»O Süße, ich kann nicht glauben, dass du das alles ganz allein durchgestanden hast.«

An Abbys Brust gedrückt, vergrabe ich mein Gesicht in ihrer Halsbeuge und danke dem Universum dafür, dass sie mir nicht böse ist. Meine beste Freundin ist einfach großartig.

»Ich wollte es dir sagen. Wirklich. Aber …« Ich seufze, weil ich selbst nicht mehr weiß, warum ich mich ihr nicht von Anfang an anvertraut habe. Abby löst sich aus der Umarmung, in der wir uns nun schon seit Minuten hin und her wiegen.

»Scarlett, ich verstehe dich.« Ihr Gesicht verzieht sich. »Na klar bin ich auch enttäuscht und traurig und hätte es mir ganz sicher anders gewünscht. Aber verdammt, ich verstehe dich! Wer, wenn nicht ich? Wo ich doch selbst viel zu lange alles mit mir allein ausgemacht habe.«

Obwohl ich in der vergangenen Stunde schon mehrere Taschentücher vollgeheult habe, spüre ich schon wieder neue Tränen anklopfen.

»Ich hätte dir schon viel früher von der Büchersache erzählen sollen. Keine Ahnung, warum ich es nicht gemacht habe. Erst schien es nicht wichtig, und irgendwann war es normal, dass keiner davon weiß.«

»Du bist einfach eine echte Autorin, Scarlett! Das ist großartig.« Abbys Gesicht wird ernster. »Ich werde noch heute sämtliche deiner Bücher kaufen und sie alle lesen. Hundertmal.« Ich presse die Lippen aufeinander. »Das ist doch okay, oder nicht?«

»Ja! Nein! Ja …« Frustriert knurre ich vor mich hin. Dann sehe ich sie flehend an. »Ja. Das ist vollkommen okay. Wenn ich nicht wollte, dass jemand meine Bücher liest, hätte ich sie wohl kaum veröffentlichen dürfen. Es ist nur …« Schwer atmend sehe ich sie an. »Es fühlt sich komisch an. Ich habe Angst, dass du mich danach anders siehst.«

»Ich habe dich immer gesehen, wie du bist, und das weißt du auch.« Sie legt ihre Hand auf meine Schulter und drückt sanft zu. »Hör auf, dir den Kopf über solchen Quatsch zu zerbrechen.«

»Du bist die beste Freundin auf der Welt.« Ich gehe auf die Knie und umarme Abby so fest, wie es geht. Sie zu halten und ihre Liebe zu spüren, tut unglaublich gut. »Es tut mir leid«, nuschle ich in ihr Haar. »Dir nicht von Anfang an vertraut zu haben, war dumm.«

»Ach.« Sie löst sich von mir und reibt mir mütterlich über die Oberarme. »Dumm ist Jackson und sind deine …« Voller Mitleid sieht sie mich an und stockt.

»Meine Eltern. Ich weiß. Ich habe es ja mittlerweile kapiert, dass ich nicht schuld bin. Seit ein paar Tagen sehe ich die Dinge aus einem anderen Blickwinkel.«

»Hat das vielleicht etwas mit deinem persönlichen Psychologen zu tun?« Neckend pikst sie mich in die Seite. »Glaub nur nicht, dass du mir wegen der dramatischen Geschehnisse nicht mehr alle Einzelheiten über Theo und dich erzählen musst. O mein Gott, wie zur Hölle ist das nur passiert?«

Ich schlage mir die Hände vors Gesicht und rutsche wieder auf meinen Platz.

»Ich schwöre dir, das mit ihm war wirklich nicht geplant.«

»Ach«, lacht Abby. »Dann bist du ganz aus Versehen in Westerly in sein Bett gefallen?«

Lachend öffne ich meine Finger und schiele Abby zwischen Zeige- und Mittelfinger an.

»Na ja, in seinem Bett bin ich streng genommen schon auf der Party gelandet.«

»Waaas?«, kreischt Abby und reißt mir die Hände vom Gesicht. »Du hattest auf der Wohnheimparty schon was mit ihm? Weißt du, wie lange das her ist?«

In diesem Moment kommt Ophelia hüpfend aus ihrem Zimmer.

»Was hat Tante Letti gemacht, das schon lange her ist?«

»Nichts«, beeile ich mich, zu sagen. »Tante Letti hat rein gar nichts gemacht. Sie war nur sehr, sehr müde, und Onkel Theo hat ihr sein Bett geliehen.«

»Das war nett von ihm.« Sie sagt das beiläufig, während sie vor dem Couchtisch auf die Knie geht und die verschiedenen Nagellacke betrachtet, die dort aufgereiht stehen. »Onkel Theo ist cool. Wir mögen ihn, oder nicht?« Fragend sieht sie Abby an.

Ich wiederum betrachte derweil ihr durchaus gewagtes Outfit. Eine rote Schlagcordhose mit einem rosa Tutu darüber, dazu ein schwarzes T-Shirt mit Abbild der Erde auf der Brust. Das nenne ich stilsicher.

»O ja, natürlich mögen wir Theo! Aber Tante Letti mag ihn seit Neuestem ganz besonders.« Abby kichert und reicht Lee den rosa Glitzernagellack. »Wie wäre es mit dem?«

Das Fläschchen in der Hand sieht die Kleine mich skeptisch an. »Magst du Theo so gern, dass du ihn heiraten möchtest? Weil …« Etwas traurig wendet sie den Blick ab. »Mein Plan war eigentlich, dass ich Theo heirate, falls Daniel Rowe nicht will.«

»Ja, Tante Letti. Erzähl doch mal.« Abby sieht mich mit schief gelegtem Kopf an. Ihre Mundwinkel reichen ihr beinahe bis zu den Ohren.

Am liebsten würde ich die Hände wieder vors Gesicht schlagen, diesmal, weil meine Wangen so glühen.

»Wir sind noch nicht so weit, dass wir heiraten. Es kann also durchaus sein, dass er sich am Ende für dich entscheidet, kleine Maus. Außerdem wäre Daniel Rowe ein Schwachkopf, wenn er dich nicht zur Frau nimmt. Du bist etwas ganz Besonderes.« Ich nehme Lee den rosa Nagellack ab und gebe ihr zwinkernd den schwarzen. Sie versucht, zurückzuzwinkern, was mich zum Lachen bringt, weil es eher wirkt, als hätte sie etwas im Auge.

»Ich will Theo aber nicht knutschen. Das hast du ja schon gemacht, und das finde ich eklig.«

»Na, das wird Tante Letti gern für dich übernehmen.« Abby scheint nicht im Geringsten beleidigt oder entsetzt zu sein, und das erleichtert mich so sehr, dass ich über ihre kleinen Neckereien hinwegsehen kann.

»Soll ich euch ein Geheimnis verraten?«

Während ich die Frage flüstere, nickt Ophelia mit dem schwarzen Nagellack in der Hand. Sie hat sich offensichtlich entschieden, denn sie dreht das kleine Fläschchen auf und beginnt, ihre winzigen Fingernägel zu bemalen.

Dabei lehnt sie sich verschwörerisch nach vorn und wartet auf meine Enthüllung. Mit ihren nicht mal sechs Jahren ist sie schon ein richtiges Gossip Girl.

»Theo kann wirklich ausgesprochen gut küssen.«

Einen Augenblick herrscht Schweigen, dann brechen wir zu dritt in Gelächter aus.

»Tante Letti«, quietscht Lee, »das ist sooo eklig.«

»Also, ich möchte darüber unbedingt mehr erfahren. Alles, um genau zu sein.« Abby lehnt sich auf dem gemütlichen Sofa nach hinten und legt die Füße übereinandergeschlagen auf den kleinen Tisch.

»Ich will das gar nicht hören«, empört sich Lee lachend und schüttelt sich angewidert. »Du hast seine Spucke berührt. Das macht man doch nicht.«

Genau in diesem Moment kommen Quincy und Theo herein.

»Was macht man nicht?«, fragt Quincy, und Abby und ich halten den Atem an. Ophelia sieht zwischen uns hin und her. Ich versuche, unauffällig mit dem Kopf zu schütteln, und weil die Kleine klüger ist als die meisten anderen Kinder in ihrem Alter, winkt sie nur ab.

»Ach, nichts. Letti und ich lackieren uns die Nägel. Ich nehme den schwarzen.« Aus ihren großen Kulleraugen sieht sie zu Theo hoch, und ihre Pupillen nehmen fast Herzform an, so sehr himmelt sie ihn an. »Willst du den mit Glitzer? Der passt zu deinem T-Shirt.«

Theo zögert einen Moment und betrachtet dabei Lees hoffnungsvolles, süßes Gesicht.

»Warum nicht«, seufzt er und lässt sich schließlich zwischen meinen Beinen auf den Teppich nieder.

Abby beobachtet ihn mit Argusaugen, wie er seine Ellbogen auf meine Oberschenkel legt. Ich baue Blickkontakt zu ihr auf und ermahne sie so, ihn nicht zu sehr anzustarren. Sie tut so, als wären wir vierzehn und als sähe sie mich zum ersten Mal mit einem Typen.

Ich nehme Lee den Nagellack ab und schüttle das Fläschchen. Es ist plötzlich viel zu still in dem kleinen Wohnzimmer.

»Was ist hier los?«, will Quincy wissen. Er lehnt mit der Hüfte gegen den Küchentresen und schaut zwischen uns hin und her. »Ihr verschweigt uns doch irgendwas.«

»Nichts«, sagen Abby und ich aus einem Mund.

Ophelia balanciert den kleinen Pinsel sorgfältig über Theos Nägel und schüttelt mit ernster Miene den Kopf.

»Tante Letti und Onkel Theo heiraten erst mal nicht. Aber sie küssen sich. Dabei berührt sie seine Spucke.« Sie sieht Quincy an, als redete sie gerade über das Wetter. »Eklig, oder nicht? Na ja, jedenfalls sagt Tante Letti, Theo kann gut küssen, und ich will davon gar nichts hören, weil ich das sehr, sehr blöd finde. Du weißt, was ich dir darüber gesagt habe.« Wissend sieht sie Quincy an.

Ich kann spüren, wie Theo sich für einen Moment zwischen meinen Beinen verspannt. Er dreht den Kopf leicht zur Seite.

»Wir heiraten *erst mal* nicht?«, fragt er leise.

»*Erst mal nicht*«, antworte ich und bemühe mich, ernst zu bleiben. Das Glück schießt mir aus allen Poren. Ich weiß nicht, wann ich mich das letzte Mal so unbeschwert gefühlt habe. Und das, obwohl sich rein gar nichts an meiner Situation geändert hat. Ich bin noch immer obdachlos und habe keinen Plan für die Zukunft.

Theos Blick in meine Richtung ist undurchschaubar. Ich lehne mich vor und küsse ihn, was Abby und Lee gleichermaßen aufkreischen lässt.

Theos Lippen verziehen sich an meinen zu einem Grinsen, wobei er den Mund leicht öffnet und mit seiner Zunge kurz gegen meine streicht.

»Ich würde ja sagen, nehmt euch ein Zimmer, aber ich habe dir schon das einzige gegeben, das ich habe.« Quincy stößt sich lachend vom Küchentresen ab und kommt zu uns herüber.

Sofort unterbreche ich den Kuss.

»Das ist wirklich eklig«, schimpft Lee mit ausgestrecktem Zeigefinger in Theos Richtung. »Ich habe deine Zunge gesehen. Jetzt heirate ich dich nicht mehr.«

»Was meinst du mit dem Zimmer?«, frage ich, ohne auf Lee einzugehen. Die Suppe muss Theo allein auslöffeln. Ich schaue zwischen den Jungs hin und her. »Quin, was meinst du?«, frage ich noch einmal, was alle langsam verstummen lässt.

»Ich habe ihn gefragt, ob du vorerst in seinem Zimmer übernachten kannst«, antwortet Theo, während er durch seine langen dichten Wimpern zu mir hochblickt. »Eigentlich wollte ich dir das in Ruhe erzählen.« Schnaubend wendet er sich an seinen besten Freund. »Vielen Dank auch für diese überaus sensible Überleitung, Blödmann.«

»Blödmann sagt man nicht«, beschwert sich Lee.

»Aber das ist doch eine großartige Idee!« Abby klatscht aufgeregt in die Hände. »Dann muss meine beste Freundin nicht länger in ihrem stinkenden Honda schlafen, und ich habe dich noch öfter hier bei mir. Eine klassische Win-win-Situation.«

»Absolut.« Quincy zwinkert ihr verschmitzt zu, was Ophelia schon wieder ein angewidertes Geräusch entlockt.

»Na, dann wäre das doch geklärt.« Theo drückt mit seinen schlanken und dennoch kräftigen Fingern mein Knie. Unsere Blicke treffen sich. »Oder nicht?«

»Äh … Ja, doch. Schon irgendwie.« Ich bin noch nicht sicher, ob ich mich freue oder ob mir das alles zu schnell geht. Kann ich einfach so in eine verrückte Männer-WG ziehen? Auf den Pixton-Campus? »Was ist mit der Studienleitung? Könnt ihr nicht Probleme kriegen, wenn das jemand erfährt?«

»Ach, das erfährt niemand. Alle haben ständig irgendwelche Frauen da. Bei Theo ist das nichts Besonderes.«

Abby räuspert sich, woraufhin Quincys Grinsen erstirbt. Er hebt kurz beide Hände. »Sorry.«

»Außerdem ist es ja nur so lange, bis du andere Pläne hast. Dort kannst du in Ruhe überlegen, was du machen willst, und arbeiten und …«

»Und was?«, hake ich nach, weil Theo nicht weiterspricht.

»Na ja.« Er zögert. Lee verschmiert derweil die Hälfte des schwarzen Nagellacks über ihre Finger und summt irgendein fröhliches Lied. »Pixton bietet, soweit ich weiß, ein hervorragendes Literarturstudium.«

Ich schlucke.

Bislang gab es in meinem Kopf keinen Platz für die Frage, ob ich weiter studieren möchte. Einerseits hat es mir immer sehr viel Spaß bereitet, andererseits fühlte ich mich oft unverstanden und eingeengt.

»Du solltest dich auf jeden Fall mal mit Professor Redford unterhalten«, wirft Quincy ein, noch bevor ich etwas dazu sagen kann.

Unsicher schaue ich von ihm zu Theo, dann wieder zu Quincy und schließlich zu Abby, ehe mein Blick auf Lee landet, die in ihrer eigenen Welt unterwegs zu sein scheint. In diesem Moment beneide ich sie wirklich. Alles, was für sie gerade von Belang ist, sind ein bisschen Lack und die Melodie, die sich in ihrem Kopf abspielt.

»Erst mal solltest du dich erholen«, schlägt Abby vor, und ich sehe wieder zu ihr. Wahrscheinlich kann sie die Unsicherheit von meinem Gesicht ablesen. »Es waren anstrengende Wochen. Komm erst mal zur Ruhe. In drei Monaten bekommst du das Geld für deine Bücher, und dann kannst du immer noch schauen, ob du zurück zur Uni willst.«

Dankbar nicke ich. Sie hat recht. Es ist noch so viel ungeklärt. Alles ist neu, und die Zukunft liegt voller Fragezeichen vor mir. Das Studium läuft mir nicht davon.

»Ja, wir werden sehen«, sage ich leise.

Für einen Moment sind alle Augen erwartungsvoll auf mich gerichtet. Ich beiße mir von innen auf die Wange. Die Achterbahnfahrt der Gefühle steht nie still und saust stets vom höchsten Gipfel hinunter in die tiefsten Täler.

Weil Abby meine beste Freundin ist, ergreift sie das Wort und erlöst mich aus der komischen Situation.

»Was hältst du davon, wenn Quin mit Theo zurückfährt. Dann kann er noch ein paar Sachen aus seinem Zimmer holen, und wir drei Frauen machen einen Spaziergang und sehen uns die Weihnachtsbeleuchtung in der Stadt an.«

»O ja. Das finde ich toll! In diesem Jahr haben sie vor *Joe's* einen riesigen Schneemann aufgebaut. Er ist mit Luft gefüllt und winkt allen zu, die über die Main Street fahren.« Lee schraubt den Nagellack zu und pustet gegen ihre kleinen bemalten Finger. »Das musst du dir ansehen, Tante Letti. Der ist so lustig!«

Fragend sehe ich zu Theo, der zu erwarten scheint, dass ich jeden Moment ausflippe oder in Tränen ausbreche. Aber nichts von beidem wird passieren. Ja, ich bin verwirrt, und auch die alten Sorgen sind nicht verschwunden. Aber das ändert nichts an dem Glück, das sich in mir ausgebreitet hat. Ich bin so dankbar. Diese Menschen hier sind meine Familie. Sie unterstützen mich und geben mir Halt. Mein Herz quillt beinahe über vor Liebe, und ich spüre Tränen des Glücks und der Dankbarkeit hinter meinen Augenlidern. Vielleicht kann ich die Schattenseiten besser hinnehmen, weil ich diesen Tränen freien Lauf lasse, anstatt sie zurückzudrängen. Mir ist bewusst, dass es nach dem Bergab irgendwann wieder bergauf geht.

»Ist das okay für dich?«, frage ich und streichle sanft über Theos Wange. Einerseits will ich mich keine zwei Minuten von ihm trennen. Andererseits würde ich wirklich gern noch ein bisschen Zeit mit meiner besten Freundin verbringen.

»Natürlich.« Er atmet tief ein und wieder aus. »Wir sehen uns einfach später.«

»Küsst euch ja nicht schon wieder«, unterbricht Lee, was uns beide zum Lächeln bringt.

»Auch später.« Mit einem breiten Grinsen wendet er sich wieder Lee zu. »Erst mal, junge Dame«, er stupst ihre Nasenspitze an, was sie zum Kichern bringt, »musst du mir erklären, was mit meiner Zunge nicht stimmt und wieso du mich nur ihres Anblicks wegen nicht mehr heiraten willst!«

»Du bist eklig, Onkel Theo. Daniel Rowes Zunge habe ich nur gesehen, weil er sie Kelly-Ann rausgestreckt hat. Sie hat es nicht anders verdient, weil sie über mich gelacht hat.«

»Okay. Eins zu null für Daniel Rowe«, schmunzelt Theo und hält Lee die Hand hin. Sie zögert nicht lange und schlägt sofort ein.

♥

»Ich habe das Gefühl, dieses Jahr leuchtet alles noch viel heller als sonst. Oder liegt das daran, dass mein Leben in letzter Zeit eher düster ist?«

Nachdem ich meinem durchgeknallten Freund rosa Glitzernagellack aufgetragen habe, sind er und Quincy zum Campus aufgebrochen, um ein bisschen für Ordnung zu sorgen. Abby, Lee und ich schlendern gemütlich die Main Street entlang und bewundern die vielen funkelnden Lichter unserer Stadt.

Die Bewohnerinnen und Bewohner Pixtons haben ein besonderes Faible für Feiertagsdekoration. Das hat unsere kleine Stadt berühmt gemacht. Ich kann mich gut daran erinnern, wie aufgeregt ich als Kind war, wenn der Stadtrat die neue Jahreszeit eingeläutet hat und wir endlich beim Schmücken mithelfen durften.

»Nein, du hast recht. Aber das liegt an den stromsparenden LEDs. Die leuchten heller als die alten Lichterketten.«

Abby hat sich bei mir untergehakt, und wir laufen eng umschlungen über die roten Ziegelsteine auf dem Gehweg. Ophelia hüpft vergnügt ein paar Schritte vor uns her.

»Das klingt wirklich überaus romantisch. Stromsparende LEDs, die unsere Herzen erwärmen.« Wir blicken gleichzeitig hoch zu den vielen Lämpchen, die den Weg bis zur Wiese vor *Joe's* Drogeriemarkt weisen.

»Sorry, Ms Austen. Nicht alle sehen die Welt so rosarot wie du momentan.«

Ich kuschle mich noch enger an Abbys Teddyjacke.

»Bist du glücklich? Also ich meine mit Quincy und Lee. Klappt das alles? Ich will euch nicht in eine blöde Situation bringen, nur weil ich plötzlich obdachlos bin.«

»Ach, jetzt hör aber auf.« Sie rempelt mich mit der Schulter an. »Quin war seit Wochen nicht mehr auf dem Campus, um in seinem Zimmer zu schlafen. Das ist wirklich kein Problem. Und ja«, ihr Gesicht leuchtet noch heller als die sparsamen LEDs, »ich bin sehr glücklich. Wirklich.«

»Das ist schön.«

Ophelia lässt sich leicht zurückfallen und zerrt an meinem Arm. »Kannst du ihn schon sehen?« Sie quietscht vor Freude, als wir um die Ecke bei *Joe's* biegen und ich den gigantischen Schneemann entdecke, der von einem Gebläse angetrieben wird.

»Ich glaube nicht, dass den irgendjemand übersehen kann.« Schnaubend sehe ich an dem hässlichen Teil hinauf.

»Gruselig, oder?« Abby äfft das mechanische Winken des Schneemanns nach, was mich zum Lachen bringt.

»Absolut.«

Wir gehen an dem Monstrum vorbei, besuchen die traditionelle Krippe an der Lincoln Avenue und bewundern die Engel, die im Park in den Bäumen hängen.

Die Weihnachtsdekoration ist so aufwendig und schön, dass sie jeden Dezember in den sozialen Medien auftaucht.

Als wir das Ende des Parks erreichen, stocken Abby und ich gleichzeitig.

Wir waren so in unsere Gespräche vertieft, dass ich nicht mitbekommen habe, wie weit wir gelaufen sind.

»Und du hast wirklich gar nichts mehr von ihnen gehört?«

Seufzend starre ich auf das kleine Haus am Ende der Straße. Der beleuchtete Holzbogen, den mein Grandpa gezimmert hat, steht im Wohnzimmerfenster, und auch die kleine Tanne im Vorgarten ist mit weihnachtlichen Lichtern verziert.

Eigentlich war das immer mein Job.

»Ich habe darüber nachgedacht, sie anzurufen. Aber ich wusste nicht, was ich sagen soll«, antworte ich seufzend.

»Vielleicht braucht es einfach etwas mehr Zeit.«

Ich spüre Abbys Hand an meiner. Ich ergreife sie und lasse zu, dass sie mich tröstet.

»Ja.« Traurig betrachte ich mein Elternhaus. »Vielleicht.«

Ophelia sieht uns skeptisch an.

»Gehst du nicht nach Hause?«, fragt sie und folgt meinem Blick die Straße hinunter. Wenn wir früher Spaziergänge unternommen haben, war das hier der Punkt, an dem wir uns getrennt haben. Ich bin nach Hause gegangen, und Abby und Lee haben die Abraham Street in Richtung des *Pixton's* genommen. Sie wohnen über dem Diner, seit sie vor vier Jahren in unsere Stadt gezogen sind.

»Heute nicht«, erkläre ich ihr und zwinge mich zu einem Lächeln.

»Aber wo schläfst du denn dann? Bei Onkel Theo?«

»Ganz genau.« Ich tätschle ihre dicke Wollmütze. »Aber zuerst sollte ich vielleicht noch mein Auto holen.« Ich sehe Abby an. »Kannst du mich nach Norwalk fahren?«

Mit einem Mal habe ich das dringende Bedürfnis, diese Stadt zu verlassen.

Ja, ich vermisse Pixton. Ich vermisse mein altes Leben, und ich vermisse meine Eltern. Aber es bringt nichts, in der Vergangenheit festzuhängen. In Greenwich hingegen wartet ein wundervoller Mann auf mich, der mich liebt und respektiert und mir bei meinem Neuanfang hilft. Und den werde ich nutzen, so gut es geht. Denn jetzt ist erst mal die Zukunft wichtig. Was in der Vergangenheit war, spielt keine Rolle mehr.

Kapitel 20

Theo

Ticktack. Ticktack. Ticktack.

Die Wanduhr über meinem Schreibtisch gibt der Zeit einen gleichmäßigen Takt und ist das Einzige, was zu hören ist. Kein Wyatt und kein John, die nebenan diskutieren. Quin ist ebenfalls seit über einer Stunde weg, und ich liege hier mit geschlossenen Augen, die Arme hinter dem Kopf verschränkt, und lausche dem rhythmischen Geräusch.

Ticktack. Ticktack. Ticktack.

Es ist bereits nach neun. Scarlett müsste längst wieder hier sein. Ich bin sicher, Ophelia muss um diese Zeit bereits im Bett liegen. Es nervt mich, mich wie ein Kontrolletti zu fühlen, aber es macht mich nervös, dass ich nichts von Scarlett gehört habe. Kaum vorstellbar, wie schnell der eigene Gemütszustand von übertrieben glücklich zu todesbetrübt umschlagen kann. Das geht binnen Minuten. Vielleicht sogar Sekunden.

Ticktack. Ticktack. Ticktack.

Ich atme tief ein und aus. Versuche, das ungute Gefühl in

meiner Brust zu unterdrücken. Die Angst wegzuatmen, die tief in meinem Inneren lauert und nur darauf wartet, das Kommando zu übernehmen. Die Angst kommt aus der Vergangenheit. Nicht aus der Gegenwart. Das ist mir klar. Aber ich kann nichts dagegen tun, dass sie mich in die Enge treibt. Man kann das Vergangene niemals abschütteln. Niemals. Alles, was uns bleibt, ist, damit zu leben. Das Geschehene anzunehmen und sich damit anzufreunden, denn es gehört zu einem.

So gut es geht, versuche ich, mich auf das Ticken der Uhr zu konzentrieren und mich damit abzulenken, was ich über Uhren weiß.

Leonardo da Vinci hat als Erster herausgefunden, dass sechzig Schläge pro Minute beruhigend auf unseren Körper wirken, weil sie den Ruhepuls eines Menschen nachahmen. Er war es, der vor langer Zeit entschied, in welchem Rhythmus die Uhren an Schlössern oder Türmen schlagen sollten. Die spätere Hirnforschung gab ihm recht in Bezug auf die Anzahl der minütlichen Schläge, die einen Zustand der vollkommenen Entspannung hervorrufen sollte.

Davon kann ich heute allerdings nicht viel spüren. Ganz im Gegenteil. Es kostet mich alle Überwindung, ruhig liegen zu bleiben und nicht durchzudrehen.

Fünf Mal. So oft habe ich inzwischen versucht, Scarlett zu erreichen. Ohne Erfolg. Ihr Handy ist aus. Von ihr fehlt jede Spur. Es sind erst zwei Stunden. Zu wenig, um irgendwen in Alarmbereitschaft zu versetzen. Zu viel, um das ungute Gefühl in mir noch länger zu ignorieren.

Ticktack. Ticktack. Ticktack.

Ich bin kurz davor, etwas gegen das schwarze Ziffernblatt zu schleudern.

Scheiß auf da Vinci. Mich macht das Geräusch verrückt. Damit teile ich wohl eher Freuds Ansicht. Der hat nämlich irgendwann – das genaue Jahrzehnt will mir bei meiner Unruhe einfach nicht einfallen – festgestellt, dass das Ticken einer Uhr negative Auswirkungen auf die menschliche Psyche haben kann. Je mehr ich mich auf andere Dinge konzentriere, desto ruhiger wird mein Puls. An die sechzig Schläge kommt er trotzdem bei Weitem nicht.

Ich glaube, es war Freuds siebzehnte Vorlesung zur Einführung in die Psychoanalyse. *Der Sinn der Symptome* heißt sie. Dabei ging es um eine junge Frau, die regelrechte Angst vor dem Ticken einer Uhr hatte. Freud hat das Ticken des Zeigers mit dem Klopfen der Klitoris bei sexueller Erregung gleichgesetzt. Ihre Erektionsangst ließ sie sämtliche Uhren aus ihrer Nähe entfernen. Die klassische Vermeidungsstrategie.

Vermeidung.

Wie kann ich es vermeiden, völlig durchzudrehen?

»Mein Gott, O'Connor. Konzentrier dich.«

Ich öffne die Augen und setze mich aufrecht in meinem Bett hin.

Lediglich der Mond wirft ein schwaches Licht ins Zimmer und erinnert mich an die erste Nacht, in der Scarlett und ich hier allein waren. Ich blicke in Richtung der Wand, an der wir nebeneinander gelehnt haben. Doch ich sehe nur Finsternis.

Die Bilder aus der Partynacht spielen sich vor meinem inneren Auge ab. Scarlett mit verheulten Augen. Das Zittern in ihrer Stimme, die völlige Erschöpfung, die sie in mein Bett getrieben hat.

Heute ist es anders. Ihr geht es gut. Sie hat gestrahlt, als ich ihr die Kette geschenkt habe. Auch gestern war sie glücklich.

Gestern. Thanksgiving scheint schon Wochen her zu sein, dabei sind es nicht mal vierundzwanzig Stunden.

Ticktack. Ticktack. Ticktack.

Die Zeit läuft. Etwas überfordert wirkte sie schon, als Quin die Sache mit dem Zimmer verraten hat. Aber danach hat sie gelächelt, oder nicht? Es ging ihr doch gut. Nein. Es *geht* ihr gut.

Das versuche ich, mir immer und immer wieder einzureden. Aber mein Unterbewusstsein ist ein echtes Arschloch. Und es ist verdammt gut in dem, was es da mit meinen Gedanken anstellt. So verdammt gut darin, die alten Dämonen in die heutige Zeit zu katapultieren und mir lauter Scheiße ins Ohr zu flüstern.

Was, wenn es ihr doch nicht gut geht?

Was, wenn ihr etwas zugestoßen ist?

Was, wenn ich ihr zu viel geworden bin?

Fragen über Fragen, die mich immer weiter wegführen aus meinem Verstand, der mir einen weisen Pfad zeigt und sich an psychologisch hinterlegbare Fakten hält. Und immer tiefer hinein in den dunklen und angsteinflößenden Wald der emotionalen Verunsicherung.

Seufzend stehe ich auf und schnappe mir mein Handy vom Schreibtisch.

> Ich will nicht der Stress machende Freund sein, aber ist Scarlett noch bei euch?

Ich fühle mich wie ein völliger Versager, als ich Quincy die Nachricht schicke. Weil ich meinem Unterbewusstsein nachgebe und das Vertrauen verliere.

Ich lege das Handy nicht weg, weil mein bester Freund in der Regel binnen Minuten antwortet. Auch heute lässt er mich nicht lange warten.

> Abby hat sie vor zwei Stunden nach Norwalk gefahren, um ihr Auto zu holen. Ist sie etwa noch nicht da?

Seine Antwort lässt mein Herz schneller schlagen. Mein Puls überholt damit das monotone Ticktack der Wanduhr. Mein Daumen zittert, als ich etwas zurückschreiben will. In diesem Moment trifft eine neue Nachricht von Quin ein.

Ah, keine Sorge, Kumpel. Abby sagt, ihr Akku war leer, und sie wollte noch etwas erledigen. Also keine Panik. Wahrscheinlich kommt sie jeden Moment.

»Ja. Wahrscheinlich«, flüstere ich vor mich hin und lege mein Smartphone wieder auf den Schreibtisch. Sie hat ihr Auto geholt. Und wollte was erledigen. Was denn, zum Teufel?

Ich kann spüren, wie die Panik sich über mir zusammenbraut wie eine Gewitterwolke. Ich kenne diese Gedanken.

Bestimmt ist sie noch woanders. Gewiss kommt sie jeden Moment. Alles ist gut. Ganz bestimmt.

Mir entweicht ein hohles Lachen. Von wegen, *alles ist gut.* Meine Herzfrequenz, meine Schweißattacken und das Zittern meiner Hände sagen etwas anderes.

Ich muss mich beruhigen. So schlimm war es seit Jahren nicht, und ich weiß auch ganz genau, warum … Weil ich nie wieder einen Menschen so nah an mich herangelassen habe.

Beide Hände flach auf den Schreibtisch gestützt, schließe ich die Augen und versuche, in gleichmäßigem Rhythmus durch die Nase ein- und durch den Mund auszuatmen.

Ticktack. Ticktack. Ticktack.

Es bringt nichts. Also verschränke ich die Finger miteinander, als wolle ich beten, stecke mir aber beide Daumen zwischen die Lippen und puste, so fest es geht, dagegen.

Ich kenne das ganze Repertoire an Techniken gegen aufkeimende Panikattacken.

Erschöpft verlasse ich mein Zimmer und suche im Kühlschrank nach etwas Flüssigem, das mich beruhigen kann. Nicht die beste Idee, aber ich bin auch nur ein Krieger im Kampf gegen die Angst.

Ich nehme mir eine halb volle Flasche Wodka, stelle sie auf den Esstisch und setze mich davor. Mit wippendem Fuß starre ich auf die Flasche. Auch hier tickt eine Wanduhr und erinnert mich daran, dass die Zeit davonrennt.

Ich drehe mich um und schaue auf das große Ziffernblatt. Inzwischen ist es Viertel vor zehn.

Der rationale Teil meines Gehirns ruft mir zu, dass ich keinen Grund zur Sorge habe. Scarlett ist erwachsen. Sie kann tun und lassen, was immer sie will. Wir haben uns nicht für eine feste Uhrzeit verabredet. Vielleicht besucht sie eine Freundin. Oder ihre Eltern. Oder …

›Sie kommt nicht wieder‹, flüstert mein Unterbewusstsein und bringt mich dazu, die Flasche aufzuschrauben und einen kräftigen Schluck zu nehmen.

Verlustängste durch Trauma. Angststörung und Verdacht auf Bindungsangst. So lautet wohl die Diagnose in meinem Fall.

Ich nehme noch einen Schluck. Stelle die Flasche aber anschließend zurück in den Kühlschrank. Schließlich kann ich nicht noch Alkoholmissbrauch in meiner Liste gebrauchen.

Langsam gehe ich in unserem Gemeinschaftraum auf und ab.

Alles, was mich begleitet, sind die dunklen Gedanken und das stetige Ticktack.

Mit jeder weiteren Minute habe ich mehr das Gefühl, vollends durchzudrehen.

Vielleicht sollte ich sie suchen fahren. Oder ich rufe Abigail und Quin noch einmal an. Oder …

Ich bleibe stehen, weil meine Beine so sehr zittern, dass ich keinen Schritt mehr machen kann. So kann ich unmöglich Auto fahren. Und wenn ich der Einzige bin, der ihr helfen könnte? Was, wenn sie sich auf mich verlässt? Was, wenn sie Angst hat und allein ist?

Mein Herz rast, mein Atem geht ungleichmäßig und viel zu schnell. Bevor meine Beine nachgeben, hechte ich ins Bad.

Ich kenne den Ablauf. Weiß genau, dass sich ab diesem Moment nicht mehr kontrollieren lässt, was mein Körper mit mir anstellt.

Als Nächstes werde ich alles aus mir herauskotzen, was noch in mir ist, ehe ich vollends zusammenbreche.

Noch bevor ich einen weiteren Gedanken fassen kann, finde ich mich würgend über der Kloschüssel wieder. Es fühlt sich an, als wollten all meine Organe aus mir herauskommen. Ich kneife die Augen so fest wie möglich zusammen in dem verzweifelten Versuch, meine Tränen daran zu hindern, über meine Wangen zu laufen.

Es wiederholt sich. Die schrecklichsten Stunden meines Lebens fangen an, sich zu wiederholen …

Kapitel 21

Scarlett

Was für Gedanken einem so in den unmöglichsten Situationen durch den Kopf gehen. Während ich mit einem wildfremden Mann durch die Finsternis fahre, kann ich bloß an Geschichten denken, die ich gern schreiben möchte, sobald ich wieder einen funktionierenden Laptop habe.

In dem Plot verliebt sich eine junge Frau in ihren Entführer, der sie auf eine einsame Insel verschleppt. Doch heute gesellt sich noch ein anderer Gedanke in die Dunkelheit der Lkw-Kabine.

Theo.

Die Intensität, mit der mich die Sache zwischen uns erwischt hat, macht mir ein bisschen Angst. Ja klar, ich war schon mal verliebt. Ich hatte One-Night-Stands und auch feste Beziehungen. Aber niemals habe ich jemanden so intensiv und tief geliebt wie Theo.

Bei ihm fühlt es sich anders an. Freier. Als könnte ich tiefer atmen.

Allerdings wäre ich wohl kaum Scarlett Newton, wenn ich keine Zweifel hätte. Keine Zweifel an mir oder meinen Gefühlen. Viel eher an den Informationen, die ich nach und nach über Theo zusammentrage, aber die beim besten Willen kein großes Ganzes ergeben wollen.

Ich wollte ihn heute Vormittag während der Fahrt auf die komischen Gespräche mit seiner Mom ansprechen. Wen hätte er in Westerly besuchen sollen? Wohl kaum eine Ex-Freundin, immerhin hat er mir erzählt, dass er noch nie eine wirkliche Beziehung geführt hat. Was mich direkt zur nächsten Frage führt: Warum? Theo ist ein Mensch, der so viel Liebe zu geben hat. Er ist großherzig, verständnisvoll und hilfsbereit. Mal ganz abgesehen davon, dass er auf seine eigene Art echt heiß ist und eine Granate im Bett. Die Frauen sollten doch Schlange gestanden haben, um mit ihm zusammen zu sein.

Bei dem Gedanken daran, dass er momentan mit rosa Glitzernagellack durch die Gegend läuft, muss ich kichern, vertusche es aber mit einem aufgesetzten Räuspern. Ich habe mich heute Abend schon genug zum Affen gemacht.

»Die Pixton also, ja?«, brummelt der Lkw-Fahrer neben mir und reißt mich aus meinen Gedanken.

Noch immer etwas schüchtern sehe ich zu ihm hinüber.

»Ähm, ja genau. Sie können mich ruhig an der Mead Avenue rauslassen, den Rest laufe ich.«

»Sind Sie sicher?« Er streicht sich durch seinen langen weißen Bart. Eigentlich erwarte ich von ihm eher die Frage, ob ich dieses Jahr auch brav war. Der Mann ist einfach ein Abbild von Santa.

»Ja, das ist kein Problem. Vielen Dank!«

Es ist inzwischen über drei Stunden her, dass Abby mich in Norwalk abgesetzt hat.

Der Plan war in der Theorie simpel.

Ich wollte in meinen Honda steigen, auf dem Weg nach Pixton bei *Target* halten, um ein paar Dinge einzukaufen, und dann auf den Campus fahren. Leider änderte sich der Plan schon bei Punkt eins, weil mein verfluchtes Auto nicht angesprungen ist. Zuerst war ich einfach frustriert, weil ich mich darauf gefreut hatte, den Jungs zum Einstand etwas zu kochen. Aber mit der Zeit wich die Frustration einer tief liegenden Angst, denn ungefähr eine halbe Stunde nachdem Abby mich abgesetzt hatte, wurde mir klar, dass ich auf sie hätte hören sollen. Sie wollte warten, bis ich im Wagen sitze und ihr hinterherfahren kann. Ein Vorschlag, den ich besser angenommen hätte.

Vor allem, weil mein Handyakku zu dieser Zeit schon längst leer war. Ich wollte ihn während der Fahrt im Auto laden. Soweit die Theorie. Doch ohne Auto kein Akku und ohne Akku keinerlei Kontakte.

Tragischerweise kenne ich keine einzige Nummer in meinem Smartphone auswendig. Okay, die meiner Eltern, aber dort anzurufen, weil ich vor einem fragwürdigen Motel gestrandet bin, war definitiv keine Option. Also blieb mir nichts anderes übrig, als den schmierigen Kerl an der Rezeption um Hilfe zu bitten. Wer jetzt denkt, der hätte mir mit ein bisschen Strom und ein paar netten Worte geholfen, ist auf dem Irrweg. Er nannte mir bloß widerwillig die Wegbeschreibung zur nächsten Tankstelle inklusive Autowerkstatt.

Da ich keine andere Möglichkeit hatte, habe ich mich schließlich auf den Weg gemacht, der aussah wie in einem klassischen Horrorfilm. Noch länger auf dem dunklen Parkplatz rumzulungern, schien mir auch nicht wirklich cleverer.

Ich war beim Anblick einer flackernden Tankstellenreklame selten so erleichtert, geschlagene dreißig Minuten später wohlbemerkt. Dort habe ich dann Ed getroffen, oder Santa, so wie ich ihn heimlich nenne.

Der Mann, groß wie ein Bär, stand hinter mir an, um sich einen Kaffee zu holen. Meine Hoffnung, dass mich ein Mechaniker zurück nach Norwalk fahren und mein Auto reparieren würde, hat sich ziemlich schnell zerstreut. Und so ist es dazu gekommen, dass ich mich nun auf Santas Beifahrersitz befinde.

Die ersten drei Meilen dachte ich noch, entführt und getötet zu werden. Aber dann habe ich mich dem weichen Sitz und der leisen Countrymusik hingegeben und kann kaum glauben, dass wir inzwischen fast auf dem Campus sind.

Der Tag war endlos lang, und ich bin fix und fertig. Mein Magen knurrt vor Hunger, meine Füße tun weh, und ich kann es kaum erwarten, mich endlich neben Theo zu kuscheln.

»Frauen wie Sie sollten nicht nachts allein durch die Gegend laufen.« Ein weiteres Mal streicht er sich über den weißen Bart. »Ich mache einen kleinen Umweg.«

Ich strahle übers ganze Gesicht, als er das riesige Fahrzeug vom Highway herunterlenkt und in Richtung Campus abbiegt. Eine Frage kann ich mir trotzdem nicht verkneifen.

»Frauen wie ich?« Gekonnt ziehe ich eine Augenbraue in die Höhe, was ihn zum Schmunzeln bringt.

»Alle Frauen«, korrigiert er. »Die Welt ist nicht mehr das, was sie mal war.«

»Ach, kommen Sie, Ed«, erwidere ich lachend. »Für Frauen war die Welt noch nie ein sicherer Ort. Dafür machen sich die Menschen heute zumindest Gedanken um die Klimaerwärmung oder den Plastikmüll.« Mit einer Schulter zuckend deute ich auf das Beta-Gebäude, in dem Theo wohnt.

»Da könnten Sie recht haben«, murmelt er und bringt sein monströses Fahrzeug ächzend zum Stehen.

Seufzend wende ich mich ihm zu. Die kleine Uhr auf dem Armaturenbrett tickt leise vor sich hin.

Ticktack. Ticktack. Ticktack.

»Ich danke Ihnen von ganzem Herzen. Leider habe ich weder Bargeld noch irgendetwas anderes, das ich Ihnen geben könnte.«

»Ach was.« Ich kann seinen Mund nicht sehen, weil das weiße Gestrüpp ihn verdeckt. Aber seine Augen lächeln. »Schön, dass ich helfen konnte. Machen Sie es gut, Scarlett. Passen Sie auf sich auf.«

»Das mache ich. Sie sind ein guter Mensch, Ed. Ohne Sie wäre ich verloren gewesen. Tausend Dank.«

Wir sehen uns noch einen Moment an, dann öffne ich die Beifahrertür, die beinahe die Größe meines Hondas hat, und komme mir ein bisschen vor wie die Mom aus *Kevin – Allein zu Haus*, die ebenfalls an einen netten Lkw-Fahrer geraten ist. Die bunten Lichterketten am Beta-Gebäude und die klirrende Kälte, die meinen Atem sichtbar macht, unterstreichen die Assoziation. Nur, dass mich kein zurückgelassener Junge erwartet, sondern der Mann, mit dem ich zusammen sein will.

Ich winke Ed noch einmal fröhlich zu, murmle kichernd ein leises »Ho ho ho« vor mich hin und mache mich dann im Laufschritt auf zur WG. Ich kann es kaum erwarten, Theo diese völlig verrückte Geschichte zu erzählen. Bestimmt glaubt er mir kein Wort.

Meine Schuhe quietschen auf dem Boden des Flures, und Quincys Schlüssel macht viel zu viel Lärm in dem stillen Trakt, als ich ihn in das Türschloss schiebe. Der Campus ist wie ausgestorben.

Jedenfalls bis ich die Eingangstür öffne und Wyatt und John entdecke. Zusammen mit zwei Mädels sitzen sie auf der Couch und zocken lauthals.

»Äh, hi«, sage ich winkend, als sie mich mit großen Augen ansehen.

Wyatt streckt seine Hand aus.

»Zwanzig Dollar.«

»Ach, komm«, schnaubt John, den ich weniger gut leiden kann und der seinen Geldbeutel zückt. »Ich war mir sicher, es liegt an ihr.«

»Ich habe dir gesagt, das ist Bullshit.« Kurz zuckt Wyatts Blick zu mir.

»Hast du gesagt«, zwitschert währenddessen das zierliche blonde Mädchen, das an seinem Arm klebt, als würden die beiden magnetisch voneinander angezogen.

»Warte.« Wyatt ignoriert sie einfach. »Du bist doch mit O'Connor zusammen, oder?«

»Ich kapier's echt immer noch nicht«, lacht John und steckt Wyatt eine Zwanzigdollarnote zu.

»Ähm …« Ich kicke die Tür mit dem Fuß hinter mir zu und sehe sehnsüchtig in die Richtung von Theos Zimmer.

»Ich hätte echt schwören können, er hat sich das alles eingeredet.«

»Was eingeredet? Wovon redet ihr überhaupt?«

Wyatt wirft seinen gewonnenen Wetteinsatz auf den Tisch, auf dem auch seine Füße liegen, und setzt das Videospiel fort.

»O'Connor.« Er nickt dabei in die Richtung hinter sich. »Irgendwas stimmt mit ihm nicht. Kotzt sich seit Stunden die Seele aus dem Leib. Ledger war sich sicher, du hast ihn sitzen lassen, und er flippt deswegen aus.«

Noch immer stocksteif stehe ich in der Tür und sehe an ihnen vorbei zur dunkelbraunen Badezimmertür.

»Moment. Theo geht's schlecht?« Mein Gehirn kommt bei diesem anstrengenden Tag langsam nicht mehr mit.

»Er hat Geräusche gemacht, als würde er sterben. Aber inzwischen schläft er auf dem Badvorleger wie ein Baby.« Wyatt schafft es, den Blick für eine Sekunde von seinem blöden Spiel zu mir zu heben. »Keine Sorge. Er wird schon wieder.«

Fassungslos schüttle ich den Kopf, dann stapfe ich an ihnen vorbei.

»Theo?« Zaghaft klopfe ich an das hölzerne Türblatt.

Keine Reaktion.

»Theo?«, wiederhole ich und versuche gleichzeitig, den Knauf zu drehen. Die Tür ist unverschlossen, stößt allerdings schon kurze Zeit später gegen einen Widerstand.

Ich habe Mühe, den Kopf durch den Schlitz zu strecken.

»Theo!«, stoße ich ein drittes Mal aus, als ich mit der Tür seine Beine zur Seite schiebe und endlich ins Bad komme.

Reglos liegt er da. Das Gesicht kreidebleich, die Haare verschwitzt. Ohne zu zögern, gehe ich auf die Knie und nehme seinen Kopf in meine Hände. »Hey. Komm schon«, sporne ich ihn an, zu sich zu kommen. Dabei tätschle ich seine Wangen. »Was ist los mit dir?«

Nur zögerlich fängt er an, sich zu bewegen. Aber als er seine Augen öffnet und mich erblickt, wird er mit einem Mal wach.

»Scarlett«, keucht er und versucht, sich aufzusetzen.

»Was ist mit dir?« Ich streiche ihm die Haare aus dem Gesicht. Er sieht wirklich nicht gut aus. Seine Haut fühlt sich kalt und verschwitzt an. »Bist du krank?«

Sobald er die Situation erfasst, in der wir uns wiedergefunden haben, streicht er sich übers Gesicht, das er für einen Moment mit seinen Händen bedeckt hält.

Als er sie sinken lässt und ich den Ausdruck in seinen Augen sehen kann, gerät meine Welt ins Wanken. Zu lieben, bedeutet auch, mit jemandem zu leiden, sich um ihn zu sorgen und seine Last mitzutragen. Einen attraktiven Typen abzuschleppen und guten Sex zu haben, ist nicht schwer. Aber den Schmerz der Person zu ertragen, die man liebt, ist wirklich hardcore.

»Hey«, hauche ich noch einmal und lege meine Hand auf seine Wange. Noch immer hat er außer meinem Namen kein

Wort zustande gebracht. »Ist schon gut. Ich kümmere mich um dich. Ich bin wieder da.«

»Du bist da«, wiederholt er, und im gleichen Moment wirft er sich in meine Arme. »Du bist da«, wiederholt er immer wieder die Worte, die sich in meinen Haaren verlieren. Mir bleibt nichts anderes, als ihm über den zitternden Rücken und die Haare zu streichen und ihm zu versprechen, dass alles wieder gut werden wird.

Ein sanftes Kitzeln an meinem Ohr weckt mich aus einem sehr tiefen Schlaf.

Brummend drehe ich mich auf den Rücken und bin schlagartig hellwach, als sich die Erinnerungen an die vergangenen Stunden in mein Bewusstsein drängen. Ich muss eingeschlafen sein, nachdem ich die halbe Nacht wach gelegen habe, um Theo zu beobachten.

»Guten Morgen, Baby.«

Ich öffne abrupt die Augen.

Er sitzt neben mir, den Oberkörper über mich gebeugt. Seinen nackten Oberkörper wohlgemerkt.

»Wie geht es dir?«, frage ich mit noch kratziger Stimme und begutachte ihn aufmerksam. Seine Haare sind feucht, er riecht frisch geduscht, und seine Wangen haben wieder eine lebendige Farbe.

»Alles gut«, flüstert er und lehnt sich vor, um mich zu küssen. Ich gestatte ihm nur eine kurze Berührung, dann drücke ich ihn an den Schultern etwas zurück, um mich davon zu überzeugen, dass er die Wahrheit sagt.

Letzte Nacht habe ich mir ernsthaft Sorgen gemacht. Nachdem ich ihn ins Bett gewuchtet habe, habe ich ihm die Haare aus der Stirn gestrichen und die Decke um seinen bebenden Körper festgesteckt, während ich ihm mit leiser Stimme die Geschichte von meinem Abend erzählt habe. Theo hat kein Wort darüber verloren. Mit seinen trägen Augen hat er die Bewegungen meiner Lippen verfolgt, und irgendwann ist er eingeschlafen. Er war völlig weggedriftet. Und dabei sah er wirklich nicht gerade fit aus.

»Bist du sicher? Was war da los? Hattest du so etwas schon mal?« Es ist möglich, dass ich dezent überreagiere, aber ich bin nicht besonders gut im Bemuttern. Das ist eher Abbys Job. Außerdem macht mich der Gedanke rasend, Theo könnte unter etwas leiden, das ihn quält.

Er zeigt mir jedoch ein perfekt sitzendes Pokerface.

Ohne mich aus den Augen zu lassen, zieht er mir mit seinem Zeigefinger langsam die Decke vom Körper.

»Machst du dir Sorgen um mich, feste Freundin?«

Ich kenne den Tonfall inzwischen recht gut, den er da anschlägt.

»Okay, Flipper. Können wir noch mal an die Stelle zurückspulen, an der ich dich völlig fertig im Bad gefunden habe?«

»Flipper?« Theo legt den Kopf in den Nacken, woraufhin sein raues Lachen den Raum erfüllt. »Das gefällt mir.«

Mit einer fließenden Bewegung zieht er mir auch den Rest der Decke weg, wobei sein Blick an meinen nackten Beinen hängen bleibt.

»Ich habe nur etwas Falsches gegessen. Du kannst also aufhören, dir deswegen den Kopf zu zerbrechen.«

Meine Widerrede geht in einem überraschten Keuchen unter, weil er ohne jegliche Vorwarnung über meinen Slip streicht.

»Theo«, versuche ich, bei der Sache zu bleiben, aber er weiß dummerweise ganz genau, was er da tut.

»Entspann dich, Baby.«

Ohne zu zögern, wandern seine Finger unter den Saum meines Höschens. Nur ganz sanft streift er über den Ansatz meiner Scham.

»Ich habe mich seit gestern Morgen nicht gewaschen. Ich bin eklig. Und du ganz sicher noch nicht fit genug für so was.« Ich winde mich nur halbherzig. »Wollen wir nicht erst mal … reden?«

Mit einem eigenartigen Grinsen im Gesicht beugt Theo sich über mich und lässt seine Nase über meinen Hals gleiten.

»Ich bin fitter denn je«, flüstert er, als er bei meinem Ohr ankommt und es sanft zwischen die Zähne nimmt. »Und du, meine wunderschöne Scarlett, könntest niemals eklig sein. Du bist einiges, aber das sicher nicht.«

Die Art, wie er begleitend zu seinen Worten einen Finger über meinen Venushügel fahren lässt, löst meinen Widerstand endgültig auf.

»Ach ja?« Er macht tatsächlich einen gesunden Eindruck, also spiele ich mit. Nur ganz kurz. Dann reden wir. Meine Finger suchen den Weg zu seiner warmen, straffen Haut. »Wie bin ich denn? Außer ungewaschen, unrasiert, ausgehungert und völlig übermüdet?«

Theo streicht mir mit der freien Hand die Haare aus dem Gesicht und liebkost meine Wange, meine Kieferpartie, bis er auf der anderen Seite meines Halses angekommen ist. Dabei kreist sein anderer Daumen permanent um meine Mitte, ohne mich dort zu berühren, wo ich es wirklich spüren möchte. Dieser Tanz um das Feuer, das er gerade entfacht hat, macht mich verrückt.

»Du bist schlau. Sehr schlau«, sagt er, und ich spüre sein Lachen auf meinem Schlüsselbein. Kurz hebt er den Kopf, betrachtet das Pixton-T-Shirt, das ich trage und das eigentlich ihm gehört. »Warte. Das hier muss weg.«

Lachend zerren wir gemeinsam das Shirt von meinem Körper, ehe er mich wieder zurück auf die Matratze bettet und sich über mir positioniert. Ich kann unmöglich vernünftig bleiben, wenn er mich mit diesem Ausdruck in den Augen ansieht.

»Also, wo war ich?«, fragt er und starrt dabei wie hypnotisiert auf meine Brüste.

»Du hast behauptet, ich sei schlau«, antworte ich lächelnd und zeige auf mein Schlüsselbein. Die Stelle, die er zuletzt liebkost hat. »Sogar sehr schlau.«

»Ah ja!« Grinsend lässt er seinen Mund auf eine meiner Brüste sinken. Er küsst die sanften Rundungen, lässt aber auch hier die empfindliche Spitze vorerst außen vor. »Sexy«, knurrt er gegen meine Haut. »Sehr sexy.«

»Theo«, bettle ich und schiebe ihm meinen Körper entgegen.

Sein Zeigefinger malt eine Spur zwischen meinen Brüsten hindurch, bis er auf meinen Slip trifft. Ohne zu zögern, hebe ich die Hüften und ziehe ihn aus. Die Zeiten der Schüchternheit zwischen uns sind längst vorbei.

Trotz der freien Bahn macht Theos Finger kehrt und umkreist meinen Bauchnabel.

»Witzig.« Seine nassen Haarspitzen kitzeln meinen Bauch, als er mich dort küsst. »Du bist witzig. Hin und wieder ohne es zu wollen, aber das ändert nichts daran, dass du es bist.«

»Haha«, beschwere ich mich. Ich will, dass er mich berührt. Unbedingt. Jetzt.

Durch die hellgraue Jogginghose kann ich deutlich erkennen, dass er es auch will.

Wieder wandert er mit seinem Finger an mir herunter. Streichelt sanft über meine Schamlippen und die Innenseiten meiner Oberschenkel, ohne auch nur in die Nähe meiner Klitoris zu kommen.

»Außerdem finde ich dich sinnlich. Ja, ich glaube, sinnlich

ist der richtige Ausdruck.« Sein Mund nähert sich meiner Brust und pustet leicht gegen meine bereits steifen Brustwarzen.

Obwohl ich noch vor zehn Minuten vollkommen unempfänglich für Sex war, habe ich inzwischen das Gefühl, zu sterben, wenn er nicht bald seinen Mund um meine Nippel schließt und in mich eindringt.

Voller Verlangen biege ich den Rücken durch, weil sich sein unterer Finger immer wieder in die Nähe meiner pulsierenden Stellen vorwagt, aber in letzter Sekunde abdreht.

Lustvoll spreize ich die Beine.

Scheiß auf nicht rasiert sein. Scheiß auf ungeduscht.

Ich brauche ihn.

Und zwar jetzt.

Vielleicht sogar, um mir selbst zu beweisen, dass es ihm wieder gut geht. Denn die Bilder der letzten Nacht toben noch immer vor meinem inneren Auge und reden mir etwas anderes ein.

»Theo, bitte.«

»Theo, bitte was?«, fragt er mit einem frechen Grinsen im Gesicht und hält in seiner Bewegung inne.

»Ich brauche dich.«

Sein Mund ist leicht geöffnet, während er mit mir im Gleichtakt atmet. Es ist deutlich zu sehen, dass er genauso angespannt ist wie ich. Wir brauchen das hier beide.

»Was willst du, Scarlett? Sag es mir ganz genau.«

Er knetet sanft meine Brüste, malt kleine Kreise um meine Brustwarzen, während seine andere Hand schwer und heiß auf der Innenseite meines Schenkels liegt.

»Ich will dich in mir spüren. So tief und so nah wie nie zuvor. Und ich will dir dabei in die Augen sehen. Ich will, dass deine bescheuerten Mitbewohner uns hören und endlich kapieren, dass wir zusammen sind. Ich will, dass du mich um den Verstand bringst. Ich will … dass einfach alles gut ist.«

Er verzieht keine Miene, während er aufsteht, um sich die Jogginghose herunterzuziehen. Zu meiner Begeisterung trägt er darunter nichts.

Ohne zu zögern, legt er die Finger um seine Erektion und beginnt, sie zu massieren.

»O Gott«, flüstere ich, weil mich der Anblick unglaublich anmacht. Zu beobachten, wie er sich das gibt, wonach ich mich so sehne.

Ich bin versucht, mich ebenfalls selbst zu berühren. Mein Körper bettelt danach. Stattdessen kralle ich mich in den Laken fest. Ich werde nicht so dumm sein und die Spannung selbst abbauen, die er aufgebaut hat.

»Ich will dir geben, was du brauchst. Nicht nur jetzt, sondern für immer.« Theo bringt die Worte nur schwer über die Lippen. Sein Gesicht verzieht sich, und es sieht fast so aus, als hätte er Schmerzen. Aber er kämpft nur mit seiner Beherrschung. Mir fällt es so leicht, dieses Gefühl nachzuempfinden, weil ich es selbst spüre.

Beinahe hätte ich laut aufgeheult, als er endlich aufs Bett kommt und sich zwischen meinen gespreizten Beinen positioniert.

Seine Augen lösen sich keine Sekunde von meinen, während er sich vorbeugt und mich mit seiner Erektion endlich dort berührt, wo ich es am meisten brauche.

Überwältigt von der Heftigkeit dieser Empfindung lege ich den Kopf in den Nacken und stoße ein Geräusch aus, das fremd und animalisch klingt.

»Sieh mich an«, befiehlt Theo, und unsere Blicke treffen sich genau in dem Moment, in dem er mit einer fließenden Bewegung vollständig in mich eindringt.

Mit geöffneten Lippen sehen wir uns an und geben uns dem Gefühl hin, uns so nah zu sein.

Zum ersten Mal, seit wir miteinander schlafen, bewegen wir uns langsam. Im Einklang, ohne den anderen auch nur für den Bruchteil einer Sekunde aus den Augen zu lassen.

Es ist anders. Wir bleiben die ganze Zeit über in dieser Stellung. Unsere Herzen schlagen an der gleichen Stelle, und unsere Körper werden zu einem.

Das hier ist kein Sex, der einen Höhepunkt erfordert. Es ist Liebe.

Theo lässt sich Zeit. Mit seinen Hüften kreist er gemächlich an meinen. Er stützt sich mit einem Ellbogen ab. Die Finger der anderen Hand verschränken sich mit meinen. Wenn wir uns nicht ansehen, dann nur, weil wir uns liebevoll küssen. Achtsam und zärtlich. Beinahe vorsichtig, als könnte dieses Mal unser letztes Mal sein.

Ich weiß nicht, wer von uns zuerst kommt und wie genau es endet. Meine Gefühle reißen mich mit sich. Alles um uns herum verschwimmt, und ich komme erst wieder richtig zu mir, als wir schließlich eng umschlungen daliegen.

Ich bin froh, dass Theo durch unsere innige Umarmung mein Gesicht nicht sehen kann, denn seltsamerweise kämpfe ich mit den Tränen. Und vermutlich wäre es komisch, wenn er mitbekommt, dass der Sex mich zum Weinen bringt. Ich verstehe es ja selbst nicht. Das ist neu und kommt überraschend.

Irgendwo in meinem Bewusstsein höre ich eine Stimme, die mir mitteilt, dass ich etwas Entscheidendes übersehe.

Ich bringe sie zum Schweigen und drücke Theo stattdessen noch enger an mich.

Kapitel 22

Theo

So fest es geht, vergrabe ich mein Gesicht in Scarletts weichem Haar. Es riecht inzwischen vertraut und wie ein Stück Heimat, aber der Geruch beruhigt mich heute dennoch nicht. Ich muss meine Augen zusammenkneifen, um die Tränen zurückzuhalten, die mich übermannen wollen.

Ich weiß nicht, ob ich fliege oder falle.

In Scarlett zu sein, ihr so nah und vollkommen ungeschützt entgegenzutreten, beflügelt mich. Aber das Tal der Finsternis hat mich seit gestern Abend gefangen genommen, und ich finde einfach keinen Weg aus diesem verstrickten Labyrinth. Ganz gleich, wie hoch ich versuche, zu fliegen. Es reicht nicht. Ich sehe keinen Ausweg.

Ich möchte doch nur glücklich sein. Darüber, dass sie heute Nacht zurückgekommen ist. Gesund und munter, sexy und liebevoll. Aber die Angst, sie verlieren zu können, ist so übermächtig und markerschütternd, dass meine Knie zittern, obwohl ich sie fest in meinem Arm halte.

Ihre Haut an meiner, ihr Atem an meinem Hals und ihre Fingerspitzen an meinem Rücken – all das erzeugt ein Gefühl von Leichtigkeit in mir. Lässt mich meine Flügel weiter ausbreiten, mich höher fliegen, sodass ich die dünne Luft ganz weit oben atme. Solange ich nicht nachdenke und mich darauf konzentriere, dass sie bei mir ist, an meiner Seite, bin ich etwas freier.

Doch ich sehe sie in der Ferne. Die Gewitterwolken, die mich zurücktreiben wollen in das dunkle Tal, das mir eine Scheißangst einjagt.

Ein Teil von mir weiß, dass ich nicht ewig hier oben bleiben kann. Irgendwann werde ich müde … Und dann? Dann werde ich fallen.

Ich werde mich dem stellen müssen, was dort unten in der Tiefe auf mich lauert. Die Frage ist nur, was Scarlett dann tun wird. Eine Frau wie sie gehört nicht an finstere, angsteinflößende Orte.

Sie soll fliegen.

Zur Not eben ohne mich.

Kapitel 23

Scarlett

»Ich erinnere mich, etwas von *ausgehungert* gehört zu haben.« Weil Theo sein Gesicht eine gefühlte Ewigkeit später immer noch in meiner Halsbeuge vergraben hat, kann ich seine Worte nur undeutlich verstehen.

Unser Atem hat sich inzwischen beruhigt. Dieser unglaublich emotionale Moment ist einem entspannten Kuscheln gewichen, das ich nicht weniger genieße als den Sex, den wir gerade hatten.

»Bist du sicher, dass du schon an Essen denken kannst? Immerhin war dir vor nicht mal sechs Stunden hundeelend zumute.«

Ich versuche, ihn etwas von mir herunterzuschieben, um in seinem Gesicht eine Antwort zu lesen. Aber er weigert sich vehement, sich aus unserer engen Umarmung zu lösen.

»Ach, das ist vergessen. Was hältst du von Pancakes? Oder lieber Bubble Waffles? Hm«, summt er. »Mit Schokosoße. Oder Himbeeren? Dazu vielleicht ein Omelett?«

»Du hast Appetit auf Waffeln mit Schokosoße und Himbeeren in Kombination mit Ei, nachdem du dir die Seele aus dem Leib gekotzt hast? Du bist doch nicht etwa schwanger, oder?«, frage ich und pike ihn in die Seite.

Ich spüre sein Lachen an meinem Bauch, und es macht nur überdeutlich, wie leer mein Magen tatsächlich ist.

»Ich weiß nicht, ob ich das cool oder katastrophal fände. Aber in jedem Fall wäre es spektakulär, zu spüren, wie sich ein Mensch in mir bewegt.«

»So was kann auch nur von dir kommen«, sage ich kichernd und drücke meine Lippen auf seine Schulter. »Aber zurück zum Thema. Wo willst du so schnell Waffeln und Pancakes herkriegen?«

Kopfschüttelnd drückt er meinen Körper noch enger an seinen. Es ist seltsam, wie wir so eng verknotet miteinander reden, ohne uns dabei anzusehen.

»Baby, du hast ja keine Ahnung, was die Pixton alles kann. Das *Bee's* ist genau drei Minuten entfernt, gesetzt den Fall, man hat lange Beine.«

»Die du hast.« Meine Finger spielen wie so oft mit den Haaren in seinem Nacken. Diese kleine Geste ist für mich normal geworden. »Aber bist du wirklich sicher, dass du fit genug dafür bist? Was war gestern los mit dir?«

Ich kann spüren, wie sich sein Körper anspannt, ehe er mir einen flüchtigen Kuss auf die Wange gibt. »Ich bin topfit«, brummt er mir direkt ins Ohr und hechtet anschließend so schnell aus dem Bett zu seinem Kleiderschrank, dass es schon unnatürlich aussieht.

Ohne mich anzusehen, schlüpft er in kurze Jerseyshorts und zieht sich einen Pixton-Hoodie über.

»Cappuccino oder Latte? Was möchtest du?« Irgendwas an seiner Stimme gefällt mir nicht.

Langsam setze ich mich auf und ziehe mir sein Shirt wieder über den Kopf.

»Latte. Aber eigentlich möchte ich, dass du zurück ins Bett kommst und dich ausruhst. Ich könnte dir … Keine Ahnung, eine Suppe kochen oder so was? Wirklich, Theo. Du solltest es langsam angehen lassen.«

Mit schief gelegtem Kopf beobachte ich sein Profil, das keinerlei Emotion verrät.

»Ach Quatsch!« Sein Blick zuckt nicht einmal in meine Richtung. »Ich brauche keine Suppe. Mir geht's gut. Bin sofort wieder da. Entspann dich einfach solange.«

Schon im nächsten Augenblick ist er durch die Tür verschwunden und lässt mich mit meinen Sorgen und den Zweifeln an seinem Verhalten allein.

Er hat mich die ganze Zeit über nicht ein einziges Mal angesehen.

Hat er wirklich nur etwas Falsches gegessen?

Interpretiere ich zu viel in die Sache hinein?

Ich möchte glauben, dass ich mich irre. Aber irgendwas hat sich seit gestern Abend definitiv verändert. Ich weiß nur noch nicht, was.

Im Laufe des Tages verziehen sich die dunklen Gedanken, die ich die ganze Zeit mit mir rumgeschleppt habe. Nach dem Frühstück schien Theo wirklich wieder vollständig der Alte zu sein. Wir haben rumgeblödelt, hatten Sex, haben Quins Zimmer eingerichtet, hatten wieder Sex. So ging es eigentlich den ganzen Tag. Er wirkt glücklich und für Theo-Verhältnisse normal.

Nur ein letzter Rest des düsteren Schleiers liegt noch über ihm, aber ich versuche, dem nicht zu viel Bedeutung beizumessen. Wir müssen uns in solchen Alltagssituationen erst noch kennenlernen. Gut möglich, dass Theo einfach hart im Nehmen ist. Nicht jeder liegt nach einer Nacht über der Kloschüssel tagelang im Bett, so wie ich es vermutlich würde.

»Und du bist sicher, dass du mitgehen willst? Wir können auch hierbleiben, wenn dir nicht nach Alkohol und Kneipenluft zumute ist.«

»Es geht mir gut«, beteuert er zum hundertsten Mal. »Außerdem finde ich es gut, wenn du dich hier am Campus etwas umsiehst und die Leute kennenlernst.«

»Weil du immer noch denkst, ich sollte hier studieren?«

Unsere Blicke treffen sich kurz im Spiegel, während ich Lidschatten auftrage.

»Es geht nicht darum, was ich denke. Sondern vielmehr darum, dir dabei zu helfen, herauszufinden, was du möchtest.«

Seufzend verstaue ich den Pinsel in meinem kleinen silbernen Schminkkoffer. »Ich fürchte, ich weiß selbst nicht mehr, was ich will. Die eine Hälfte meines Gehirns möchte nur schreiben, schreiben und schreiben. Und dabei alles um mich herum vergessen. Aber die andere Hälfte weigert sich, auch nur daran zu denken.«

»Das wird sich von ganz allein zeigen. Gib deinen beiden Gehirnhälften ein bisschen Zeit. Irgendwann sind sie sich schon wieder einig.« Theo drückt mir einen Kuss auf den Kopf, während er geschickt die Knöpfe seines Hemdes schließt. Es ist dunkelgrau und würde ihn tatsächlich recht seriös wirken lassen, wenn seine Fingernägel nicht nach wie vor in grellem Rosa glitzern würden.

Wyatt hämmert zum wiederholten Male an die Tür, was uns zum Lachen bringt.

»Nun kommt schon, ihr Turteltauben. Ich habe verdammt großen Durst.«

»Du hast immer Durst«, ruft Theo. »Und verdammt sind höchstens wir, weil wir ihn jeden Tag ertragen müssen«, murmelt er so leise, dass nur ich es verstehen kann.

Hastig packe ich mein restliches Schminkzeug zusammen und überprüfe im Spiegel ein letztes Mal mein Outfit.

»Du siehst hübsch aus.«

»Danke«, erwidere ich in die Richtung von Theos Spiegelbild. Ich trage meine Haare ausnahmsweise offen. Sie werden von einem roten Haarreif zurückgehalten, der zu meinem Gürtel und meinen Sneakern passt. Zu meinem schwarzen Shirt und den schwarzen Skinny-Jeans bildet das Rot den perfekten Kontrast. Verschmitzt zwinkere ich ihm zu. »Meine Wäsche passt übrigens zum Haarreif. Nur falls das in irgendeiner Form Relevanz für dich hat.«

»Hat es nicht«, antwortet er trocken, aber ich sehe die kleinen Fältchen, die sich auf seine ernste Miene schummeln. Sie erscheinen immer dann, wenn er lächelt. »Du könntest jede Unterwäsche dieser Welt tragen. Farbe, Muster, Form. Mir alles egal. Ich werde sie dir sowieso später vom Leib reißen.«

»So?« Ich bin über die Entwicklung des Tages dermaßen erleichtert, dass ich die düsteren Gedanken mit jeder Minute weiter aus meinem Verstand verbanne.

Theo steht so dicht hinter mir, dass ich mich nur schwer zu ihm umdrehen kann. Sein herbes Parfum weht mir in die Nase, und der Duft erinnert mich an die vielen Höhepunkte, die er mir heute verschafft hat. Niemals zuvor bin ich körperlich und seelisch so tief berührt worden. Nicht wortwörtlich gemeint, sondern vielmehr metaphorisch. Theos Hände haben Zauberkräfte. Wenn er mit mir zusammen ist, gibt er mir das Gefühl, dass kein anderer Mensch für ihn existiert. Er bringt mich dazu, alles zu hinterfragen und gleichzeitig mein Denken einzustellen. Er … erfüllt mich. Kitschig, aber wahr.

Unsere Blicke treffen sich erneut, und wenn ich nicht bereits knallrote Lippen hätte, würde ich ihn noch ein weiteres Mal küssen. »Ich werde bestimmt auf dieses reizende Angebot zurückkommen.«

Einer seiner Mundwinkel wandert in die Höhe und zaubert das typisch schiefe Grinsen in sein glatt rasiertes Gesicht.

»Das klingt verdächtig nach einem Aber.«

Gerade als ich ihn darauf aufmerksam machen will, dass wir wirklich spät dran sind, hämmert es ein weiteres Mal an der Tür.

»Mann, O'Connor, wir gehen ohne euch, wenn du nicht sofort aus dem fucking Bad kommst!«

»Da hast du dein Aber.«

Theo rollt nur mit den Augen und öffnet die Tür.

»Fucking Bad? Echt jetzt?« Lachend drängt er sich an Wyatt vorbei. »Wie alt bist du, Callihan? Fünfzehn?« Mit der Wahl von Wyatts Familiennamen will er ihn sicherlich dafür verhöhnen, dass er ständig alle Menschen nur bei deren Nachnamen nennt.

»Ach, komm«, meckert dieser, hält mir aber gleichzeitig gentlemanlike die Tür vom Bad auf, ehe sie von allein wieder ins Schloss fällt. »Ich schließe mich nicht mit meiner Freundin im Bad ein. Also, wer ist hier der Fünfzehnjährige?«

»Eins zu null für Wyatt«, murmle ich lachend, woraufhin Theo laut schnaubt.

»Erstens hast du gar keine Freundin, zweitens war die Tür nicht verschlossen.«

»Boah, der Beziehungs-Theo nervt.«

Wyatt gibt John einen High Five, der sich für diese Äußerung einen bitterbösen Blick von mir einfängt. Wir zwei werden einfach nicht warm miteinander. Daran wird ein Abend in der Campuskneipe sicher nichts ändern.

»Ich finde den Beziehungs-Theo toll.«

»Quin!« Strahlend sehe ich zu dem einzigen Mann, mit dem ich neben Theo gern etwas trinken gehe. Ich wusste nicht, dass er auch dabei sein würde.

»Schön, dich zu sehen, Doc. Wir könnten durchaus ein bisschen Unterstützung dabei gebrauchen, das Niveau über die Minimalgrenze zu heben.« Theo klopft seinem besten Freund auf die Schulter und schnappt sich unsere Jacken von der Garderobe.

Trotz des lockeren Umgangstons und der Kabbeleien unter den Jungs entgeht mir nicht, wie Quins Blick einen Moment zu lange an Theos hängen bleibt.

Ganz tief in meinem Magen verknotet sich etwas, obwohl ich sicher nichts Falsches gegessen habe.

Quin hat es gesehen. Als sein Blick auf meinen trifft, wird es mir klar. Er hat auch bemerkt, dass irgendetwas nicht stimmt.

Kapitel 24

Theo

Das *Monakeywaygo* ist wie an den meisten Abenden in der Woche brechend voll. Die Campuskneipe mit dem geschichtsträchtigen Namen ist nicht nur für ihr gutes Essen und die wechselnde Livemusik bekannt, sondern schlichtweg die einzig vernünftige Location hier. Manchmal habe ich das Gefühl, dieser Laden hat rund um die Uhr und dreihundertfünfundsechzig Tage im Jahr geöffnet. Dabei steht das Hipster-Besitzerehepaar grundsätzlich selbst hinter der Theke.

»Was ist das für ein komischer Name?«, fragt Scarlett, während sie den Schriftzug auf der Speisekarte betrachtet. Dabei zieht sie ihre Augenbraue nach oben, wie sie es so oft tut. Allerdings bemerke ich das nur aus dem Augenwinkel, denn ich muss jede Sekunde, in der sich ihre Lippen bewegen, auf ihren Mund starren.

Pioneer. Der Farbton stand auf dem länglichen Ding, das ich auf dem Waschbeckenrand gefunden und näher untersucht habe.

Ich stehe auf *Pioneer*.

Und ich stehe auf Scarlett.

Solange ich sie ansehe, mir vorstelle, was ich später mit ihr anstellen werde, geht es mir gut. Es ist alles in bester Ordnung. Ich muss nur ruhig bleiben, nicht zu viel trinken und mich auf das Wesentliche konzentrieren.

Pioneer auf Scarletts Lippen.

»Der Name kommt aus der Kolonialzeit. Greenwich wurde von Daniel Patrick und Robert Feake gegründet.« Quin hat genau wie ich die Karte nicht mal aufgeschlagen. Wir kennen ohnehin alles auswendig.

»Deshalb gibt's hier auch den besten Feake-Burger, den du jemals gegessen hast«, wirft John ein, was mich zum Lachen bringt.

»Ich bin mir sicher, dass es hier den einzigen Feake-Burger gibt«, gebe ich zu bedenken.

Quin schmunzelt über meine Worte, lässt sich aber nicht beirren, Scarlett den geschichtlichen Hintergrund weiter zu erläutern.

»Jedenfalls hieß Greenwich Point ursprünglich Monakeywaygo. Ziemlich düstere Geschichte, was mit der indigenen Bevölkerung geschehen ist. Elizabeth Feake war es dann, die den Namen der Stadt viele Jahre später änderte.«

Scarlett sieht sich andächtig in unserem Stammlokal um. Ich war schon so oft hier, dass mir die ganzen geschichtlichen Details gar nicht mehr auffallen, die an der Decke und den Wänden das dunkelbraune Holz verzieren. Heute betrachte ich die Metallschilder und gerahmten Fotos allerdings mit ihren Augen.

»Wow. Das ist spannend. Ich mag historische Hintergründe.«

Vielleicht sollte mein Grinsen nicht so siegessicher sein. Aber ich wusste von Anfang an, dass die Pixton University zu Scarlett passen würde.

»Jetzt pass auf. Der Knaller ist«, wirft Wyatt ein und reißt Scarlett die Speisekarte aus der Hand. Die schwarz-weiß bedruckten Blätter zeigen Bilder aus dem früheren Greenwich. »… die ersten sechzehn Jahre nach der Gründung war Greenwich niederländisch. Und deshalb«, er hält ihr die andere Seite der Karte so nah vors Gesicht, dass Scarlett kaum noch etwas lesen kann, »gibt es auch niederländische Spezialitäten. Die musst du probieren.«

Scarlett liest sich durch das Angebot und verzieht ihre *pioneer*-farbenen Lippen.

»Das klingt komisch.«

»Ist es«, bestätige ich. »Ich war noch nie in den Niederlanden. Aber wenn es dort ausschließlich diese frittierte Pampe zu essen gibt, die sich unser Chewbacca hier jede Woche reinzieht, will ich auch gar nicht hin.«

Quin lehnt sich mit verschränkten Armen zurück. Er hat meine Meinung über Wyatts seltsames Essverhalten schon oft gehört.

»Du weißt einfach nicht, was gut ist«, meckert Wyatt und sieht sofort darauf erschrocken zu Scarlett. »Sorry, nicht persönlich nehmen.«

»Kein Problem«, erwidert sie amüsiert. »Er will mich ja nicht essen.«

»Sicher? Ich hätte einiges über deinen Geschmack zu berichten.« Grinsend stütze ich mich auf die Ellbogen und lege das Kinn auf die Handballen.

»Okay«, unterbricht mich Quin lachend. »Vergiss die Regeln nicht, Kumpel.«

Auch wenn ich mich nicht danach fühle, strahle ich meinen besten Freund an. Es kommt mir falsch vor, so losgelöst zu sein. Mit meinen Freunden zu lachen, mit den Haaren meiner Freundin zu spielen und mir einen Feake-Burger zu bestellen.

Ich weiß, dass sich nichts geändert hat. Es ist noch immer alles genauso wie gestern, vorgestern und letzte Woche. Meine Angst allerdings versucht, mir einzureden, dass nichts mehr so sein wird, wie es mal war.

Ich muss kein Psychologe sein, um zu wissen, dass das an meinem Trauma liegt. Die Stunden, in denen ich mich um Scarlett gesorgt habe, waren ein grauenvoller Trigger für mich. Er hat die gut verschlossene Truhe mit meinen Dämonen geöffnet, die sich daraufhin mit aller Wucht an die Oberfläche katapultierten. Es kostet mich alle Mühe, sie in Schach zu halten, um meine Maske aufrechtzuerhalten.

Während Quin Scarlett irgendwas über das Monakeywaygo erzählt, lehne ich mich zurück, genieße das Gefühl von Scarletts Haarsträhnen zwischen meinen Fingern und versuche, ruhig durch die Nase ein- und den Mund auszuatmen.

Die Gespräche an unserem Nachbartisch erregen allerdings meine Aufmerksamkeit, und ich halte die Luft an, um die einzelnen Stimmen besser verstehen zu können.

»Du kennst ihn nicht?«, fragt eine weibliche Stimme. »Der ist doch campusweit bekannt. Der läuft ständig so schräg rum.«

In aller Regel kann ich davon ausgehen, dass sich solche Gesprächsfetzen um mich drehen. Unauffällig lehne ich mich auf dem alten Holzstuhl weiter zurück und kippele auf den hinteren zwei Beinen, um besser lauschen zu können.

»Die Schwuchtel mit dem pinken Nagellack?« Das kam von einem Typ. Seine Stimme kommt mir unbekannt vor. »Alter. Warum machen solche Wichser so was? Die zerstören das Image der Männer komplett. Soll er doch unter seinesgleichen bleiben.«

Es gibt zwei Seiten an mir. Die eine, die Kommentare wie diese amüsant findet und die gern mit den Urheberinnen und Urhebern eine Diskussion beginnt. Und die andere Seite, die intolerante Arschlöcher wie diese hier am Nebentisch einfach ignoriert.

Aber offensichtlich gibt es eine dritte Seite, die ich bisher nicht kannte. Anders kann ich mir nicht erklären, warum ich mich umdrehe und die Gruppe wütend anfunkle, die aus fünf Männern und einer Frau besteht.

»Gibt's irgendein Problem, bei dem ich helfen kann?«

Sofort verstummen die Gespräche an beiden Tischen.

»Alles gut, Mann.« Der Kerl, der mich vor zwei Sekunden als Schwuchtel bezeichnet hat, grinst mich höhnisch an. »Kümmere dich um deinen Kram.«

Ich sollte es gut sein lassen.

Ich sollte mich zu meinen Freunden umdrehen und mich mit ihnen beschäftigen.

»Gern, wenn du deinen Mund hältst, damit nicht die ganze Zeit so eine Scheiße zu uns herüberschwappt.«

»Theo«, mahnt Quin, während ich Scarletts Hand auf meinem Oberschenkel spüre.

»Hey, was ist denn los?«, fragt sie dicht an meinem Ohr.

Doch all meine Aufmerksamkeit richtet sich auf unseren Nachbartisch. Es ist nur ein kleines halbhohes Mäuerchen, das unsere Sitzgruppen voneinander trennt. Nicht genug, um meine Wut zurückzuhalten.

»Kumpel, pass auf, was du sagst!« Der Kerl, der mich mit teuflischem Blick anvisiert, fletscht mit den Zähnen, als sei er ein Kampfhund.

Ich sehe ihn missbilligend an und verspotte ihn dafür, so primitiv zu sein.

»Erstens bin ich ganz sicher nicht dein Kumpel, und zweitens …« Ich lehne mich mit dem Ellbogen auf die kleine Mauer zwischen uns. Das Mädchen sieht beschämt zu Boden, während seine Freunde die Köpfe zusammenstecken und tuscheln.

»… passe ich grundsätzlich auf, was ich sage. Du kennst den Spruch mit dem Glashaus und den Steinen, ja?«

»Theo«, geht Quin noch einmal dazwischen. Dieses Mal lasse ich mich von ihm zurück an unseren Tisch ziehen. Noch bevor der ätzende Wichser reagieren kann, tätschelt Quin mir die Wange. »Was ist los mit dir? Dir sind solche Ärsche doch sonst scheißegal.«

Frustriert über mich selbst schüttle ich den Kopf. Alle Augenpaare sind auf mich gerichtet. Mein Puls pocht unnatürlich schnell, und mir ist viel zu heiß.

»Keine Ahnung.« Ich meide den Blickkontakt mit Scarlett. Vor allem, weil ich mich schäme. Wie gesagt, diese Seite an mir kennt keiner von uns. Ich am allerwenigsten. »Einfach nicht mein Tag.«

»Oder er hat seine Tage«, höre ich den Typen vom Nachbartisch und presse kurzzeitig die Augen zusammen. Als ob ich dadurch seine ätzende Stimme ausblenden könnte.

»Mann, was hast du nur für ein Scheißproblem?« Dieses Mal ist es John, der seine Hände zu Fäusten ballt und mit einer davon auf den Tisch haut.

Ich sehe nicht hin, aber ich kann spüren, dass der Kerl aufgestanden ist und sich mir zuwendet. Das sollte er nicht tun. Nicht heute.

»Ach, komm. Als ob dieser Typ euch nicht auch peinlich wäre. Ich sag dir, Mäuschen, wenn du mal lieber wieder mit einem Mann abhängen willst anstatt mit einer Tucke, dann melde dich bei mir. Du hast definitiv etwas Besseres verdient.«

Irgendetwas in meinem Gehirn setzt aus.

Ich kann nicht sagen, was es ist.

Aber ich verliere die Kontrolle.

Über mein Denken, über mein Handeln, über mich.

Mit einer blitzschnellen Bewegung springe ich auf, werfe dabei den Stuhl hinter mir um und hüpfe über die Mauer. Ehe ich einen einzigen klaren Gedanken fassen kann, habe ich dieses Arschloch beim Kragen gepackt und ramme ihm meine Faust so fest ins Gesicht, dass ich ein Knacken höre. Keine Ahnung, ob das von ihm kam oder von mir, aber dieses widerliche Geräusch hindert mich nicht daran, noch einmal zuzuschlagen. Dieses Mal spritzt Blut aus seiner Nase. Meine Knöchel brennen wie Feuer, aber es ist ein guter Schmerz. Wie ein Ventil. Durch meine aufgerissene Haut entweicht all die angestaute Spannung der letzten vierundzwanzig Stunden. Der letzten Jahre.

Ich brauche mehr davon.

Sein Gesicht verschwimmt vor meinen Augen, während ich wieder und wieder aushole und meine Faust überall in seiner ätzenden Fresse platziere.

Ich werde nicht aufhören.

Ich werde nicht schwächer.

Ich …

Irgendjemand zerrt mich von meinem Gegner herunter. Unwillkürlich schlage ich mit Armen und Beinen um mich und versuche, mich loszumachen. Dabei landen zwei Tritte in dem blutenden Kerl auf dem Boden und auch ein paar Stöße mit dem Ellbogen in demjenigen, der mich nicht machen lässt, was ich will.

Alles geht so unglaublich schnell, und gleichzeitig fühlt es sich an wie in Zeitlupe. Ich werde durch den Gang geschleift, spüre plötzlich die eiskalte Luft an meiner erhitzten Haut und keuche auf, als ich schließlich losgelassen werde und auf allen vieren auf dem Asphalt lande.

»Verflucht, Theo! Was soll der Scheiß?«

Es ist Quincy, der mich so heftig anbrüllt wie nie zuvor.

Mein Atem geht schwer.

Ich habe das Gefühl, nicht in meinem Körper zu sein. Betrachte mich von außen, wie ich mit gesenktem Kopf auf den Gehweg starre und atme, als sei ich gerade einen Marathon gelaufen.

Mein bester Freund steht direkt daneben. Er hält sich die Nase. Ich habe ihn verletzt.

Steh auf, sage ich zu mir selbst. Am liebsten möchte ich mir auf den Rücken klopfen und mir hochhelfen.

Ich versuche, Quin zu antworten. Ich will ihm erklären, was los war. Dass ich den Druck einfach nicht mehr aushalte.

Ich kann nicht mehr!, will ich schreien, aber kein Wort verlässt meine Lippen. Mein Kopf ist immer noch gesenkt. Meine ausgebreiteten Finger auf dem Asphalt zittern.

Hilf ihm doch, bitte ich Quin, aber mein anderes Ich scheint er nicht zu hören.

Die Tür des *Monakeywaygo* öffnet sich. In dem Moment, in dem Scarlett heraustritt, kehre ich in meinen Körper zurück. Ich rapple mich auf, vermeide es aber, irgendwem direkt ins Gesicht zu sehen.

»Wir sollten dringend hier verschwinden, ehe der Sicherheitsdienst kommt.«

Ich muss nicht hinsehen, um zu erkennen, dass es Quincy ist, der spricht.

»Theo!«, knurrt er mich an, doch ich hebe meinen Blick nicht. Ich will ihn nicht ansehen, will auch nicht Scarletts besorgten graublauen Augen begegnen.

»Ist alles okay? Geht es dir gut?«

Sobald sie sich nähert, weiche ich zurück.

»Geht.« Das Wort klingt fremd. Beinahe, als spräche ich eine andere Sprache. Ich klinge fremd. Ich fühle mich fremd. Meine rechte Hand pocht und schmerzt, mein Gehirn fühlt sich an, als wäre es überrollt worden.

Scarlett streckt ihre Hand nach mir aus, aber ich mache

einen Schritt zurück. Dabei schüttle ich ganz von allein den Kopf.

»Nicht«, warne ich sie. Dann drehe ich mich um und verlasse sie.

Es ist jetzt so weit.

Ich fliege nicht mehr.

Ich bin gefallen und aufgeschlagen im finsteren Tal der Einsamkeit.

Von hier gibt es keinen Weg mehr zurück.

Kapitel 25

Scarlett

»Theo!« Ich brülle seinen Namen, so laut ich kann, und bin schon dabei, ihm hinterherzurennen, als eine Hand mich am Arm zurückhält.

»Nicht«, murmelt Quincy. »Ich glaube, das bringt gerade nichts. Geben wir ihm ein paar Minuten.«

Verzweifelt sehe ich zwischen der Dunkelheit, in der Theo verschwunden ist, und seinem besten Freund hin und her.

»Was zur Hölle war das? So habe ich ihn noch nie erlebt.«

Schnaubend reibt Quincy sich mit einer Hand über den Nacken.

»Glaub mir.« Er sieht nun ebenfalls die Straße hinunter. »Ich auch nicht.«

»Er hat diesen Kerl völlig zu Brei geschlagen. Wie von Sinnen.«

Quincy schüttelt unentwegt den Kopf. »Ich kenne Theo jetzt schon verdammt lange, aber er ist noch nie auch nur ansatzweise aggressiv geworden. Das passt überhaupt nicht zu ihm.«

Mich durchfährt ein eiskalter Schauer, und ich schlinge die Arme um meinen Körper.

»Ich wusste, dass irgendwas nicht stimmt.« Ich spreche die Worte mehr zu mir selbst, doch Quins aufmerksamer Blick entgeht mir nicht.

»Was meinst du?« Er deutet auf die entgegengesetzte Richtung, in die Theo gerannt ist. »Komm. Wir sollten lieber hier verschwinden.«

»Was ist mit Wyatt und John?« Völlig überfordert sehe ich zurück auf die idyllische Beleuchtung des *Monakeywaygo*.

»Die kommen schon klar. Entweder betreiben sie Schadensbegrenzung, oder sie legen noch einen obendrauf. Aber das ist nicht unser Krieg.«

Eine Hand auf meinem unteren Rücken, führt Quincy mich über den Gehweg Richtung Beta-Gebäude. Ich bin froh, dass er da ist.

»Also was meintest du?« Als ich ihn fragend ansehe, präzisiert er: »Damit, dass etwas nicht stimmt.«

Meine Gedanken kreisen bloß um Theo und die Brutalität, mit der er zugeschlagen hat. Es kostet mich Mühe, mich zu konzentrieren.

»Gestern Abend, als ich nach Hause gekommen bin, lag er im Bad. Er meinte, er hat was Falsches gegessen, aber irgendwas kam mir komisch vor.«

»Was genau?«

Wir schlendern an der medizinischen Fakultät und den Hörsälen für Physik vorbei. Zumindest verkünden das die großen Wegweiser, die auf der Wiese vor den Gebäuden stehen.

»Ich weiß nicht. Er war so zittrig und ganz verschwitzt. Sein Herz raste, und als er mich angesehen hat, wirkte es, als würde er zusammenbrechen. Ich bin keine Medizinerin. Aber ich habe mir noch nie auf diese Art den Magen verdorben.«

»Na ja.« Quincy denkt eine ganze Weile über meine Worte nach. »Das gibt es schon. Aber er wirkte heute Abend nicht wirklich angeschlagen.«

»Er hat heute Morgen drei Bubble Waffles gegessen«, gebe ich zu bedenken. »Und …«

»Und?«, hakt er nach, weil ich nicht weiterspreche.

»Also …« Seufzend zucke ich mit den Schultern. »Ich weiß, ihr habt diese bescheuerten Regeln, aber ich sage es mal so: Er schien auch sonst körperlich nicht gerade ausgelaugt.« Verlegen hebe ich den Kopf. »Wenn du weißt, was ich meine.«

»Verstehe.« Quincy schmunzelt. Wir sehen beide auf unsere Füße, während wir weitergehen. »Das ist wirklich komisch.«

»Ja, oder? Zuerst dachte ich, dass ich übertreibe, aber jetzt das.« Mit dem Daumen deute ich vage über die Schulter zurück. »Glaubst du wirklich, wir sollten ihn nicht suchen gehen?«

Bevor Quincy antwortet, seufzt er laut in die Nacht hinein.

»Ganz ehrlich. Ich weiß es nicht.« Unsere Blicke begegnen sich kurz. Quincy wirkt genauso verzweifelt wie ich. Er versucht, es sich nicht anmerken zu lassen, aber die Sorgen stehen ihm auf die Stirn geschrieben. »Eigentlich ist Theo immer der rational Denkende von uns. Ich bin der Impulsive. Diese ganze Nummer passt so überhaupt nicht zu ihm. Es muss schon wirklich einen massiven Grund dafür geben, dass er so ausrastet.«

»Aber welchen?«, frage ich und reibe mir fröstelnd über die Arme. »Dass er dumm angemacht wurde, ist doch sicher nicht zum ersten Mal passiert. Was hat sich denn geändert?«

Schweigend gehen wir ein paar Schritte. Quincy bleibt mir eine Antwort schuldig.

Nach einigen Minuten stelle ich die Frage, die mir schwer auf der Brust liegt.

»Denkst du, das hat etwas mit mir zu tun?«

Mein Herz sehnt sich so sehr danach, dass Quincy mich von

diesem quälenden Gedanken befreit. Doch ein Blick in sein Gesicht verrät, dass er das nicht tun wird.

»Ich kann es dir nicht sagen, Scarlett.«

Mit einem riesengroßen Kloß im Hals nicke ich.

»Okay.«

»Hey.« Quincy legt mir eine Hand auf die Schulter. »Ich glaube es nicht. Wirklich nicht. Jeder kann erkennen, wie verliebt er in dich ist.«

Noch immer nicke ich abwesend. Als würde ich seine Worte eher glauben, wenn mein Kopf sie bejaht.

»Aber er hatte noch nie eine Beziehung. Geschweige denn eine, in der die neue Freundin sofort einzieht. Ist es das, was du denkst?«

»Theo hat sich noch nie daran gestört, wenn jemand ihn aufgezogen hat. Im Gegenteil, wenn er die Menschen provoziert hat, fand er das immer faszinierend. Ich weiß nicht, warum er ausgerechnet heute ausgeflippt ist. Das muss nichts mit dir zu tun haben.«

»Aber ich bin der Faktor, der sich geändert hat.«

»Ja«, erwidert Quincy leise und wendet sein Gesicht leicht ab.

»Glaubst du, es steckt mehr dahinter, dass er nie eine Beziehung wollte?«

»Er hat immer betont, dass er keine Freundin haben will. Ja, er hatte Affären. Einige. Aber all diese Geschichten waren locker. Er hat nie zugelassen, dass es ernst wird.«

»Aber wieso? Das muss doch einen Grund haben, oder nicht?«, frage ich Quincy, und mir kommt ein Gedanke. »Hatte er vielleicht früher mal eine Freundin? In Westerly, meine ich.«

Mit zusammengezogenen Augenbrauen sieht er mich an.

»Nicht, dass ich wüsste. Warum? Wie kommst du darauf?«

Inzwischen kommen das Alpha- und das Beta-Gebäude in

Sichtweite. Man kann schon von hier erkennen, dass in Theos Zimmer kein Licht brennt.

»Ach, an Thanksgiving habe ich eine seltsame Unterhaltung zwischen seiner Mom und ihm mit angehört. Sie meinte, er solle *sie* besuchen. Dass es wichtig wäre, dass er *sie* nicht vergisst. Keine Ahnung, über wen sie gesprochen haben. Sagt dir das irgendwas? Ich hatte außerdem das Gefühl, dass er nicht so gern zu Hause ist.«

»Hm«, brummelt Quin. »Keine Ahnung. Ich weiß von nichts. Aber ganz ehrlich, ich habe seine Art, mit Frauen umzugehen, bisher nie hinterfragt. Wir sind Studenten. Diese Zeit ist doch irgendwie dafür da, um Spaß zu haben und sich auszuleben. Ich dachte immer, er wird seine Meinung ändern, wenn die Richtige da ist.«

»Du dachtest?«, frage ich und spüre, wie mein Herz schneller schlägt. »Denkst du das jetzt nicht mehr?«

»Doch«, beeilt sich Quincy, zu sagen, und legt mir seine Hand auf den Rücken. Aber ich glaube ihm nicht so recht. »Bitte versteh mich nicht falsch, Scarlett.« Er bleibt stehen. Ich tue es ihm gleich. »Theo liebt dich. Das sehe ich. Und er schien auch wirklich glücklich zu sein. Aber irgendwas stimmt mit ihm gerade offensichtlich nicht. Ich habe ihn noch nie so erlebt wie heute. Er ist nicht der Kerl, der sich prügelt oder Nächte kotzend im Bad verbringt. Das alles passt nicht zusammen, und für mich ist vorerst nur wichtig, die Ursache für all das zu finden.«

Wenn ich nicht bald damit aufhöre, ständig mit dem Kopf zu nicken, verpasse ich mir selbst eine.

»Verstehe«, flüstere ich.

Im gleichen Moment klingelt Quins Handy.

Hastig zieht er es hervor und liest eine eingegangene Nachricht.

»Von Theo«, seufzt er erleichtert.

Dann hält er mir das Display vors Gesicht.

Bin okay. Bring Scarlett nach Hause. Melde mich.

»Siehst du. Er sorgt sich um dich.« Quincys Lächeln kann mich nicht wirklich beruhigen. »Der Arsch.« Mit dem Handy in der Hand deutet er aufs Beta-Gebäude. »Als ob ich nicht selbst auf diese Idee kommen würde.« Für Quins Verhältnisse ist es ein schmales Lächeln. »Komm. Ich bringe dich rein. Bestimmt ist er schneller wieder da, als wir denken.«

Theos Freund setzt sich in Bewegung, und ich folge ihm. Automatisch mache ich einen Schritt nach dem nächsten und lasse mich von ihm bis in sein Zimmer bringen. Ich möchte ihm wirklich gern glauben, aber er irrt sich.

Theo wird nicht kommen.

Meine Verzweiflung treibt mich dazu, morgens um acht Uhr an Johns Tür zu klopfen. Die ganze Nacht habe ich mich hin und her gewälzt und versucht, gegen den Schlaf anzukämpfen, damit ich höre, wenn Theo heimkommt. Ein Teil von mir wollte in Theos Zimmer schlafen, aber irgendwie hat es sich nicht richtig angefühlt.

Aber jetzt ist der Tag bereits angebrochen, draußen auf den Fluren herrscht reger Betrieb, und ich habe noch immer nichts von ihm gehört.

»Was ist?«, fragt John verschlafen auf der anderen Seite der Tür.

»Hast du irgendwas von Theo gehört?«

»Glaub, er war heut Nacht hier«, grummelt er. »Und jetzt lass mich schlafen.«

»Er war hier?« Ich kann nichts dagegen tun, dass meine Stimme schrill wird. Da ich nicht erwarte, dass John auf mich und meine Verzweiflung reagiert, mache ich kehrt und stiefle in die Küche. »Warum zur Hölle meldet er sich dann nicht?«

Völlig ratlos marschiere ich auf und ab.

Dabei zücke ich mein Handy aus der Tasche und öffne unseren Chatverlauf.

Sie sind alle noch da.

Meine unbeantworteten Nachrichten, die mir spöttisch vom Bildschirm entgegenstarren.

Hey. Wo bist du? Willst du reden?

Keine Stunde später:

Bitte melde dich bei mir. Ich mache mir Sorgen.

Heute früh dann die etwas verzweifelte Version:

Du bist immer noch nicht da. Theo, bitte. Was gestern passiert ist, kann jedem passieren. Wir sollten einfach darüber sprechen.

Dann vor einer halben Stunde:

O'Connor. Melde dich endlich. Ich habe eine Scheißangst.

Das Tragische ist: Er hat sie alle gelesen. Die blauen Häkchen beweisen das. Ich weiß nicht, ob mich das beruhigt, weil das zumindest bedeutet, dass er in der Lage ist, sein Handy zu benutzen. Gleichzeitig heißt es, dass er mich ignoriert.

Seit Stunden gehe ich den gestrigen Tag wieder und wieder

in Gedanken durch. Überlege, was ich gesagt oder getan haben könnte. Aber mir fällt einfach nichts ein.

Es war doch alles gut.

Ich schnaube bei dem Gedanken.

Es war alles *so* gut, dass er die halbe Nacht gekotzt hat und dann so aggressiv war, dass er sich geprügelt hat.

Mein Daumen scrollt nervös durch meine Nachrichten, während ich mich aufs Sofa sinken lasse.

Quincy hat mir schon früh heute Morgen geschrieben, dass Wyatt die Sache von gestern klären konnte. Zu unserem Glück ist der Kerl, den Theo verprügelt hat, schon öfter auffällig geworden. Deshalb haben die Kneipeninhaber Verständnis gezeigt und die Sache auf sich beruhen lassen. Der Typ sieht wohl trotz gebrochener Nase und schweren Prellungen von einer Anzeige ab. Quincy meint, sicher hätte er Dreck am Stecken und wolle es vermeiden, auf sich aufmerksam zu machen.

Wenigstens etwas.

Außer ihm hat Abby mir geschrieben und gefragt, ob es mir gut geht. Meine Antwort war recht einsilbig. Aber ich weiß nun mal nicht, wie es mir geht, bevor ich nicht mit Theo gesprochen habe.

Ich will einfach nur mit ihm reden. In sein Gesicht sehen und hören, dass diese ganze Nummer nichts mit mir zu tun hat. Vielleicht reagiere ich auch nur über, aber ich finde es auffällig, dass er jahrelang die Ruhe selbst ist und an dem Tag, an dem ich ins Wohnheim ziehe, ausflippt. Kann das wirklich Zufall sein?

Meine Gedanken kreisen weiter und weiter, während ich zwischen dem Wohnraum und Quins Zimmer hin und her wandere und versuche, mich abzulenken. Ich putze die Küche, wische den Kühlschrank und sämtliche Schränke aus, räume in Quincys Zimmer den Müll weg und staple sein Chaos auf übersichtliche Haufen. Das Drama in meinem Kopf nervt mich selbst, aber ich kann es nicht abstellen. Die Ungewissheit macht mich fertig.

Es ist bereits Mittag, als die Wohnungstür geöffnet wird und er plötzlich vor mir steht. Einfach so, ohne Ankündigung.

Stunde um Stunde habe ich auf ihn gewartet, und dann geht alles so schnell, dass ich vollkommen überrascht dastehe und nicht weiß, wie ich reagieren soll.

»Hi.« Theo lächelt mich matt an. Objektiv betrachtet sieht er gut aus. Seine Wangen sind rosig. Seine Haare unordentlich wie immer. Er trägt seinen dicken olivgrünen Parka mit der Fellkapuze und dazu blaue Jeans. Wenn die Situation nicht so seltsam wäre, hätte ich beim Anblick seiner Füße gelacht. Sie stecken mit weißen Tennissocken in gelben Badelatschen.

»Äh … Hi«, antworte ich verunsichert. Ich komme mir dumm vor, wie ich mitten im Raum stehe, den Besen in der Hand.

Theo hält meinem Blick nicht lange stand und setzt den Rucksack ab, den er auf seiner Schulter trägt.

»Ich habe deinen Laptop reparieren lassen.« Mit offenem Mund sehe ich dabei zu, wie er meinen alten Laptop hervorholt. »Es war nur das Display, ein paar Kabelverbindungen und ein Lautsprecher.«

Noch immer starre ich ihn sprachlos an.

»Mein Cousin dritten Grades studiert IT. Er war mir noch einen Gefallen schuldig. Ich musste also nur die Ersatzteile bezahlen. Die Festplatte konnte er vollständig retten.«

»Theo«, bringe ich mit aller Mühe hervor. Es klingt eher wie ein Keuchen oder ein Husten als wie sein Name.

»Ich weiß«, sagt er mit hängenden Schultern. »Ich hätte dich vermutlich erst fragen sollen. Aber ich wollte dich überraschen.«

Er reicht mir meinen Laptop, aber ich kann dabei nur auf seine aufgeplatzten Knöchel starren.

»Keine Sorge«, murmelt er. Natürlich entgeht ihm mein Blick nicht. Theo entgeht nie irgendetwas. »Das ist halb so wild. Und dem Kerl geht es den Umständen entsprechend okay. Ich war eben da und habe mich entschuldigt. Oliver«, führt er schnaubend aus und wendet sich ab, um seine Jacke und die Badelatschen zur Garderobe zu bringen. »Ein totaler Arsch. Aber gut, das ist keine Rechtfertigung. Ich habe ihm Geld angeboten und die Möglichkeit, mir als Revanche eine zu verpassen. Er hat beides abgelehnt.«

Er wendet mir den Rücken zu, schlendert zur Küchenzeile und schenkt sich ein Glas Wasser ein.

Ich stehe noch immer reglos da in meinem Haushaltslook, bestehend aus einem seiner T-Shirts, Leggings und weißen Tennissocken. Der Laptop wiegt in meiner Hand schwer wie Blei, und ich weiß einfach nicht, was ich sagen soll.

Theo hat in wenigen Sätzen all die Fragen beantwortet, die in meinem Kopf herumschwirrten. Trotzdem habe ich das Gefühl, wir haben noch rein gar nichts geklärt.

»Wir …«, hole ich aus, stoppe mich aber sofort wieder. Vorsichtshalber stelle ich den Laptop auf den runden Esstisch. »Wir sollten reden, findest du nicht?«

Theos Blick wandert an mir vorbei zu der großen Wanduhr.

Ticktack. Ticktack. Ticktack.

Einen Moment zu lange starrt er sie an, ehe er sich kaum merklich schüttelt.

»Ich würde wirklich gern. Aber ich habe in zehn Minuten eine Vorlesung.«

»*Du hast eine Vorlesung*«, wiederhole ich. Es fühlt sich an, als würden meine Augen bei jedem Wort größer.

»Wahrnehmungs- und Sinnespsychologie.« Er sieht mir tief in die Augen. »Teil drei von vier. Das kann ich nicht verpassen.«

»Ich …« Mir entweicht ein schrilles Lachen. »Du … *Du*

kannst das nicht verpassen.« Völlig entsetzt sehe ich ihn an. »Das ist ein gutes Stichwort, denn ich werde den Eindruck nicht los, auch etwas Erhebliches verpasst zu haben.«

Langsam kommt er auf mich zu. In sein Gesicht zu sehen, löst so viele unterschiedliche Emotionen in mir aus.

Ich möchte ihn anbrüllen, weil er sich benimmt wie ein trotziger Junge.

Aber ich möchte ihn auch umarmen, weil in seinem Gesicht ein Schmerz steht, den ich noch immer nicht begreife, der aber zweifelsohne da ist.

Und ich vermisse ihn. Ich vermisse den zugewandten Theo. Den, der mich liebevoll berührt und der mir einen Vortrag über Pandabären und Delfine hält. Ich möchte diese wundervolle Unbeschwertheit zwischen uns zurück. Dass sie nicht mehr da ist, treibt mir die Tränen in die Augen.

»Theo«, wiederhole ich seinen Namen. Dieses Mal flehend und mit zitternder Stimme.

»Ich bin heute Mittag wieder da. Dann reden wir, okay?«

Offensichtlich handelt es sich um eine rein rhetorische Frage, denn er wartet meine Reaktion nicht ab. Küsst mich nur flüchtig auf die Wange und macht kehrt, um sich wieder anzuziehen.

Vielleicht sollte ich etwas sagen, das ihn aufhält. Vielleicht sollte ich ihn anschreien oder ihn anbetteln. Aber ich tue nichts dergleichen. Ich stehe wie angewurzelt da und beobachte, wie er mit hochgezogenen Schultern nach seinen Schlüsseln greift und ohne ein weiteres Wort, ohne einen Blick in mein Gesicht die Wohnung wieder verlässt.

Ich dachte den ganzen Morgen, wenn ich sehen könnte, dass er okay ist, dann würde es mir besser gehen. Aber jetzt gerade wünschte ich beinahe, er wäre nicht aufgetaucht. Denn die Hoffnung, er würde mich in den Arm nehmen und mir versprechen, dass alles gut ist, war wie ein kleines Pflänzchen im Frühling. Doch sein Erscheinen war wie eine Kaltfront, die alles überzieht. Und nun liegt mein kleines Pflänzchen tief vergraben in Schnee und Eis.

Unsere Begegnung fühlt sich an wie eine Niederlage. Theo so zu erleben, macht mich fertig, und die Vorstellung, dass ich möglicherweise der Auslöser für all das bin, ist nicht zu ertragen.

Als ich mich auf den Stuhl sinken lasse, glaube ich, es wird nie wieder Frühling werden in dieser eisigen Kälte.

Kapitel 26

Scarlett

Spätestens an diesem Abend wird mir klar, dass nichts mehr so ist, wie es noch vor wenigen Tagen schien.

Natürlich ist Theo an diesem Mittag nicht wiedergekommen. Er hat sich weder gemeldet noch irgendwelche Anstalten gemacht, mit mir zu sprechen.

Seine Abwesenheit führte dazu, dass meine Laune von besorgt zu stinkwütend wechselte. Darüber hat mir auch die Freude nicht hinweggeholfen, dass ich meinen Laptop wiederhabe. Endlich habe ich wieder Zugang zu den E-Book-Programmen, die ich über das Handy nicht öffnen konnte. Als hätte er mir ein Stück meines Lebens zurückgegeben. Nur leider habe ich ihn dafür verloren, was wesentlich schwerer wiegt.

»Das glaube ich jetzt nicht«, murmle ich vor mich hin und steige wütend aus meinem oder vielmehr aus Quincys Bett. Von nebenan dröhnt irgendeine düstere Musik. Theo scheint es also nicht mal als nötig zu erachten, mir Hallo zu sagen.

Meine Füße kommen auf dem gewachsten Holzboden auf.

Ich denke gar nicht daran, zu klopfen, sondern stürme geradewegs in sein Zimmer.

Uns ist beiden klar, dass er mich bemerkt hat. Dennoch richtet er das Gesicht weiter stur auf seine Bücher.

»Guten Tag, fester Freund. Schön, dich zu sehen, fester Freund«, keife ich und lasse meinem Zorn freien Lauf. Dabei stiefle ich zu der altmodischen Stereoanlage (ich meine, wer hört bitte heute noch CDs?) und ziehe den Stecker raus. Der Ausschalter hätte es auch getan, aber er kann froh sein, dass ich dieses dumme Ding nicht gegen die Wand schleudere.

»Du bist aufgebracht.« Er stellt das so nüchtern fest, als könne er sich den Grund dafür nicht erklären.

»Nein.« Bittersüß lächle ich ihn an. »Ich bin nicht *aufgebracht*.« Mein Atem geht schwer. »Um genau zu sein, bin ich stinksauer.«

Langsam legt er den Stift in seiner Hand ab und atmet hörbar ein. Noch immer sieht er mich nicht an. Warum zur Hölle sieht er mich seit Tagen nicht mehr an?

»Du willst nichts dazu sagen? Gar nichts?«

»Aus psychologischer Sicht müsste ich die Situation deeskalieren, aber dafür bin ich wohl derzeit kaum der Richtige.« Er öffnet die verletzten Finger und schließt sie wieder. »Also, nein. Ich will dazu besser nichts sagen. Du musst lernen, mit deiner Wut umzugehen.«

»Ich … Was?« Ungläubig starre ich ihn an.

»Vielleicht sollten wir morgen weiterreden?«

Als Theo den Kopf hebt und mich ansieht, weiche ich unwillkürlich zurück. Alle Wärme, alle Liebe, all der jugendliche Leichtsinn und der Charme sind aus seinem Gesicht gewichen. Zurückgeblieben ist eine kalte Maske, die ich nie zuvor gesehen habe.

»Was ist denn los mit dir?«

Entschlossen mache ich einen Schritt auf ihn zu.

»Es ist alles in Ordnung.«

Verzweifelt schließe ich die Augen. Dabei kommt mir eine Idee.

Ich hebe die Lider, während ich mein Smartphone aus der Gesäßtasche ziehe und die Suchfunktion öffne.

»Du stehst doch so auf Definitionen.« Ich muss mich bemühen, nicht zu heulen. »Hier. Was hältst du von dieser?« Meine Finger zittern, als ich ihm das Display entgegenhalte.

»Ich bin kein Lügner.«

Theo schüttelt den Kopf.

»Bist du nicht?«, frage ich und sehe selbst auf das Handy. »Person, die dazu neigt, die Unwahrheit zu sagen. Also, ich finde das passt hervorragend.«

»Ich weiß nicht, was du von mir willst, Scarlett. Wirklich nicht.«

»*Wirklich nicht?*« Ich bin kurz davor, ihm vor Hilflosigkeit mein Smartphone vor die Füße zu werfen.

»*Wirklich nicht.* Und um genau zu sein, habe ich für so einen Mist echt keine Zeit. Es soll nämlich Menschen geben, die studieren. Ich weiß, von so was hast du keine Ahnung, aber Zielstrebigkeit ist durchaus ein weit verbreitetes Phänomen.«

»Du bist so ein Arschloch.« Die Worte kommen nur noch geflüstert über meine Lippen.

»Mag sein. Vielleicht war mir aber auch nur nicht klar, dass ich rund um die Uhr deinen Babysitter spielen muss, wenn du in Quincys Zimmer ziehst.«

Kopfschüttelnd kämpfe ich mit den Tränen.

»Okay. Weißt du was? Du hast recht. Ich gehe.«

Mit zitterndem Kinn sehe ich ihn an. Versuche, in seinen braunen Augen etwas zu finden, woran ich mich klammern kann.

Aber da ist nichts.

Eiskalt und ohne jegliche Emotion erwidert er meinen Blick.

»Schließ bitte die Tür, wenn du gehst.«

Die Worte bohren sich in mein Herz wie ein Dolch.

Bevor die ersten Tränen meine Augenwinkel verlassen, drehe ich mich um und hechte aus dem Raum.

Ich will nur noch weg. Weg aus der Wohnung, weg von ihm. Weg von der Pixton.

♥

»Tja. Da sind wir wohl wieder.« Ich lache freudlos und streiche über das Lenkrad meines Wagens. Die Tränen auf meinem Gesicht sind inzwischen getrocknet, aber meine Augen brennen nach wie vor, und meine Wangen glühen wie Feuer.

Es ist über zwei Stunden her, dass ich auf und davon bin. Theo ist mir nicht nachgekommen, und er hat nicht angerufen. Irgendwie wusste ich, dass er es nicht tun würde. Trotzdem schmerzt seine Ignoranz mehr, als ich zugeben möchte.

Meiner Intuition folgend, bin ich zu Abby gefahren, um mich auszuheulen. Aber als ich Quins schwarzen Geländewagen vor dem Diner habe stehen sehen, habe ich es nicht übers Herz gebracht. Er ist Theos bester Freund. Wahrscheinlich würde er ihm jedes Wort erzählen, das ich über ihn sage. Auch wenn nicht, würde ich ihn in eine doofe Situation bringen.

Also bin ich im Schleichtempo vorbeigefahren und schließlich am äußeren Rand der Stadt gelandet.

»Was zur Hölle mache ich hier?«

Tief einatmend lehne ich mich vor übers Lenkrad und sehe auf das kleine weiße Einfamilienhaus, in dem ich groß geworden bin. Ich habe keine Ahnung, warum ich hergefahren bin. Zumindest rede ich mir das ein, obwohl mir sehr wohl klar ist, was ich hier will. Ich muss mein Leben auf die Reihe kriegen. Ich brauche eine Familie und ein Zuhause.

Als Theo mich in Norwalk aus dem Motel geholt hat, habe ich alles auf eine Karte gesetzt. Die O'Connor-Karte.

Kein besonders cleverer Schachzug, wenn man es objektiv betrachtet. Allerdings war es keine rationale Entscheidung, mich voll und ganz auf Theo einzulassen. Ich bin meinem Herzen gefolgt, und das kann niemals falsch sein.

Genau aus diesem Grund straffe ich die Schultern und steige aus. Auch diesmal hat mich mein Herz hergeführt.

Ich hätte schon vor Tagen herkommen sollen. Wenn meine Eltern nichts mehr mit mir zu tun haben wollen, ist das ihre Entscheidung. Aber ich möchte die Dinge geklärt wissen und ihnen meine Meinung mitteilen. Sie sollen wissen, dass ich mich nicht ändern werde. Genauso soll ihnen klar sein, dass ich nicht diejenige bin, die sich gegen Kontakt wehrt.

Trotz zitternden Muskeln und verschwitzten Händen gehe ich zielstrebig auf die blau lackierte Eingangstür zu. Unmittelbar davor sehe ich auf den Schlüssel in meiner Hand.

Ich stecke ihn wieder ein und klingle.

Es dauert nicht lange, dann kann ich durch den kleinen Glaseinsatz in der Tür sehen, wie das Licht angeht. Schritte ertönen im Hausflur, und plötzlich bin ich mir nicht mehr so sicher, ob das hier wirklich eine gute Idee ist.

Die Tür öffnet sich, und in der nächsten Sekunde stehe ich meiner Mutter gegenüber.

»Scarlett!«, ruft sie keuchend und fasst sich mit einer Hand an die Brust.

»Hey, Mom.«

Meine Stimme klingt genauso dünn und schwach, wie meine Mutter aussieht. Nervös ziehe ich mein Piercing zwischen die Zähne, lasse es aber sofort wieder bleiben, weil mir einfällt, wie ungern meine Eltern diese Geste sehen. Vielleicht war es ein Fehler, herzukommen. Ein Fehler, die eine Beziehung kitten zu wollen, nur weil eine andere auseinanderbricht.

»Was zum …?« Sie schlingt die Arme um den Körper und neigt den Kopf zur Seite. »Jonathan!«, ruft sie in den Flur hinein.

Am liebsten möchte ich ihr ein ›War klar‹ entgegenzischen, aber ich reiße mich zusammen. Meine Mom konnte Konflikte noch nie ohne Pfarrer Newton regeln.

Mein Dad lässt nicht lange auf sich warten. Seine Gesichtszüge werden hart, als er mich erblickt.

»Dad«, begrüße ich ihn deutlich unterkühlter.

»Bedeutet dein Auftauchen, dass du zur Besinnung gekommen bist?«

Ich schlucke meinen Frust hinunter und schließe für eine Sekunde die Augen, um mich zu beruhigen. Als ich sie wieder öffne, sehe ich Theo vor mir. Wie er mir eine Hand auf die Schulter legt und mir ins Ohr flüstert, ich solle für das einstehen, was ich möchte. Ich wünschte, er wäre wirklich da.

»Ich hatte eher gehofft, *ihr* seid zur Besinnung gekommen«, sage ich. Nicht unfreundlich oder provozierend, sondern ganz ruhig und in neutralem Tonfall.

»Scarlett«, holt mein Vater aus, doch ich hebe eine Hand, um ihn zu stoppen.

»Schon gut, Dad. Ich kenne deine Meinung, und ich möchte mich nicht schon wieder streiten.«

»Warum bist du dann hier?«, fragt meine Mom, und mir entgleisen für eine Sekunde die Gesichtszüge.

»Weil ihr meine Eltern seid.« Ich straffe die Schultern. »Wir sind eine Familie. Habt ihr das vollkommen vergessen?«

»Du hast diese Familie zerstört mit deinem untragbaren Verhalten.« Mein Vater war nie der Typ, der schreit. Auch in Konfliktsituationen bleibt er der überlegene Prediger.

»Nein, Dad.« Meine Eltern zucken gleichzeitig zurück. »Ich habe nichts Falsches getan. Und genau deswegen bin ich hier. Ich möchte euch eine neue Chance geben, damit wir wieder zusammenwachsen.«

»Dann …« Meine Mom begutachtet mich traurig von Kopf bis Fuß. »Dann hast du mit … diesen … Dingen aufgehört?«

»Diesen Dingen?«, frage ich und hebe eine Augenbraue. »Wenn du das Schreiben meinst, dann nein.« Ich werde ihnen sicher nicht sagen, dass ich seit Wochen nichts zustande gebracht habe. »Und ich werde damit auch nicht aufhören. Und nur, um alle Unsicherheiten auszuräumen: Ich werde auch nicht aufhören, Sex zu haben. Das wäre traurig und falsch. Aber vielleicht habe ich bei unserer letzten Unterhaltung nicht richtig reagiert. Das möchte ich heute nachholen.« Ich mache einen Schritt auf meine Eltern zu. Es tut mir im Herzen weh, dass sie zurückweichen. »Ich liebe mein Leben. So wie es ist. Ich liebe das Schreiben. Es ist eine Gabe. Und ich liebe auch mich selbst. Ich bin eine junge Frau mit Bedürfnissen. Daran ist nichts falsch. Ich bin sehr stolz auf mich.« Meine Stimme kippt, und ich räuspere mich. »Ich bin stolz darauf, dass ich meinen Weg gefunden habe. Es ist schade, dass ihr das nicht so seht. Aber wisst ihr was? Das ist okay. So viel habe ich inzwischen verstanden. Ihr müsst das nicht anerkennen oder gut finden. Es reicht vollkommen, wenn ich es selbst tue.«

»Ich weiß nicht, was das hier bringen soll.« Mein Dad legt eine Hand an die Haustür.

»Ich möchte euch einfach sagen, was ich zu sagen habe. In Ruhe.« Flehend sehe ich meine Mom an. Es dauert kurz, aber dann macht sie einen winzigen Schritt auf mich zu. »Ich weiß, wir haben in vielerlei Hinsicht unterschiedliche Ansichten. Vor allem, was den Glauben angeht oder auch Sex.«

»Scarlett«, zischt mein Dad, doch ich ignoriere ihn.

»Ich weiß, Dad. Du kannst mit diesen Themen nicht offen und tolerant umgehen. Aber ich kann es. Ich bin erwachsen. Ich treffe meine eigenen Entscheidungen. Und ja, ich habe gern Sex. Und ich schreibe gern über Sex.« Das Gesicht meines Vaters verdüstert sich mit jedem meiner Worte mehr. Der spärliche weiße Haarkranz legt sich um seine rot gewordene Glatze wie ein Heiligenschein. »Ich will das auch überhaupt nicht mehr diskutieren. Ich akzeptiere euch so, wie ihr seid. Mit euren Einstellungen zum Leben, zur Politik, zur Religion – ganz egal, in welcher Hinsicht. Wir müssen nicht in allem einer Meinung sein. Die Hauptsache ist doch, dass wir uns tolerieren und respektieren, so wie wir sind, oder nicht? Ist es nicht auch das, was du jede Woche in der Kirche vermittelst? Egal, wie ihr zu manchen Themen steht, ich liebe euch. Ihr seid meine Familie.«

»Das hat sich vor ein paar Wochen noch ganz anders angehört.«

»Das stimmt, und dafür möchte ich mich aufrichtig entschuldigen. Es tut mir leid, wenn ich ausfallend geworden bin oder mich im Ton vergriffen habe. Das war ganz sicher nicht in Ordnung. Aber manchmal sagt man aus purer Verzweiflung Dinge, die man gar nicht meint. Dann handelt man aus der Not heraus und …« Ich stocke. Meine Eltern geraten etwas in den Hintergrund. Gedanklich schweife ich ab, muss an eine andere Situation denken, spreche aber wie ferngesteuert weiter. »Aber man muss doch kämpfen für die Menschen, die man liebt. Nicht wahr? Ihr kennt mich. Ihr hättet über das trotzige Verhalten hinwegsehen und um mich kämpfen können. Schließlich bin ich euer Kind.«

Mein Herz schlägt immer schneller. Ich schüttle mich kurz, versuche, meine Eltern wieder zu fixieren, aber in meinem Kopf ist nur noch Platz für eine Person.

Theo.

»Man liebt seine Familie auch in den schlechten Zeiten«, fahre ich fort. »Und dann darf man sich nicht abschütteln lassen. Wenn wir eine Person wegstoßen, ist es umso wichtiger, dass da jemand ist, der uns dennoch näher kommt und uns auffängt.«

Ich hätte kämpfen müssen.

Er hat mich von sich gestoßen.

Dafür muss es einen Grund geben.

Auf einmal sehe ich alles so glasklar.

Theo liebt mich. Natürlich tut er das. Wie konnte ich nur eine Minute daran zweifeln? Sein Verhalten ist einfach nur ein Hilfeschrei. Nur habe ich keine Ahnung, wonach.

»Du hast dein ganzes Studium weggeworfen«, jammert meine Mom und bringt mich damit wieder ins Hier und Jetzt.

»Nein, Mom. Ihr habt mein Studium weggeworfen. Aber auch das ist okay. Ich werde meinen Weg finden. Ich bin nur gekommen, um euch zu sagen, dass es mir gut geht und dass ich euch liebe. Ich hoffe, ihr findet einen Weg, mich so zu akzeptieren, wie ich bin.« Ich mache einen Schritt nach hinten. »Aber jetzt muss ich wirklich gehen.«

»Du knallst uns diese Dinge hin und verschwindest dann? Schon wieder?«

»Ihr wisst, wie ihr mich erreichen könnt, oder? Ich wohne derzeit auf dem Campus der Pixton University. Bei meinem Freund. Wenn ihr damit leben könnt, ruft mich gern an.« Ich drehe mich um und flitze in meinen weißen Sneakern über den halb gefrorenen Weg zur Grundstücksgrenze. Nach einigen Schritten bleibe ich stehen und drehe mich noch einmal um. Meine Eltern stehen nach wie vor wie angewurzelt da. »Ich liebe euch«, wiederhole ich noch ein letztes Mal, ehe ich in meinen Honda steige und die Straße in Richtung Greenwich nehme.

Ich weiß jetzt, was zu tun ist.

Kapitel 27

Theo

Der Bass wummert in meinem Magen und gesellt sich dort zu dem Wodka und den vielen angestauten Gefühlen der letzten Wochen.

Keine gute Mischung.

Mir wird immer schlechter, und mein Kopf fühlt sich an, als würde er jeden Augenblick explodieren.

»Boah, ich finde es so mutig, dass du so extrovertiert bist und dich gegen die Zwänge der Gesellschaft wehrst!«

Die Studentin, von der ich keine Ahnung habe, wie sie auf meinem Schoß gelandet ist, fährt mit ihrem langen Fingernagel über meine Brust und löst damit einen Schauder aus, der mir bis in die Zehen fährt. Ich habe ehrlich gesagt keinen Plan, wovon sie redet, aber am Ende ist es sowieso nicht von Belang. Stattdessen hebe ich die Flasche und lasse den Wodka in meine Kehle rinnen, damit er in meinem Inneren endlich die Macht an sich reißen kann. Noch immer spielt mein Verstand eine zu große Rolle in diesem traurigen Stück.

Eine Horde Mädchen tanzt zu der ätzenden Musik, während die Jungs am Rand der provisorischen Tanzfläche stehen und sie dabei beobachten. Letztere stecken die Köpfe zusammen und entwickeln höchstwahrscheinlich gerade einen Schlachtplan, wie sie ihre Beute heute Nacht flachlegen können.

Partys im Alpha-Gebäude sind primitiv und stumpfsinnig und deshalb genau das, was ich heute Abend brauche.

Die Menschen in dem viel zu kleinen Wohnheimzimmer verschwimmen vor meinen Augen zu einer wabernden Masse. Ich nehme keinen von ihnen wirklich wahr. Sie sind Fremde. Statisten in meinem Trauerspiel. Ich kenne niemanden hier beim Namen, aber das scheint den Gastgebern völlig egal zu sein. Wenn man als Erstsemester eine Party schmeißt, ist jeder auftauchende Studierende eines höheren Jahrgangs eine Ehre.

»Weißt du, viele Männer fühlen sich bedroht durch ihre weibliche Seite. Aber du lebst das einfach so aus. Das imponiert mir total.« Blumiges Parfum und lange blonde Haare wehen mir in die Nase. Beides fühlt sich so falsch an, dass ich einen Würgereiz unterdrücken muss.

Ich nehme einen weiteren Schluck, während ich meine freie Hand unter meinen Oberschenkel schiebe, um nichts Falsches zu tun.

Es wäre so einfach.

Während die Studentin auf meinem Schoß weiterplappert, zeigt sie mir sehr deutlich, was sie will.

Mich.

Das Problem ist nur: Ich selbst weiß nicht, was ich will. Niemand sollte im Moment meine Nähe suchen. Ich bin nicht gut. Nicht für sie und nicht für sonst irgendwen.

»Mhm«, mache ich abwesend, weil sie auf eine Reaktion wartet. Ich habe nicht zugehört. Mein Kopf ist leer. Meine Gedanken ergeben keinen Sinn mehr.

»Ich wollte dir das schon den ganzen Abend sagen.«

Als sich ihre kalten Finger auf meine Wange legen, erwache ich allmählich aus meinem Dämmerzustand.

»Was?«, frage ich, weil ich fürchte, die Pointe verpasst zu haben.

Ihre rosa Lippen formen nun ein Lächeln. Nicht schüchtern oder zurückhaltend. Sondern forsch und fordernd.

»Ich finde dich wirklich toll.«

»Tja«, lalle ich lachend, was sie leicht zusammenzucken lässt. »Da bist du momentan die Einzige.«

Ein neues Lied schallt aus den Boxen, und das Grölen der Mädels in der Mitte des Raums übertönt ihre Erwiderung.

Noch immer streicheln ihre Hände über meine Wange, meinen Hals und legen sich schließlich in meinen Nacken. Ihre Berührung bereitet mir eine Gänsehaut. Allerdings nicht im positiven Sinn.

»Lass uns zu mir gehen«, raunt sie in mein Ohr.

Ich drehe meinen Kopf minimal zur Seite, was zur Folge hat, dass ihre Lippen meine Wange berühren. Ihr Atem kitzelt meine Haut.

Unsere Münder sind dicht beieinander. Eine falsche Bewegung, und ich küsse eine andere Frau.

Um mir etwas Zeit zu verschaffen, hebe ich den Blick.

Und dann entdecke ich sie.

Scarlett.

In Leggins, Sneakern und weißen Tennissocken, die sie fast bis zu den Knien gezogen hat, steht sie da und starrt mich an. Sie trägt ihre Winterjacke und umklammert die Autoschlüssel.

Unsere Blicke treffen sich, und es durchfährt mich wie ein Stromschlag.

Ich kann sehen, wie ihre Schultern sich heben und senken. Sie schließt die Augen, dann öffnet sie sie wieder.

Sie steht einfach so da.

Nimmt die Situation auf.

Als sie sich schließlich in Bewegung setzt, weiß ich nicht, ob ich vor Freude heulen oder lieber weglaufen will. Sie ist hier.

Und verdammt, ich habe jede Minute in den letzten Stunden gebetet, dass sie einfach vor mir steht. Doch jetzt wünschte ich, sie täte es nicht. Das Verquere ist, ich habe mir nur gewünscht, sie wäre hier, damit ich sie wegstoßen kann.

Umgekehrte Psychologie, oder so ähnlich.

Zielstrebig kommt sie auf mich zu. Oder eher auf uns. Denn erst jetzt werde ich mir der Studentin in dem kurzen Rock und den schwarzen Netzstrümpfen wieder bewusst, die noch immer auf meinem Schoß sitzt.

Sie scheint nicht bemerkt zu haben, dass dieser seltsame Moment zwischen uns vorbei ist. Erst als Scarlett unmittelbar vor ihr steht und ihr auf die Schulter klopft, hebt sie den Blick.

»Hi«, sagt Scarlett und schenkt uns das falscheste Lächeln, das ich je gesehen habe. »Ich weiß, manchmal ist es total schwer, sich zu merken, mit wem man gerade rummacht. Aber der Typ, auf dessen Beinen du es dir gemütlich gemacht hast, ist sicher der Falsche. Du hast dich offensichtlich im Schoß geirrt.«

Mit großen Augen starre ich sie an. Wenn ich nicht so sehr gefangen in meinem Schmerz und zudem absolut betrunken wäre, würde ich höchstwahrscheinlich feiern, mit welcher Selbstsicherheit sie ihr Revier markiert.

Das blonde Mädchen auf meinem Schoß allerdings scheint weniger begeistert zu sein.

»Ich glaube nicht, dass ich diejenige von uns bin, die sich irrt«, erwidert sie mit einem schrillen Lachen. Mir wird kotzübel.

Ich weiß, ich sollte etwas sagen oder unternehmen. Aber ich

sitze bloß regungslos da und starre zwischen den Frauen hin und her.

Die fremde Frau legt ihre Arme um meinen Hals und presst ihren Oberkörper an mich. Ich bin kurz davor, in ihr Dekolleté zu kotzen.

Scarlett sieht an die Decke und pustet die Luft in den Raum, als müsse sie sich erst beruhigen, ehe sie weiterspricht.

»Okay. Ich formuliere es anders.« Ihr Grinsen fällt in sich zusammen, als sie sich zu uns herunterbeugt. Ihr Blick richtet sich auf die Studentin. Mich hat sie nicht angesehen, seit sie zu uns herübergekommen ist. »Zieh Leine, Mädchen, oder wir beide kriegen richtig Stress miteinander. Und glaub mir: Das willst du nicht.«

Die Fremde sieht fast schon flehend zu mir. Bestimmt wartet sie darauf, dass ich Scarlett wegschicke oder Partei für sie ergreife. Diesen Wunsch kann ich ihr leider nicht erfüllen.

»Ich denke, die Party ist vorbei.« Schmunzelnd schiebe ich sie von meinen Beinen. *Die Situation ist nicht witzig, Theodor. Gar nicht witzig.*

»Das denke ich allerdings auch«, zischt Scarlett, und ihre Augen sprühen beinahe Funken, als wir uns schließlich ansehen.

Sie wartet mit vor dem Körper verschränkten Armen darauf, dass wir allein sind. »Wir müssen reden.«

Ihre Stimme lässt keinerlei Widerspruch zu.

Demonstrativ lehne ich mich etwas nach hinten. Auf meinem Schoß ist soeben ein Platz frei geworden.

»Verarsch mich nicht, Theo«, presst Scarlett zwischen zusammengebissenen Zähnen hervor und zieht mich am Ärmel auf die Beine.

Bereitwillig lasse ich mich hinter ihr her aus der WG schleifen, in der ich vor Stunden gelandet bin. Ich weiß nicht einmal mehr, warum ich überhaupt hier bin.

»Und dabei schien es doch gerade amüsant zu werden«, brumme ich und will den Wodka ansetzen, als Scarlett mir die Flasche aus der Hand reißt. Ihre Nasenflügel beben, während sie mich wütend mustert. Im Flur des Erstsemesterwohnheims ist das Licht zu hell. Die Musik ist kaum noch zu hören. Hier und da stehen ein paar Leute. Manche unterhalten sich. Andere knutschen wild und fummeln aneinander herum. Ein Typ sitzt an die Wand gelehnt da und scheint zu pennen. Der Glückliche.

Es kommt mir vor, als könnte ich Scarletts viel zu schnell pochendes Herz hören.

Die Zeit steht für einen Moment still. Jeder Muskel in ihrem Körper scheint angespannt zu sein. Sicherlich reicht die kleinste Provokation, damit ihre Wut vollends überkocht. Ich kann schon vor mir sehen, wie sie die Flasche gegen die Wand wirft.

Seufzend schließt sie die Augen und atmet ein paarmal tief durch, ehe sie die Schultern strafft, die Flasche ein paar kichernden Mädels in die Hand drückt und mich wortlos nach draußen schiebt.

Die kalte Nachtluft schlägt wie ein Hammer gegen mein betrunkenes Hirn, und ich schwanke leicht, als Scarlett mich endlich loslässt.

»Alles klar, O'Connor.« Die Hände in die Hüften gestemmt, läuft sie vor mir auf und ab. Immer mal wieder bleibt sie stehen, öffnet den Mund, nur um anschließend weiterzumarschieren. Mir wird schwindelig vom Zusehen, und ich lasse mich auf die Treppenstufen des Alpha-Gebäudes sinken. Damn, ich bin voller, als ich dachte.

»Eigentlich hatte ich mir zurechtgelegt, was ich sagen wollte. Aber damit«, sie zeigt hinter mich, »habe ich nicht gerechnet.«

Statt etwas zu erwidern, vergrabe ich das Gesicht in meinen Händen. Ich bin zu müde für einen Eifersuchtsanfall.

»Sieh mich gefälligst an, wenn ich mit dir rede.« Scarletts

Stimme schneidet durch die Luft. Langsam hebe ich das Gesicht wieder.

Der Anblick ihrer glänzenden Augen schnürt mir die Luft ab. Sie versucht, es zu vertuschen. Aber selbst total besoffen erkenne ich, wie ihr Kinn zittert.

Ich muss den Blick abwenden, um davor zu fliehen, was ihr Anblick in mir auslöst. Ich will keinen verfluchten Schmerz mehr fühlen. Es ist zu viel.

»Ich bin müde, Scarlett. Lass es gut sein. Geh nach Hause.«

»Fick dich, Theo!«, schreit sie, was mich trotz der abstrusen Situation zum Lachen bringt. Ich habe sie bisher niemals fluchen gehört. Jedenfalls nicht so. »Fick dich einfach!«, brüllt sie noch lauter, weil ihr mein Lachen natürlich nicht entgeht. Scarlett entgeht nie irgendetwas. Weil sie schlau ist. Und einfühlsam. Und ich Arsch behandle sie wie den letzten Dreck.

Vor mich hin knurrend kneife ich die Augen zu.

»Ich weiß schon«, sagt sie, und ich kann spüren, dass sie vor mir auf die Knie gegangen ist. »Du denkst, du hast es gleich geschafft. Dass ich gehe und dich hier sitzen lasse. Du denkst, wenn du dich irgendeiner beliebigen Erstsemesterstudentin an den Hals wirfst, gebe ich auf, nicht wahr? Aber soll ich dir was sagen, du Arsch? Das kannst du vergessen! Und jetzt sieh mich gefälligst an, wenn ich mit dir spreche!«

Zögerlich hebe ich den Blick. Mein Stolz und meine Sturheit verbieten es mir, ihr zu sagen, wie recht sie mit allem hat.

»Hattest du was mit ihr?«

Ich kann ihr nicht in die Augen sehen.

»Als ob das wichtig wäre.«

Aus dem Augenwinkel erkenne ich, wie Scarlett den Kopf schüttelt. Dabei sind ihre Lippen aufeinandergepresst.

»Sag mir einfach die Wahrheit. Hast du sie geküsst? Hat sie dich berührt? Hattet ihr Sex?«

»Verflucht, nein!« Allein bei dem Gedanken möchte ich kotzen. Die Scham erschlägt mich mit ihrer riesigen grauenvollen Pranke. Ich hätte es niemals so weit kommen lassen dürfen. Da meine Versteckmöglichkeiten gering sind, verberge ich mein Gesicht wieder hinter den Handflächen. »So gut solltest du mich kennen.«

»So gut sollte …«, schreit sie drauflos, unterbricht sich aber selbst. »Okay … Warte.« Stöhnend streicht Scarlett sich die Haare aus dem Gesicht. »Das bringt so nichts.«

Ich muss nicht aufsehen, um zu wissen, dass sie sich neben mich gesetzt hat. Dennoch werfe ich einen kurzen Blick zur Seite. Sie hat die Knie angezogen und das Kinn darauf gestützt. Etwas verloren sieht sie in die Nacht hinaus.

»Ich hatte nichts mit ihr.« Ich lasse die Worte aus meinem Mund kullern, doch die erhoffte Erleichterung bleibt bei uns beiden aus.

»Das ist … gut.«

»Woher wusstest du überhaupt, dass ich hier bin?« Meine Stimme klingt kratzig.

»John«, antwortet sie einsilbig. Mit dem Daumen spielt sie an ihrem Piercing. Schiebt es zwischen ihre Lippen und lässt es wieder hervorschnellen. Sie so ruhig zu erleben, macht mir Angst. Das ist wesentlich wirkungsvoller, als mich anzuschreien. Was, wenn mein Plan aufgegangen ist und sie genug hat? Bin ich dann endlich zufrieden?

»Pass auf«, holt sie aus und dreht sich in meine Richtung. »Ich liebe dich, Theo.« Stutzig weiche ich zurück. »Jetzt guck mich nicht so an. Du weißt, dass ich dich liebe. Und daran wird auch dein bescheuertes Verhalten der letzten Tage nichts ändern. Ich erkenne, was du hier machst.«

»Was mache ich denn?«, bringe ich leise über die Lippen.

»Du willst mich loswerden. Du versuchst, mich von dir zu

stoßen, weil du verletzt bist, oder was weiß ich. Womöglich habe ich irgendetwas getan oder gesagt, was dich in diese Lage gebracht hat. Und wenn es so ist, dann tut es mir leid.« Hastig wischt sie sich die Tränen von den Wangen. »Ich weiß, dass du eigentlich nicht fies bist. Sicher hast du all das nicht so gemeint. Du sagst das nur, weil du verzweifelt bist. Nicht wahr?« Sie nimmt meine Hände in ihre und sieht mich durch glasige Augen an. »So ist es doch, oder, Theo? Bitte sag mir, dass es so ist.« Ihre Finger klammern sich um meine. Ich verbiete es mir, ihre zu halten. Meine Hände fühlen sich taub an. Fast schon tot. Wie der Rest von mir. »Ich bin nicht gut in diesen psychologischen Tricks. Ich weiß, wenn die Situation umgekehrt wäre, wüsstest du genau, was du sagen oder tun müsstest, um mich aus meinem Schneckenhaus zu holen. Aber ich weiß nicht, wie solche Sachen gehen.« Inzwischen weint sie immer mehr. Ihre Tränen zu sehen, macht mich auf einen Schlag nüchtern. »Ich brauche dabei deine Hilfe. Bitte sag mir, was mit dir los ist. Lass mich dir helfen. Ich bin für dich da. Denn Fakt ist: Ganz gleich, wie scheiße du dich benimmst, ich werde dich nicht aufgeben. Nicht heute, nicht morgen und auch an allen anderen Tagen nicht. Du magst vielleicht gerade nicht stark genug sein, um für uns zu kämpfen. Aber ich bin es.«

Während ich dabei zusehe, wie die Tränen über ihre zarten Wangen kullern und von ihrem Kinn tropfen, bröckelt meine Mauer.

Stein für Stein lockert sie sich und entblößt mein verletzliches Inneres.

Ich schlucke, doch die Gefühle lassen sich nicht länger zurückdrängen.

Sie wollen hinaus.

Mit aller Kraft.

»Bitte rede mit mir«, fleht sie.

Keine Ahnung, ob es am Alkohol liegt oder an der Tatsache, dass sie hier ist und mir keinerlei Vorwürfe macht. Dass sie stattdessen an meiner Seite ist und versucht, mich zu verstehen.

Jedenfalls bringe ich es nicht über mich, sie noch länger zu belügen. Sie nicht und mich auch nicht.

»Du hast recht«, keuche ich und schließe die Augen genau in dem Moment, in dem mich die Emotionen übermannen.

»Theo«, schluchzt Scarlett und fängt meine Tränen mit ihren Daumen auf. »Bitte«, fleht sie. »Lass mich für dich da sein.«

Und dann öffne ich nicht nur meine Augen für sie. Ich öffne auch mein Herz und meine Seele und gleichzeitig die Truhe mit all den hässlichen Erinnerungen.

»Es geht mir nicht gut. Ich fürchte, ich komme nicht mehr klar, Baby.« Es ist, als würde alle Kraft mit diesen Worten aus mir weichen. Heulend wie ein kleines Kind sacke ich in Scarletts Armen zusammen.

»Ich bin da«, sagt sie und streichelt mir über die Haare. »Hörst du, Liebling?« Ich spüre ihre Lippen auf meinem Kopf, was mich nur noch mehr zum Weinen bringt. »Ich bin für dich da. Du bist nicht allein.«

Und so sitzen wir eine Ewigkeit da. Ich lasse mich von meiner Freundin vor der Dunkelheit beschützen, die mich an sich reißen will. Scarlett breitet ihre Flügel aus und holt mich raus aus diesem grauenvollen Tal, das mich zu verschlingen droht.

Mit jedem tröstenden Wort und jedem liebevollen Kuss fliegen wir höher und höher und nähern uns dem Licht, das ich in den letzten Tagen so unsagbar vermisst habe.

Meine Muskeln fühlen sich an wie Wackelpudding, als ich meine Jacke an die Garderobe der WG hänge. Ich stütze mich gegen die Wand und hole tief Luft.

»Ich weiß, dass ich dir eine Erklärung schuldig bin.«

Scarletts Hand legt sich auf meinen Rücken. Sanft streicht sie über meinen angespannten Nacken. Seit wir bei dem Alpha-Gebäude aufgebrochen sind, haben wir kein Wort gesprochen. Schweigend sind wir über den menschenleeren Campus geschlendert. Aber spätestens, seit wir die Wohnungstür hinter uns geschlossen haben, ist mir klar, dass ich aus dieser Nummer nicht wieder herauskomme.

»Du bist mir gar nichts schuldig, Theo. Aber aus eigener Erfahrung kann ich dir verraten, dass es dir besser gehen wird, wenn du darüber redest. Das waren übrigens deine eigenen Worte.«

Mit verheulten Augen bemühe ich mich um ein Grinsen und drehe mich erst um, als ich es halbwegs stabil auf meinem Gesicht halten kann.

»Bist du sicher, dass du von Psychologie keine Ahnung hast? Ich finde, du hast das voll drauf.«

Ihr Lächeln ist weich und sanftmütig. So wie alles an Scarlett. Liebevoll streichelt sie mir über die Wange, und ich lehne mich der Berührung mit geschlossenen Augen entgegen.

»Es tut mir weh, dich so zu sehen.« Sie klingt müde und traurig. Mir ist klar, dass das auf meine Kappe geht, und ich will das nicht mehr. »Ich möchte dir helfen, aber ich habe keine Ahnung, was ich tun soll.«

»Können wir einen Deal aushandeln?« Ich öffne die Augen, um sie mit meinem Blick anzuflehen.

»Kommt ganz auf die Konditionen an.«

»Ich bin betrunken und wirklich ziemlich am Arsch. Meinst du, wir können morgen reden?« Abschätzend beobachtet sie jede meiner Regungen. Natürlich glaubt sie mir nicht. »Das ist keine Ausrede. Wirklich nicht. Ich will einfach nur …« Ich lasse die Lider sinken, ehe ich schon wieder heule.

»Was? Was willst du, Theo? Sag es mir.«

Als ich auch ihre zweite Hand an meiner Wange spüre, gibt sie mir genügend Kraft, um sie noch einmal anzusehen.

»Ich will dich einfach nur im Arm halten. Schlafen. Nüchtern werden. Nicht nachdenken müssen. Und morgen gehen wir die ganze Sache an. Das schwöre ich dir. Hoch und heilig.«

Scarlett denkt eine Weile über meine Worte nach. Ich kann ihr nicht verdenken, dass sie skeptisch ist.

Dennoch erlöst sie mich irgendwann mit einem Nicken.

»Okay.«

»Danke.«

»Schon gut.«

»Nein.« Ich mache einen Schritt auf sie zu, lege meine Hände auf ihre Oberarme. »Ich meine das ernst, Scarlett. Danke. Dafür, dass du mich noch nicht aufgegeben hast.«

»Das werde ich niemals.«

»Mit dieser Frau …« Ich habe mich noch nie so dermaßen geschämt. Stöhnend schüttle ich den Kopf. »… da lief wirklich nichts. Selbst, wenn du mich noch heute verlassen würdest, könnte ich so schnell keine andere Frau an meiner Seite ertragen. Weil ich dich wirklich liebe.« Die Worte auszusprechen, bereitet mir körperliche Schmerzen. Aber ich will, dass Scarlett sie hört. Denn es ist die Wahrheit. Ich liebe sie. »Zugegeben, ich habe echt Schiss, das mit uns zu verkacken. Aber ich liebe dich wirklich, und auch wenn gerade alles den Bach runtergeht, will ich ganz sicher keine andere. Niemals.«

»Es tut gut, das zu hören«, haucht Scarlett. Ihr Blick fällt für einen Sekundenbruchteil auf meine Lippen. Mir reicht dieser Bruchteil einer Sekunde als Zeichen.

Voller Erleichterung beuge ich mich vor und küsse sie.

Ich drücke meinen Mund auf ihren, presse ihren Körper gegen meinen und verharre so. Ihre Nähe ist gerade alles, was ich brauche.

»Es tut mir leid«, flüstere ich direkt an ihren Lippen.

Als Antwort vertieft Scarlett unseren Kuss. Drängt ihre Zunge in meinen Mund und klammert sich an meinem Nacken fest.

Sie gibt mir all ihre Liebe.

Aber vor allem gibt sie mir Hoffnung.

Kapitel 28

Scarlett

Ich hätte es wissen müssen.

Als ich vom Licht geweckt werde, das durch die orangefarbenen Gardinen hereinscheint, sehe ich neben mir lediglich die leere Matratze. Und mir wird schlagartig klar, dass ich es hätte wissen müssen.

Stöhnend setze ich mich auf und streiche mir die Haare aus dem Gesicht.

Theo ist nicht da.

Ich bin allein in seinem Zimmer und komme mir vor wie eine Versagerin.

Heute Nacht habe ich wirklich gedacht, er meint es ernst. Nie zuvor habe ich einen Menschen so gebrochen erlebt. Ihn völlig fertig zu sehen, hat mein Herz in tausend Stücke gerissen. Und ich war mir so, so sicher, dass sich heute alles ändern würde.

Mein Kopf tut weh, und ich strecke mich in alle Richtungen, weil es sich anfühlt, als wäre ich hundert Jahre alt. In den frühen Morgenstunden konnte ich meine Arme nicht mehr spüren, weil ich Theo so fest umklammert habe. Ich wollte ihn keinesfalls loslassen. Aber irgendwann muss ich eingeschlafen sein. Schon wieder.

»Bitte sei noch da«, flüstere ich vor mich hin und tapse barfuß über den alten Holzboden.

Sobald ich die Zimmertür öffne, schlägt mir der Geruch von frischem Kaffee entgegen. Automatisch beschleunige ich meine Schritte und komme im Wohnzimmer abrupt zum Stehen.

»Guten Morgen.« Theo hält in seiner Bewegung inne. Er sieht erschöpft aus. Dunkle Schatten liegen unter seinen Augen, und seine Wangen sind blass. Aber er ist frisch geduscht und macht offenbar Frühstück. »Du starrst mich an, als …« Er unterbricht sich selbst, während ich näher trete. »Ah«, macht er und nickt mit zusammengepressten Lippen. »Du hast gedacht, ich bin abgehauen, richtig?«

»Ich hatte gehofft, mich zu irren.«

Sein Lächeln erreicht seine Augen nicht mal ansatzweise. Die Haare hat er unter der Kapuze seines roten Pixton-Hoodies versteckt, und neben Jeans trägt er bunt geringelte Socken.

»Du hast dich geirrt.« Er füllt Kaffee aus der Glaskanne in zwei To-go-Becher. »Ich kneife nicht.«

Bei dem letzten Satz weicht er meinem Blick aus, und seine Stimme bricht.

»Dann reden wir?«, frage ich vorsichtig und trete so nah an ihn heran, dass ich meine Hand auf seinen Unterarm legen kann.

Erst dann hebt er den Kopf, sodass wir mit unseren Augen endlich die Verbindung aufbauen können, die ich so sehr brauche.

»Wir reden. Aber nicht hier.«

»Okay.« Aus meinem Mund klingt das eher wie eine Frage. »Kann ich mich noch schnell anziehen?«

Zum ersten Mal seit Tagen höre ich das echte Theo-Lachen, und es bohrt sich mit so viel Wucht in mein Herz, dass ich mir unwillkürlich über die Brust streiche.

»Nur zu. Ich werde schon nicht wieder davonlaufen.«

»Okay«, wiederhole ich und gebe damit den Startschuss für die wahrscheinlich schnellste Dusche der Menschheitsgeschichte. Meine Haare habe ich auf dem Kopf zusammengebunden, damit sie nicht nass werden. Anschließend werfe ich mich in Jeans und einen dicken Wollpullover.

Schon fünf Minuten später bin ich in meine Winterboots geschlüpft und sitze neben Theo in seinem Kombi.

»Sagst du mir, wo wir hinfahren?«

Sein Blick zuckt kurz von der Straße zu mir herüber.

»Es fällt mir zwar schwer, aber es ist wohl an der Zeit, dass ich dir jemanden vorstelle.«

»Okay.«

»Muss ich mir Sorgen um deinen Wortschatz machen?« Schmunzelnd biegt er auf den Highway.

»Entschuldige. Ich bin nur … Ich weiß nicht. Nervös? Ängstlich? Keine Ahnung. Wahrscheinlich habe ich tatsächlich Wortfindungsstörungen.«

»Es tut mir leid, Scarlett.« Mein Herz geht auf, als er seine Hand auf meinen Oberschenkel legt. Der unsichere Teil von mir hatte Angst, er könne seine Meinung geändert haben und sich wieder im Arschloch-Modus befinden. Ganz offensichtlich war meine Sorge unbegründet. »Ich wollte dich nicht verunsichern oder dich verletzen. Du solltest dich meinetwegen niemals so fühlen. Das war richtig scheiße. Die Dinge, die ich gesagt habe …«

»Sind vergessen«, beende ich den Satz für ihn.

Dieses Mal bringt er bloß ein »Okay« zustande, und als wir uns daraufhin ansehen, müssen wir beide lachen.

»Ich war gestern bei meinen Eltern.« Ich haue den Satz einfach so raus, in der Hoffnung, uns beide etwas abzulenken von dem, was auf uns zukommt. Es macht nicht den Anschein, als wolle Theo darüber reden, wo wir hinfahren oder wen er mir vorstellen will. Was auch immer mich erwartet, ich bin froh, dass wir es angehen. Es scheint auf jeden Fall ein längerer Ausflug zu werden. Immerhin hat er Kaffee und Sandwiches dabei.

»Nicht dein Ernst.« Da der Highway an diesem Vormittag gut befahren ist, kann er mich nur kurz aus dem Augenwinkel ansehen. »Was haben sie gesagt? Was hast *du* gesagt? Scheiße, du warst wirklich da? Erzähl mir die ganze Geschichte, Baby.«

Und das tue ich. Ich berichte ihm jedes Detail: wie ich ihnen meine Meinung gesagt habe und wie ihre Reaktion darauf ausgefallen ist. Auch wenn mir dabei klar wird, dass sie nicht viel Raum zur Reaktion hatten, weil mir mitten in meinem Vortrag klar geworden ist, dass ich um Theo kämpfen muss. Auch das erzähle ich ihm. Wir reden und reden. Er hört mir zu, fragt nach und macht mir Mut. So, wie er es immer getan hat. Er ist wieder er, und langsam fange ich an, neue Hoffnung zu schöpfen. Ich weiß, dass wir zusammengehören. Ich wusste es die ganze Zeit, aber meine Unsicherheit wollte mir etwas anderes einreden.

Als wir New Haven hinter uns lassen und uns die Küste in Richtung Osten entlangschrauben, wird mir klar, wo unser Ziel liegt.

Westerly.

Seine Heimat.

»Wir fahren zu dir nach Hause, oder?«

»Nicht ganz.«

Seine Hände klammern sich um das Lenkrad.

Unser Gespräch ebbt ab und macht wieder Platz für das, was vor uns liegt. Etwas, von dem ich keinen blassen Schimmer habe, worum es sich handelt.

Schweigend sehen wir beide nach vorn, während wir uns Rhode Island nähern. Die Nervosität in mir steigt mit jeder Meile, aber ich sage kein Wort. Auch Theo ist total in seine Gedankenwelt versunken.

In der Stille seines Wagens trinken wir unseren Kaffee, und ich esse ein Sandwich. Auch wenn ich mich zu jedem Bissen zwingen muss, tut die Ablenkung von der düsteren Wolke zwischen uns gut.

Doch dann ändert sich die Stimmung. Auf den letzten Meilen wird Theo unruhig. Ständig lehnt er sich in den Sitz zurück, beugt sich wieder nach vorn und schaltet das Radio im Sekundentakt an und aus.

Die Spannung im Auto ist fast nicht mehr auszuhalten, als er den Wagen endlich auf einen kleinen Parkplatz lenkt und seufzend den Motor abstellt.

Den Blick starr aufs Armaturenbrett gerichtet, erlöst er uns von dem qualvollen Schweigen.

»Wir sind da.«

Ich schlucke, als ich auf das Schild sehe, das unweit vor uns an einem schmiedeeisernen Tor hängt. Ich hatte es beinahe befürchtet.

Saint Sebastian Cemetery.

»Ich …« Ohne den Blick von dem Schild zu wenden, taste ich nach seiner Hand.

»Schon okay.« Unsere Blicke treffen sich kurz, und ich versuche, Theo stumm all die Dinge mitzuteilen, für die ich keine Worte finde.

Fast zeitgleich öffnen wir die Türen und steigen aus dem Wagen.

Ich kann sehen, wie angespannt er ist. Seine Schultern sind in dem dicken Mantel hochgezogen, und jede seiner Bewegungen wirkt irgendwie steif.

Sobald wir auf das Friedhofsgelände treten, greife ich erneut nach seiner Hand und bin erleichtert, als er seine Finger mit meinen verschränkt.

»Ich war sehr lange nicht mehr hier.«

»Meinte deine Mom das hier, als sie sagte, du solltest *sie* besuchen?«

»Das hast du gehört?«

Schuldbewusst zucke ich mit den Schultern. »Nicht absichtlich.«

Theo nickt, während er langsam über den Kiesweg an den Gräbern vorbeischlurft.

»Ja. Das meinte sie.«

Er deutet auf einen kleinen Pfad, der nach rechts führt. Wir gehen auf eine Reihe Gräber zu, und mir schnürt es die Luft ab, als ich noch aus der Ferne den Nachnamen O'Connor erkenne.

Theo wird langsamer, und als wir schließlich vor einem hübsch gestalteten Grab ankommen, bebt sein ganzer Körper.

»Das …« Er deutet zitternd vor sich. Mit seinen Augen sieht er überallhin, nur nicht auf den weißen Marmorstein. »Das ist meine Schwester.«

Meine Finger verkrampfen sich um seine.

Madeleine Michelle O'Connor. Geboren am 15.09.1997, gestorben am 14.11.2012.

»Na ja, vielmehr *war* sie es«, presst Theo hervor. Seine Stimme klingt kratzig. Er räuspert sich. Noch immer kann er den Grabstein seiner Schwester nicht ansehen. »Wir waren Zwillinge.«

»Mein Gott.«

»Sie war keine zwei Minuten älter als ich und hat keine Gelegenheit ausgelassen, mir das aufs Brot zu schmieren.«

Es kostet mich alle Kraft, mir ein Lächeln abzuringen.

In meinem Kopf kreisen so viele Fragen. Warum? Wie?

Theo war erst fünfzehn Jahre alt, als er seine Schwester verloren hat. Seine Zwillingsschwester. Den Menschen, mit dem er gleichzeitig im Mutterleib war.

Als bereite es ihm Schmerzen, hier zu stehen, windet er sich hin und her.

»Sollen wir vielleicht ein Stück gehen?«, biete ich ihm an und zeige auf den Weg, der einmal ums Friedhofsgelände herumgeht.

»Ja.« Seine Schultern entspannen sich ein wenig, und wir setzen uns Hand in Hand in Bewegung.

»Ich habe sehr viele Fragen.« Vorsichtig betrete ich das dünne Eis und bin sehr gespannt auf seine Reaktion.

»Das dachte ich mir. Auf manche habe ich vielleicht sogar Antworten.«

Statt weiter seine Hand zu halten, hake ich mich bei ihm unter und kuschle mich an seine Seite. Theo ist so groß, dass mein Kopf perfekt an seiner Schulter ruht.

»Warum hast du nichts von ihr gesagt? Warum ausgerechnet jetzt?«

»Gute Frage, Sherlock.« Er schmunzelt traurig. »Die Antwort darauf führt uns direkt zur Pointe der Geschichte.«

Fragend sehe ich zu ihm hoch.

»Als du Sonntagabend nicht in die WG gekommen bist und ich dich nicht erreichen konnte …« Er stockt einen Moment, und ich gebe ihm Zeit, sich zu sammeln. »Das war ein übler Trigger für mich. Alles ist wieder hochgekommen. Die Angst, die Ungewissheit. Es hat mich verrückt gemacht, nicht zu wissen, wo du bist.«

Unsere Schritte knirschen auf dem weißen Kies. Dunkle Wolken hängen über Westerly und untermalen die Stimmung zwischen uns.

Ich denke in Ruhe über Theos Worte nach, doch er spricht

bereits weiter. »Ich habe mir nicht den Magen verdorben, sondern hatte eine heftige Panikattacke.«

In Gedanken gehe ich die Situation an jenem Abend noch einmal durch. Ich hatte keine Ahnung.

»Hattest du so etwas schon öfter?«

»In den letzten Jahren nicht mehr. Aber hey, ich bin Psychologe. Ich erkenne eine Panikattacke aus hundert Meilen Entfernung.«

»Ich bin gerade dabei, das in meinem Kopf alles zu sortieren«, gestehe ich, weil mir keine adäquate Antwort einfällt.

»Das wird leichter sein, wenn du mehr Informationen hast.« Er legt einen Arm um mich und zieht mich noch enger an seine Seite. An den Ort, an dem ich sein möchte. »Ich habe den Tod meiner Schwester nicht gut überwunden. Danach hatte ich echte Schwierigkeiten, Menschen an mich heranzulassen. Nicht alle. Ich hatte immer gute Freunde und meine Familie. Das ist alles kein Problem. Aber hier …« Mit der freien Hand klopft er sich auf seine Brust. »… hiervor hing ein dickes Vorhängeschloss.«

»Deswegen hattest du nie eine Beziehung.«

»Keine ernste zumindest«, antwortet er, und ein kaum merkliches Grinsen spielt um seine Mundwinkel. »Ich hätte es nicht ertragen, noch einmal einen Menschen zu verlieren, der mir so verflucht nahesteht. Vermutlich habe ich deshalb versucht, uns zu sabotieren. Aber dabei habe ich gemerkt, dass ich dich wirklich will und brauche und …«

Eine Träne rollt aus seinem Augenwinkel, und ich bleibe stehen, um ihn in den Arm zu nehmen. Schluchzend vergräbt er seinen Kopf in meiner Halsbeuge. »Es tut mir leid, Scarlett. Das alles. Ich wollte dir keine Sorgen bereiten oder dich verletzen. Du hast eine so schwere Zeit, und dann komme ich mit meinen Altlasten um die Ecke.«

»Hey«, beschwichtige ich. Ich möchte ihm so gern etwas von seinem Kummer nehmen. »Ich brauche dich auch, Theo. Und das alles spielt gerade überhaupt keine Rolle. Wenn ich doch nur etwas davon geahnt hätte. Vielleicht hätte ich …«

»Du hast nichts Falsches getan, Scarlett.« Er löst sich aus unserer Umarmung und wischt sich das Gesicht trocken. Seufzend sieht er in den Himmel. Ich kann erkennen, wie sehr er sich schämt, und es bricht mir das Herz. Bislang war er immer der Starke. Der Weise. Der, der alles positiv gesehen hat. Zumindest habe ich das geglaubt. Ich habe seine Angst nicht erkannt. »Niemand weiß von ihr. Weder Quin noch sonst wer.«

Irritiert ziehe ich die Augenbrauen zusammen.

»Aber warum?«

Mit gesenktem Kopf setzt Theo sich wieder in Bewegung, und ich begleite ihn.

»Als meine Schwester gestorben ist, ist etwas in meiner Familie zerbrochen. Wir waren alle noch da, aber irgendwie war niemand mehr so wie vorher. Meine Eltern haben es nie gesagt, aber ich weiß, dass mein Anblick für sie schwer zu ertragen war. Wir sahen uns sehr ähnlich, weißt du. Jedes Mal, wenn sie mich angesehen haben, wollten sie eigentlich in ihre Augen blicken.«

»Deswegen spielst du ihnen etwas vor? Damit es leichter für sie ist?«

Theo stößt ein trauriges Lachen aus. »Du hast echt Talent, die richtigen Fragen zu stellen, Scarlett.«

Wir setzen beinahe in Zeitlupe einen Schritt vor den anderen, und Theo ringt sichtlich um die richtigen Worte.

»Du musst es mir nicht erzählen, wenn du nicht willst.«

Abrupt bleibt er stehen und sieht mich an.

»Wenn ich dir alles erzähle … die ganze Geschichte, dann … weiß ich nicht, was das mit uns macht. Vielleicht drehe ich anschließend durch. Oder … du …«

»Was?«, frage ich und gehe einen Schritt auf ihn zu. »Was hat das mit mir zu tun, Theo?«

»Als ich auf die Pixton gegangen bin, habe ich all das hinter mir gelassen. Neu angefangen. Aber ich konnte niemals damit abschließen, und dafür gibt es einen Grund. Maddy und ich … Wir haben ein Geheimnis. Etwas, was ich niemals jemandem erzählt habe. Etwas, was einfach alles verändert.« Theo reißt sich die Kapuze vom Kopf und fährt sich mit den Händen durch die Haare. Dabei sieht er schon wieder flehend in den Himmel, als könne er von dort Hilfe bekommen. »Scheiße, Scarlett. Ich kann das nicht mehr aushalten. Diesen Druck. Diesen Schmerz. Ich will das nicht mehr. Ich will es loswerden. Aber ich will dich auch nicht belasten. Ich … Was soll ich denn machen? Ich weiß einfach nicht mehr, was falsch und was richtig ist.«

Ich kann den Schmerz spüren, von dem Theo redet. Er ist so greifbar und umgibt uns wie eine Blase.

»Sag es mir. Ich bin hier. Und ich gehe nicht weg.« Ich greife nach seinen Händen. Drücke sie fest und ziehe ihn sanft an mich. »Ich bin an deiner Seite. Für immer. Dein Schmerz ist auch mein Schmerz. Deine Trauer auch meine. Ich helfe dir, diese Last zu tragen.« Ich spüre im kalten Wind, wie Tränen über meine Wangen laufen. »Rede mit mir, Theo. Bitte.«

Seine Augen sind rot, als er mich erneut ansieht.

»Es war ein Samstag.« Seine Kiefer spannen sich deutlich an, so fest presst er die Zähne aufeinander. »Wir waren in unserem Strandhaus in Old Saybrook. Meine Mom hat Lasagne gemacht, und Dad hat Ginny den ganzen Tag durchs Haus geschleppt, weil sie Ohrenschmerzen hatte. Ich erinnere mich noch genau daran, wie es draußen gestürmt hat. Der Wind hat den Sand vom Strand durch jede Ritze des Hauses gepustet. Maddy wollte unbedingt spazieren gehen und sich mit ihren Freundinnen irgendwo treffen.« Ich wage kaum, zu atmen, aus

Angst vor dem, was Theo mir erzählen wird. »Mom und Dad waren total genervt, weil meine Brüder sich nur gestritten haben und Ginny die ganze Zeit geschrien hat. Sie ließen Maddy gehen. Doch sie kam nie wieder.«

»Was ist mit ihr passiert?« Den Punkt, unter dem Theo so leidet, haben wir noch nicht erreicht. So kommt es mir jedenfalls vor.

»Tja«, schnaubt Theo. »Damit kommen wir zum wirklich unschönen Teil der Geschichte. Laut offiziellem Bericht handelte es sich um einen Unfall. Sie ist beim Leuchtturm gestürzt. Die Polizei geht davon aus, dass sie die Trittstufen hochgestiegen ist. Das Metall war rutschig, der Wind und die Brandung an diesem Tag heftig.«

»*Sie geht davon aus?*«

Sein Blick trifft mich bis ins Mark.

»Ich weiß es besser.« Theo senkt den Kopf und greift dabei in seine Gesäßtasche. Dann hält er mir einen vergilbten knittrigen Umschlag hin. »Sie hat mir einen Abschiedsbrief hinterlassen.«

»O mein Gott, Theo.« Mein Atem geht so schwer, als wäre ich einen Sprint gelaufen.

»Ich trage ihn die meiste Zeit bei mir. Vielleicht, um ihr nah zu sein. Vielleicht auch nur, damit ihn niemand findet. Keine Ahnung. Er gehört inzwischen irgendwie zu mir und …«

Er spricht nicht weiter.

Mir schreit bloß noch eine Frage entgegen: Warum?

Warum kann ein fünfzehnjähriges Mädchen, das in einem liebevollen Umfeld groß wird, sein Leben beenden wollen?

Theo sieht auf den Brief in seiner Hand.

»Ich dachte immer, wir stehen uns nahe. Dass sie nicht nur meine Schwester, sondern auch meine beste Freundin ist. Aber als ich damals diesen Brief unter meinem Kopfkissen fand, fühlte es sich an, als stamme er von einer Fremden.«

»Hat … Hat sie dir ihre Beweggründe genannt?«

Wortlos und ohne mich anzusehen, reicht er mir den Umschlag.

»Theo …« Unsere Blicke treffen sich. »Bist du sicher?«

»Ich will das alles nicht mehr für mich behalten. Das Wissen erdrückt mich.«

Wir gehen ein kleines Stück weiter und steuern eine Bank an, die am Rande der Wiese steht, auf der die Gräber in die Höhe ragen.

Der kleine, knittrige Umschlag wiegt schwer wie Blei, als ich ihn mit zitternden Fingern öffne.

Theo stützt die Ellbogen auf die Knie und vergräbt sein Gesicht in seinen Händen.

Mein lieber Theo,

wenn Du das liest, bin ich nicht mehr da.

Ich überlege schon lange, ob ich noch weiterleben will, und jetzt habe ich mich entschieden.

Auch wenn Du immer sagst, dass alles gut werden wird, schaffe ich es einfach nicht mehr. Ich bin so müde, mein Theo-Peo. Die Traurigkeit zieht mich in die Tiefe, und ich habe manchmal das Gefühl, keine Luft mehr zu bekommen.

Mom und Dad wissen von alldem nichts. Du warst immer der Einzige, der mich verstanden hat. Weil Du anders bist und mir nah. Ich glaube, weil wir Zwillinge sind. Bestimmt hast Du die andere Hälfte von meinem Gehirn, oder so.

Das mag lustig klingen, aber während ich das schreibe, kämpfe ich mit den Tränen. Ich kämpfe jeden Tag. Gegen mich. Gegen die Welt. Gegen alles. Und ich möchte nicht mehr kämpfen.

Jedes Mal, wenn ich in den Spiegel sehe, möchte ich kotzen. Ich weiß, dass ich anders bin. Dad sagt, das sei etwas Gutes. Aber wir wissen es besser. Du hörst sie auch lachen und die Köpfe zusammenstecken, wenn ich vorbeigehe. Weil ich nicht so bin wie alle anderen.

Mein Leben lang habe ich versucht, wie Du zu sein. Du hast für alles immer eine Lösung, und alle mögen Dich einfach, so wie Du bist. Du bist nie allein. Darum beneide ich Dich.

Aber ich bin nun mal nicht Du. Ich bin ich. Und ich hasse es, ich zu sein.

Also, lieber Bruder. Das hier ist mein Abschiedsbrief. Was sagt man, bevor man sich das Leben nimmt?

Vielleicht Danke?

Du warst der beste Bruder auf der Welt. Ohne Dich hätte ich es niemals bis hierher geschafft.

Aber vielleicht auch Entschuldigung.

Ich weiß, es ist nicht fair, einfach zu verschwinden. Aber ich würde es nicht machen, wenn ich einen anderen Ausweg sehen würde. Doch da ist keiner. Über mir, unter mir, neben mir, hinter mir. Überall ist Dunkelheit. Sie kommt mit jedem Tag näher, und ich habe Angst.

Ich habe schreckliche Angst, Theo.

Deswegen muss ich es beenden.

Leb wohl, Theo-Peo. Vielleicht bist Du ohne mich besser dran. Vielleicht seid ihr das alle.

Dann gibt es keine Dunkelheit mehr in unserer Familie.

Ich muss gehen, damit ihr alle wieder das Licht sehen könnt. Ich weiß, wie sehr Mom und Dad sich um mich sorgen. Ich habe Mom vor einigen Tagen weinen hören. Und das will ich nicht.

Ich habe ihnen nicht gesagt, dass ich meinem Leben ein Ende setzen werde. Nur zu gern wüsste ich Deine Meinung dazu, aber ich kann Dich nicht fragen. Dann würdest Du versuchen, mich davon abzuhalten. Und so, wie ich Dich kenne, würdest Du es schaffen. Weil Du immer alles schaffst.

Entscheide Du, ob wir es ihnen sagen. Solange ist es unser Geheimnis.

Bitte sei mir nicht böse.

Ich muss gehen.

Ich hab Dich lieb.

Maddy

Ich lasse den Brief in meinen Händen sinken und versuche vergebens, die Tränen wegzublinzeln.

»Sie muss so furchtbar gelitten haben.«

Ich streiche Theo über den Hinterkopf, der sich auf der schmiedeeisernen Bank zurücklehnt und in den Himmel sieht.

»Sie war nach außen hin nie so. Ich hatte keine Ahnung, wie schlimm es um sie stand.«

»Oft sind es die mit dem breitesten Lächeln, denen es am schlechtesten geht.«

»Ja, das denke ich inzwischen auch. Aus heutiger Sicht weiß ich, dass sie unter Depressionen gelitten haben muss. Damals war das niemandem klar.«

»Dann haben deine Eltern niemals an der Unfalltheorie gezweifelt?«

»Niemals. Für sie war die Sache klar.« Traurig sieht er auf das Papier. »Sie haben sich tatsächlich oft um sie gesorgt. Aber ich glaube, eher darum, ob sie glücklich ist. Nicht, ob sie sich von einem verfluchten Leuchtturm stürzen würde.«

Sorgfältig falte ich den Brief wieder zusammen, und Theo verstaut ihn in seiner Manteltasche.

Er steht auf, und wir biegen auf den kleinen Weg ab, an dessen Ende sich Madeleines Grab befindet. Ein Teil seiner Last liegt nun auf meinen Schultern, und ich spüre das zusätzliche Gewicht, während ich ihm schweigend folge.

Erst als wir vor Maddys Grabstein stehen, finde ich Worte.

»Erzählst du mir von ihr? Wie war sie so? Für dich?«

Theo lächelt traurig. »Maddy war … besonders.« Seine Stimme wird ganz weich. »So lange ich denken kann, war ich der Langweilige von uns. Immer gehorsam und ordentlich. Maddy war zwar auch in sich gekehrt, aber sie konnte die Stimmung im Raum komplett umkrempeln. Wenn sie gute Laune hatte, hat sie alle damit angesteckt. Aber genauso war das ganze Haus in gedrückter Stimmung, wenn sie traurig war. Ihre Laune hatte immer mehr Gewicht als die von uns anderen.«

Ich lege meine Hand auf seinen Unterarm.

»Sie …« Er zögert kurz, ehe er weiterspricht. »Sie hatte Probleme an der Schule und dabei, mit anderen zurechtzukommen. Wir alle wussten das. Ihre Klassenkameradinnen haben sie oft gehänselt, weil sie nicht so war wie sie.«

»*Wie sie?*«

»Na ja, wie ein typisches Kleinstadtmädchen und später dann wie die anderen Teenager. So, wie die Gesellschaft es vorgibt. Sie hatte nie Lust auf Kleider oder Zöpfe. Meistens trug sie die Klamotten von uns Jungs.« Er sieht zu mir herüber, und mit Tränen in den Augen grinst er. »Als wir zehn Jahre alt waren, hat sie mir fünf Dollar gegeben, damit ich ihr die Haare kurz schneide.«

»Hast du es gemacht?« Lächelnd wische ich ihm eine große Träne weg, die an seinem markanten Kinn hängt.

Theos Augen leuchten für einen Augenblick auf.

»Klar.« Sanft stoße ich ihn mit der Schulter an. »Aber ich habe auf das Geld verzichtet und ihr stattdessen das Versprechen abgenommen, dass sie niemandem erzählen darf, dass ich es war. Verdammt. Meine Mom hätte mir was erzählt, wenn sie das rausgekriegt hätte.«

»Und? Wie sah sie aus?«

»Im Grunde genau wie ich. Ich weiß noch, wie wir uns kaputtgelacht haben.« Sein Gesicht wird ernst bei der Erinnerung daran. »Aber ich weiß auch noch, wie sie später im Bett gelegen und geweint hat. Damals habe ich es nicht verstanden. Heute weiß ich, dass sie ohne Hilfe nicht glücklich werden konnte.«

»Weil sie krank war.«

»Ja«, seufzt er und nickt schwach.

»Du warst erst fünfzehn. Niemand in diesem Alter kann eine solche Situation einschätzen.«

»Ja, ich weiß. Dennoch bleibt der Gedanke, was gewesen wäre, wenn ich damals schon so viel über die menschliche Psyche gewusst hätte. Oder wenn sonst jemand etwas bemerkt hätte.«

»Ich glaube, wenn ein Mensch sich das Leben nimmt, wird das ›Was wäre gewesen, wenn‹ niemals ganz verschwinden.«

Theo legt seinen Arm um mich und gibt mir einen Kuss auf den Scheitel.

»Jetzt kennst du meine Geschichte. Weißt, warum ich durchdrehe, wenn meine Freundin ein paar Stunden verspätet nach Hause kommt.« Er legt sein Kinn auf meinen Kopf. »Du bist clever genug, um den Rest des Puzzles zusammenzusetzen.«

Ich schlinge meine Arme um seine Taille und denke über seine Worte nach. All die Dinge, die mit dem Tod seiner Schwester zusammenhängen.

Das Psychologiestudium.

Sein unkonventioneller Kleidungsstil.

Die Bindungsangst.

Sein angespanntes Verhalten, während wir in Westerly waren.

All das macht plötzlich Sinn.

»Deswegen provozierst du so oft, anders zu sein.«

Schon als wir uns das erste Mal gesehen haben, kam mir kurz der Gedanke, dass es sich dabei nicht nur um einen Selbstversuch handeln könnte. Aber ich habe nie wieder darüber nachgedacht. Weil ich ihn so akzeptiert habe, wie er ist.

»Wenn es nur einen einzigen Menschen gibt, der mich in einem Jeansrock und Badelatschen über den Campus laufen sieht und sich denkt: *Hey, ich fühle mich gleich viel besser in meiner Haut* – dann ist es das wert.«

Ich ringe mit meiner Fassung, während wir auf die letzte Ruhestätte seiner Schwester blicken.

Schweren Herzens sehe ich auf die geschmückte Erde. Rote winterliche Beeren sind in ein Gesteck aus Ästen und Moos gebunden.

»Es tut mir leid«, hauche ich. Ich glaube nicht, dass es Worte gibt, die seinen Schmerz lindern oder ihm diese Bürde abnehmen können. Aber alles, was ich gerade fühle, ist, dass es mir leidtut. Er, Maddy, seine Eltern, seine Geschwister. Sie alle tun mir schrecklich leid.

»Sie hat einfach nicht in diese Welt gepasst. Das ist es, was mich am meisten fertigmacht. Diese Welt ist so riesengroß. Es gibt so viele Länder und unterschiedliche Lebensformen, und doch leiden jeden Tag Menschen, weil sie nicht toleriert werden, wie sie sind. Warum müssen sich die Menschen anpassen? Warum kann nicht jeder so sein, wie er sein will? Es geht doch schon damit los, dass jeder mit dem Finger auf dich zeigt, wenn du psychische Probleme hast. Wenn die Menschen offener über Depressionen sprechen würden, hätte sie sich vielleicht jemandem anvertraut. Das ist scheiße und fucking unfair.«

Ich schlinge meine Arme noch fester um ihn. Er hat recht. Mit jedem seiner Worte hat er so recht. Doch all das ändert nichts daran, dass die Last, die er trägt, zu schwer ist.

»Hast du nie darüber nachgedacht, es deinen Eltern zu sagen?«

»Ich denke jeden Tag Tausende Male darüber nach.«

Theo löst sich aus unserer Umarmung und sieht mich kopfschüttelnd an. »Aber ich finde keine Lösung.«

Ich schlucke meine Meinung herunter. Das ist allein Theos Entscheidung.

»Sag es ruhig«, fordert er mich auf. »Ich weiß, dass du etwas zurückhältst. Du wackelst dann komisch mit der Nase.«

Vorsichtshalber taste ich nach meiner Nase.

»Reingefallen.« Theo lächelt mich traurig an. »Na, komm schon. Sag mir, was du denkst.«

»Ich kann mir nicht vorstellen, wie schwer das für dich sein muss. Schon so viele Jahre trägst du all das mit dir herum.«

»Aber?«

»Ich habe keine Ahnung von Psychologie oder Trauerbewältigung oder so was.«

»Aber?«

Ich druckse rum. Dieses Mal bin ich diejenige, die ihm nicht in die Augen sehen kann.

»Vielleicht würde es für deine Eltern etwas ändern, wenn sie wüssten, dass es ihr eigener Wille war. Aber das ist nur so ein Gedanke.« Ich zucke mit den Schultern.

»Ein ziemlich guter sogar. Ich habe mir deswegen schon so viele Stunden den Kopf zerbrochen. Aber ist es am Ende auch wirklich so? Ändert sich unsere Trauer, wenn wir wissen, dass sie nicht mehr da sein wollte? Oder macht es das nur noch schlimmer, weil wir es nicht haben kommen sehen? Machen sie sich dann Vorwürfe, weil sie nichts von ihrem Kummer geahnt haben? Oder werden meine Eltern sich gar fragen, ob es ihre Schuld ist, dass es so weit gekommen ist? Suchen sie am Ende die Ursache bei sich selbst?«

Meine Gedanken wandern zu Theos Mom. Zu seinem Dad und dem liebevollen Zuhause, das voller Toleranz und Wärme steckt.

»Was denkst du, warum hat sie sich niemandem anvertraut? Also, früher. Deine Eltern sind so warmherzige Menschen.«

Theo sieht fragend auf die feuchte Erde, als könne er dort eine Antwort finden.

»Vielleicht weil sie sich geschämt hat. Ich weiß es nicht. Oder weil sie ihre Familie nicht enttäuschen wollte?«

»Und jetzt willst du deine Familie nicht enttäuschen.«

»Bingo.«

»Darf ich dir eine sehr persönliche Frage stellen?«

»Nur zu. Ich habe gerade den Seelenstriptease meines Lebens hingelegt. Schlimmer wird es sicher nicht mehr.«

Bevor ich meine Frage stelle, streichle ich über seine Wange und beuge mich vor, um ihm einen Kuss zu geben.

»Danke, dass du es mir erzählt hast. Ich schwöre dir, Maddys Geheimnis ist bei mir genauso gut aufgehoben wie bei dir. Ganz gleich, ob du es deinen Eltern jemals sagen wirst. Ich gehe jeden Weg mit dir.«

Theo schließt bei meinen Worten die Augen, doch die Tränen sind schneller.

»Was wolltest du fragen?« Er sieht mich durch feuchte Wimpern an.

»Hast du je darüber nachgedacht, dir selbst professionelle Hilfe zu holen, um all das zu verarbeiten?«

»Anfangs nicht. Ich war fünfzehn. Mein Gott, ich wusste doch selbst nicht, wohin mit mir. Drei Jahre später bin ich auf die Pixton und habe dem Schicksal den Mittelfinger gezeigt. Eigentlich dachte ich, dass alles tief genug in meinem Unterbewusstsein begraben sei. Aber dann …« Er seufzt tief und legt mir die Hände auf die Schultern. »Dann kamst du.«

»Bist du deswegen zum Motel hinter mir hergefahren und hast mich mitgenommen? Hattest du Sorge, ich könnte mir etwas antun?«

Die Art und Weise, wie er seine Lippen aufeinanderpresst, ist Antwort genug.

»Ich verspreche dir, darüber musst du dir niemals Sorgen machen. Selbst wenn ich für immer die obdachlose Erotikautorin bleibe. Ich liebe das Leben. Suizid ist nichts, woran ich jemals gedacht habe.«

»Das ist schön, zu hören. Irgendwie habe ich das Gefühl, das lässt mich besser schlafen. Aber das war nicht der einzige Grund. Ich war auch bis über beide Ohren in dich verliebt. Und bin es noch.«

Mit den Daumen wische ich ihm die Wangen trocken.

»Ich bin froh, dass du mich so gedrängt hast.«

»Und ich bin froh, dass du meine bescheuerte Art gestern durchschaut hast. Es könnte durchaus sein, dass ich das wieder tun werde. Ich mag mich in Psychologie auskennen, aber offenbar habe ich selbst das eine oder andere Problem.«

»Wenn du wieder durchdrehst, werde ich da sein und dich da rausholen, hörst du?«

»Ich dachte wirklich, ich hätte das alles im Griff, Scarlett. Es tut mir leid. Ich wollte dich niemals in diesen ganzen Mist mit reinziehen.«

»Hey.« Ich streiche ihm die Haare aus dem Gesicht, die der Wind direkt wieder zurück pustet. »Wir kriegen das wieder hin. Du bist jetzt nicht mehr allein damit. Dein Mist ist mein Mist. Ich bin bei dir, okay?«

»Okay.«

»Wir überstehen das alles. Zusammen. Seite an Seite.«

Theo nimmt meine Hände in seine und küsst meine Fingerknöchel.

»*Seite an Seite*«, wiederholt er, und zum ersten Mal seit Tagen habe ich meinen Theo wieder vor mir.

Kapitel 29

Theo

»Ich bin zu Hause, Baby.« Seufzend werfe ich meine Tasche in die Ecke und kicke mir die Schuhe von den Füßen.

»Wie zum Teufel kann ich dir diesen bescheuerten Spitznamen nur endlich austreiben?«

Scarlett erscheint im Türrahmen des Wohnraums.

»Ich empfehle dir Kapitulation.« Zum ersten Mal an diesem Tag grinse ich, während ich auf sie zuschlendere und meine Arme um ihre Taille lege. Sofort findet sie mit ihren zarten Fingern meinen Nacken und spielt mit meinen Haaren.

»Hi.« Sie küsst mich auf die Lippen, die Nase, das Kinn und noch einmal auf den Mund.

»Auch hi.« Meine Hände liegen auf ihrem knackigen Hintern, und ich ziehe sie noch dichter an mich. »Ich hab dich vermisst.«

»Ein langer Tag?«

»Ein sehr langer Tag.«

Drei Wochen.

So lange ist es her, dass ich Scarlett alles über Maddy und ihren Selbstmord anvertraut habe.

Drei Wochen, die wirklich hart, aber zugleich auch immens wichtig waren. Als wir aus Westerly zurückgekehrt sind, haben wir unser Leben einfach pausiert. Wir brauchten Zeit für uns. Also bin ich zu keiner Vorlesung gegangen, wir haben unsere Freunde nicht getroffen und uns vollständig von der Welt zurückgezogen. Für ein paar Tage sind wir sogar nach Old Saybrook gefahren. Ich habe Scarlett gezeigt, wo Maddy sich das Leben genommen hat. Wir sind viele Stunden am Strand spazieren gegangen oder haben es uns vor dem Kamin gemütlich gemacht. Und vor allem haben wir geredet. Nächtelang, Stunde um Stunde.

Möglicherweise lehne ich mich etwas zu weit aus dem Fenster, aber ich glaube, dass sich zwei Menschen nicht näherkommen können als Scarlett und ich in den vergangenen Wochen. Wir haben jede Minute genutzt, um uns den Problemen zu stellen, die wir viel zu lange vor uns hergeschoben haben.

Die Zeit zu zweit hat uns gutgetan.

Scarlett hat erneut Kontakt zu ihren Eltern aufgenommen. Ich habe ihre Hand gehalten, während sie lange telefoniert haben. Zwar ist die Situation nicht wirklich geklärt, aber zumindest hat sie den Stein ins Rollen gebracht. Sie ist über ihren Schatten gesprungen und hat damit so viel mehr Größe bewiesen als ihre Eltern. Außerdem hat sie viel geschrieben. Sie arbeitet an einem neuen Buch. Eine Liebesgeschichte, die viele tiefgründige Themen wie Depression und Selbsthass beinhaltet. Mit jedem Wort, das ich in ihrem Manuskript lese, liebe ich sie noch ein bisschen mehr.

Sie in den Armen zu halten, ist ein Geschenk.

Deshalb nehme ich mir einen Moment Zeit, um sie anzusehen, dann küsse ich sie noch einmal. Dieses Mal zärtlich und langsam. Koste es voll und ganz aus, wie ihre weichen Lippen sich auf meine legen. Der kalte kleine Metallring, der sich gegen meinen Mund drückt, und ihr Körper unter meinen Händen.

»Willst du mir erzählen, was Professor Ward gesagt hat?«, fragt sie, sobald sie sich ein Stück von mir gelöst hat.

»Zumindest bin ich kein hoffnungsloser Fall.«

»Ach, komm«, kichert sie und boxt mich gegen die Schulter. »Mit so etwas macht man keine Späße. Das solltest du am besten wissen.«

»Sorry.« Ich kann ein Schmunzeln nicht unterdrücken, ehe ich wieder ernst werde. Sie hat ja recht. Wenn einer weiß, wie ernst die Lage ist, dann ich. »Es war gut. Wirklich. Er meinte, ich könne so oft zu ihm kommen, wie ich es für richtig halte. Mein eigenes Drama aus psychologischer Sicht zu beleuchten, ist … gut. Das mag sich komisch anhören, aber mir gefällt es, über mich selbst zu reflektieren. Ich glaube, dass das sehr lehrreich ist.«

»Das freut mich. Dann wirst du ab jetzt öfter hingehen?«

Es war Scarletts Idee, mit einem meiner Professoren über meine Situation zu sprechen. Mein Lieblingsprofessor und ich hatten bereits letzte Woche ein ausführliches Telefonat, und heute habe ich ihn das erste Mal besucht. Es ist keine Therapie im eigentlichen Sinne. Vielmehr ein freundschaftliches Gespräch mit professionellem Hintergrund. Aber es tut gut, und vor allem hilft es mir, die Dinge in meinem Kopf zu ordnen. Allerdings ist mir bewusst, dass ich die Vergangenheit nicht überwinden kann, solange ich nicht mit meinen Eltern gesprochen habe. Für diese Erkenntnis brauche ich kein Psychologiestudium. Früher oder später werde ich mich der Wahrheit stellen müssen. Das ist meine Erkenntnis der vergangenen Wochen.

»Ja. Wir haben uns für nächste Woche verabredet.«

Scarletts Lächeln lässt die Müdigkeit des Tages verpuffen.

Es war anstrengender als gedacht, mich nach unserer kleinen Auszeit wieder im Unialltag einzufinden. Ein Glück, dass morgen nur noch drei Vorlesungen vor mir liegen und wir dann in die Winterferien aufbrechen. Quasi Urlaub vom Urlaub.

»Das ist doch super!« Strahlend nimmt sie mich bei der Hand und zieht mich in mein Zimmer.

Oder vielmehr unser Zimmer. Nachdem wir aus Old Saybrook zurückgekommen sind, haben wir Quin sein Reich wieder überlassen. Es wäre sinnlos, Scarletts Sachen noch länger dort zu lagern, wenn wir doch sowieso keine Minute getrennt verbringen.

»Ich muss dir auch etwas erzählen.«

»So?« Ich ziehe mir den dicken Strickpullover über den Kopf und werfe ihn auf den Berg aus Kartons, die an der Wand aufgereiht stehen.

»Ich hatte heute auch einen Termin.«

Aus dem Augenwinkel schiele ich auf den Stapel Briefe, der sich auf dem Schreibtisch türmt. »Ich dachte, der Termin bei der Bank ist erst nach den Feiertagen?«

»Ist er auch.«

Weihnachten löst bei mir unterschiedliche Gefühle aus. Einerseits freue ich mich auf die Zeit mit meiner Familie, andererseits weiß ich noch nicht, wie es werden wird. Ob ich stark genug sein werde, um ihnen die Wahrheit zu sagen? Fakt ist aber, dass Scarlett an meiner Seite sein wird. Und das beruhigt mich ungemein.

»Was dann?« Abrupt sehe ich auf. »O Gott, du bist doch nicht schwanger?«

»Was? Nein!«, kreischt Scarlett und starrt mich mit großen Augen an.

»Okay.«

»Okay.«

Verwirrt sehen wir uns an.

»Nur um sicherzugehen: Wir wollen noch kein Baby, oder?«

»Nein.« Scarlett schüttelt sich leicht. Ihr Gesicht ist mit einem Mal ganz blass. »Wollen wir auf gar keinen Fall.«

»Okay.«

»Okay«, stößt sie aus, und wir müssen beide lachen.

Ich schlendere auf sie zu und schiebe ihr die Haare hinter die Ohren. Sie ist so verdammt schön.

»Was hattest du dann für einen Termin?«

Ich kneife die Augen ein wenig zusammen. Irgendetwas in ihrem Gesicht strahlt heute besonders. Ich kann mir nicht vorstellen, dass es eine bloß äußerliche Veränderung wie ein Friseurbesuch ist. Es muss etwas Bedeutsames sein.

»Warst du bei deinen Eltern?«

Seit dem Telefonat hat sie nichts mehr von ihnen gehört, und ich weiß, wie sehr sie das wurmt.

»Nein.« Ihre Mundwinkel wandern immer weiter in die Höhe. »Ich habe mich heute auch mit einer Professorin getroffen.«

Mit ihrem ganzen Körper wippt sie angespannt auf und ab.

Fragend sehe ich sie an und warte auf eine Erklärung.

»Nun erzähl schon.« Lachend packe ich sie bei den Schultern.

»Ich habe mich heute mit Professorin Redford getroffen.« Klatschend springt sie auf und ab.

»Moment. Was?« Ich halte sie an Ort und Stelle, kann aber nichts dagegen tun, dass mich ihre Euphorie ansteckt.

»Ich habe auf dich und Quincy gehört und bin einfach ganz spontan in ihr Büro.«

Es ist Wochen her, dass der Doc und ich Scarlett von der Literaturprofessorin erzählt haben. Ich dachte nicht, dass sie das weiterverfolgen würde.

»Was? Wie? Ich meine … Erzähl!«

Sie zieht mich an den Händen aufs Bett, und wir setzen uns im Schneidersitz gegenüber.

»Ich habe in den letzten Wochen öfter darüber nachgedacht, wieder zu studieren. Wegen meiner neuen Geschichte und allem, worüber wir in den vergangenen Wochen gesprochen haben. Ich möchte *mehr* schreiben. Anderes. Ich will neben den Romanen, die die Menschen unterhalten, auch etwas schaffen, das sie nachhaltig in ihrem Denken beeinflusst.«

»Davon hast du gar nichts gesagt.«

Scarlett seufzt. »Ganz ehrlich? Ich glaube, mir war das selbst nicht richtig klar. Es hat mich einfach so gepackt, und auf einmal stand alles so klar vor meinen Augen. Die letzten Wochen haben mich irgendwie geerdet. Verstehst du?«

»Ja, klar. Absolut. Es ist, als würde alles auf einmal mehr Sinn ergeben. Es freut mich so, dass das nicht nur für mich gilt. Das ist toll, Baby. Ehrlich.«

Sie verzieht bei dem Spitznamen kurz das Gesicht.

»Und, was hat sie gesagt? Oder vielmehr du?«

»Ich habe ihr eine Leseprobe gegeben und ihr mein Pseudonym verraten, damit sie sich meinen Schreibstil ansehen kann.«

Scarlett schlägt sich die Hände vors Gesicht, aber ich nehme sie direkt wieder runter.

»Das ist super, Scarlett.«

Mir ist bewusst, was für ein großer Schritt das für sie gewesen sein muss.

»O Gott. Ich bin so nervös. Was, wenn sie es schrecklich findet? Oder mir sagt, ich soll mich zum Teufel scheren?«

»Hat sie so etwas angedeutet?«

»Nein.« Ich verkneife mir das ›Siehst du‹.

»Was hat sie dann gesagt?«

»Sie war ganz begeistert. Meinte, sie würde sich das alles ansehen und sich nach den Feiertagen melden. Gut möglich, dass ich im Frühjahr schon ins Semester einsteigen kann, und eventuell kann sie mir ein Teilstipendium besorgen.«

»Boah, das klingt großartig! Ich freue mich so für dich.«

»Dann sind wir beide auf der Pixton.« Scarlett zuckt unsicher mit der Schulter. »Ist das okay für dich?«

»*Okay?* Willst du mich verarschen? Das ist ein Traum!« Ich greife nach ihren Händen. »Du und ich. Die coolen Partys im Alpha. Das hat doch was Melodramatisches.«

»Haha«, beschwert sie sich und versucht, mir ihre Hände zu entreißen. Stattdessen ziehe ich sie näher zu mir heran und küsse sie auf den Mundwinkel.

»Ich freue mich riesig. Nicht nur für dich. Auch für mich.«

»Ich muss irgendwie versuchen, ein Wohnheimzimmer zu bekommen. Bis dahin müsste mein Geld angekommen sein. Das hier ist keine Dauerlösung.«

Gedankenverloren sieht sie auf die vielen Kisten.

»Du wackelst schon wieder mit der Nase.«

»Tue ich nicht.« Sie versucht, ernst zu gucken, aber kann sich ein Grinsen nicht verkneifen.

»Aber da ist noch etwas, was du zurückhältst, oder?«

»Ach nein. Schon gut.«

»Scarlett. Komm schon.« Mahnend sehe ich sie an. Wenn wir beide in den letzten Wochen irgendetwas gelernt haben, dann, dass Kommunikation die halbe Miete ist. Nur wenn man miteinander spricht, kann man Probleme lösen. Das ständige Zurückhalten von Wünschen und Bedürfnissen führt bloß zu Missverständnissen und unnötigem Drama.

»Ich dachte nur für einen kurzen Augenblick, dass es auch schön wäre, wenn wir zusammen eine kleine Wohnung auf dem Campus hätten. Ich meine, Quincy ist in ein paar Monaten fertig mit dem Studium, und John und Wyatt … Na ja.« Sie räuspert sich, was mich zum Lachen bringt. Die drei werden wohl niemals enge Freunde. »Ich glaube, ich werde dich schrecklich vermissen, wenn ich nicht mehr neben dir aufwache. Aber schon gut. Wirklich. Vergiss es einfach schnell wieder.«

»Warum?«

»Weil ich es nicht überstürzen will. Du hast es gerade erst geschafft, dich mir zu öffnen, und traust dich das erste Mal in das undurchschaubare Gewässer einer festen Beziehung.«

»Wie metaphorisch, Ms Heart.«

»Du weißt, was ich meine. Ich will keinen Druck machen. Ich will, dass du glücklich bist. Und es war ja auch nur so ein Gedanke.«

Für ein paar Sekunden sehen wir uns einfach nur an.

Ich schaue in Scarletts Gesicht. In die graublauen Augen, die mir Zugang zu ihrem Herzen verschaffen. Ihre langen Haare, die sie heute zu einem strengen Zopf geflochten hat, der ihr weit über die Schultern reicht. Sie ist so ein essenzieller Teil meines Lebens geworden. Sie ist meine Welt. Mein Morgen und mein Abend. Mein Tag und meine Nacht. Ohne sie macht das gesamte Universum keinen Sinn mehr.

»Ich bin glücklich. Und ich finde …« Ich räuspere mich, damit mir die Stimme nicht wegbricht. »Ich finde, das war nicht nur so ein Gedanke. Vielmehr ist es eine wundervolle Idee. Ich will auch nicht mehr ohne dich sein. Keine Minute.«

Zögerlich sucht sie in meinem Gesicht nach der Wahrheit.

»Bist du sicher? Das alles ist noch frisch. Keine Ahnung, was aus mir wird. Vielleicht klappt das mit dem Studium auch gar nicht. Ich bin noch immer die verstoßene Tochter, und du …«

»Ich habe endlich einen Weg gefunden, mich mit meiner Vergangenheit auseinanderzusetzen. Und das habe ich dir zu verdanken. Nur dir. Außerdem ist es völlig egal, ob du studierst oder nicht. Lass uns das machen. Wir suchen uns eine hübsche kleine Wohnung. Wir stellen ein Bücherregal hinein und bauen uns ein riesiges Bett aus Paletten. So wie alle Hipster auf Instagram es machen.«

»Meinst du das ernst?«

»Natürlich meine ich das ernst. Ich bin so was von dabei! Was sagst du?«

»Was ich sage?« Völlig aus dem Häuschen springt sie wieder hoch und runter und quietscht wie ein kleines Kind. »Ich sage Ja! Was denkst du denn?«

Scarlett wirft sich auf mich, und wir fallen nach hinten um.

»Ich werde jeden Tag für uns kochen.«

»Du kannst nicht kochen.«

»Vielleicht lerne ich es?«, schlägt sie kichernd vor.

»Es gibt auch tolle Lieferserviceangebote.«

»Ey!« Sie versucht, mich zu kitzeln, doch ich fixiere ihre Hände und ziehe sie stattdessen der Länge nach auf meinen Körper.

Der reagiert sofort. Durch Scarletts Nähe hart zu werden, passiert wie von allein. Allerdings haben wir diesen Teil unserer Beziehung in den letzten Wochen sehr vernachlässigt. Zwischen nachgeholter Trauerarbeit und dem Umkrempeln des eigenen Lebens steht einem nicht gerade der Sinn nach wildem Sex.

Wir haben in Old Saybrook nur zweimal miteinander geschlafen, aber das war mehr dem Verlangen geschuldet, einander nah zu sein, als der bloßen Lust.

»Ich vermisse dich«, gestehe ich ihr.

Lange sieht Scarlett mir in die Augen. Unser Lachen erstirbt langsam, und ich gebe ihre Hände frei.

Sie schluckt. Ihre Wangen färben sich rot, und ihr Atem geht schneller.

»Du fehlst mir auch.«

»Was denkst du?«, frage ich, und meine Hände streichen dabei über ihren perfekten Hintern. »Sollen wir uns mal wieder benehmen wie die Delfine?«

Kapitel 30

Scarlett

»Du willst Flipper spielen?«, frage ich kichernd und presse mich noch enger an Theo. Dabei spreize ich meine Beine, sodass ich mein Becken passgenauer an seins schieben kann. »Bist du sicher?«

»Scarlett …« Er knetet mit seinen starken Händen meinen Hintern, und eigentlich ist seine wachsende Erektion schon Antwort genug. »Es geht mir gut. Es geht dir gut. In zwei Tagen ist Weihnachten. Ja, unser Leben mag derzeit etwas anstrengend sein, und meine psychische Verfassung ist etwas labil. Aber das hat nichts damit zu tun, dass ich sehr glücklich mit dir bin. Und damit meine ich nicht nur, dass ich dich sehr liebe. Sondern auch, dass ich dich verdammt hot finde. Es gibt also absolut überhaupt keinen Grund, warum wir nicht wild und hemmungslos Sex haben sollten.«

»Ich hatte so darauf gehofft, das zu hören.«

»Ja? Hast du darauf gewartet?«

Seine Stimme verändert sich. Diese raue und sexy Seite ist

mir inzwischen sehr vertraut, und ich kann es kaum erwarten, diesen Theo endlich wieder ungefiltert zu erleben.

»Jede Nacht«, flüstere ich dicht an seinem Ohr und fahre mit der Zunge über seinen Hals.

»Dann sollte ich dich nicht noch länger warten lassen.«

»Oder vielleicht …«, schnurre ich, denn auch ich habe eine sexy Tonlage. Und ich bin mir sicher, Theo kennt diese ganz genau. Zur Untermalung schiebe ich mein Becken mit mehr Druck gegen seinen harten Schritt. »… sollte ich nicht länger *dich* warten lassen.«

»Das klingt durchaus verlockend.« Das letzte Wort bringt er nur noch abgehackt hervor, weil ich mich gleichzeitig aufrichte und mir mein Shirt in einer fließenden Bewegung über den Kopf ziehe.

»Scheiße!«, stößt Theo aus. »War das hier etwa geplant?«

Voller Bewunderung starrt er auf meinen neuen Spitzen-BH. Tatsächlich war ich nach dem Gespräch mit Redford dermaßen beflügelt, dass ich mich belohnen wollte. Mit aufreizender Wäsche. Wirklich, wirklich aufreizender.

»Ein bisschen vielleicht.« Ich zwinkere ihm zu, während ich von ihm herunterklettere und mich zwischen seine Beine auf die Matratze stelle. Ohne ihn aus den Augen zu lassen, knöpfe ich meine Jeans auf und schiebe sie nach unten, bedacht darauf, mir den Kopf nicht an der Lampe zu stoßen.

»Ich hätte eher mit Blau gerechnet.« Theo mustert mich von oben bis unten.

»Warum Blau?«

»Flipper«, raunt er, als ich mich etwas zur Seite drehe, um ihm meinen Hintern zu präsentieren. »Aber der weihnachtliche Look ist auch nicht zu verachten.«

»Daran habe ich gar nicht gedacht, aber jetzt, wo du es sagst …«

Schmunzelnd betrachte ich meine rote Reizwäsche, die mit kleinen weißen Rüschen gesäumt ist.

»Du bist so verdammt sexy.«

Mit meinem großen Zeh streiche ich über den kleinen Streifen Haut, der zwischen seinen Jeans und dem lila T-Shirt mit der Aufschrift *Fuck. It's Monday* zu sehen ist.

»Zieh dich aus«, befehle ich, was ihn zum Grinsen bringt.

»Mhm«, brummt er, während er das Becken anhebt, um seine Hose loszuwerden. »Eine dominante Santa-Version meiner Freundin – Weihnachten wurde gerade vorgezogen.«

Langsam lasse ich mich auf die Knie sinken und schiebe mich zu ihm hoch.

»Lass es mich netter formulieren: Würdest du bitte endlich deine Klamotten loswerden, damit ich dir den besten Blowjob deines Lebens verpassen kann?«

Theo legt seine Hand in meinen Nacken und zieht mich bestimmend direkt vor seinen Mund.

»Versprich nichts, was du nicht halten kannst, Baby.«

Er küsst mich flüchtig auf den Mund, dann dirigiert er mich zielsicher nach unten.

Genau an mein ursprüngliches Ziel. Während er sein T-Shirt abstreift, nehme ich seinen Penis in die Hand und seufze erleichtert.

Ich habe das hier wirklich vermisst. Diese Version von uns. Die, die niemand kennt. Außer uns beiden.

Wir sind uns in den letzten Wochen so nahegekommen wie nur menschenmöglich, aber der Delfin in mir hatte Angst davor, dass diese Seite unserer Beziehung verloren gegangen ist.

Mit den Fingern der anderen Hand streichle ich über seine Brust. Verharre kurz bei den Koordinaten, die ich im Schlaf aufsagen könnte.

41°16'17.2"N 72°20'35.2"W

Der Leuchtturm von Old Saybrook.

»Ich liebe dich.« Die Worte kommen kaum hörbar aus meinem Mund, aber ich bin sicher, Theo hat mich verstanden. Denn seine Lippen formen eine Erwiderung, und im nächsten Moment umschließe ich mit dem Mund seine Erektion.

Als meine Zunge seine warme Haut berührt, schließe ich die Augen und gebe mich voll und ganz dem Gefühl hin. Die Kontrolle über ihn zu haben. Ihm Lust zu bescheren. Alles andere kommt zum Erliegen. Sämtliche Probleme und Sorgen haben Sendepause. Es gibt nur noch ihn und mich.

Die Laute, die Theo von sich gibt, spornen mich an, meine Lippen weiter zu öffnen und ihn tief in mich aufzunehmen. Die seidige Haut seiner Eichel kitzelt meinen Gaumen, und ich atme durch die Nase, um sie daraufhin tief in meinen Rachen gleiten zu lassen.

»Fuck!« Theo krallt sich mit seiner Hand in meiner Schulter fest, und ich kann spüren, wie sehr ihn mein Blowjob erregt. Das wiederum erregt mich selbst, und um mir Abhilfe zu verschaffen, drehe ich mich in meiner Hocke so, dass Theo meinen Hintern erreichen kann.

»Ja, verdammt.« Seine Hand landet klatschend auf meiner Arschbacke, was mich mit seiner Härte im Mund zum Stöhnen bringt. Tränen treten aus meinen Augen, aber ich denke gar nicht daran, von ihm abzulassen. Stattdessen nehme ich seinen Schwanz noch ein bisschen tiefer in mich auf und fasse dabei an seine Eier. »Komm her.« Theo zieht mich am Oberschenkel über sich, sodass wir die perfekte Neunundsechzig bilden. »Genau so, Baby.« Sein Finger dringt in mich ein, und ich stöhne an seiner Erektion auf.

Ich löse mich etwas von ihm, um zu Atem zu kommen, aber halte abrupt inne, als Theos Zunge auf meine Klitoris trifft.

Jetzt bin ich diejenige, die stöhnend die Beine anspannt.

Sein Finger gleitet mühelos in meine Feuchtigkeit, während er meine Klitoris mit dem Mund verwöhnt. Die Berührungen sind verdammt gut.

Mit der Hand massiere ich seine Härte. Beobachte fasziniert, wie sich ein kleiner Lusttropfen auf seiner Spitze bildet. Ich kann es kaum erwarten, ihn abzulecken.

Doch vorher drehe ich den Kopf seitlich nach hinten und suche seinen Blick.

Ich finde ihn sofort.

Grinsend zwinkere ich ihm zu.

»Lass uns gemeinsam fliegen, ja?«

Etwas in seinen Augen verändert sich. Seine Brust hebt sich schwer unter den tiefen Atemzügen. Ich kann spüren, wie sein Finger sich in meinem Inneren krümmt. Dann wandern seine Mundwinkel nach oben.

»Darauf kannst du dich verlassen.«

Dann landen unsere Münder genau dort, wo wir sie brauchen, und wir geben uns unserer Lust hin. Ein Zustand, in dem nichts mehr eine Rolle spielt außer der Erregung und ihrer Erlösung. Die Welt steht still. Nichts und niemand existiert mehr.

Ich kneife die Augen zusammen. Schwebe zwischen dem eigenen Hochgefühl, das sich wie ein Stromschlag entladen will, und dem Drang, Theo an den Rand seines Verstandes zu bringen.

Meine Finger graben sich in seine Oberschenkel. Seine in meinen Hintern.

Irgendwann kann ich spüren, wie Theo sich noch stärker anspannt. Er ist kurz davor. Das merke ich nicht zuletzt daran, wie er versucht, sich mir zu entziehen. Aber ich denke gar nicht daran. Stattdessen nehme ich ihn noch tiefer auf. Beschleunige mein Tempo und presse meine Mitte auf sein Gesicht. Theo reagiert sofort. Er nimmt seine Finger weg, taucht stattdessen mit seiner Zunge in mich ein, bis ich nur noch Sternchen sehe.

Und dann fliegen wir.

Gemeinsam.

Sein Sperma breitet sich auf meiner Zunge aus, genau in der Sekunde, in der sich mein Innerstes stoßweise zusammenzieht und unglaubliche Wellen der Lust durch meinen Körper schießt.

Ich lasse die Augen geschlossen, und wir halten beide in unserer Position inne. Ich möchte nie wieder woanders sein. Denn das hier ist einfach alles.

Meine Beine und Arme zittern, als ich mich von Theo herunterrolle und, mit dem Kopf auf seinen Beinen, erschöpft auf die Matratze sinke. Vollkommener Frieden umgibt uns.

Draußen trommeln die Regentropfen gegen das Fenster, und der Wind heult durch die alten Holzrahmen. Nur das leise Ticken der Wanduhr begleitet unseren immer noch hörbaren Atem.

Ticktack. Ticktack. Ticktack.

»Vielleicht sollten wir uns eine von diesen Küchenmaschinen kaufen, bei denen man so gut wie nichts mehr selbst machen muss.«

»Du denkst nach diesem Orgasmus ernsthaft an Küchengeräte?« Ich bin noch immer außer Atem.

Theo schmunzelt vor sich hin. Er nimmt meine Füße auf seine Brust und fängt an, sie zu massieren.

»Nein. Bis zum Orgasmus habe ich nur an deinen unglaublichen Körper vor meinem Gesicht gedacht, aber ich nutze die kurze Pause, um produktiv zu sein.«

Lachend hebe ich den Kopf und sehe ihn an.

»Erstens: Du bist schräg. Zweitens: Kurze Pause?« Ich ziehe spielerisch die Augenbrauen hoch.

Seine Fingerspitzen wandern meine Schenkel hinauf und kitzeln mich an den Innenseiten.

»Denkst du wirklich, du trägst diese Art von Wäsche und ich lasse dich nach dieser unglaublichen Oralsexnummer schon wieder gehen? So gut kann dein Blowjob gar nicht sein. Dabei möchte ich betonen, dass er verdammt gut war. Aber ich bin noch lange nicht fertig mit dir, Baby.« Mein frustriertes Knurren bringt ihn zum Lachen. Ich spüre das Vibrieren an meinen Waden. »Ach komm. Insgeheim stehst du doch darauf.«

Ich verkneife mir die Antwort. Wir wissen beide, dass er recht hat.

»Jedenfalls …« Theo unterbricht sich, weil sein Handy klingelt. Umständlich lässt er seinen Oberkörper von der Bettkante hängen, um es aus der Hosentasche zu angeln. Beim Blick aufs Display schließt er seufzend die Augen und nimmt das Gespräch an. »Das ist erst der dritte Kontrollanruf für heute, Doc. Du lässt langsam nach.«

Ganz von allein rolle ich mit den Augen, muss aber dabei kichern.

Objektiv betrachtet mag es eine gute Entscheidung gewesen sein, Abby und Quin alles über Maddy und Theos Probleme zu erzählen. Es tut ihm gut, wenn er darüber reden kann, und wir waren uns einig, dass sein bester Freund ihm dabei helfen kann, alles zu verarbeiten.

Allerdings nehmen die beiden es mit der Fürsorge etwas zu genau. Seit unserem Gespräch vor über einer Woche überschütten sie uns mit Nachrichten und Anrufen. Wollen für uns kochen und hundert Mal am Tag hören, ob alles okay ist.

Theo lacht in sein Smartphone, während im Hintergrund offensichtlich hitzig diskutiert wird.

»Keine gute Idee«, wiegelt Theo ab. »Aber ich kann den Lautsprecher einschalten, dann kannst du mit ihr reden.«

Er drückt auf den Touchscreen, und ich drehe mich um, sodass ich mit dem Kopf auf seiner Schulter liege.

»Warum machst du nicht die Kamera an? Ich muss Tante Letti unbedingt mein neues Kleid zeigen.«

»Hey, Süße«, sage ich zu Lee, die sich offensichtlich Quincys Handy geschnappt hat. »Onkel Theo und ich können gerade nicht über die Kamera reden. Aber bestimmt sehen wir uns bald, dann kannst du uns das Kleid zeigen.«

»Sind sie nackt?«, höre ich Quincy im Hintergrund sagen, was Abby zum Lachen bringt.

»Vielleicht sollten wir später wieder anrufen«, schlägt sie vor.

»Ich glaube, Abby hat recht«, pflichte ich ihr kichernd bei, kann aber im gleichen Atemzug hören, wie Quincy frustriert stöhnt.

»Oder aber«, schaltet sich Theo ein, dem dieses Geräusch ebenfalls nicht entgangen sein dürfte, »ihr glaubt uns, wenn wir sagen, dass alles gut ist. Wir sehen und hören uns wieder nach den Feiertagen.« Theos Gegenangebot wird selbstredend einfach ignoriert.

»Habt ihr schon ein Weihnachtsgeschenk für mich?«, wirft Lee stattdessen ein, und ich lache gedämpft ins Kissen.

Theo räuspert sich. »Ich dachte, die Geschenke bringt Santa?« Zeitgleich mit seinen Worten zieht Theo am Träger meines roten BHs und lässt ihn zurück auf meine Schulter zischen. »Oder seine Gehilfin.«

»Au«, flüstere ich lachend und beiße ihm in die Brust.

Mit verzerrtem Gesicht hält er sich die Stelle.

»Ich wünsche mir unbedingt dieses Buch über den Mars und …«

»Okay«, unterbricht Quincy und nimmt das Telefon wieder an sich. Im Hintergrund hört man Lee lautstark rebellieren, wofür sie von Abby gerügt wird.

»Für den Fall, dass ihr tatsächlich nackt seid, sollten wir vielleicht doch lieber auflegen.«

»Wenn du nicht dabei sein willst, wie ich meine Freundin um den Verstand bringe, dann auf jeden Fall, mein Freund.«

»Theo«, stoßen Quincy und ich gleichzeitig aus.

»Was denn? Meinetwegen kann die ganze Welt erfahren, dass wir gleich bahnbrechenden Sex haben werden.«

»Alles klar. Das ist mein Zeichen. Mach's gut, Scarlett, und, äh … Viel Spaß!«

»Werden wir definitiv haben.« Theo lacht, während er den Anruf beendet. Er wirft das Telefon auf unseren Klamottenstapel und stürzt sich auf mich.

»Unsere Freunde nerven.«

Kichernd schlinge ich meine Arme um seinen Hals. Ich kann an meinem Schenkel spüren, dass er schon wieder hart wird.

»Unsere Freunde sind die besten, die man haben kann.«

»Ja, stimmt.« Er küsst mich. »Aber sie nerven trotzdem.«

»Du hast recht. Weißt du, was nicht nervt?«

»Was?«

»Du und ich.«

»Stimmt. Du und ich sind cool.«

»Und wir ziehen zusammen.«

»Wir ziehen zusammen.« Theo stupst mit seiner Nase gegen meine. »Das kann nur grandios werden.«

»Nur du und ich.«

»Du und ich«, wiederholt er.

»Ich und du«, spiele ich weiter und küsse ihn auf den Mund.

»Ich und du«, macht er mit.

»Also.« Ich sehe in seine dunkelbraunen Augen. »Du willst diese Küchenmaschine unbedingt, ja?«

Seine Mundwinkel heben sich allmählich und bilden kleine Fältchen, weil er so strahlt.

»Die Küchenmaschine ist ein Muss«, antwortet er und legt seine Lippen flüchtig auf meine.

»So eine Anschaffung ist eine große Sache, das ist dir klar, oder? Wir übernehmen die Verantwortung für sie. Also wenn du Ja zur Küchenmaschine sagst, dann ist das hier etwas sehr, sehr Ernstes.« Es kostet mich alle Kraft, mein Lachen zurückzuhalten.

Theo schiebt seine Zunge von innen gegen seine Wange und beobachtet mich mit Argusaugen.

»Ich sage Ja zur Küchenmaschine.« Mit seinen Augen sagt er allerdings Ja zu etwas ganz anderem.

»Freut mich, zu hören«, flüstere ich, und dann küssen wir uns, als sei es das erste Mal.

Kapitel 31

Theo

Weihnachten.

Als wir noch Kinder waren, haben Madeleine und ich uns das ganze Jahr auf diesen Tag gefreut. Wir haben Weihnachten geliebt.

Ich erinnere mich daran, wie wir meinem Dad geholfen haben, die Lichter am Baum zu befestigen. Anschließend haben wir uns daruntergelegt und die Lider so doll zusammengekniffen, bis die Lichter vor unseren Augen zu tanzenden Diamanten wurden.

Das haben wir in jeder freien Minute getan, und währenddessen haben wir darüber nachgedacht, was wohl für Geschenke am Weihnachtsmorgen genau dort auf dem grauen Teppich liegen würden, wo wir uns gerade wälzen.

Viele Jahre habe ich mir diese Erinnerung beim Anblick unseres Weihnachtsbaums verboten.

Dieses Jahr nicht.

Ich möchte meine Schwester nicht vergessen.

Niemals.

»Wisst ihr noch, als Maddy und ich so viele Kekse gegessen haben, dass wir den ganzen Heiligabend Bauchkrämpfe hatten?«

Alle Gespräche am Tisch verstummen.

Ich lasse den Blick noch für einen Moment auf meinen Teller gerichtet, dann finde ich die Kraft, um aufzusehen.

»In einem anderen Jahr hat sie geheult, weil ich das Skateboard bekommen habe, das sie sich gewünscht hat.«

Meine Eltern starren mich beide an.

Onkel Martin hält mit dem Stück Käsesahnetorte zwischen den Lippen inne, und Grandma legt ihre Gabel auf die Seite.

Ich hatte das hier nicht geplant. Keineswegs.

Um ehrlich zu sein, hatte ich keinen Schimmer, wie ich meinen Eltern von Maddys Brief berichten soll oder ob ich es überhaupt über mich bringen würde.

Während wir an diesem Nachmittag im kleinen Kreis zusammensitzen, platzt es einfach so aus mir heraus. Obwohl Scarlett und ich erst vor einer halben Stunde angekommen sind.

Jahrelang konnte ich es nicht ertragen, wenn jemand über sie gesprochen hat. Ich durfte den Schmerz nicht zulassen, weil er mich in die Tiefe gezogen hätte. Allerdings habe ich damit auch alle schönen Erinnerungen von mir geschoben.

Meine Mom ist die Erste, die eine Reaktion zeigt.

»Du …«, krächzt sie und nimmt einen Schluck von ihrem Kaffee, ehe sie weiterspricht. »… du hast es ihr geschenkt.«

Bei jedem Wort werden ihre Augen feuchter.

»Ich habe behauptet, dass es sich um eine Verwechslung handelt. Immerhin hätte ich mir ja das Set gewünscht, das sie bekommen hat, um Schmuck zu basteln«, ergänze ich.

Meinem Vater entweicht ein seltsames Geräusch. Es liegt irgendwo zwischen Schluchzen und Lachen.

»Sie hat dir das wirklich abgenommen.«

Während nun auch meine Augen feucht werden, spüre ich Scarletts Hand auf meinem Oberschenkel. Sofort finden meine Finger unter den Tisch, und ich verschränke sie mit ihren.

»Ich kann sehr überzeugend sein«, presse ich mit letzter Kraft hervor, bevor meine Stimme bricht.

Onkel Martin schiebt seinen Stuhl zurück, ohne mich anzusehen.

»Komm, Ma. Zeit für einen Mittagsschlaf.« Er hievt meine Granny aus dem einzigen Stuhl mit Lehnen.

»Ich kann allein laufen«, faucht sie ihn an, und ich muss lachen, als sie seine helfenden Hände abschüttelt. Dankbar nicke ich ihm zu.

Mein Onkel ist vielleicht nicht der Empathischste, aber er hat verstanden, was hier gerade passiert. Und er gibt mir und meinen Eltern den Raum, den wir brauchen.

Aus dem Augenwinkel sehe ich Scarletts fragenden Blick, und ich drücke ihre Hand noch fester, damit sie weiß, dass sie bleiben soll.

Es dauert eine halbe Ewigkeit, bis meine Grandma in ihrem blauen Samtjogginganzug das Wohnzimmer verlassen hat, und plötzlich ist es wieder da: das Ticken der Uhr.

Ticktack. Ticktack. Ticktack.

Mein Puls geht ganz ruhig in ihrem Takt.

Sechzig Schläge pro Minute.

Ich weiß jetzt, was zu tun ist.

»Es tut mir leid.« Ich atme tief aus, bevor die Worte meinen Mund verlassen.

»Theo …« Meine Mom macht Anstalten, sich zu erheben, doch ich bitte sie mit erhobener Hand, abzuwarten.

»Es tut mir leid, dass ich es euch so schwer gemacht habe. Ich habe sie nicht vergessen. Niemals.« Hastig wische ich mir die Träne weg, die mir über die Wange rollt. Die Männer-dürfen-nicht-weinen-Theorie war doch schon immer reiner Bullshit. »Aber ich habe euch das Gefühl gegeben, dass wir nicht über sie reden dürfen. Und das war falsch.«

Mein Dad spielt mit gesenktem Kopf an seiner Serviette.

»Du und Madeleine habt euch sehr nahegestanden. Es war nicht leicht für dich.«

»Für euch aber auch nicht«, gebe ich zu bedenken und zerquetsche beinahe Scarletts Hand.

Meine Mom sieht zu ihr herüber und bemüht sich um ein Lächeln.

»Es ist okay, Mom«, stoße ich aus. »Es muss einem nicht immer gut gehen. Mir geht es auch oft nicht gut.«

Mit bebendem Kinn senkt sie den Blick.

Scarlett legt ihre freie Hand auf meinen Arm und nickt mir motivierend zu.

Jetzt oder nie.

»Es gibt etwas, worüber ich mit euch reden muss.« Sofort sehen meine Eltern beide auf, doch ich lasse ihnen keine Möglichkeit, mich zu unterbrechen. Stattdessen hole ich das kleine Papier aus meiner Gesäßtasche hervor und lege es flach vor mich auf den Tisch.

Es gibt keine schonende Möglichkeit, ihnen mitzuteilen, dass ihre Tochter den Tod selbst gewählt hat. Ich habe keine Ahnung, welche Auswirkungen diese Information auf sie haben wird, und momentan darf ich auch nicht darüber nachdenken. Denn sonst mache ich einen Rückzieher.

»Du hast recht, Dad. Maddy und ich standen uns nahe. Ihr Tod hat mich sehr getroffen. Aber …« Ich hole noch einmal Luft. Alle Augen sind auf mich gerichtet. »Aber das ist nicht alles.« Meine Finger liegen auf dem glatten Papier, das ich seit so vielen Jahren mit mir herumtrage.

Ticktack. Ticktack. Ticktack.

Mein Atem ist nach wie vor völlig ruhig. Mein Puls geht kräftig und gleichmäßig.

Mein Dad nickt in Zeitlupe und greift nach der Hand meiner Mom. Sie sehen sich an. Meine Mom hält die Tränen nicht länger zurück.

»Hat sie dir den hinterlassen?«, fragt mein Vater. Während ich gerade noch tief liegende Ruhe empfunden habe, breitet sich nun ein beängstigendes Kribbeln in mir aus. Über meinen Rücken, in die Arme und bis in meine Beine.

Ich sehe zwischen ihm und dem Brief hin und her.

Seine Stimme klingt müde, als er zu sprechen beginnt.

»Die Psychologen und die Polizei waren sich damals sicher, dass sie irgendwem einen Abschiedsbrief hinterlassen hat. Wir dachten, wir hätten ihn möglicherweise nur nicht gefunden.«

Scarletts Finger graben sich in meine. Inzwischen muss ich regelrecht nach Luft ringen.

»Ihr wusstet es?« Die Frage kommt aus Scarletts Mund. Mir fehlt die Kraft, sie zu stellen.

»Wir hatten keine Ahnung, dass du es weißt«, rechtfertigt meine Mom sich weinend. Jetzt hält sie nichts mehr auf ihrem Platz. Sie hetzt im Eilschritt um den Esstisch herum, der mir mit einem Mal viel zu groß erscheint. Ich wende mich ihr genau in dem Moment zu, in dem sie mich in die Arme schließt. »Warum hast du denn bloß nichts gesagt? Mein armer Junge … All die Jahre.«

»Ich konnte nicht«, erwidere ich schluchzend in ihren weichen Kaschmirpullover. »Ich konnte nicht.«

Ich wiederhole die Worte immer und immer wieder, und wir weinen gemeinsam angesichts dieses schrecklichen Geheimnisses, das wir voreinander verborgen haben und das schlussendlich keins war.

Während meine Mom und ich um Fassung ringen, richtet mein Dad sein Wort an unsere kleine Runde.

»Die Ermittlerin, die damals für die Untersuchung zuständig war, kam relativ schnell zu dem Schluss, dass Maddy sich umgebracht hat.« Er streicht sich über das Gesicht, während er mit seiner freien Hand die Serviette inzwischen so sehr zerquetscht, dass seine Knöchel weiß hervortreten. Langsam löse ich mich von meiner Mom und ziehe den Stuhl neben mir zurück, damit sie sich setzen kann. Nachdem auch ich mich wieder hingesetzt habe, streicht mir Scarlett beruhigend über den Rücken.

»Wir wussten nicht, ob wir es euch Kindern erzählen sollen.« Voller Reue fixiert Dad mich mit seinen haselnussbraunen Augen. Es ist, als würde ich in den Spiegel sehen. »Ihr wart noch so verflucht jung. Und wir maßlos überfordert.«

»Das ist mehr als verständlich.« Noch immer fassungslos, sehe ich zwischen meinen Eltern hin und her.

»Ich habe immer vermutet, dass sie dir mehr erzählt hat als uns allen. Ihr habt so oft die Köpfe zusammengesteckt. Manchmal war es, als würdet ihr erst zusammen ein Ganzes ergeben. Aber wir dachten, wenn du etwas gewusst hättest, hätten wir es bestimmt gemerkt.« Neue Tränen kullern über die prallen Wangen meiner Mom.

»Tja«, keuche ich. Die unterschiedlichsten Gefühle wirbeln in mir durcheinander. Scham, Wut. Trauer, Erleichterung. Alles vermischt sich zu einem riesigen Cocktail, der mich völlig aus dem Konzept bringt. Ich schüttle mich, um mich irgendwie wieder zu fokussieren. Dann fällt mir etwas ein. »Was ist mit Ken? Vic?« Meine Brüder waren damals bereits älter als ich. Ginny hingegen war noch ein Baby.

»Sie wissen es nicht. Bis eben dachten wir, deine Mom und ich sind die Einzigen, die die genauen Umstände kennen.«

»Fuck«, entweicht es mir, und ich reibe mir mit beiden Händen übers Gesicht.

Wenn ich das doch nur gewusst hätte.

Wenn ich …

Ich unterbreche meine Gedanken, die in eine unproduktive Richtung führen. Es lässt sich ja doch nicht rückgängig machen.

Stattdessen atme ich tief durch und versuche, mein Gedanken- und Gefühlschaos zu entwirren.

»Darf …« Meine Mom spricht so leise, dass ich sie fast nicht gehört hätte. Ihre Augen sind auf das zerknitterte Papier auf dem Esstisch gerichtet. »Darf ich ihn vielleicht lesen?«

Während ich in ihr trauriges Gesicht sehe, wird mir etwas klar.

Maddy hat mir einen Brief hinterlassen. Sie hat sich mir anvertraut. Wir standen uns so nahe, dass ich derjenige war, dem sie ihre letzten Zeilen gewidmet hat.

Dieser Brief ist keine Bürde.

Er ist ein Geschenk.

Bei dieser Erkenntnis entweicht mir ein Keuchen.

Ich greife nach dem gefalteten Papier und lege es in die Hand meiner Mom.

»Ich habe ihn viel zu lange mit mir herumgetragen.« Unsere Blicke treffen sich, und ich nicke entschlossen. »Langsam habe ich das Gefühl, er wird zu schwer für mich. Er gehört dir. Du bist ihre Mom. Ihre letzten Zeilen sollten bei dir sein. Weil du gut darauf aufpassen wirst. So wie du immer auf uns alle aufgepasst hast.«

»Bei ihr habe ich versagt.«

Ich schließe für einen Moment die Augen. Genau das war es, was ich befürchtet habe.

Deswegen straffe ich die Schultern, wende mich meiner Mutter zu und sehe sie mit aller Entschlossenheit an.

»Du hast nichts damit zu tun, Mom.« Mein Blick gleitet über den Tisch zu meinem Dad, dessen Kiefer unentwegt mahlen. »Ihr beide nicht. Maddy war krank. Wovon wir nichts wussten. Sie hätte professionelle Hilfe gebraucht. Ihr habt nichts falsch gemacht. Ihr wart immer für uns da. Und ihr hättet sie jederzeit aufgefangen, wenn sie euch die Möglichkeit dazu gegeben hätte.«

»Ja.« Mom nickt hektisch.

»Ihr seid großartige Eltern, und ich wünschte, sie hätte euch vertraut. Genug vertraut, um sich euch zu öffnen. Ich tue es. Ich vertraue euch. Und Ken, Vic und Ginny auch.« Ich schließe die Finger meiner Mom um Maddys Abschiedsbrief. »Aber wir alle konnten sie nicht retten. Ihr Entschluss stand fest. Sie hat so gewählt.«

Bei meinen letzten Worten fällt meine Mom mir erneut um den Hals.

Während ich mich fest an sie klammere, spüre ich Scarletts Hände auf meinem Rücken und höre das leise Weinen meines Dads.

Und dann ist da nur noch ein einziges Gefühl.

Erleichterung.

Und vielleicht sogar so etwas wie Frieden.

Der Wind heult durch die undichten Fenster. Das wenige Licht, das die flackernde Deckenbeleuchtung spendet, reicht nicht aus, um die alte Gartenlaube meiner Eltern vollständig zu erhellen.

Meine Mom und ich sehen gleichzeitig zur Tür hinüber, die sich quietschend öffnet, wobei ein paar Schneeflocken in den Innenraum wehen.

Sofort ist es etwas heller in dem muffigen Holzhäuschen.

»Hey«, begrüße ich Scarlett, die mich und meine Mom bis eben allein gelassen hat.

»Ich will euch nicht stören, aber Ken und Vic sind gerade angekommen.«

Das verweinte Gesicht meiner Mom entspannt sich ein wenig.

»Und ich habe nicht mal angefangen, das Abendessen vorzubereiten!«

»Schon okay, Mom. Wenn wir alle mit anpacken, geht es ganz schnell«, versichere ich ihr und lege dabei meine Hand auf ihren dicken Strickmantel.

»Papperlapapp.« Sie tätschelt mir die Wange und schaut ein letztes Mal zu der langen Anrichte. »Es wird Zeit für mich, ins Hier und Jetzt zurückzukommen.« Ihre Augen glänzen noch immer feucht, als sie mir einen Kuss auf die Stelle drückt, die sie gerade noch getätschelt hat. »Schön, dass du wieder da bist.«

Wir sehen uns tief in die Augen, und ich verstehe, was sie mir sagen will: Sie hat mich wieder. Zwar war ich all die Jahre hier, doch niemals so richtig.

Mit zusammengepressten Lippen nicke ich und beobachte, wie sie auf Scarlett zugeht. Diese bekommt ebenfalls einen Kuss auf die Wange gedrückt, aber was meine Mom ihr anschließend ins Ohr flüstert, kann ich nicht hören.

Nachdem die Tür ins Schloss gefallen ist, sind wir allein.

Der Tag hat so viele Gefühle losgetreten. Vieles an Ballast der letzten Jahre bin ich losgeworden, und trotzdem herrscht das blanke Chaos in meinem Kopf. Mit einem Mal habe ich das Gefühl, von den schönen Erinnerungen an Maddy niedergerungen zu werden. Es fällt mir schwer, aufrecht zu stehen.

Scarlett schiebt die Hände tief in ihre Manteltaschen. Auf ihrem Kopf sitzt meine dicke Pudelmütze, was einfach nur niedlich aussieht.

»Ich erspare dir besser die Frage, wie es dir geht.«

Seufzend lehne ich mich mit der Schulter gegen einen der massiven Holzpfosten und sehe auf die vielen kleinen Gläschen, die meine Mom und ich gemeinsam durchforstet haben. In den letzten Jahren hat keiner von uns gewagt, Madeleines Thanksgiving-Gläschen zu öffnen. Heute war der perfekte Tag dafür.

»Zu sagen, es geht mir gut, erscheint mir angesichts der Umstände nicht richtig. Ich kann mir denken, wie verheult ich aussehe.« Scarlett setzt langsam einen Fuß vor den anderen und kommt auf mich zu. »Aber immerhin weiß ich seit heute, dass es mir wieder richtig gut gehen wird.«

Sobald sie in meiner Reichweite ist, greife ich nach dem Kragen ihrer Jacke und ziehe sie sanft zu mir heran.

»Danke, dass du so ehrlich zu mir bist. Außerdem siehst du gar nicht verheult aus. Höchstens ein bisschen erschöpft.« Der Duft ihres Parfums vermischt sich mit dem nach altem Holz, während sie sich vorbeugt und mir einen Kuss auf den Mund haucht. »Ich bin sehr stolz auf dich.«

Ich lasse meinen Kopf in den Nacken fallen und atme aus.

»Ich kann immer noch nicht fassen, dass sie es gewusst haben.«

»Um ehrlich zu sein …« Ich senke den Blick und bleibe an Scarletts dichten Wimpern hängen. »Irgendwie überrascht es mich nicht.« Sie schüttelt sanft den Kopf.

»Deine Mom ist so eine empathische Person. Ich bin mir sicher, sie merkt ganz genau, wenn etwas mit euch nicht stimmt. Es schien mir komisch, dass sie in all den Jahren nichts geahnt haben soll.«

»Ja, vielleicht hast du recht.« Ein Seufzen begleitet meine Worte.

Scarlett schließt die letzte Lücke zwischen uns und legt ihre Wange an meine Schulter.

»Hat es wehgetan, Maddys Wünsche zu lesen?« Ihr Blick ruht auf der Anrichte, auf der Maddys Thanksgiving-Zettelchen liegen.

»Nein. Gar nicht. Es war ... Ich weiß nicht. Witzig? Schön?«

»Erinnerungen sind wichtig. Es ist gut, wenn du sie zulässt. Irgendwann wirst du auch an diese Tage zurückdenken und bist dankbar für das diesjährige Weihnachtsfest.« Unwillkürlich muss ich lachen. Abrupt löst Scarlett sich leicht von mir, um mich anzusehen.

»Sorry«, beeile ich mich, zu sagen. »Mir ist nur gerade ein Zitat Freuds zum Thema Erinnerungen eingefallen, das deinen Worten ziemlich nahekommt.«

Ihre Mundwinkel wandern langsam nach oben.

»Sag es mir.«

Ich räuspere mich und suche nur einen kurzen Moment nach dem korrekten Wortlaut. »Ich glaube, es geht so: Eines Tages, zurückblickend auf die Jahre, in denen du gekämpft hast, werden sie dir wie die schönsten vorkommen.«

»Wow!«, lacht Scarlett. »Ich habe unwissentlich Freud zitiert. Wer weiß, vielleicht steckt doch eine kleine Psychologin in mir.«

»Oh, ganz bestimmt tut sie das!« Ich schiebe ihr eine einzelne Haarsträhne aus dem Gesicht, die aus der Mütze hervorlugt. Dann werde ich ernst. »Das hast du in den letzten Wochen oft genug bewiesen.« Gedankenverloren sehe ich sie an. »Schon verrückt, oder? Es ist gerade mal elf Wochen her, dass wir uns zum ersten Mal begegnet sind.«

»Im *Meyer's*«, ergänzt sie, was mir ein schmales Lächeln abringt. Ich erinnere mich an diesen Abend, als wäre er gestern gewesen. »Du hast einen Rock getragen, und ich dachte, dass du den Schuss nicht gehört hast.«

»Mein erster Gedanke, als ich dich gesehen habe, war ein anderer.«

Scarlett beobachtet jede Regung in meinem Gesicht.

»Er war unanständig, habe ich recht?«

»Was hat mich verraten?«

Sie streckt ihre Hand aus, und ihre kalten Fingerspitzen fahren über meine Wange.

»Wenn du unanständige Gedanken hast, bildet sich ein kleines Grübchen in deiner rechten Wange.«

»Mist.« Ich lache und ziehe Scarlett ganz dicht an mich heran. Ihre Nähe ist wie Medizin für meine Seele.

»Damals hatte ich keine Ahnung, was mir in den Wochen darauf alles bevorstehen würde.«

Bei der Erinnerung daran, wie sie kurze Zeit später völlig fertig in meinem Zimmer saß, zieht sich mein Herz zusammen. Ihr Schmerz ist zu meinem geworden.

»Wer weiß, wenn das alles nicht passiert wäre, hättest du vielleicht nie Zuflucht in meinem Zimmer gesucht.«

»Und wir wären heute nicht hier«, ergänzt sie und legt ihre Wange an meine.

»Es sollte einfach so sein. Vielleicht haben wir uns genau für diesen Zweck getroffen? Um uns durch den ganzen Mist durchzuhelfen.«

»Ja, vielleicht«, flüstert Scarlett. Sie schlingt ihre Arme fest um meinen Körper. Als hätte sie Angst, mich loszulassen. »Vielleicht war es Schicksal.«

»Oder Psychologie? Bestimmt haben dein und mein Unterbewusstsein gespürt, dass wir einander brauchen werden.«

»Schicksal klingt romantischer«, wendet sie ein, was mich zum Lächeln bringt.

»Okay. Dann Schicksal.« Ich küsse ihre zarte Wange.

»Und das Schicksal beschert uns ein glückliches langes Leben?«

Grinsend sehe ich in ihre blaugrauen Augen.

»Dafür müssen wir schon selbst sorgen.«

»Komm schon, Freud.« Sie boxt mich gegen die Schulter. »Das ist unser Happy End. Ein bisschen romantischen Kitsch wirst du zulassen müssen.«

»Alles klar, alles klar.« In ihrem Rücken hebe ich ergeben die Hände. »Schicksal also, ja? Okay. Das Schicksal schenkt uns ein langes glückliches Leben. Ende gut. Alles gut.«

»Das wollte ich hören.«

Scarlett lehnt sich vor, und ich seufze erleichtert, als unsere Lippen sich berühren.

Ob Schicksal, höhere Psychologie oder einfach nur ein dummer Zufall – ganz gleich, was uns zusammengebracht hat: Ich werde höchstpersönlich dafür sorgen, dass wir nie wieder getrennt voneinander sein werden.

Epilog

Theo

Achtzehn Monate später

»Meine Damen und Herren, wir danken Ihnen für Ihr zahlreiches Erscheinen.« Die Moderatorin des heutigen Abends wendet sich Scarlett zu. »Und natürlich möchten wir uns noch einmal bei Ms Newton für diesen wundervollen Abend bedanken. Ich denke, ich spreche für uns alle, wenn ich sage, dass es mehr als inspirierend war, ihr zu lauschen.«

Das Publikum bricht in Applaus aus. Quin und Ophelia sind die Ersten, die sich von ihren Stühlen erheben, und schnell schließen sich die anderen Gäste – mich eingeschlossen – den Standing Ovations an.

Scarlett kommt hinter dem Podium hervor und strahlt über das ganze Gesicht. Ihr Blick ist nur auf mich gerichtet.

Mit Tränen in den Augen nicke ich ihr zu.

Sie hat es geschafft.

Wir haben es geschafft.

Hinter ihr zieren zwei riesengroße Banner die Wand der öffentlichen Bibliothek von Greenwich.

Auf einem ist ihr neues Buch zu sehen. Das Cover ist gerade allgegenwärtig im öffentlichen Raum. Und in sämtlichen Medien rund um Connecticut. Überall erkennt man die bunten Farben und den aufwendig gestalteten Schriftzug. Die Liebesgeschichte, die voll von psychologischen Themen rund um Selbstliebe ist, hat eingeschlagen wie eine verfluchte Bombe.

Das andere Banner zeigt Werbung für die O'Connor-Stiftung. Gegründet von meinen Eltern und mir. Geleitet von Scarlett und mir. In den letzten sechs Monaten hat sich die Nachricht, dass es eine Anlaufstelle für junge Menschen gibt, die sich unverstanden und ausgegrenzt fühlen, verbreitet wie ein Lauffeuer. Es grenzt an ein Wunder, dass wir es überhaupt noch irgendwie schaffen, nebenbei zu studieren. Wir haben bereits drei weitere ehrenamtliche Mitarbeiterinnen und Mitarbeiter angeheuert und arbeiten eng mit der Kinder- und Jugendpsychiatrie zusammen.

Während Scarlett sich nur schleppend einen Weg zu uns durch die Menschenmengen bahnen kann, wende ich mich an meine Eltern, die neben mir genauso gerührt applaudieren wie ich.

»Sie hat es geschafft«, spricht Mom meine Gedanken aus. »Ich kann immer noch nicht glauben, dass unser Mädchen berühmt ist.«

Mein Dad legt mir eine Hand auf die Schulter und drückt leicht zu. »Wir sind so stolz auf euch.«

Für meine Eltern ist die heutige Premierenlesung aus Scarletts neuestem Roman mindestens genauso emotional wie für uns. Als meine Mom zum ersten Mal die Widmung in dem aufwendig gestalteten Hardcover gesehen hat, haben wir alle zusammen geweint.

Scarlett hat das Buch in Erinnerung an Maddy geschrieben. Ein Großteil des Manuskriptes ist in Old Saybrook entstanden. Wie sie unsere Gefühle von damals in die Zeilen ihres Romans verwandelt hat, ist wahre Kunst. Damals hatten wir allerdings noch keine Ahnung, dass sie mit ihrem Debüt unter ihrem echten Namen direkt einen Bestseller landen würde.

Erleichtert, aber auch etwas melancholisch nicke ich meinen Eltern zu.

»Danke, Leute«, bringe ich nur schwach über die Lippen.

Nachdem ich meinen Eltern die Wahrheit gesagt habe, ist unser Verhältnis so viel besser geworden.

Wieder einmal wurde bewiesen, dass Kommunikation der Schlüssel zum Glück ist. Mir wären viele qualvolle Jahre erspart geblieben, hätte ich mich ihnen von Anfang an anvertraut.

Das ist auch das Fundament, auf dem wir in unserer Stiftung bauen: offene Kommunikation.

Meine Familie hat einige Zeit gebraucht, um das zu verstehen. Aber wir haben es geschafft. Haben aus unserer Trauer heraus etwas Großartiges geschaffen. Wir helfen jede Woche so vielen Menschen dabei, sich in dieser schwierigen Welt zurechtzufinden. Scarlett und ich haben darin so etwas wie unsere Berufung gefunden. Sie hat nicht ohne Grund seit letztem Semester zusätzlich Psychologie gewählt. Das neue Studienfach ist neben dem Schreiben ihre absolute Leidenschaft. Wenn wir beide damit durch sind, werden wir die Stiftungsarbeit um Therapieangebote erweitern. Wir ziehen das ganz groß auf.

»Da ist sie ja! Mein Mädchen!«, kreischt meine Mom voller Freude und zieht Scarlett mütterlich an ihre Brust. Die beiden stehen sich sehr nahe. »Wir sind so stolz auf dich!«

»Awww!« Scarlett schlingt ihre zierlichen Arme um meine füllige Mom. »Das ist so lieb von euch! Danke, dass ihr gekommen seid. Das bedeutet mir so viel.«

»Das hätten wir uns niemals entgehen lassen.« Auch mein Dad nimmt sie liebevoll in den Arm, was mich nur noch sentimentaler werden lässt.

Als alle mit den Umarmungen und Lobeshymnen fertig sind, wendet sich meine Freundin endlich in meine Richtung.

»Hi«, flüstert sie und küsst mich nur zaghaft auf den Mund, um mir den Abdruck ihres knallroten Lippenstifts zu ersparen. Mein alter Freund, *Pioneer*-Rot.

»Du warst großartig«, lobe ich sie und ziehe sie mit einer Hand im Rücken an meine Seite. An den Ort, an den sie immer gehören wird. Diese faszinierende Frau mit dem schwarzen langen Haar und dem Ring in der Lippe. Sie gehört zu mir. Mein Blick wandert an der weißen Bluse und ihrem kurzen Faltenrock hinab. »Falsch«, korrigiere ich mich selbst. »Du *bist* großartig.«

»O Gott, ich dachte, ich sterbe vor Aufregung.« Mit roten Wangen sieht sie mich an. Quin tritt mit Ophelia zu uns. »Wo ist Abby?«

Scarlett sieht sich in dem vollen Raum um. Die meisten Menschen brechen bereits auf. Andere warten darauf, mit ihr ins Gespräch zu kommen, oder erhoffen sich ein Autogramm.

»Was denkst du wohl?«, seufzt Quin und deutet unauffällig eine Würgebewegung an.

»Sie kotzt schon wieder«, führt Lee in einer Lautstärke aus, die uns einige angewiderte Blicke einbringt.

»Ich bin da! Ich bin da!«, ruft Abby im gleichen Moment aus der Ferne und kommt auf uns zugeeilt.

Sie sieht scheiße aus.

»Du siehst scheiße aus«, spricht Scarlett meine Gedanken aus, was Quin und mich zum Schmunzeln bringt.

»Schönen Dank auch. Habe ich es echt verpasst? Alles?«

»Äh, jap.« Quincy sieht mindestens genauso müde aus wie sie. Kein Wunder.

Es ist typisch Quabigail.

Sie steckt bis zum Hals in den Paragrafen ihres Jurastudiums, während er sich durch die Spätschichten seiner Assistenzarztzeit schlägt. Und ausgerechnet dann kriegen sie ein Baby. Keine Ahnung, was sie sich dabei gedacht haben. Aber wenn irgendwer es hinkriegt, neben dem Studium ein weiteres Kind großzuziehen, dann Abby. Sie ist einfach die geborene Mom.

»Oh, das tut mir so leid, Süße!« Abby verzieht ihren Mund. »Aber das lässt sich einfach nicht kontrollieren.« Dabei zeigt sie auf ihren Bauch.

»Schon gut. Wenn du keinen Schritt mehr laufen kannst und mit geschwollenen Füßen auf dem Sofa liegst, werde ich es dir noch mal persönlich vorlesen.«

»Versprochen?«

»Aber klar.« Die beiden Freundinnen nehmen sich in den Arm.

»Komm, wir besorgen dir was zu trinken«, schlägt Quin vor, woraufhin sich die drei ihren Weg durch die vielen Menschen bahnen.

»Entschuldigung.«

Ich mache Platz, weil ein älterer Herr mir auf die Schulter tippt. Offensichtlich wollen noch mehr Fans die Starautorin des Abends sprechen.

»Nur zu«, ermutige ich den Mann und trete einen Schritt zur Seite. Als sich Scarlett in unsere Richtung wendet, erstarrt sie mitten in ihrer Bewegung.

Der Ausdruck in ihren Augen genügt, um zu verstehen, mit wem wir es zu tun haben.

»Dad«, keucht sie und bestätigt damit meine Theorie.

»Hallo, Scarlett.« Neben dem älteren Herrn mit der Glatze erscheint eine kleine, schmale Frau. Ihre Haare sind schwarz, und ihre Augen leuchten blassgrau.

»Mom.« Scarlett presst sich eine Hand auf die Brust. In den letzten Monaten haben sie öfter telefoniert. Ihre Eltern sind inzwischen bereit, sich ihrer Tochter wieder zu nähern, aber Scarlett ist zurückhaltend. Ich verstehe ihre Sorge. Immerhin haben sie nicht gerade tolerant reagiert, als Scarlett ihr Pseudonym bekannt gegeben hat und offen mit ihren erotischen Geschichten umgegangen ist. Da liegt der Verdacht nicht fern, dass sie Scarlett jetzt nur aufgrund des Genrewechsels und ihres wieder aufgenommenen Studiums akzeptieren. Aber Fakt ist nun mal: Eltern sollten immer für ihre Kinder da sein. Bedingungslos. Ganz gleich, ob sie sich mit deren Lebensentscheidungen identifizieren oder nicht. Weil ich die Einstellung von Scarletts Eltern in diesem Punkt nicht teile, habe ich sie noch nie persönlich getroffen.

»Das war eine wundervolle Lesung.« Ihre Mom umklammert das Buch vor ihrer Brust. »Und es ist ein tolles Buch.«

»Du hast es gelesen?«

Ich bemerke, wie Scarlett um Fassung ringt, und stelle mich an ihre Seite.

»Natürlich habe ich es gelesen!« Ihre Mutter sieht mich an. »Sie müssen Theo sein.« Sie streckt mir eine Hand entgegen, die ich gern annehme.

»Ja, genau. Schön, Sie kennenzulernen, Ms Newton.« Mit einer guten Portion Skepsis sehe ich zu ihrem Vater. »Mr Newton.«

Sobald seine Frau meine Hand freigegeben hat, strecke ich sie Scarletts Dad entgegen, der sie bestimmt schüttelt.

»Wir haben uns über Ihre Stiftung informiert. Toll, was Sie da auf die Beine gestellt haben. Die Gemeinden brauchen viel mehr Hilfe in diesen Bereichen.«

»Vielen Dank, Sir.« Ich lege einen Arm um Scarlett. Sie zittert leicht. »Aber das sollten Sie Ihrer Tochter sagen. Sie leistet die meiste Arbeit. Ich gebe nur meinen Senf dazu und spiele mit den Kids Billard.«

»Das stimmt doch nicht«, geht Scarlett dazwischen und lächelt mich warm an.

»Na ja ...« Ihr Vater druckst herum und erinnert mich dabei plötzlich sehr an seine Tochter. Scarletts Mom stößt ihm kaum merklich in die Rippen. Dann strafft er die Schultern und sieht seine Tochter an. »Vielleicht kommt ihr mal zum Essen zu uns und erzählt uns etwas genauer, wie das alles so läuft in der Stiftung.«

Ich kann spüren, wie Scarlett in meinen Armen bebt, und drücke sie etwas fester an mich.

»Das ...« Sie räuspert sich. Ich weiß, wie sehr sie sich wünscht, ihren Eltern wieder näher zu sein. Aber ich verstehe auch, wenn sie sich dagegen entscheidet. »Ja«, sagt sie schließlich. »Vielleicht machen wir das mal.«

Ihre Mom tritt vor, und ich mache Platz, damit die beiden sich in den Arm nehmen können. Scarletts Dad sieht dabei etwas verlegen weg. Als unsere Blicke sich erneut treffen, nickt er mir knapp zu. Eine Geste, die ich erwidere.

»Wie wäre es mit kommendem Sonntag?« Scarletts Mom legt ihre Hände auf die Oberarme ihrer Tochter. »Ich könnte dein Lieblingscurry kochen.«

Scarlett presst die Lippen aufeinander.

»Okay.« Es dauert eine Weile, bis das Wort leise ihren Mund verlässt. »Nächsten Sonntag.«

Mutter und Tochter umarmen sich noch einmal. Ihr Vater nickt nun fortwährend, und schließlich verabschieden sich die beiden.

Scarlett steht noch Minuten später sprachlos da und sieht hinüber zur Glastür der Bibliothek, durch die die beiden verschwunden sind.

»Hey«, murmle ich und gebe ihr einen Kuss auf den Kopf. »Ich finde es gut, dass du Ja gesagt hast. Das ist ein Anfang.«

Mit Tränen in den Augen schaut sie zu mir hoch.

»Du hast recht.« Sie lächelt zaghaft. »Das ist ein Anfang.«

Ich nehme sie in den Arm, und wir gehen langsam auf die Seite des Raumes zu, auf der unsere Freunde samt meiner Familie auf uns warten. Der Raum hat sich inzwischen etwas geleert.

»Warte kurz.« Ich halte Scarlett am Arm zurück. »Ich muss dich noch kurz was fragen.«

»Was?« Irritiert sieht sie sich um.

»Bist du eigentlich glücklich?«

»Was ist das denn für eine Frage? Natürlich bin ich glücklich. Das war ein großartiger Tag. Und …« Ungläubig starrt sie wieder in Richtung Glastür. »Irgendwie scheint doch alles so zu sein, wie es sein sollte, oder nicht?«

»Ja, ich weiß. Sehe ich auch so. Ich hatte oft den Eindruck, dass deine Eltern das letzte Puzzleteil sind, das du brauchst, um angekommen zu sein.«

»Angekommen?«

»In deinem neuen Leben«, erkläre ich. Dabei ziehe ich mein Smartphone aus der Tasche.

»Ja. Wahrscheinlich hast du recht.«

»Deswegen habe ich dich das noch nicht gefragt. Aber was mich tatsächlich schon länger interessiert, ist, was du von dieser Definition hältst.«

Mit zitternden Fingern halte ich ihr mein Display vor die Nase.

»Theo!«, keucht sie und schlägt sich die Hände vor den Mund.

»Was sagst du?«

»Ist das dein Ernst?«

»Habe ich je einen Spaß gemacht?«, kontere ich.

»Willst du das wirklich?«

»Und ob.« Ich strahle bis über beide Ohren.

»Hast du dir das gerade spontan überlegt?«

»Absolut«, gestehe ich lachend.

»Du hast also keinen Ring und wirst nicht jeden Moment auf die Knie gehen?«

»Nope. Wir sind doch hier nicht in Hollywood. Außerdem sind Definitionen unser Ding.« Ich drehe das Smartphone wieder zu mir und lese laut vor. »*Ehefrau. Partnerin in der Ehe*. Ich finde, das klingt gut.«

»Das tut es in der Tat.«

»Dann ist das ein Ja?«

»Machst du Witze?« Scarletts Stimme ist mittlerweile so laut, dass die Gäste sich zu uns herumdrehen. »Natürlich ist das ein Ja!«

»Na dann, Baby. Lass es uns durchziehen.«

»Wir ziehen es durch.«

Wir sehen uns einen Moment lang in die Augen.

Versprechen uns stumm bereits all die Dinge, die mit einem Eheversprechen gleichzusetzen sind und von denen wir wissen, dass wir sie einander geben werden.

In guten wie in schlechten Zeiten.

Eine Verbindung.

Ein Wort.

Hoffnung.

Liebe.

Vertrauen.

Respekt.

Aber auch Schmerz, Leid und Kummer.

All das werden wir von nun an miteinander teilen.

Für immer.

Dann wirft Scarlett sich in meine Arme, und ich küsse ihre *Pioneer*-roten Lippen.

Meine Partnerin.

Meine Verlobte.

Meine Frau.

The End

Danksagung

Theos und Scarletts Geschichte ist etwas Besonderes für mich. In jeder Seite stecken so viele meiner eigenen Gedanken und Einstellungen wie in keinem anderen meiner Bücher.

Daher gilt heute mein erster Dank dem Moon-Notes-Verlag, der mir die Möglichkeit gegeben hat, diesen wundervollen Charakteren ihre eigene Geschichte zu geben. Daran anknüpfend, danke ich meiner Lektorin Jasmin. Danke, dass du immer ein offenes Ohr für meine Ideen hast und mit so viel Hingabe meine Texte überarbeitest.

Bevor meine Manuskripte jedoch an den Verlag gehen, haben schon einige Leserinnen viel Zeit mit ihnen verbracht. Vielen Dank an meine Testleserinnen Jenny, Hanna, Ronja und Laura. Ein besonderer Dank geht an Laura und Luisa. Meine beiden Ls. Ihr habt mir im letzten Drittel der Romanentstehung so viel Power gegeben. Jeden Zweifel habt ihr direkt im Keim erstickt und mich bestärkt in dem, was ich tue. Das war enorm wichtig für mich und hat mir wirklich viel bedeutet. Ohne euch wäre die Schreibzeit hart gewesen.

Das Gleiche gilt für Alex. Langsam wird die Erwähnung

deines Namens ja schon langweilig. Viel muss ich auch nicht mehr sagen, du weißt, wie wichtig du für mich bist. Ohne dich wäre ich aufgeschmissen.

Natürlich danke ich auch bei jedem Buch meiner Familie, die mich immer unterstützt, ganz gleich, welchen Weg ich einschlage. Ich bin so dankbar dafür, dass wir vier die Fähigkeit haben, die Welt wie Theo zu betrachten.

Und last but not least ein dickes Dankeschön an meine Leser*innen. Ich möchte euch gern am Ende dieses Romanes etwas mit auf den Weg geben.

Menschen sind individuell.

Menschen sind bunt.

Menschen sind verletzlich.

Seid offen für das, was ihr nicht kennt, und werdet der Dinge nicht überdrüssig, die ihr habt.

Und vor allem, und das ist mir sehr wichtig: Redet über die Dinge, die in euch vorgehen. Ganz gleich, ob ihr glücklich seid oder traurig. Es ist wichtig, sich seinen Mitmenschen zu öffnen. Habt keine Scheu, eure Schwächen zu zeigen. Und wenn ihr psychische Probleme habt, teilt sie mit anderen. Ihr werdet erstaunt sein, wie vielen Menschen es genauso geht wie euch. Niemand sollte allein mit seinen Problemen sein. Auch wenn ihr vielleicht glaubt, die Situation wäre aussichtslos. Das ist sie nicht. Es gibt für alles Hilfe.

Ich wünsche euch nur das Beste.

Eure Mimi

Triggerwarnung

In diesem Buch finden sich folgende Themen, die triggernd wirken könnten:

- Tod, Verlust und Trauer
- Suizid
- Depression